Ana Manrique

Nadie dura siempre

Colección **Bárbaros noveles**

Esta novela transcurre en Barcelona. Voluntariamente he preferido mantener, sobre todo en los diálogos de los personajes, los términos y expresiones propios del castellano de la calle.

A mis muertos buenos

Ilustración de cubierta: Luisa Vera

Diseño de cubierta e interior: Ediciones Barataria

Maquetación: Joan Edo

© 2003, Ana Manrique

© de esta edición, 2003, Ediciones Barataria

Gran Via de les Corts Catalanes, 472

08015 Barcelona

email: editorial@barataria-ediciones.com

ISBN: 84-95764-14-8

Depósito legal: B-29354-2003

Impreso por Sagrafic

Plaza Urquinaona, 14

Impreso en España-*Printed in Spain*

¿Quién es ese bulto?

Cómo se pegan los días, y las semanas.
También los meses.
Debe de hacer años que estoy aquí
pero no lo pienso.

Metido en un sucio apartamento que olía a pies, a pedos y a comida, Guido no se hacía preguntas, sencillamente era un hueco humaniforme. Se arrastraba por los días como una culebra gordita, con pesadez, y se aburría como un hongo.

Cada mañana se levantaba a la misma hora y cada día hacía lo mismo. Abría sus pestañas pegadizas y llenas de legañas para darle una patada al despertador. Remoloneaba un poco por las sábanas sucias, se ponía encima la misma ropa del día anterior y barría el pasillo con los calcetines camino del lavabo. Después, cogía su abrigo y cerraba de un portazo, porque le importaba un comino que los de al lado se levantasen dos horas después. De hecho, ni siquiera le importaba quién vivía en su rellano. Ni en toda la escalera. Ni en la ciudad. Ni la contaminación en el mundo.

Ni nada.

En el ascensor aprovechaba para peinarse de un manotazo y lavarse los dientes con la yema de los dedos. Y al salir a la calle echaba un escupitajo antes de comprarse un dónut y sumergirse en la siempre inquietante boca de su parada de metro.

—Tracatrac, tracatrac, tracatrac.

De pie en el vagón, abrazado a una barra, aprovechaba el viaje para leer de soslayo el libro o el diario de algún pasajero que solía molestarse pero no decía nada. Si no, se dedicaba a sacarse la roña de las uñas con las uñas, porque no le gustaba cruzar la mirada con nadie.

Sí, así era Guido recién levantado.

Y así era el metro en aquellos días feroces: un gusano gigante.

Al llegar al trabajo se encerraba en el váter media hora, tiraba concienzudamente de la cadena, se lavaba las manos y la cara con ese jabón gelatinoso y perfumado típico de oficina y cruzaba la planta sin dar los buenos días. Al fin, se sumergía en el bosque solitario de los archivos polvorientos, ajustaba las piernas bajo su mesita de fórmica y apoyaba la cara en sus puños, dispuesto a dejar caer las horas sobre él, como las hojas de un árbol sobre un coche abandonado.

En la ciudad.

Hacia las doce salía de su coma cerebral y se entretenía leyendo el diario del día anterior, aquel que alguien se dejaba siempre por allí y que él recuperaba del carrito de la limpieza. Y le daba rabia. Porque a Guido le parecía que así, leyendo esas noticias caducadas, vivía la vida un día por detrás de los demás, potenciando ese sentimiento suyo de no pertenecer a la sociedad y de ser un intruso en la ciudad perversa. Pero la rata cloaquera que llevaba dentro no le dejaba gastarse las ciento veinticinco pelas que costaba el diario ni pagarse un menú 900. Así que a las dos en punto andaba tres manzanas calle abajo y se perdía en el recto de un simbólico convento para comer fuera de casa en el comedor de beneficencia.

Con el pelo pegado al cráneo, su trenca a cuadros, sus pantalones de pana raída, la camisa eternamente arrugada y su bufanda grasienta amarrada al cuello pasaba fácilmente desapercibido entre aquellos seres olvidados por el mundo y la fortuna. Allí nadie le preguntó nunca ni quién era ni adónde iba ni qué pensaba, ni tampoco nunca nadie imaginó que tenía un sueldo fijo, pagas dobles en verano y Navidad, y algunos millones pudriéndose en el banco. Allí Guido era tan sólo un pobre más.

Nadie.

En el universo.

Después de comer se sentaba en un banco al sol esperando la hora de volver a su silla para vegetar miserablemente. A las seis ya estaba pisando otra vez las calles de vuelta a casa, avanzando manzana tras manzana pegado a la pared. Siempre por el mismo camino. Y no se apartaba cuando se tropezaba con otro peatón, a menos que llevase un bastón blanco y ya le hubiese visto venir. Así que muchas veces se daba golpes con la gente sin saber muy bien si eso le producía algún tipo de gusto extraño o sencillamente lo dejaba indiferente.

De vez en cuando se paraba a mirar los escaparates de las tiendas, y comprobaba de este modo lo cara que estaba la vida. Hijos de puta, comentaba entre dientes cuando descubría el precio desorbitado de algún producto que podría haberle interesado. Lo pensaré, si se convencía a sí mismo de que ya iba siendo hora de comprarse un juego nuevo de sartenes o de estrenar pantalones.

Las tardes en que inevitablemente tocaba llenar la nevera se desviaba un poco de su camino en busca del supermercado más barato y llenaba un par de bolsas de plástico con fritos precongelados, mayonesa, pan de molde, a veces leche, cervezas y un flan.

Si estaba de humor, se detenía en el parque vecino de su casa y se quedaba un rato por allí observando las partidas de petanca. A veces, Salomón, un jubilado con el que cruzaba algunas palabras, le dejaba sus bolas para jugar. Y no porque Guido se las hubiese pedido, bien sabía él que lo mejor para no dar es callar, sino porque Salomón era de esas personas que tienen la necesidad insuperable de caer bien a todo el mundo.

Pero el resto de jugadores lo miraba mal y no se las ofrecían nunca, porque lo que le separaba de aquel grupo de abuelos y señores era, sobre todo, su carácter huraño e inquietante. Esa especie de autismo en el que se refugiaba y que expresaba abiertamente la indiferencia que a todos nos producen los asuntos de los demás. Por lo que, las tardes en que Salomón no estaba, Guido permanecía de pie con sus bolsas en el suelo.

Solo.

Molestando a los demás con su silencio.

Llegaba a casa y se dejaba caer en el sofá como un gran almohadón relleno de algún material pesado. Para evitar un esfuerzo innecesario, se quitaba los zapatos pataleando en el aire con torpeza, y si le caían encima, no se molestaba en apartarlos hasta haber descansado un poco y después de comprobar, mando en ristre, qué había de interesante en el televisor. Entre canal y canal, esperaba que llegase la hora de cenar. Después, comía con avidez, y si no tenía pereza, cosa rara, bajaba a la calle todavía masticando el postre o algún pedazo de pan con algo. La bolsa de basura, apenas medio llena, era sólo una excusa.

Primero, daba una vuelta completa a los contenedores preguntándose si habría por allí algo de su interés, tranquilamente. Y al fin metía la cabeza bajo las tapas buscando con los ojos aquellas revistas porno que tiraba algún vecino.

A las dos apagaba la luz y no se hacía preguntas.

Se dormía enseguida.

Algo en el aire

Parece que oigo un ruido...
Toc, toc.
No estoy.

El lunes iba a entrar noviembre en la ciudad contaminada, y la gente andaba despistada por las calles. Todavía se podía ir con manga corta, sin embargo la mayoría se ponía ya camisa o jerseycito porque se había creído a pies juntillas la predicción del tiempo y no quería pescar un resfriado. Además, acababan de atrasar una hora sus relojes y casi todos se movían deprisa y angustiados pensando que se les había hecho muy tarde. Cuando se daban cuenta de su error se paraban allá donde estuviesen, en la acera, en un cruce o en mitad de la calzada y exclamaban ¡claro, hombre! Muchos se quitaban la chaqueta y sonreían relajados y contentos, sudando con los brazos al aire. Después titubeaban un poco sin saber muy bien qué hacer con esa hora de vida regalada.

Así estaban las cosas en Barcelona aquel último lunes de octubre en que Guido se despertó mucho antes que la alarma de su reloj y se levantó de la cama sin mirar la hora.

En la calle, un equipo de limpieza vestido de color naranja regaba las calles desperdiciando el agua. Junto al quiosco, una camioneta blanca descargaba paquetes atados de revistas y diarios. La panadería, abierta al público, mantenía todavía una de sus persianas bajadas. En su interior, las dependientas se tomaban un café charlando con cara de almohada.

Guido entró a comprarse el dónut de cada día y descubrió su madrugón en la hogaza con manecillas que colgaba en la pared. No podía creerlo. Se frotó los ojos con las manos cerradas y volvió a comprobar que la vista no le engañaba. De la cafetera salía el olor tentador del café caliente y frente a él reposaba el diario del día lleno de noticias actuales. No pensó. Cogió el diario, se sentó en una mesa y pidió un cacaolat. Este pequeño placer, que para él era extraordinario y para tantos rutina, le hizo feliz. Por eso pagó la cuenta sin dolor, con las tripas calientes y enterado de todo.

Como un hombre de hoy.

Pero los cambios profundos requieren su tiempo y la rata que llevaba dentro asomó la nariz para ponerlo en su sitio en cuanto salió a la calle. Para compensar el gasto, sorteó las bocas de metro que lo llamaban con voz ronca y se fue hasta la oficina dando un paseo.

La mañana era fresca y olía a invierno, el sol empezaba a acariciar los edificios y el aire estaba limpio y transparente. Toda la atmósfera le gritaba que se acercaba un tiempo nuevo.

Y Guido no se dio por aludido.

El martes se despertó de nuevo una hora antes que su reloj, pero esta vez no cayó en la trampa. Observó con detenimiento los números en la esfera y comprobó que realmente era demasiado pronto. Se acomodó boca abajo e intentó volver a dormirse.

Fue inútil. Sus párpados se pegaban con facilidad pero su mente permanecía alerta y sus oídos se empeñaban en captar hasta los más leves sonidos de la calle.

Una hora más tarde apartó las sábanas fingiendo que nada había pasado.

El miércoles, el timbre del teléfono rebotó entre los archivos. Era un fenómeno insólito y, presa de un ataque de pereza insoportable, estuvo a punto de no descolgar. No obstante, la idea de que había un 99,9 por ciento de probabilidades de que se tratase de algún cretino de otra planta, que se había equivocado de extensión, y la certeza de que, si era así, el aparato estaría gritando toda la mañana le movieron a alargar el brazo, descolgar y decir directamente:

—Se equivoca.

—Puedo hablar con Guido, por favor —repuso una voz desde la otra punta de la ciudad.

—...

—¿Oiga?

—Soy yo.

—Guido, no empieces.

—Hola.

Una vez al año su hermana le hacía una visita y le llevaba un regalo de cumpleaños, generalmente algo de ropa y una colonia. Era trece meses mayor que él y si no lo hubiese visto nacer no hubiese creído jamás que ese ser era su hermano.

Tenía la delgadez de esas madres modernas que pierden dos tallas de culo y una de sujetador después de dar a luz. Ama de casa y mamá de cinco hijos, estaba dotada de una elegancia natural y una gran dignidad con la que sobrellevaba las penurias económicas por las que pasaba a raíz de la reciente muerte de su marido.

Se llamaba Gilda y era la única persona en el mundo cuya sola presencia incomodaba a Guido porque, durante unos segundos, lo hacía sentirse tal y como ella lo veía.

Él se decía que aceptaba las visitas por el regalo, y ella que las provocaba por el cariño que le tuvo de niño. Inconscientemente ambos buscaban algo de eso en sus citas, pero cada año era más evidente que nunca lo encontrarían.

Gilda, además, era también la única persona que entraba en su casa y para la ocasión él se dignaba a limpiarla por encima. Así es que cuando esa mañana la voz telefónica de Gilda le informó de que el domingo iría a visitarle, Guido empezó a inquietarse.

Un poco nervioso por esa entrevista, esa tarde no quiso pasar por las pistas de petanca y en cuanto llegó a casa se sentó en su sillón a pensar gravemente.

Tengo que organizarme. Deslizó un dedo por la mesita que tenía a su derecha y abrió un profundo surco en el polvo que la cubría. Bastante sucia, reflexionó, y miró a su alrededor con indolencia. Los muebles de por sí ya no lucían, los había recogido de la calle y nunca se había molestado en pasarles un trapo. El sofá, desvencijado, presentaba un color indefinido en su tapicería descosida y llena de manchas. Por toda la sala, libros, revistas, vasos, botellas, platos requetesucios que usaba una y otra vez sin lavarlos, zapatos, ropa, una radio destripada y hasta un hueso de jamón que sostenía una colilla en la pezuña se amontonaban aquí y allá en milagroso equilibrio.

Qué pereza, se dijo eructando suavemente. Apartó de un manotazo lo que había en la mesita y oyó cómo se rompía una taza que estaba enterrada entre las revistas. Una cucharilla manchada de leche condensada reseca apareció pegada en la mesa ante su vista. La chupó ensimismado mientras intentaba quitar la suciedad solidificada con la manga de su camisa.

Un agobio insoportable se apoderó de él frente a la perspectiva de recoger aquel desorden y concluyó que sería mejor hacer limpieza más adelante, por si acaso la casa se volvía a ensuciar antes de que llegase Gilda. Después de esta reflexión, decidió olvidarse del asunto por el momento y concentrarse en la televisión.

El jueves volvió a madrugar después de una noche de insomnio, pero esta vez no quiso fingir y abandonó las sábanas antes de que sonara el despertador. Durante el trayecto hasta el lavabo comprobó en sus carnes que por fin la temperatura había bajado sensiblemente. Su instinto de superviviente le dijo que aquel invierno se presentaba peleón, por lo que se decidió a cambiar de indumentaria y se puso un jersey de cuello alto que rescató del fondo de su armario.

Cuando llegó a su puesto de trabajo, Vicente lo estaba esperando. Vicente se presentaba en los archivos un par de veces por semana para llamar por teléfono durante horas, comer bocadillos sin ser visto o matar las horas deambulando y trabajar lo menos posible. Solía hablar con Guido y soltar sus parrafadas aunque éste no se dignase a mirarlo y rara vez articulase algún monosílabo. A Guido no le gustaba. Sabía que a partir del momento en que se decidiese a charlar con él lo tendría allí tres o cuatro veces por día, obligándolo a mirar fuera de sí.

Pero esa mañana Vicente no venía a hacer de las suyas sino a decirle que tenían que realizar un inventario y que durante unos días los archivos se llenarían de gente trabajando en equipo: Montse y Vicente. Sería una tarea lenta y pesada en la que Guido se vería obligado a relacionarse con ellos e intercambiar información. Habitualmente, esta noticia le hubiese amargado el día y toda la semana, pero en aquel momento le pareció bien despegar el culo de su silla unas cuantas mañanas.

—Oquey —dijo cuando Vicente acabó por fin con su monólogo.

—Oquey —repitió el otro haciéndose el moderno—. Por allí viene Montse, que te acabará de explicar lo que tenemos que hacer.

Montse se presentó risueña. Repitió con otras palabras lo que Vicente ya había dicho y acabó comentando que ese jersey nuevo que llevaba Guido, a pesar de que estaba arrugado como un higo, le quedaba muy bien, seguramente con la esperanza de que tirase de una vez a la basura esa camisa roñosa con la que lo veía cruzar la planta cada día.

—Bueno, pues empezamos el lunes —sentenció Montse.

—Muy bien —dijo Vicente.

—Oquey.

Si Guido se hubiese detenido a reflexionar un momento, habría llegado a la conclusión de que algo pasaba. Ya no era sólo el olor de las mañanas, las noches en vela, sus despertares anticipados o ese cambio repentino en la rutina del trabajo, esa misma tarde Salomón se descolgó en las pistas de petanca del brazo de una jubilada risueña y bien peinada que se empeñaba en aprender a jugar. Guido comprendió que no le iban a ofrecer las bolas y que se iba a quedar sin partida. Pero no supo ver que todo a su alrededor estaba cambiando para empujarlo bruscamente a un sitio nuevo.

El invierno llegaba de repente y a él sólo se le ocurría ponerse un jersey. Pero ¿qué podía hacer si está claro que para que las cosas sucedan no hay nada mejor que dejar que pasen? Tan claro como que para que no pase nada no hay nada mejor que no hacer nada. La verdad es que hagas lo que hagas las cosas pasan, y nadie puede evitarlo.

Entonces, ¿de qué te sirve verlas venir?

De poco, o de nada.

Sólo para sufrir esperando algo bueno que no acaba de llegar o algo malo que viene machacando.

Sí, quizá los hongos también tienen un poco de razón.

Aunque luego la vida te vuelva varias veces del revés, así, a lo bruto, como a un guante de fregar platos.

Ese viernes Guido estaba agotado. Al contrario del resto de la ciudad que se despertaba cada día con un sueño pegajoso por el cambio horario, él madrugaba sin querer y se quedaba hasta tarde frente al televisor con los ojos como faros. Además, tantos cambios y novedades habían roto su frágil equilibrio consumiendo vorazmente los mínimos energéticos que utilizaba para seguir viviendo cada día.

A media mañana volvió a sonar el teléfono por segunda vez en una semana. De nuevo era su hermana, qué raro. Gilda sólo quería confirmar su cita del domingo, pero alargó la conversación de forma artificiosa charlando del tiempo y de alguna noticia del día. Guido, como siempre, respondió con monosílabos, aunque al colgar se quedó un poco intrigado.

Esa tarde no se entretuvo por la calle y volvió a casa deprisa con la idea, por lo menos, de empezar a poner orden. Pero una vez estuvo allí desperdició un par de horas frente al televisor hipnotizado por un absurdo telefilme, después le pareció que no podía perderse aquel reportaje tan interesante sobre arañas tejedoras. Más tarde merendó viendo unos dibujos animados y al final se disculpó diciéndose a sí mismo que, con lo cansado que estaba, a esas horas ya no se iba a poner a limpiar la casa.

Por la noche, no obstante, volvió a encontrarse pululando entre la sala y la cocina totalmente despejado.

Socorro.

Una aventura

Qué confuso es el mundo
y qué gris.
En algún lugar de mí
debe estar el Paraíso.

Llegó el sábado y Guido se despertó tarde bostezando como un hipopótamo. El sol entraba por las rendijas de la persiana sugiriendo una bonita mañana y de la calle subían las notas y las voces de una familia gitana. Cantaban pasodobles acompañados de un sintetizador y un perrillo al que habían vestido con una pequeña falda para que bailara sobre una silla. Teniendo en cuenta el hecho de que Guido había dormido relativamente poco y de que la noche anterior se había estado relajando con media botella de coñac, el volumen era insoportable.

Estuvo remoloneando un buen rato entre las sábanas hasta que recordó que tenía que limpiar la casa. La angustia le amargó el despertar y se tapó la cara con la almohada intentando no existir. Al rato, los gitanos se marcharon a torturar los oídos de otros que dormían en sus casas calle abajo. Entonces, ayudado por el silencio creciente, pensó que podría hacerlo el domingo por la mañana, todo era cuestión de madrugar como cualquier otro día laborable y atacar con la escoba. Aliviado de ese peso, se levantó silbando con alegría la canción de los gitanos.

Qué poco imaginaba Guido, mientras husmeaba en su nevera preguntándose qué podría desayunar, que esa misma tarde iba a cambiar definitivamente su vida. Con una salchicha de frankfurt en una mano y el bote de mostaza en la otra, entró en el lavabo para comprobar que se hallaba en un estado deplorable y que olía a meados. Todavía tenía un asunto pendiente que solucionar e intentaba tomar una decisión: ducharse o no ducharse. Por lógica lo más adecuado era darse una ducha después de limpiar la casa, es decir, el domingo. Pero la realidad era que su día de aseo era el sábado y que si se duchaba después de limpiar el baño éste se volvería a ensuciar, además era posible que no le alcanzara el tiempo para hacer tantas cosas al día siguiente antes de que llegase Gilda.

Reflexionando seriamente sobre esto sintió el frío mordiéndole la espalda y estuvo a punto de volver a meterse en la cama. Pero en lugar de atravesar el pasillo hasta su dormitorio, volvió a entrar en la cocina sin pensar más, tal vez porque estaba más cerca, y cambió el tarro de mostaza por la botella de lavavajillas. Dos zancadas más y se metió en la ducha. ¡Al agua patos!

A pesar de la vida cicatera que llevaba, Guido tenía coche, un vehículo acorde con su personalidad que había encontrado abandonado en la calleja detrás de su casa y que había puesto en marcha haciendo un puente. Los sábados por la tarde, a eso de las siete, se permitía el lujazo de consumir algo de gasolina y salía a dar una vuelta. Solía acercarse hasta un horno donde un empleado le vendía algunos dulces de extranjis. Charlaba un poco con él y cruzaba la ciudad hasta la Zona Franca, donde los casinos ilegales bullían de actividad en los sótanos de las naves y putas y travestis trabajaban día y noche. Le gustaba aparcar en algún lugar discreto, para espiar sin ser visto mientras se comía los pasteles.

Tenía la esperanza de ver a alguien conocido y seguía con curiosidad la evolución de las de siempre. Observaba sus ropas y sus caras, y estaba pendiente de cuánto tardaban en volver cuando se subían a algún vehículo, jugando a adivinar por la cara del cliente cuál habría sido el servicio. Con tanto suponer acababa excitándose y, entre pastel y pastel, terminaba por hacerse una paja llena de migas.

Después volvía a casa acomplejado y con la incómoda sensación de llevarse algo robado.

Esa tarde salió de la panificadora tan tranquilo como siempre, mordisqueando un pastelillo de crema mientras conducía despacio cruzando la ciudad. En su camino dejaba atrás las luces de las tiendas y los grupos de personas que paradas frente al paso cebra esperaban su momento para cruzar la calle. Cuando se detenía en algún semáforo observaba alrededor: peatones mirando al frente, conductores como caracoles en sus cáscaras de metal, motoristas disfrazados de hormiga atómica, algún indigente abandonado en la acera, dos ancianas del brazo...

La ciudad desde un coche era siempre bien distinta.

Llegó hasta las cercanías del polígono y pudo comprobar con desconcierto que las calles estaban desiertas. Ni figuras esperando en las esquinas, ni coches deambulando lentamente, ni mafiosos con habanos y anillos de oro, ni jugadores sentados en las aceras pensando en el suicidio. Desconcertado y decepcionado, dio unas vueltas avanzando con lentitud frente a las naves ruidosas y dormidas.

De pronto, tres automóviles lo adelantaron a toda velocidad. Torció a la derecha y atisbó en un chaflán lejano varios coches patrulla y una camioneta con las puertas abiertas. En la calzada algunos travestis discutían con los agentes.

¡Una redada!

El corazón le dio un vuelco al pensar por primera vez, que, en realidad, conducía un coche robado y que podían meterlo en la cárcel por eso. Se alejó de allí con la idea de volver rápidamente a su barrio: Sants. Iba en busca de la ruta más corta para salir del polígono cuando dos coches patrulla pasaron frente a él a toda velocidad sin respetar el ceda el paso. Comprendió que sería mejor dar un rodeo y alejarse de la zona contaminada. Mientras tanto su mente fabulaba una conversación con la policía en la que comenzaba haciéndose el inocente y acababa sacando una pistola y gritando déjame en paaaz, hijo de puta. Enardecido por su propia fantasía, pisó el acelerador como si fuese un famoso ladrón de coches buscado por todo el país. Y se dio a la fuga, sumergiéndose en las calles desoladas de esa ciudad sin habitantes.

Diez manzanas más lejos se convenció de que nadie lo seguía. Redujo la

marcha mientras se preguntaba por dónde coño se salía de allí. Rodaba lentamente bajo las farolas naranjas cuando una mujer apareció tras un camión y le
hizo señas para que parase. Pensó en esquivarla pero no reaccionó a tiempo. Se
le echó encima y tuvo que detenerse.

—Toc, toc —dijo la ventanilla al sentir los nudillos de la mujer.

Guido se dejó caer aparatosamente sobre el asiento del copiloto y bajó el
cristal con desgana mirando al infinito.

—¡Socorro! —dijo ella cantarina—. ¿Puedes ayudarme?

—No —contestó él de forma automática.

Ignorando su respuesta, la fémina se agarró a la puerta con vehemencia.

—Oye... Esto... Mira, por favor, necesito que me ayudes a salir de este polígono...

—Suelta la puerta.

—Sí, ya —convino, aferrándose ahora al cristal de la ventanilla—. Es que llevo
horas dando vueltas y me he perdido. Aquí no hay taxis ni cabinas. Me duelen
los pies, no puedo más...

Aunque llevaba un vestido rojo que le quedaba imponente, a la mujer no le
faltaban precisamente kilos. Una jamoncilla, pensó Guido, y se preguntó si gas-
taría más gasolina el coche por el exceso de peso.

—Escucha —insistió ella intentando que la mirase a la cara—. Sólo te pido que
me acerques hasta una calle donde pasen taxis y autobuses, camino de donde
sea que vayas.

Guido permanecía semitumbado en el coche, mirando a un punto fijo ensimismado, haciéndose el sueco como cada vez que le pedían algo. La mujer se
llevó la mano a la frente en un gesto teatral como si fuera a perder el sentido.

—Estoy cansadísima —suspiró.

Aunque su absoluta falta de generosidad lo convertía en un ser ruin, Guido no
era lo que se dice una mala persona, y enterradas en su corazón todavía ardían
las brasas de los buenos sentimientos que le inculcaron sus padres. Continuó
inmóvil, paralizado por la duda entre arrancar y abandonar a la mujer en aquel
lugar inhóspito, y los remordimientos que tendría después por haberlo hecho.

Ella se apoyó en el capó del coche y le miró a la cara a través del parabrisas. Unos ojos vivarachos de gruesas pestañas cubiertas de rímel lo observaron suplicantes detrás de una cortina de polvo. Por fin le sostuvo la mirada y ella emitió un pequeño suspiro acompañado de una caída de párpados terriblemente seductora dentro de su estilo.

Una inyección de sensaciones lo sacudió de pronto. Volvió a sentirse un héroe fuera de la ley y, con un gesto de chulo de cine un tanto desgarbado, le indicó que podía sentarse a su lado. La mujer emitió un gritito de alegría y corrió tras el camión. Regresó con una pequeña maleta roja y un abrigo negro.

Cerró la puerta y todo el coche se llenó del olor de ella. La tela del vestido no llegaba para taparle las rodillas y al sentarse dejó a la vista buena parte del contundente muslamen. Guido cogió un cigarrillo que hacía meses que rodaba por el salpicadero del coche y ella le dio fuego con su mechero dorado. Bajo la luz de esa pequeña llama, sus miradas se cruzaron en un fuego de chispas. Desde algún lugar remoto de sus oídos llegó la música de una canción de amor. Guido puso primera y el automóvil se empezó a deslizar suavemente sobre el asfalto.

—Así que te has perdido... —dijo, ya metido en su papel peliculero.

—Sí, sí. Es que no conozco la ciudad, he llegado hoy mismo, y andando, andando he llegado hasta aquí...

—Pues habrás andado mucho.

—Sí, ya te digo. Si es que tengo los pies hechos migas, no puedo dar un paso.

Permanecieron en silencio unas cuantas manzanas y de golpe la música dejó de sonar. Guido conducía mirando fijamente al frente y ella se mordisqueaba el labio echándole vistazos de soslayo.

—No sé —dijo al fin tomando otra vez su tono del Guido de siempre—. Aquí hay algo que no encaja.

—¿Cómo?

—Que no puede ser que hayas venido hasta aquí andando sin darte cuenta de que esto son las afueras, y de que cada vez estabas más lejos del centro.

—¡Ah, nooo, claro! —exclamó ella de inmediato—. Claro que nooo. No soy tan tonta. Nooo. Lo que pasa es que he cogido un autobús equivocado y cuando me he dado cuenta me he bajado para volver atrás.

—¿Y entonces? —murmuró Guido suspicaz.

La mujer inspiró profundamente y se le arrebolaron las mejillas de rabia.

—Pues entonces, listo, que no sé que te piensas, no sé qué te imaginas que hago yo aquí en este sitio donde no hay nada que hacer...

Hacer de puta, estuvo a punto de decir Guido pero se lo guardó para sí intuyendo que no estaba el horno para bollos.

—... entonces, resulta que me pensaba que habría otra parada de autobús para volver. Y nooo, amigo, nooo. NO HAY UNA PARADA PARA VOLVER ATRÁS.

—....

—La he buscado durante horas y me he perdido. Y si resulta que me tienes miedo porque te crees que estoy loca y soy una ladrona o una asesina o algo así, para el coche que me bajo ahora mismo.

Sorprendido por aquella bronca inesperada, Guido frenó en seco.

—Vale, pues bájate ya.

Hacía unos metros que habían dejado atrás las farolas y se encontraban rodeados de oscuridad. Calle adelante una triste bombilla iluminaba la fachada de una vieja nave que sin duda conoció tiempos mejores.

—¿Me vas a dejar aquí? —la voz de la mujer se quebró en un gemido.

Guido se sintió mal. ¿Qué estaba haciendo allí, rodeado de solares va-cíos, con esa mujer en su coche robado?

—Por favor, está oscuro, hace frío y tengo miedo. Llévame a una de esas calles llenas de luces y de pisos donde vive la gente.

Ya él no sabía qué hacer ni qué pensar. Paró el motor. El silencio convirtió el coche en una casa pequeña. Pensó que era incómoda, portátil; un refugio si hace frío o tienes miedo. Según cómo, un trastero. La mujer cruzó las piernas y Guido volvió a la realidad. Su conciencia aletargada le decía que no sería capaz de dejarla allí, pero tampoco encontraba una buena razón para seguir adelante. Se había hecho el duro y ahora no podía volverse atrás, porque estaba allí metida, en su casita con ruedas. Y no se atrevía a echarla.

Se le ocurrió una idea.

—¿Tienes miedo de quedarte por aquí? ¿No has pensado que yo podría ser un sádico y que te estoy dando la última oportunidad para salvarte?

La mujer sacó una petaca de su bolso y dio un trago despacio.

—Si me has de matar, mátame ya —dijo con tristeza.

Quizá fue el tono de la voz o simplemente el ambiente. Quizás el otoño, que arranca los pelos y las hojas. Quizá nada. Tal vez todo. Qué más da. El caso es que algo en esas palabras lo capturó. Y aunque en ese momento intentó seguir con la broma, nunca, jamás, las cosas entre ellos volvieron a ser como antes de que Perla sacase su petaca.

—... No, sálvate... —murmuró desconcertado—. Corre antes de que te degüelle...

La mujer lo miró otra vez con sus ojos de fuego.

—Yo sé que tú eres bueno —le dijo con dulzura.

Guido permaneció en silencio. Antes quería deshacerse de ella y librarse así del esfuerzo de existir. Dejarse embargar por la pereza que da empezar a ser otro, a ser nuevo, y decirse que la próxima vez, que otro día, volver a casa y dejar que el cerebro se vacíe frente al televisor, allí sentado en su sillón, agazapado en su cubil. Pero ahora anhelaba seguir charlando con normalidad y llevarla adonde fuera. Porque el magnetismo era realmente poderoso y por alguna razón estaba contento. Y también todo tímido, no sabía cómo hacerlo.

De pronto recordó que se había duchado y afeitado aquella misma mañana, que llevaba ropa limpia y encima se había echado unas gotas del after-shave que le regaló Gilda las pasadas Navidades. Se vio como un hombre nuevo, tal vez el Guido que le hubiese gustado ser.

Había una extraña en su coche robado, una mujer perdida en la ciudad. Y él era el hombre que podía ayudarla. Volvió a ser, otra vez, el protagonista de una película.

—Sí, soy malo —contestó al fin—. Pero esta noche no tengo ganas de matar. ¿Dónde te llevo?

—Llévame de fiesta.

De fiesta. Mientras encendía el motor, se imaginó entrando y saliendo alegremente de los bares como creía que hacían aquellas personas que veía pasar por su calle las noches de los fines de semana.

Una de estas noches tendría que salir, se decía con envidia desde su ventana. Pero siempre se quedaba en casa. Cuántos viernes, frente al televisor, se había imaginado que le llamaba algún amigo para salir y que volvía a las seis de la mañana después de conocer algunas chicas y pasar una noche fantástica.

—Oquey —dijo espontáneo. Y, por si era puta o estaba chapada a la antigua, para dejarle bien claro que no pensaba invitarla, añadió—: Pero, oye, que no llevo dinero.

—Ya pago yo, hombre.

—¿Seguro? Que no llevo nada —insistió la rata.

—Venga, vamos.

El domingo

¿Qué es la suerte? ¿Dónde acaba?
¿Cuándo empieza la desgracia?
Ando por la acera de la vida con pasos temerosos
arrastrando los pies sin hacer ruido,
no sea que llamando a la suerte
con un golpe de tacón
se despierte la desgracia.

El timbre de la puerta zumbaba en sus oídos como algo molesto y desconocido. Su conciencia adormilada no se dio por aludida hasta que oyó la voz de su hermana que lo llamaba desde alguna parte. Entonces le dio un vuelco el corazón y saltó de la cama como un zombi al mediodía. Abrió la puerta al pasar y se dirigió al lavabo sin mirar atrás.

Cuando entró en la sala de estar, todavía atontado, se asustó. Gilda miraba fijamente el sofá con gesto contrariado. Un sujetador verde manzana contrastaba a gritos con la tapicería roñosa y el desorden. Como una estrella estrambótica en un basurero del espacio.

—Hola, Guido.

No contestó. Estaba de pie, completamente desnudo, peludo, gordo, obsceno y mudo. A Gilda le pareció un loco patético y por unos segundos estuvo a punto de romper a llorar.

—Guido —dijo con dulzura, como quien se encuentra a una fiera.

Él la miró en silencio. Estaba bloqueado intentando comprender: dos mujeres en su casa... Habituado a la soledad y la privacidad de su pequeña guarida, las visitas de Gilda le ponían nervioso. Generalmente la esperaba bien despierto y peinado horas antes de que ella llegase. Pero esa vez lo había pillado in fraganti, más in fraganti que nunca.

En aquella situación los segundos parecían convertirse en minutos. Guido estaba cada vez más embotado, creyó que le iba a dar un ataque de narcolepsia y que iba a caer al suelo como un saco, totalmente dormido, roncando como un cerdo a los pies de su hermana. A Gilda la iba invadiendo por momentos una sensación aterradora. Algo horripilante se había estado cociendo a sus espaldas y ahora era demasiado tarde para ponerle remedio: Guido se había vuelto loco y había que encerrarlo. ¿Dónde? Guido en el frenopático...

—Guido, vístete —se atrevió a mascullar—. Te vas a enfriar.

Ciertamente, Guido sentía el frío a pesar de su colapso. Desde las plantas de los pies le subía hasta los riñones. Pero no podía moverse. No podía hablar. La casa estaba más desordenada y sucia que nunca. Él estaba desnudo delante de Gilda. Le dolía horrores la cabeza y en su cama dormía una mujer desconocida.

Gilda también estaba inmóvil. Guido observó que estaba sobre lo que había sido un charco de gaseosa y pensó que tal vez su hermana, después de tanto rato, no podría despegar los pies del suelo. Si quería irse tendría que hacerlo descalza. ¿Le calzarían los zapatos de Perla? La miró a la cara como para preguntarle qué pie calzaba y despertó de su letargo. Gilda tenía los ojos llorosos.

Era lo último que esperaba. Si se hubiese imaginado aquella escena, habría pensado en una Gilda furibunda que consideraba todo aquello como una ofensa personal, una falta de respeto y consideración.

—Una vez al año que me ves, y encima que tengo que venir yo, porque tú no te mueves ni que me esté muriendo, una vez al año que me ves y eres incapaz de tener una silla vacía para que me siente y un vaso limpio para darme cuando menos agua. Del grifo, naturalmente. Cómo te vas a gastar tú sesenta pesetas en una botella de agua, con toda la que sale del grifo, ¿verdad? —diría ella gritando y dando vueltas a su alrededor antes de rematar apuñalándolo con la mirada.

Pero su hermana no decía nada. Con esa cara de susto que ponía parecía otra vez una niña pequeña, frágil y desprotegida. La muchacha que abandonaron sus padres y que le despertaba a media noche para preguntarle ¿qué haremos, Guido?

—¡Buenos días! —dijo súbitamente una voz cantarina por el pasillo.

Gilda ahogó un grito en un espasmo incontrolado de terror. De alguna forma abstracta imaginó que había más de un loco en aquella casa, y que estaba rodeada. Atrapada.

Perla había aparecido a su espalda envuelta en una sábana amarillenta exhalando por la boca un aliento espantoso.

—Hola, soy Perla —dijo mientras se acercaba a besar a Gilda, que automáticamente se apartó conteniendo la respiración y tendiéndole exageradamente la mano, para que no se aproximara tanto.

Este gesto sutil que marcaba distancias no pasó desapercibido a la perspicaz Perla. Le dio la espalda para dirigirse a Guido y lanzarle una mirada de reproche con una media sonrisa.

—Tápate, cariño —le dijo.

Guido se limitó a cruzar las manos sobre sus partes.

Los tres permanecieron en silencio.

—Bueno —dijo Gilda rompiendo el hielo—. Tengo algunos recados que hacer por el barrio. Os dejo un momento mientras... Es que me van a cerrar la tienda... Volveré dentro de un rato.

Dio media vuelta y empezó a andar despacio hacia la puerta, como si no estuviese segura de abandonar a su hermano con aquella mujer, y en aquel estado.

—Ah. Vale, vale —contestó Perla rápidamente—. Ve, ve donde quieras y a ver si cuando vuelvas me dices quién eres, que todavía no me has dicho cómo te llamas...

—¡Ah! Perdona. Soy Gilda, la hermana de Guido.

—¡Oooh! —exclamó apresurándose a acompañarla—. Encantada, encantada. Yo me llamo Perla. Voy a recoger un poco y prepararé café para cuando vuelvas.

Una llamó al ascensor atónita y ensimismada. La otra cerró la puerta totalmente despabilada:

—¡Venga, a la ducha!

Gilda salió del ascensor medio desencajada. ¿Qué estaba pasando? ¿Quién era esa mujer? ¿Estaría Guido realmente loco? ¿Era ella otra loca? ¿Cómo se habían conocido? ¿Desde cuándo? ¿Una prostituta? ¿Una funcionaria? ¿Una enfermera? No, no, no. Una enfermera, imposible. ¿Y ese desorden? ¿Y todas esas revistas pornográficas? ¿Acaso Guido, rizando el rizo, se había vuelto un obseso sexual? ¿Más cerdo todavía?

Entró en la granja de la esquina y pidió una tónica para hacer tiempo. Demasiado nerviosa como para verse atrapada entre una mesa y una silla, arrastró un taburete hasta un rincón y se sentó junto al mostrador. ¿Acaso no tenía ella ya bastantes problemas como para que Guido se volviese loco justo en ese momento? Si ni siquiera podía ayudarse a sí misma, ¿cómo iba a ayudar a su hermano? ¿Cómo?

Su suegro conocía a un buen psiquiatra, tal vez... El cabrón de su suegro conocía a los mejores médicos del país, la zorra de su suegra estaría encantada de repetir que ya decía ella que esa familia lo llevaba dentro, la hija de puta de su cuñada estudió psicología y la estrangularía con el tema...

En un instante todos sus poros exhalaron el perfume de la rabia.

—Víboras —murmuró con los dientes apretados.

—¿Una tónica me ha dicho? —preguntó la señora de la granja.

—No, no. Mejor póngame un whisky.

Una hora después, Gilda, un poco mareada y menos pesimista, llamó tímidamente al interfono con su regalo en la mano. Guido abrió la puerta ya repuesto. Recién peinado y perfumado.

—Pasa.

—Hola.

Se dieron un beso torpe en la mejilla y se dirigieron al salón. En medio del basurero sideral lucían dos sillas vacías.

—Siéntate —le ofreció Guido.

—¿Y tu amiga?

—No está.

—¿Es tu novia?

—No.

Gilda miró a su alrededor disimulando y al fin se atrevió a preguntar:

—¿Quién es?

—Un ligue.

—¿Un ligue?

Guido se ahorró el esfuerzo de dar explicaciones. Se quedaron unos momentos en silencio y les llegó la melodía de una sardana que estaban tocando en alguna calle: Sants.

—Es que no me encuentro bien —se justificó Guido.

—¿Qué te pasa?

—Tengo resaca.

—¿Resaca? Qué gracia, Guido —intentó Gilda.

Pero enseguida comprendió que si normalmente su hermano no contaba nada, después de una borrachera no le arrancaría una palabra. Bastante había dicho ya como para estropear la visita presionándole.

—Sí, bueno —dijo levantándose—. Ya es un poco tarde y mis suegros me esperan para comer... Se han quedado con los niños. Me voy.

Anduvieron por el pasillo rodeados de sardana hasta que llegaron al recibidor.

—Toma tu regalo —dijo Gilda cariñosa antes de abrir la puerta.

De pronto todos sus miedos habían desparecido. Guido era su hermano. Su único hermano. Su hermano del alma. Que se acostase con mujeres era una buena señal, que tuviera resaca también. Tal vez Guido no era tan, tan raro como ella había creído.

—Gracias —contestó mirándola por primera vez a los ojos.

Azul con azul. Azul de hermanos.

—¿Me llamarás la semana que viene? —le pidió ella, y puso la misma cara que una tarde mil años atrás: ¿Vamos a robar manzanas?

—Sí.

Cómplices. Una cosa mágica.

Gilda le guiñó un ojo y se perdió en la escalera emocionada.

Guido cerró la puerta haciendo ver que se quitaba una legaña.

Una cosa mágica. Después de tantos años.

Ahí viene Gilda

Sé que es más fuerte la corriente.
No moriré sin haber braceado.

Gilda subió calle arriba sudando tras el cochecito de su bebé. Llegaba tarde. Había corrido tanto que hasta tenía flato y sentía las punzadas de dolor en el costado. Si su cuñada no la hubiese entretenido se habría ahorrado la epopeya de autobuses y escaleras de metro. Podía haber llegado tranquilamente y ahorrarse el desespero. Pero no, Carolina se aburría y dedicaba toda su energía a envidiarla y vigilarla. Había encontrado al chivo expiatorio de sus frustraciones y no estaba dispuesta a soltarlo tan fácilmente. Además, quería robarle al niño y no dejaba de insistir en que se tomase alguna mañana libre o que le dejase cuidar a Ugo unos días. Desde la muerte de su hermano estaba tan deprimida...

—Tú tienes cuatro niños más —le había dicho abiertamente, como si a una madre le diera igual tener cuatro que cinco—. No podrás mantenerlos —mientras Gilda se peinaba a contrarreloj y se dejaba media cabellera en el cepillo—. No les estás dando lo que se merecen —acabó gritando cuando Gilda, rotos los nervios, la dejó plantada con la palabra en la boca.

Vio un portalón bajo el número de la calle que buscaba y a otra madre que empujaba a su bebé.

—Menos mal —dijo aliviada—. Pues, ¿sabes qué, Ugui? Hay que ver las cosas por el lado positivo. Hemos corrido mucho pero así hemos quemado adrenalina, ¿eh?

El pequeño Ugo la miró sonriendo y escupió el chupete.

—Así no se nos pudrirá la sangre, ¿eh? —Ugo carcajeó sin entender en respuesta a las carantoñas de su madre—. Y la bruja de la tía que se muera, ¿eh? Fuera esa bruja, fuera. Vete, mala... muuuuich.

—Ggjjaggg...

Entró en el local y dio sus señas. Una docena de bebés esperaban su oportunidad, parecía que en aquel cásting no eran tantos como en el de la semana pasada. En el plató estaba todo preparado: una cámara, un fondo neutro y un par de focos. Gilda se apartó del grupo de padres que permanecían cerca del realizador esperando que éste se fijase en sus niños y escogiera sus culitos para el anuncio de pañales. Encontró unas escaleras metálicas, se sentó a esperar y cruzó los dedos.

Por favor, por favor, decía mentalmente.

Gilda estaba al límite. Le quedaban cuatro duros en el banco, la noche anterior cenó el potito que no quiso Ugo porque no había nada más en la nevera y esa mañana sólo había podido tomar un vaso de agua. Por suerte, esa tarde llegarían las cajas de provisiones que le mandaban sus suegros.

En el tedio de la espera, recordó otra de las frases venenosas de su cuñada:

—Tienes suerte de que mis padres son muy generosos, y de que yo les compro la ropita a los niños, porque si no, a saber qué habrías hecho...

Suegros generosos..., pensó, y se le puso un rictus de amargura que la hizo parecer mayor, más fea, atormentada.

Todo el mundo pensaba que su familia política se había portado tan bien, comentaban que era una suerte tener a esas personas donde apoyarse. Pero era mentira. Gilda conocía positivamente que sus suegros y su cuñada no hacían más de lo que querían hacer. Ni una peseta más. La gente le decía que era afortunada, que su cuñada era un ángel, siempre dispuesta a cuidar a los niños. Sus suegros responsables como nadie, apechugando con tantos gastos. Siempre preocupados por saber cómo estaba, invitándola en vacaciones y los fines de semana. Todos pendientes de ella.

Sí, era así. Y la gente tenía razón. Pero a Gilda la habían engañado. Le dijeron que era como una hija y ella les creyó. Ingenua e inexperta no supo adivinar que eso era imposible, y cuando descubrió los límites de su familia política se hundió en la decepción.

¿Acaso le enviarían cajas del supermercado si no tuviera esa prole? ¿La llamarían cada domingo para comer con ellos si no se presentase con los niños? ¿La invitarían al crucero si no estuvieran esos pigmeos gritando a su alrededor?

De una forma inconsciente, Gilda sabía que no.

Y los odiaba por ello.

Ugo llamó su atención y puso cara de circunstancias. Comprendió que ya era hora de cambiarle los pañales.

—Ay, Ugo, hijo —suspiró cargándose de paciencia—. Ven aquí.

Se lo llevó al lavabo.

—Cuando te pongan delante de la cámara no llores ¿eh, ratoncito? —le dijo muy seria mientras le ponía el pañal limpio—. Te quedas allí, sin patalear, y sonríes, ¿eh? Nada de llorar y armarla delante de tanta gente, ¿eh? Síí. Mira que si te portas mal se te va a llevar la tía, ¿eh?

El asunto de la publicidad era su última baza. En aquellos meses de viudedad no había conseguido encontrar trabajo y sabía que si lo encontraba, con su sueldo no tendría ni para empezar. Alejandro tenía ocho años, Elena siete, Irene cinco, Óscar tres y Ugo poco más de uno (a, e, i, o, u, otra genialidad de su marido). Apenas empezaban a vivir y ya gastaban como un adulto, o más, porque lo que era ella hacía meses que no invertía un duro en sí misma. Buscando soluciones frente a un papel lleno de números se le había ocurrido que en muchos hogares los niños se ganan lo que comen. Pensó en ponerlos a pedir por la calle o a pintar cuadros abstractos y venderlos por ahí. Cavilando sobre si alguno de ellos podría cantar en las Ramblas se le ocurrió lo de la publicidad. Les hizo algunas fotos y llamó a todas las agencias. Por ahora se había presentado a tres cástings con Ugo y no había habido suerte. Llevar a los otros era un problema. Tenía que hacerlo a escondidas de su cuñada que los llevaba y recogía cada día del colegio, y eso era difícil. Si decía que alguno estaba enfermo se empeñarían en ir a cuidarlo o le mandarían al médico. Si callaba y se limitaba a llevárselo unas horas, era fácil que algún profesor comentase que ella había estado allí. Estaba atrapada por el asunto del dinero y la familia la iba acorralando cada día un poco más. Si descubrían que los niños corrían de plató en plató buscando trabajo, pondrían el grito en el cielo y tendrían un argumento más para meterse con ella.

Tenía que actuar con cautela hasta que consiguiese algo de dinero porque, por el momento, los necesitaba para subsistir.

Oyó que la llamaban desde alguna parte. Había llegado la hora.

—Ya nos toca —le dijo a su niño antes de levantarse.

Ugo la miró como diciendo ¿nos vamos?

—No, no nos vamos. Te van poner delante de la cámara y van a ver lo guapo que eres. Pórtate bien, ¿eh? Venga, que no pasa nada.

Se acercó al plató y un asistente cogió al niño en brazos. El pequeño la miró asustado.

—Ugo, tú concéntrate —le ordenó antes de soltarlo.

Resaca

Qué pereza.
Despierto de los sueños
nada y nadie.
Del sueño que sueño cada día
al despertarme.

Pasaron dos semanas desde aquel domingo fatídico y Guido no estaba bien.

Tampoco estaba mal, pero su rutina de insensibilidad se había hecho pedazos y no estaba preparado para tantas emociones.

Por un lado estaba Gilda. ¿Por qué no le riñó? ¿Le comprendía? ¿Volvían a ser hermanos de verdad? De repente no era tan repelente y marisabidilla. Ni tan pija. De repente habían estado muy cerca —azul con azul, azul de hermanos—, y se acordaba de que la quería. Seguía siendo su hermana a pesar de todo. Y le había dado su regalo, después de estar él tanto rato desnudo sin hablarle... Su hermana era fantástica. ¿Tendría que comprarle también un regalo? Un regalo. Pero ¿cuánto se iba a gastar? A Gilda le gustaban las flores. Podría comprarle un geranio o algo barato. Un cactus del *Todo a cien*. ¿Y si recogía los claveles que tiraban de la floristería? Bueno, bueno, eso ya lo pensaría.

Por otro lado, Perla. No podía evitarlo. De vez en cuando pensaba en ella. La había echado de casa en cuanto Gilda salió por la puerta.

—Si no espabilas no encontrarás pensión —le dijo cruelmente.

—¿Cómo? —preguntó ella convencida de que no había oído bien.

—Es mejor que te vayas.

A Perla se le agrió la sonrisa en la boca. Guido entró en el lavabo sin atreverse a mirarla pero pudo ver en el espejo que ella le seguía con los ojos moviendo la cabeza como diciendo canalla.

La oyó salir de casa dando un portazo. Y no supo qué sentir. Pero ahora sí que sentía algo y cada vez que recordaba aquel ¡blam! de la puerta era como si le dieran un golpe en alguna parte.

Perla...

¿Que habría sido de ella? ¿Dónde andaría ahora?

Después de doce días de tormenta interior, el viernes llegó a su trabajo bastante decaído. Hacía años que no se encontraba así y no podía soportarlo. Como era su costumbre, entró sin saludar al conserje, subió a su planta y se dejó caer en su silla. «Guido», había escrito en el respaldo con rotulador. Su mesa de trabajo se hallaba en un lugar estratégico, en la zona olvidada de los archivos en papel. Allí nadie lo veía y él no veía a nadie. Podía hacer lo que le diera la gana porque sus compañeros lo ignoraban. Sucio y huraño, el personaje que todo el mundo evita.

Él lo prefería así.

¿Qué hubiese pasado si Vicente y Montse no hubieran estado por allí dando la tabarra con el inventario? ¿Habría sido todo distinto? Guido olvidaba cada día que las cosas habían cambiado. Llegaba a su trabajo y se ajustaba en la mesa dispuesto a vegetar. Y es probable que si lo hubiera conseguido, hubiese vuelto a entrar suavemente en su letargo. Y toda su aventura del fin de semana hubiese permanecido dormida en su memoria como un sueño olvidado.

Pero allí estaba Vicente. Llegaba tarde, como siempre, y venía deprisa por el pasillo como si fuera un pez gordo al que esperan en una importante reunión.

—Buenos días —dijo a voz en grito.

—Hum —contestó Guido molesto.

Vicente llegaba dispuesto a soltar algún discurso sobre algo: el cinismo de los políticos, el mal funcionamiento de la administración del Estado o el carácter de algún compañero. El caso era criticar.

—Es increíble —empezó—. Es que si te lo cuento no te lo vas a creer...

—Me duele la cabeza —le cortó Guido secamente.

Vicente frenó su impulso parlanchín.

—Ya te veo —dijo—. Tienes mala cara. ¿Ha llegado Montse?

—No sé.

—Voy a ver.

Al quedarse solo, Guido hizo de tripas corazón y marcó el número de teléfono de su hermana. Colgó antes de que diera señal. Vicente volvía a la carga con el diario y un café de máquina.

—Montse no ha llegado —dijo como si a Guido le importase algo—. Ésta cada día llega más tarde.

Puesto que no le quedaba otra salida, Guido revolvió en sus papeles dispuesto a trabajar. Vicente captó la indirecta y abrió el periódico en busca del horóscopo.

Arreglado el asunto de la conversación no deseada, Guido no estaba tranquilo. Le molestaba la presencia de su compañero, que lo obligaba a trabajar. Y no por la tarea, que no lo disgustaba, sino porque así no podía dejar de pensar y sumirse en su letargo. La actividad que desarrollaba su cerebro, por leve que fuera, le hacía estar despierto, sentir de vez en cuando.

Lo observó detenidamente. Otra vez esa americana de cuadros. Era horrorosa. Vicente era delgado pero tenía barriga, creía que vestía bien pero derrochaba mal gusto.

Guido por lo menos no creía nada.

Vicente se ponía colonia pero era evidente que no se duchaba porque conforme avanzaba el día desprendía un tufillo cada vez más notable. También tenía caspa.

Guido no.

Este asunto de la caspa era una de esas miserias cotidianas que a Guido le resultaban incomprensibles. La cantidad de polvillo blanco que se acumulaba en los hombros de Vicente no variaba a lo largo del día, a pesar de que cuando llegaba a la oficina ya llevaba encima un volumen considerable. Se suponía que ese volumen era el resultado de las dos horas que habían pasado desde que se levantaba hasta que llegaba hasta allí. A ese ritmo, al final del día Vicente debería tener los hombros completamente blancos. ¿Por qué no era así? ¿O es que Vicente apenas tenía caspa y lo de los hombros era el resultado de días y días de acumulación? En ese caso resultaba que Vicente nunca se sacudía los hombros. ¿Sabía Vicente que era un casposo y no se molestaba en disimularlo? Era probable, porque tampoco se molestaba en sacarse las numerosas espinillas que poblaban su cara.

Vicente acabó su café y empezó a hurgarse la nariz mientras leía plácidamente. Cuando acabase iría al lavabo y se encerraría allí media hora.

Guido lo odió.

A media mañana aprovechó la hora del desayuno para llamar a su hermana.

—Dígame.

—Hola, Gilda.

—Guido, ¿cómo estás?

—Bien. ¿Y tú?

—También. ¿Estás trabajando?

—Sí.

—¿Quieres que nos veamos?

—Sí.

—Bueno.

—Oye.

—¿Qué?

—¿Tengo caspa?

—¿Qué dices?

—Que si tengo caspa.

—...no sé, como nos vemos tan poco.

—Pero, antes, ¿tenía?

—No, que yo recuerde.

—Entonces, no debo de tener.

—No sé. A veces sale de repente.

—Ah ¿sí?

—Sí.

—O sea que puede ser que tenga caspa.

—Podría ser. Pero ¿por qué te preocupas tanto ahora de eso? ¿Te pasa algo en la cabeza?

—No lo sé.

—...

—¿Gilda?

—Oye, veámonos hoy mismo. Te iré a buscar a la oficina. ¿A qué hora sales?

—A las seis.

—Muy bien. A las seis en la puerta. ¿De acuerdo?

—Oquey.

El tiempo en esos días se había puesto díscolo. De tanto llamar a un otoño perezoso, la mayoría de urbanitas se acostumbró a vivir una extraña primavera que empezó después del verano. A pesar de las lluvias torrenciales que arruinaron las cosechas de otras partes del país y estropearon los hogares y los coches de miles de personas, el frío no se decidía a pegarse en el asfalto y las plantas de verano seguían floreciendo en los balcones. Como si no pasara nada. Pero aquellas primeras semanas de noviembre no tardaron en poner las cosas en su sitio. Con el cambio horario, los días se habían hecho enanos y, día a día, la temperatura empezó a bajar de manera alarmante. El otoño no existió y un invierno prematuro invadió las calles y las casas para traumatizarlos a todos: plantas, animales y personas. De repente, toda la ciudad se sonaba la nariz con pañuelos de papel víctima de una epidemia de resfriados. Las teles se llenaron de señores y señoras meteorólogos jurando un año de nieve y sabañones. En las tiendas agotaron las estufas, las mantas y las mudas de franela, y el susto bajo cero colapsó las lavanderías con edredones apestando a naftalina y abrigos arrugados. Los perros no querían salir a pasear, las plantas se quedaron tiesas en sus tiestos y la gente mediterránea, siempre tan exagerada, andaba por la calle casi, casi, disfrazada de esquimal.

Gilda se presentó con una bufanda roja que se había tejido ella misma y un abrigo hasta los pies pasado de moda. Seguía con esa cara de desconcierto y sólo le faltaban un par de orejeras para ser la viva estampa de su infancia. A

Guido le reconfortó esa imagen entrañable de su hermana y se atrevió a pedirle que lo acompañara al supermercado.

—¿Al supermercado de la esquina?

—No, al de aquí no que van todos los del curro. Vamos paseando y ya encontraremos otro.

—Ah, bueno.

—...

—Bueno, bueno. Y así que estás bien, ¿eh?

—Mírame si tengo caspa.

—.... A ver... No, no tienes. Pero llevas el pelo sucio.

—Ya lo sé, vamos.

Anduvieron un par de manzanas con los hombros encogidos por el frío psicológico y recordaron las últimas vacaciones que pasaron con sus padres en la nieve. Gilda se reía a carcajadas y Guido esbozaba una sonrisa melancólica.

—Lo que más echo de menos de esos tiempos es la sensación que tenías cuando llegabas a casa, ¿sabes? —decía Gilda, todavía sin saber de qué hablaba realmente, despertando despacio—. Empujabas la puerta del jardín y ya oías a Diablo ladrar. Y entrabas en casa, con el olor de la comida de mamá... El mundo se quedaba fuera y estabas en casa, ¿sabes, Guido? —preguntó risueña. Y se le escapó—: A salvo.

Guido recordó esa sensación con nitidez y asintió ligeramente con la cabeza. Oyó al perro ladrar y casi pudo oler el entrañable aroma de su casa de la infancia. Del hogar. Sintió que su hermana estaba muy cerca de él y le confesó avergonzado y sin pensar que había tomado una importante decisión: comprarse un champú.

—Oh, Guido... ¡Eso es fantástico! —casi gritó Gilda tomando espontáneamente una actitud de antaño.

—Sí, no está mal —opinó Guido en un tono como si volvieran andando de la escuela a casa.

Después en un segundo, se hicieron más amigos pero volvieron a ser los adultos de antes.

—Y... ¿has pensado que para usarlo tendrás que ducharte? —preguntó Gilda como si hablaran de asuntos trascendentes e importantes.

—Sí, bueno. A veces me ducho.

—¿Cuándo?

—No sé. A veces.

—...

—Cada quince días o así.

—Ya.

Si Gilda hubiese hecho algún comentario sobre sus pocas incursiones en la ducha, Guido habría permanecido mudo odiándola en secreto. Pero su hermana no dijo nada al respecto. Estaba sorprendida y prefería ser prudente. Últimamente ya tenía bastante con la nueva perspectiva que iba adquiriendo sobre sí misma y la historia de su vida como para meterse en los asuntos de los demás. Además, en el fondo tenía miedo de que Guido se echase atrás en cualquier momento y renunciase a ser su amigo y al asunto del champú.

Él se sintió obligado a dar algún tipo de explicación.

—Pero las manos y la cara me las lavo cada día. Y con jabón.

—Ah. Pensaba que no tenías jabón en casa.

—No, no tengo, pero hay en el lavabo de la oficina.

—¡Qué listo! Aprovechas cuando vas a trabajar.

—Sí, es por ahorrar.

—Ya, ya. Claro.

—Pero no huele muy bien.

—¿Quién?

—El jabón de la oficina.

—Ah.

—Me compraré el champú que huela mejor.

—Sí, podemos olerlos todos y escoges el que te guste más.

—Vale.

—Oye.

—¿Qué?

—¿Y no has pensado nunca en probar con el gel?

—Sí, a veces.

—A lo mejor hay alguno de ésos de oferta.

—Sí, podría comprarme uno de ésos. Y como también he pensado que a partir de ahora me voy a duchar cada sábado podría estrenarlo mañana.

—¡Jod...! ¡Claro, qué buena idea!

—Es que me enjabono con el lavavajillas y después me pica todo el cuerpo.

—No me extraña, Guido. Los lavavajillas son muy fuertes. Son para los platos.

—Ya, yo lo hacía para ahorrar.

Llegaron a la entrada de un gran supermercado de barrio y Gilda le cogió del brazo. Un poco por cariño y un poco para que no se rajase. Aquel gesto espontáneo de su hermana tuvo en él un efecto mágico y a cada paso que daba estaba más contento. Al llegar a la sección de perfumería Guido se volvió a sentir un hombre nuevo. Iba a practicar el consumismo. Iba a entrar en el mundo de los estantes olorosos y sería un manirroto por un día. Presos de una fiebre de despilfarro compraron todo lo que Guido no tenía: gel, champú, un cepillo de dientes y otro para las uñas, pasta, papel higiénico, desodorante, colonia, jabón de manos, un peine, detergente para la ropa, estropajos, una fregona, ambientador, friegasuelos y un invento genial que arrancaba hasta la grasa más incrustada de la cocina, también cuchillas nuevas y la espuma de afeitar más moderna.

Una locura de nombres, olores y colores.

Cosas de barrio

Busco
lo que el azar no me da.
Exijo
que la suerte me acaricie
con sus dedos de cristal.

Era la quinta vez que Perla pasaba por delante de la portería de Guido. Se había puesto zapatos nuevos y empezaban a dolerle los pies. Llevaba semana y media vigilando la calle hasta que lo veía entrar y salir por aquella puerta de hierro y cristal. Averiguó que salía sobre las 8:40 de casa y que volvía entre las siete y las ocho. Dos días lo vio bajar la basura después del telediario y una vez lo pescó comprando huevos de oferta en la pollería de la esquina. En doce días no pudo saber más. Y no sería porque no hubiese estado haciendo guardia pegada a la ventana horas y horas. La pobre Miqui se creía que rezaba el rosario.

Sí, Perla tuvo suerte. El mismo domingo en que Guido la echó de su casa la granja estaba abierta, la misma en que Gilda se tomó un whisky. Era un local viejo, clásico en la calle, que cerraba los fines de semana, pero últimamente el negocio no andaba bien con tanta competencia a cada paso y la dueña decidió abrir el domingo por ver si hacía caja. Después de dar un par de vueltas absurdas a la manzana, Perla entró allí con los ojos llorosos. Pidió un bollo y un café con leche, y se sentó, toda sola, en la mesa del rincón a tomarse de hipo en hipo lentamente el desayuno.

Vaya con los domingos, se dijo la dueña, mujer mayor y terriblemente curiosa. No había conseguido sacarle una palabra a la alcohólica del whisky y ahora no podía resistir la tentación de saber, por lo menos, qué era lo que le pasaba a esta desdichada. Tomó la escoba y se acercó a Perla barriendo inocentemente un suelo impoluto.

—Mujer —dijo poniendo los brazos en jarras y desviando los ojos de una pelusa imaginaria—, la veo muy nerviosa. ¿No será mejor que se tome una tila?

—No, gracias. Ya se me pasará. Es que he tenido un disgusto —contestó Perla haciendo un esfuerzo por calmarse y cavilando a toda velocidad.

—Bueno, si necesita algo pídamelo, ¿eh?

—Ay, Dios mío —gimió antes de perder el control y llorar abiertamente.

—Pero, bueno. Esto ya es demasiado... —exclamó la del café encantada.

—...ig, ig...

—Pero... ¿qué le ha pasado, mujer, que está así?... Cálmese, cálmese —insistió sentándose a su lado.

—Aying...

—¿Qué le puede haber pasado para estar así?

—Si supiera...

—Cuénteme, cuénteme.

—... Shshshig...

—Cuénteme, que ya verá que no será nada.

—Shay... que soy de un pueblo de Valencia...

—Ya me lo ha parecido por el acento.

—¿Ah, sí?

—Sí, pero siga, siga.

—Pues eso, que he venido de un pueblo a la ciudad para ver a mi novio y al llegar aquí resulta... Shhhshs.

—Tenga una servilleta.

—Gracias. Ssssh... pues resulta que llego a la estación y no llevaba la dirección ni el teléfono.

—Mujer, ¿y cómo se ha venido hasta Barcelona sin las señas de su novio?

—Pues porque en el tren me han robado una bolsa con la agenda y el dinero... y más cosas.

—Fíjate tú. ¿Y quién ha sido?

—Y yo qué sé. El caso es que no sé dónde vive mi novio y aquí no conozco a nadie. Estoy sola y desamparada.

—¡Vaya por Dios!

—¿Qué le parece, eh? Vaya suerte la mía.

—Bueno, ¿y por qué no vuelve a su casa?

—No puedo.

—Ah.

—No, porque somos novios en secreto y me he escapado de casa.

—¿A su edad?

—Sí, ya sé lo que piensa, pero es que mi familia es muy así. Mi padre es muy severo.

—Ah.

La puerta se abrió con un chirrido y entró una anciana diminuta, una mujer reducida por el tiempo y con las manos gastadas. Se acercó con la mirada sonriente y observó la escena unos segundos. Y de esa forma que hacen los mayores, sin disimulo ni vergüenza, pues se saben torpes, sordos y perdonables, cogió a la dueña por el brazo y señaló a Perla con la cabeza.

—¿Qué le pasa? —preguntó.

—Nada, mujer, nada.

—Está llorando —insistió, dispuesta a no dejar pasar ningún asunto suculento en qué pensar.

—Calla, Micaela, ya te contaré.

—Bueno, pues dame un panecillo —dijo subiendo la voz—. Amalia, dame un panecillo.

Amalia suspiró y entró en el mostrador al tiempo que Micaela se dirigía directamente a Perla.

—¿Qué le pasa? —preguntó con su desfachatez de abuela.

Perla levantó la vista de sus manos y la escrutó un segundo.

—Hola —le dijo.

—Hola. ¿Qué le pasa? —repitió.

—Que acabo de llegar del pueblo y me han robado en el tren. Y no tengo adónde ir.

—Menos mal que yo nunca voy en tren.

—Con sus años, no me extraña.

—Toma el panecillo —dijo la dueña saliendo rápidamente de la barra para no perderse ni una palabra y evitar una posible trifulca entre su amiga y la clienta.

—Ah, sí. Dame, dame.

Amalia se puso en jarras y miró a Perla compadecida.

—¿Qué, ya está más tranquila?

—Sí, gracias.

—¿Y adónde va a ir? —preguntó Micaela negándose a desaparecer o cerrar el pico.

—No sé. No tengo adónde ir.

—Ya, ya. Ya me lo ha dicho —repuso la anciana como si Perla fuera una pesada.

—Pues, ¿para qué me lo pregunta?

—Perdón, no me he dado cuenta.

—Perdóneme usted. Estoy muy nerviosa.

—Pobrecilla.

—Oiga —intervino Amalia—. ¿Y su novio no la ha ido a recoger a la estación?

—No.

—Ah, ¿que tiene novio?

—Síííí —respondió la dueña en tono de impaciencia mal contenida.

—¿No será un sinvergüenza?

—Pero ¿qué dice, señora? —saltó Perla—. Mi novio es el mejor hombre del mundo, muy honrado, muy honesto y muy trabajador.

—Como tiene que ser —asintió Amalia cogiendo otra vez la escoba para que no se notase que estaba tan pendiente.

—¿Y dónde está? —preguntó Micaela con cierta suspicacia.

—No sé. He venido sin avisar para darle una sorpresa y no sé dónde vive.

Micaela aspiró profundamente, cruzó las manos en el regazo y afirmó:

—Pues yo alquilo habitaciones.

—¿Tú, Micaela? —preguntó su amiga sorprendida y a punto de soltar una carcajada—. ¿Desde cuándo?

—Desde hoy.

Amalia dio dos escobazos y se apartó un paso preguntándose si la demencia senil podía llegar de sopetón. Sopesó la posibilidad de que Micaela la estuviera criticando toda la semana y al final se atrevió a decir:

—No le haga caso, señora. Se lo inventa.

—¿Qué dices tú, lista? —la increpó la otra.

—Da igual —cortó Perla—, de todas formas no puedo pagarla.

—Ah, si no puede pagar, nada —dijo la anciana.

—Vuelva al pueblo, mujer —aconsejó la del café, como si su oficio le hubiese dado la oportunidad de conocer muchos casos como ése y supiera de qué hablaba.

—No, no puedo. Tengo que quedarme aquí y encontrar a mi novio.

Amalia y Micaela cruzaron una mirada y la primera se alejó a quitar las migas invisibles de la barra.

—Buscaré un trabajo —dijo Perla.

—Precisamente yo necesito una asistenta —se apresuró a decir la anciana—. Puede trabajar en mi casa.

—¿Me pagará?

—¿Te quedarás a dormir?

—Sí, claro.

—Entonces, no te pago, que ya te doy habitación gratis.

—Pues precisamente si me quedo a dormir me tiene que pagar más, porque la cuidaré noche y día —respondió Perla inmediatamente.

Micaela se quedó reflexionando unos instantes y al fin dijo:

—Es verdad, pero tú no tienes dónde caerte muerta.

—Eso a usted no le importa.

—Eres muy contestona. ¿Cómo te llamas?

—Perla.

Amalia se dijo que Micaela desbarraba. Y con cierta compasión pensó que tampoco se llevaban tantos años, que tal vez era la soledad lo que la hacía parecer más vieja y lo que la estaba desquiciando.

—Señora —dijo desde la barra—, no le haga caso que a veces es un poco despistada y no sabe lo que dice.

—Ya me he dado cuenta —contestó Perla—. Cóbreme.

—Deje, deje. Ya la convido. Si vuelve por aquí ya me lo pagará.

Pero la señora Micaela se había imaginado una tarde entretenida, unos días un poco más llenos y no se dio por vencida:

—Bueno, María Perla, vámonos que tienes que hacer la comida.

—No, señora. Lo siento, si no me paga no voy.

—No vaya, que ya le digo yo que... —insistió Amalia.

—Tú calla, Amalia, no te metas —le ordenó con frágil indignación. Y a Perla—: Bueno, te pagaré.

—¿Por adelantado?

—Déjela mujer, que no atina.

—Pides mucho tú.

—Usted misma.

—Bueno, bueno. Vamos a casa y te daré algo. Venga vamos.

Perla metió su monedero en el bolso despacio y miró a la vieja a la cara.

—De acuerdo —suspiró—. Probaremos, a ver qué pasa... —y se volvió para despedirse de Amalia—: Señora, muchas gracias por todo.

—De nada, mujer. Vuelva y cuénteme cómo le ha ido.

—Descuide, no me iré sin despedirme.

—Ya te lo contaré yo —intervino Micaela—. Venga, María Perla que se hace tarde. Adiós, Amalia.

Salieron del brazo y cruzaron la calle a la velocidad de las ancianas. Estando así, la una junto a la otra, Perla se dio cuenta de que la señora era más bajita y más enclenque de lo que había pensado.

—¿Dónde vive usted, Miqui? —le preguntó intrigada.

La abuela pensó que nunca en su vida la habían llamado así y se acordó del ratón Mickey. Sin embargo, por alguna razón entrañable, le gustó el diminutivo y no dijo nada.

—Aquí enfrente —respondió. Y, rebuscando las llaves en el bolsillo de su abrigo negro, preguntó—: Oye, ¿y qué sabes cocinar?

—Pues muchas cosas. Cordero, cochinillo, cocido, espagueti, gazpacho, hamburguesa, huevos fritos, estofado...

—Oye, ¿y paella?

—¿Paella? Hum... Sí, sí, claro. Hago una paella buenísima.

Sí, Perla tuvo suerte. En cuanto descubrió que desde el balcón de su habitación controlaba perfectamente el edificio de Guido y sus alrededores decidió quedarse allí contra viento y marea. Ese mismo domingo ya preparó la comida, fregó los platos y planchó la ropa. Entre tarea y tarea, Miqui le iba preguntando sobre el rocambolesco pasado que se había inventado y ella contestaba alegremente a las preguntas dando rienda suelta a su imaginación.

Es verdad que la anciana no atinaba del todo, como todos los viejos, pero Perla estaba convencida de que no se metería mucho con ella y de que la dejaría hacer su vida. Por su lado, Miqui fingía agradecer que necesitaba a alguien que llevase la casa. Pero lo que le importaba en realidad era tener compañía por las noches y alguien en quien pensar.

Porque el invierno estaba allí y últimamente en su casa hacía más frío que nunca. Y también más miedo y soledad.

¿Dónde estará este hombre?, se dijo Perla mirando fijamente el teclado del interfono como si éste fuese a decirle algo. Las ocho y Guido no aparecía. Se apoyó en un coche. Las 8:30. Hacía frío y aquellos tacones la estaban matando. De pronto se sintió ridícula. ¿Y si él se presentaba con otra? No podría soportarlo. Empezó a andar calle abajo mientras se imaginaba la escena como si la estuviera viviendo. Dio unos pasos despacio sintiendo una gran decepción y se le humedecieron los ojos. Guido aparecía colgado del brazo de otra mujer, Perla hacía de tripas corazón y lo saludaba cordialmente, pero la pareja pasaba de largo y la igoraba. Entonces ella los seguía sin querer creer lo que veía, se les acercaba e increpaba a Guido cogiéndolo teatralmente del brazo. A pesar de todo, él la seguía ignorando y su novia le decía con altivez señora, no moleste.

En este punto le entró coraje. Anduvo unos pasos rápidamente pisando fuerte. Estaba rabiosa...

De repente volvió a la realidad y cayó en la cuenta de que se estaba alejando demasiado. Dio media vuelta justo a tiempo para ver cómo Guido se sumergía en la oscuridad de la portería y la puerta se cerraba tras de él. Corrió hacia allí con la esperanza de encontrarlo esperando todavía al ascensor. Demasiado tarde, aquella máquina maldita se alejaba inexorablemente escaleras arriba.

Quiso morirse. Había perdido su oportunidad. ¿Y ahora qué?, se gritó maldiciendo su suerte. Sabía perfectamente en qué piso vivía, 5º 2ª. Cada día miraba ese botón esperando el momento en que pudiera oprimirlo. De tanto vigilarlo había llegado a darle los atributos de un ser vivo y lo consideraba como tal. A veces era su amigo, un aliado. Otras su enemigo más feroz, el cancerbero que la separaba de su amado.

Se acercó a él indecisa.

—¿Qué hago? —le preguntó.

Se moría de ganas de ponerle el dedo encima pero no quería hacerlo. Perla no estaba enfadada, sólo quería hacerse la ofendida. Había preparado un encuentro fortuito para retomar el contacto con Guido echándole la culpa a la casualidad. Le había salido mal y no quería resignarse a pasar un día más sin hablarle.

—¿Qué hago? ¿Qué hago? ¿Qué hago? —volvió a preguntar subiendo el tono en cada letra.

—¿Entra usted? —inquirió una voz a su espalda.

Perla dio un salto soltando un alarido que alarmó a los transeúntes que pasaban a varios metros a la redonda.

—Oiga, que no soy tan feo —le escupió el vecino, todavía lívido por la impresión y seriamente ofendido por el escándalo.

Perla lo miraba aterrada con los ojos muy abiertos. Se sentía como si ese hombre fuera un policía que la había pillado haciendo algo prohibido. El hombre, un señor canoso y a punto de jubilarse, abrió la puerta.

—¿Entra usted? —volvió a decir muy serio.

Era evidente que hacía la pregunta por educación pero que esperaba que aquella mujer no viajase con él en el ascensor.

Perla lo odió.

—Déjeme en paz —le dijo fuera de sí mirándolo a los ojos y leyéndole el pensamiento—. Que no soy una loca escapada del manicomio.

El hombre levantó las cejas sorprendido y se escabulló sin decir nada. Una vez dentro se aseguró de que la puerta quedase bien cerrada.

Entonces Perla atacó al interfono con las manos abiertas oprimiendo con saña todos los botones que pudo por pura rabia. Y se alejó de allí oyendo las voces de los vecinos que preguntaban ¿sí? ¿quién es? ¿diga? ¿quién llama?

Violencia

Es una fiera escondida,
un absurdo agazapado.
Veneno con ruido.
Daño.

Guido estaba en la cocina cuando oyó el timbre del interfono chillando breve-
mente. Por el patio de luces le llegaron los gritos de otros timbres que sonaban a
la vez. La bromita de siempre, se dijo, y no se molestó en contestar. Había llegado a casa dispuesto a ser un hombre limpio, higiénicamente limpio, y ahora
revolvía en los armarios bajo el fregadero para hacer sitio a los nuevos productos que acababa de adquirir. Pero antes de guardarlos quería leer detenidamente las instrucciones de cada etiqueta y disfrutar por adelantado de todos los olores nuevos que iban a llenar su vida. Por eso se había propuesto sentarse en el
sofá, la tele en marcha, cerveza en mano, y repasar los envases uno por uno. Pero
en cuanto se quitó su vieja trenca sintió que no podía esperar. Metió la mano en
una bolsa y sacó un estropajo supersónico que casi prometía limpiar solo.

—Voy a probarlo.

Corrió a la cocina dispuesto a estrenarlo. Mucho rato después de fregar y
fregar se le acabó el lavavajillas.

—Perfecto, voy a buscar el nuevo.

Al cruzar el salón vio en la televisión el anuncio de una película de medianoche.

—Qué bien, la veré —canturreó rebuscando entre las bolsas.

Entonces se empezó a poner nervioso. Tenía que acabar de fregar los platos,
mirar y ordenar todo lo que había comprado, hacerse la cena y acabar a tiem-

po para no perderse el principio del filme. Cogió el nuevo lavavajillas y corrió a la cocina. Al abrir la basura para tirar el viejo, un fuerte olor a podrido lo detuvo en seco.

—¡He de bajar la basura! —exclamó obsesionado con la idea de alejarse de sus viejas costumbres de inmediato.

Se atolondró. Dejó los platos tal como estaban, se puso la trenca y salió a la calle con los zapatos desabrochados.

Debían de ser las once y el frío polar recogía a las personas en sus casas. Las aceras estaban desiertas. Demasiado calladas.

Pero Guido, a pesar de la temperatura y de que tenía prisa por volver, dejó su basura en el suelo y metió la cabeza bajo la tapa del contenedor. Al abrirlo le había parecido distinguir algo interesante entre las bolsas, tal vez una lámpara. No quedaría mal colgada en el pasillo. Con aquella luz no se veía bien. Se tapó la nariz y estiró el brazo para tocarla...

Oyó los pasos pero no computó que se trataba de una cacería de cobardes. No sintió la violencia cortando el aire y desgarrando la armonía. Estaba sumergido en un cubo de basura gigante y no vio la mierda que había en la calle.

El primer golpe lo paralizó. Fue una patada brutal en los riñones que le cortó la respiración. No tuvo tiempo de reaccionar, la tapa del contenedor se cerró sobre él, el hedor a basura penetró en sus fosas nasales y más y más golpes le cayeron en las piernas y la espalda sin tregua para nada.

Quiso gritar.

No pudo.

Unas manos le arrancaron de la oscuridad y tocó el suelo bajo una lluvia de puños y patadas. Allí fue mucho peor, parecía que mil pies de madera le estuvieran pateando la cabeza a la vez. Y el cuerpo entero.

Todo sucedía tan deprisa.

Patadas.

¿Por qué sucedía?

La boca rota.

Brutalidad gratuita.

Un gusto a metal.

¿Por qué?

Más golpes.

No era un hombre. Era un bulto.

Incapaz de comprender.

Y la sorpresa. Cómo se puede pegar tan fuerte.

¿Por qué?

Cómo puede doler tanto.

Cómo.

Y, otra vez, no entiendo nada.

Unas voces gritaron, muy lejos, desde un balcón, desde el cielo o desde el aire, ¡policía, policía! Y tuvo un momento de tregua.

Después, algo duro le golpeó la cabeza y oyó el ruido de su cráneo crujiendo bajo el ladrillo de barro, un par de patadas más, y unos pasos que corrían con pisadas de sangre.

Y perdió la dignidad, el sentido, sin pedir auxilio.

En el suelo se quedó el estilete que rebotó en su costilla.

Sucio de rojo y afilado.

Perla pisó la calle en ese momento. Un impulso animal de miedo, impotencia y furia la pegó al suelo. Escuchó cómo la puerta de su escalera se cerraba tras de sí a la vez que desfilaban corriendo frente a ella.

El tiempo se movió a cámara lenta y le alcanzó para clavarles la mirada. Inquietante, sólida, acerada como un rayo o un puñal. Un estilete de aire.

La miraron con la cara del demonio.

Eran tres. Eran jóvenes. Eran malos.

Convalecencia

Parece que ha cesado el ruido...
Dejaré que me llene este silencio.

Que se callen los científicos. Que no mientan. Y si hablan, que nos digan la verdad, a las claras, con la cabeza alta y la mirada limpia, sin vergüenza.

¿Cómo entra una persona dentro de otra persona? ¿Por qué nos gusta tanto que nos quieran? ¿Tiene alguien alguna teoría realmente coherente o es que todo es un asunto de magia?

No se sabe.

Guido recibió una paliza impresionante y Perla estaba allí. Lo acompañó al hospital y no le soltó la mano ni un momento. Lo llevó a casa, lo metió en la cama y lo estuvo acariciando hasta que se durmió, como a un niño. A partir de entonces se hizo con un doble de las llaves e iba a visitarlo cada día. Le hacía la comida, se la daba en la boca, le contaba cosas, lo besaba entre las vendas y le metía mano por debajo de las sábanas.

Y él se dejó querer. Permitió que lo cuidase, que le limpiase la casa, que hablara como si fuera su novia una vez que llamaron por teléfono y que hubiese un cepillo de dientes rosa en su lavabo.

Él la dejó hacer. Pero a pesar de todo, en esos días, no le abrió su corazón.

Y ella lo sabía.

Pero no podía hacer nada.

Guido, como quien dice, acababa de nacer. Y no era su momento para perderse en los caminos del amor. Todavía tenía muchas cosas que pensar y aventuras secretas que vivir. Descubrirse a sí mismo. Reconstruirse después de sus años de miseria. Y ni siquiera lo sospechaba. Por eso la dejó ganar terreno y que lo tratase como si le perteneciera. Por eso jugó a los novios con ella y se metió en una película que acabaría asfixiándolo.

Pero en aquellas semanas de convalecencia nadie podía predecir todo lo que estaba por llegar. Como todo el mundo, ellos creían que la vida está hecha de ciclos. Y que después de un cambio llega una etapa de calma que durará toda la vida. Preferían ignorar el gran secreto del ser, el arma más valiosa para vivir en paz: la conciencia de que la vida es cambio permanente. Cada minuto.

Perla creyó que había llegado su momento de armonía. Tenía habitación en casa de Miqui y se sentía independiente. Tenía a Guido postrado en la cama y fingía que era suyo. No pensaba en nada más. Sólo quería pasar sus horas junto a él, mirarlo a los ojos, contarle historias, besarlo hasta cansarse. Y quererlo, quererlo y quererlo.

Atrás, muy lejos, quedaba su otra vida.

Guido disfrutaba de la placidez de aquellos días perezosos. Todo era agradable a su alrededor y estaba retrasando el momento de enfrentarse con lo que le había sucedido. Había pasado de la mayor soledad, del abandono, a convertirse en el receptor de las atenciones de dos mujeres, Perla y su hermana. Sentía que alguien en el mundo se preocupaba por él y su corazón se abría suavemente al calor de la compañía.

Gilda iba a visitarlo las tardes que Perla no estaba. Llegaba con la cara helada por el frío de la calle, se quitaba el abrigo y los zapatos y se tumbaba en la cama junto a él. Charlaban o se quedaban en silencio. Daba igual. Estaban juntos porque se necesitaban.

Y así, de rato en rato, se fueron contando el uno al otro todos los años en los que se habían ignorado.

Con Guido postrado, Gilda se había atrevido a husmear por la casa libremente y había encontrado aquellos discos viejos que ponía de vez en cuando. Las canciones de otra época los llevaban al pasado y los hacían sentir que habían tenido muchas cosas en común. La vida de uno formaba parte de la vida del otro, y eso nadie podría cambiarlo. En esos días, ninguno de los dos se dio cuenta de que, en aquellas tardes acogedoras en que Perla ya había conseguido poner en marcha la calefacción que Guido despreció durante años, ambos empezaban a recuperar su identidad.

En una de las últimas visitas, cuando el herido ya deambulaba por la casa totalmente recuperado, Gilda encontró aquel disco. El último regalo de cumpleaños que Guido recibió de sus padres.

Muchos años atrás, la víspera del decimoctavo aniversario de Guido, los dos hermanos salieron de fiesta a celebrarlo con sus amigos, allí donde vivía la familia, en un pueblo. Antes de marchar, sus padres los despidieron con lágrimas y abrazos. Nos emociona ver cómo os hacéis mayores, se excusaron. Pero cuando volvieron, a las cinco de la mañana, encontraron aquel disco en la mesa de la cocina y una nota:

Queridos hijos,

creemos que los dos ya sois mayores de edad. Y lo que diga la ley no nos interesa. Vuestra vida empieza ahora y a nosotros ya nos toca empezar a vivir como queremos. Nos vamos a instalar en otro sitio, puede que muy lejos de aquí. No podemos llevaros con nosotros porque vamos a cumplir nuestro sueño y vosotros tenéis que hacer realidad los vuestros. Cuando menos intentarlo.

Sabemos que estas líneas os parecerán pocas para una despedida, pero hay cosas que no se le pueden explicar al que no las ha conocido. Esperamos que con los años lleguéis a comprenderlo y que germinen las semillas que hemos plantado en vuestros corazones. Pensad que siempre, absolutamente siempre, más vale tarde que nunca para hacer lo que uno quiere de verdad. Escuchad a vuestro corazón y no malgastéis los días siendo infelices. La vida es corta, y un día que pasa no vuelve a pasar jamás.

La casa está a vuestro nombre, haced con ella lo que os parezca mejor. En vuestra cuenta del banco hemos ingresado algo de dinero y hay comida en la nevera.

Hagáis lo que hagáis estará bien hecho.

No nos busquéis. Aunque ahora no os lo parezca, os queremos mucho más de lo que os podéis imaginar.

Algún día entenderéis que los padres también tienen derecho a vivir la vida como quieren, y a empezar de nuevo.

Papá y mamá

Posdata: Pase lo que pase acordaos de que, desde algún lugar del mundo, os seguimos queriendo.

Aquella noche durmieron la borrachera como si la cama de matrimonio vacía de sus padres fuera sólo una broma. Pero día a día la ausencia de los seres que los habían traído al mundo, aquellos que los habían cuidado y protegido durante toda la vida, fue conformándose como una dura realidad. Un miedo indescriptible, sutil, desconocido hasta entonces, se apoderó de ellos.

Quizá fue eso lo que hizo que en lugar de convertir su casa en el cuartel general de su pandilla, tal como sugerían sus amigos, Guido y Gilda se comportaran como hijos modelo durante algunas semanas. Todo lo que había significado una batalla padres-hijos antes de la huida, poner la mesa, ordenar la habitación, estudiar para septiembre, bajar la música, vigilar con el teléfono, quitar los pelos de la bañera, no llegar tarde por las noches, no doblar las páginas de los libros, comer juntos, lavarse los dientes, etcétera, se convirtió súbitamente en norma de la casa. Los dos, en el fondo de sus corazones, esperaban que regresaran. Y creían que portándose bien lograrían que un buen día todo volviera a ser como antes. Como si sus padres fueran telépatas o Dios, y supieran lo que estaba pasando. Como si se hubiesen ido, un poco, por su culpa.

Aquel verano sus padres no volvieron. Y ambos se encontraron con todos los exámenes aprobados y sin saber qué hacer. Algunos de sus amigos empezaron a trabajar en serio, otros dejaron el pueblo para ir a la universidad. Ellos no habían hecho planes. Gastaron sus días sencillamente esperando.

Entonces algo curioso sucedió. Los padres de Gilda y Guido no tenían contacto con la familia, habían criado a sus hijos como si no tuvieran tíos, primos o abuelos. Los dos habían construido un mundo aparte que se hizo más grande con la llegada de los pequeños; ahora que los niños eran mayores volvían a encerrarse en su burbuja y empezaban de nuevo. El uno con el otro. Ésa era su filosofía. Pero los hermanos de sus padres no se habían olvidado de ellos y una noche, a la hora de cenar, llamó su tío por teléfono. La familia, al descubrir que Guido y Gilda habían sido abandonados, los invitó a pasar las Navidades de casa en casa.

Este encuentro fue un fracaso.

El rencor de las familias se filtraba en todas las conversaciones, y Gilda y Guido, lejos de encontrar consuelo en esos desconocidos que llevaban su apellido, sólo pudieron encerrarse en ellos mismos y afirmarse en la idea de que sus padres eran maravillosos y que todas aquellas gentes, tan unidas, tan felices, no eran más que unos hijos de puta. Los reproches sobre la trayectoria de la vida de su padre, que prefirió encerrarse en un pueblo haciendo de inventor en lugar de amasar dinero trabajando con traje y corbata, los comentarios sobre los escotes y el carácter excéntrico de su madre, los ataques continuos a la educación liberal que los dos habían recibido, las prohibiciones y las zapatillas para sacarle brillo al parquet acabaron con la resistencia de los dos jóvenes, que volvieron a su pueblo a pasar la Nochevieja. Pero allí las cosas no fueron distintas. Los padres de sus amigos también los invitaron a cenas y meriendas, compadeciéndose de ese par de chicos que estaban solos en Navidad. El resultado de aquellas visitas fue más devastador. Además de descubrir que aquellos señores eran y pensaban igual que sus tíos, Gilda y Guido acabaron discutiendo con sus amigos por los malditos comentarios que habían hecho sus padres. Al fin concluyeron que era una suerte no tener que soportar a ningún tipo de padre, fingieron que dejaban de esperar y dejaron que su casa se llenase de gente entrando y saliendo a cualquier hora del día.

Al llegar la primavera se les acabó el dinero.

El pueblo se les había hecho pequeño, sus gentes provincianas y la casa una trampa de esperanza. La malvendieron. Gilda se fue a Madrid a estudiar música. Guido escogió Barcelona y la facultad de Historia. Una estación de tren separó sus vidas, que a partir de entonces tomarían rumbos bien distintos. Y, aunque años después volverían a cobijarse bajo el mismo techo, tendría que llover mucho para que los dos hermanos volviesen a encontrarse.

Las primeras notas de aquel disco los hicieron sonreír, a Guido sólo por dentro. Cuántas cosas habían pasado desde entonces...

Se oyó la puerta y Perla apareció aterida de frío.

—Ay, pero si esta canción la conozco —dijo.

Y empezó a tararearla. Gilda se puso a cantar y las dos se fueron animando subiendo la voz en cada nota. Guido las miró; eran tan distintas. Sintió que Perla lo llenaba todo con su presencia, como un fuego abrasador que lo quemaba por delante. Y pensó que Gilda era una luz pequeña, la llamita de una vela en un cuarto vacío. Quizás en su corazón.

Despertando

Hay un ruido.

Gilda recogió la correspondencia que el portero le tendía y se metió en el ascensor sin saludarlo. En cuanto se cerró la puerta le sacó la lengua por la espalda y se bajó de los tacones para que sus pies doloridos se acomodaran a la forma plana del suelo. Aquel hombre no era el mismo desde que era viuda, desde que su marido ya no estaba allí para mirarlo por encima del hombro y exigirle servilismo. Ahora se permitía el lujo de no abrirle la puerta cuando llegaba cargada, y la trataba como si ella no mereciera vivir allí. Cuando venían sus suegros, en cambio, se bajaba los pantalones hasta los tobillos y sólo le faltaba lamer el suelo que pisaban. Gilda estaba convencida que ese hurón la espiaba y le pasaba información cada día a Carolina, su cuñada, cuando ésta traía del colegio a los niños por la tarde.

Llegó hasta su planta sin mirarse al espejo, con la sensación de que, por mucho que intentara disfrazarse y fingir, en las entrevistas de trabajo de esa tarde todos se habrían dado cuenta de que era una farsante.

Una vez en el rellano, la puerta de su casa le pareció una muralla. Tras ella, los gritos de los niños correteando por el pasillo. La voz de Carolina los llamaba desde la cocina.

—No puedo —murmuró, y se dejó caer en un escalón.

Estaba agotada, dolorida y deprimida. No podía con eso, con todo, con los niños, la casa y su cuñada. Su vida cotidiana, cruzar la puerta, se le hacía una montaña.

Ojeó la correspondencia con la esperanza de encontrar una respuesta positiva a las decenas de currículums que había mandado buscando trabajo. Aunque le hubiesen notificado que había otras diez candidatas a hacer de secretaria mal pagada, el solo hecho de haber pasado una primera selección le habría cargado las pilas y hubiese podido entrar en casa con otra cara.

Además de facturas, sólo encontró propaganda.

Durante unos momentos se quedó absorta en la idea de que la mayoría de sobres iban dirigidos a su marido. Es una sensación extraña, ésta de las cartas que mandan a los muertos. Es, no sé, como una broma pesada. Una bofetada que se escapa sin querer, y a ti te da en la cara.

Está muerto, quería gritarles a los que seguían mandando esas cartas. Dejadme en paz.

Pero al mundo sus angustias no le interesaban.

Sin saber por qué sintió una llamarada de odio hacia Carolina y desgarró un sobre con rabia. En su interior descubrió un aviso de impagado, medio millón. Genial, el listo, el perfecto del muerto había dejado otro pufo rondando por ahí.

Eso la despabiló. Se le escapó una carcajada llena de veneno y desplegó bien el documento para pasárselo por la cara a su cuñada. Sin embargo, no podía entrar en casa. Le parecía que estaba pegada al suelo, que la fuerza de la gravedad, esa tarde, tenía un magnetismo aplastante.

Volvió a mirar el aviso de impagado intentando recordar de qué negocio extraño se trataba y la imagen de su marido, cuando lo conoció, joven y prometedor, le llegó de sopetón. La gente no cambia tanto, se dijo al caer en la cuenta de que aquel joven no era el mismo hombre con el que había vivido diez años. ¿Acaso él había sido siempre un capullo y ella no se había dado cuenta? ¿Tan ciega estaba? ¿O es que Gilda era imbécil...?

Se lo presentó una amiga al poco de dejar ella la casa de Guido, después de pelearse con el único miembro de su familia que sabía dónde estaba. Y a Gilda le encantó: alto, guapo, aventurero, prepotente y con dinero. Se enamoraron en el acto y él le ofreció todo lo que ella no tenía: un estatus, un hogar y una familia política que le amargaría la vida.

Después de los años que pasó en Madrid haciendo la bohemia y de vivir a salto de mata, le ofrecían una seguridad económica y emocional. Un lugar donde quedarse para siempre. Una cárcel.

Sus suegros jugaron a hacer de padres adoptivos, padres de mentira que fingían quererla como a una hija. Carolina entró en el juego haciéndose la cuñada perfecta porque era la mayor; la hermana atormentada por su esterilidad que adoraba a su hermano comida por los celos.

Ahora, la muerte de su marido ponía en evidencia la verdadera situación, el hecho real de que con tus suegros te has de comportar y achantar como un hijo, pero que ellos no te consienten ni te cuidan como lo harían tus padres. Ya sabemos que la familia es una mierda, pero la familia política todavía apesta más.

¿Acaso se habían prestado a mantenerla hasta que encontrara trabajo? No. ¿Le habían dado dinero? Sí, pero prestado. A los niños les compraban de todo, les pagaban el colegio, los caprichos; las clases de hípica, el ballet; les llevaban ropa, comida y golosinas...

¿Y a ella? A ella no.

A ella nada.

¿Por qué no le daban dinero en lugar de enviar comida del supermercado y llevarse a los niños de compras? ¿Por qué domiciliaron en su cuenta las facturas de los pequeños en lugar de nutrir la de Gilda?

¿Por qué?

Porque Gilda no era suya. No llevaba su sangre y no tenía derecho.

En cambio, los niños sí. Eran hijos del hijo y del hermano, nietos y sobrinos; su legado genético y fisonómico. Algo de ellos. Y Gilda sólo era la madre que los parió. Y podría haber sido cualquier otra.

Pensó que hubiese hecho lo que hubiese hecho, nada habría cambiado esa verdad: ella no llevaba su sangre, y sólo por eso no era de la familia.

Allí, sentada en un escalón que empezaba a transmitirle el frío del suelo, se sintió más rechazada y herida que nunca. Engañada, humillada después de tantas cenas y comidas, besos, felicitaciones, llamadas de teléfono y regalos de Navidad.

Es más, empezaba a sospechar, de una forma oscura, abstracta, que le habían robado algo. Entre todos la habían vaciado. Su marido estaba muerto y enterrado, y encima de tener que seguir soportando a su familia, se veía obligada a darles las gracias porque hacían eso que les gustaba tanto hacer, eso que les hacía sentirse mejores: mantener a los niños, cuidarlos.

Malditos todos.

Tanto tragar y no tenía nada.

La puerta del infierno

Quiero gastar mis horas en amar.

—Oye, ¿no te irás sin hacerte la cama? —le dijo Miqui cuando la vio retocándose con la esponjita de maquillarse.

—Miqui, no me diga lo que tengo que hacer que usted no es mi madre ni yo tengo quince años —le contestó Perla.

—Ya, ya. Menos mal que no soy tu madre, que si a tu edad todavía tuviera que hacerte la cama, iría yo apañada.

—Bueno, pues eso —murmuró con la boca abierta y la barra de carmín apoyada en el labio superior.

—Oye, ¿pero no me vas a dejar la habitación así, toda revuelta? —insistió Miqui entrando en el lavabo.

—Si no se metiese a husmear en mi cuarto, no sabría si está limpio o está sucio o está desordenado, y no estaríamos discutiendo. ¿Lo ve, como siempre es usted la que empieza a pelear? —replicó buscando el rímel en su estuche de pinturas.

Se peinó las pestañas.

—¿Pero tú crees que a los cuarenta años tienes que estar todavía así, todo el día arriba y abajo, con la habitación patas arriba, como si fueras una chiquilla?

—Mire, Micaela, yo no me meto en su vida ni le digo lo que tiene que hacer, ¿verdad? ¿Le digo yo a qué hora tiene que sacar a la perra a pasear, lo que tiene que comer o cuándo tiene que acostarse? No, ¿verdad?

—...

—Pues entonces, ¿por qué narices me lo tiene que decir usted a mí? ¿Por qué no me puede dejar que haga mi vida tranquila?

Un poco de colorete.

—Pues porque eres mi asistenta y tienes que dejar la casa limpia y ordenada, y...

—¡Ah! No se atreverá a decir que no hago bien mi trabajo, ¿eh? No me diga que no limpio y recojo todo el día. ¿Y la comida? ¿Se ha quedado algún día sin comer?

—Sí, señora —saltó Miqui.

—¿Sí, señora? ¿Sí, señora? Pero qué dice. Es verdad que un día no le dejé la comida preparada, pero le compré una pizza y la pagué yo, amiga, con mi dinero. O sea que sin comer no se quedó.

—Piza, piza, yo no quiero comer esa porquería de piza y cosas congeladas.

Perla salió del baño y cruzó la casa. Miqui se quedó rezagada en el pasillo controlando sus movimientos.

—Vaya, hombre. Usted no quiere comer pizza, como las niñas malcriadas —iba hablando a cada paso—. Esto no me gusta... —entonó con voz de tonta—. Pero yo tengo que ser perfecta y recoger cada día. MI habitación...

Cogió su abrigo y anduvo hasta la entrada.

—Nooo, no, no, no —concluyó—. Esto no es justo.

—Mira que eres... —masculló la abuela.

Antes de salir se atusó el pelo mirándose de arriba abajo en el espejo.

—Y no tengo cuarenta —le gritó desde el fondo del pasillo—. Tengo treinta y ocho. A ver si se entera.

Cerró dando un portazo.

Bajó taconeando deprisa los tres pisos que la separaban de la calle. Últimamente Miqui se estaba poniendo insoportable con tanto dar la vara cada vez que la encontraba arreglándose para salir. Ya se sabía que la vieja tenía soledad y que le gustaba que le hicieran compañía, pero estaba claro que lo que Perla no podía hacer era pasarse el día en casa para que la otra estuviera contenta.

Estos abuelos son como los niños, se dijo, a la que les das la mano te cogen el brazo entero.

Cruzó la calle y llamó al interfono de Guido. Suponía que nadie contestaría porque ya le habían dado el alta y estaría trabajando, pero en cualquier caso siempre es mejor cerciorarse de que una casa está vacía antes de meterse dentro sin permiso del dueño. Esperó el momento de rigor y abrió la puerta. Sabía que no debería estar allí, que si Guido la pillaba, aunque sólo fuese esperando al ascensor en el rellano, las cosas aún podrían ir peor. Pero no podía evitarlo porque una fuerza poderosa la arrastraba. Perla estaba locamente enamorada y sufría en un infierno de pasión. Porque algo en su interior le decía que ese hombre podría vivir tranquilamente sin ella.

Ahora que se habían acabado las visitas de la convalecencia lo echaba de menos desesperadamente y buscaba sentirse cerca de él de cualquier modo, alimentar su ilusión. Sus muebles, la ropa tirada por allí, sus objetos personales, los restos de comida en el fregadero... Cualquier cosa relacionada con Guido era maravillosa y podía ser amada. Hasta un cabello sin caspa enredado entre los dientes de su peine.

A veces lo cotidiano es tranquilizador.

Cualquier objeto que estuviese fuera de su lugar le podía dar información de lo que había estado haciendo por la casa. Y eso la reconfortaba. Imaginarlo en sus quehaceres domésticos la apartaba de otras fantasías aterradoras en las que Guido era un ser fascinante con una vida misteriosa en la que ella no cabía.

Y la verdad es que Perla tenía sus razones para estar inquieta. Aparte de aquellas primeras noches en que él era un saco desfigurado que no podía mover un dedo, no volvió a dormir con él. Un buen día, buscando las palabras dulces que Guido no le daba, se encontró con el silencio más amargo.

—Bueno, ahora que estás mejor ya te puedo dejar que pases la noche solo... ¿No, cariño? —le dijo.

Esperaba una respuesta tipo por favor quédate o, tal vez, no creas que estoy tan bien, podrías quedarte hoy por si tengo que levantarme a mear, en el puro estilo Guido. Pero él no dijo nada. Y ante la sorpresa Perla insistió.

—Bueno, pero si quieres me quedo hoy también.

De nuevo silencio.

—Que no me cuesta nada y me gusta estar contigo...

Apostó fuerte y perdió. Guido encendió la tele con el mando a distancia y siguió callado.

Era el momento de irse de allí y dejarlo solo echándola de menos todo un día o hasta dos. Pero los animales, cuando estamos inseguros y tenemos miedo, somos capaces de quitarnos las bragas y tirarlas por el balcón. Y eso fue lo que hizo Perla. Como Guido no le daba sus noches, ella apuraba los días saturando a un hombre esquivo y solitario con sus constantes atenciones. Miqui no le veía el pelo, comía sola cada día y la mayoría de veces platos precocinados del súper más barato. Su inquilina había pasado con brusquedad de perder las horas pegada a la ventana a pelear por un minuto con su novio. Por la noche la oía llegar sobre las dos y dar vueltas en la cama hasta que caía rendida. Por las mañanas se levantaba ojerosa y con un cenicero lleno de colillas, hacía las faenas de la casa deprisa y mal, se pintaba y salía disparada.

Nunca tenía hambre.

—¿Pero qué tiene ese hombre, que te ha vuelto tonta? —le decía la vieja cuando la veía trapo en mano ensimismada—. Y digo yo que te hubiese ido mejor si no lo hubieses encontrado...

O bien:

—¿Ya sales otra vez? Si acabas de llegar. Ándate con ojo que se va a aburrir de verte. Tendrías que hacerte de rogar, en lugar de estar ahí siempre dispuesta.

Y esto la ponía enferma, porque era lo último que quería escuchar.

Dio vuelta a la llave con sigilo y se coló en el piso. La ausencia de la trenca de Guido en la silla del recibidor le confirmó que no estaba en casa. A pesar de todo, anduvo unos pasos de puntillas, husmeando sigilosa en la sala y la cocina. Todo quieto.

Entró en la habitación para inspeccionar la cama revuelta y una idea mordaz le hizo abrir el cajón de la mesilla para contar los condones por si faltaba alguno que no hubiese usado con ella... cuatro, cinco, sí, muy bien, todo en orden. Se tranquilizó y permaneció unos momentos ensimismada. Así, con la casa vacía y en silencio, le parecía que Guido no existía y que no era más que un sueño...

Pegó su cara a la cama para salir de aquella ilusión inquietante y aspiró con vehemencia su olor en los pliegues de las sábanas. Se alimentó con él. Cogió la almohada más mullida, la abrazó con fuerza buscando el sustituto del contacto que anhelaba y la cubrió de besos, la acarició, le dijo las cosas más bonitas, le dio el amor que Guido no quería. Y, al fin, deslizó lentamente su mano entre las piernas.

De pronto, el timbre estridente del teléfono la sobresaltó. Con el susto, dejó de respirar y su cuerpo se hizo estatua. Su mente, sin embargo, se movió con sorprendente agilidad. ¿Quién podría ser si todos los que habían llamado mientras estaba enfermo, es decir, su hermana y del trabajo, sabían perfectamente dónde estaba? Se oyó un segundo timbrazo. ¿Sería otra mujer? La intriga se la estaba comiendo.

Al tercero descolgó.

—¿Diga?

—¿Con Guido, por favor? —dijo una voz masculina.

Quiso contestar se equivoca, pero la curiosidad pudo más.

—¿Quién llama?

—Soy Juan. ¿Está Guido por ahí?

—¿Juan qué?

—Juan. Un amigo.

—...

—¿Oiga?

—Sí. ¿Y por quién pregunta?

—Eee... Me parece que me he equivocado de número. ¿Es el xps yz zt?

—No, no. Se equivoca.

Colgó. Un minuto después el teléfono volvió a sonar diez veces con un ritmo matemático. Luego entró el silencio.

Mejor que me vaya, se dijo recordando el momento en que Guido le pidió que le devolviera las llaves y ella se quedó petrificada en el silloncito.

—Luego te las doy... —le contestó Perla hablando muy despacio, pensando—. Que bajo a por tabaco y ahora subo.

Salió a la calle, se tomó un carajillo, se hizo un doble y le tiró el juego de llaves encima de las piernas.

Después, viendo la tele, Guido callado como siempre. Concentrado en el serial de media tarde. Y ella, también callada. Rumiando. Ya se había situado de manera que él no pudiera verla bien porque, en cuestión de minutos, pasaba de los ojos mojados a la cara de cabreo. Y viceversa. Intuía que sus lágrimas no lograrían conmoverle y temía que Guido permaneciese impasible mientras ella lloraba abiertamente. Aquella humillación, además de denigrarla, la hubiese obligado a marcharse de allí. Tal vez para no volver jamás, si hubiese sido capaz de resistirse a la atracción. La rabieta, por su lado, hubiese producido consecuencias similares o puede que peores, porque si llegaban a discutir, otra vez, podría ser él mismo quien la invitara a marcharse. Tenía que calmarse.

Aquella tarde, como tantas y como esa mañana en el silencio del teléfono, se repitió que era normal que le pidiera las llaves, al fin y al cabo hacía poco que se conocían y ella no vivía allí. Todavía. Y que no le sugiriera que se quedara por las noches o que le dijera ya es hora de irse cuando descubría que se estaba durmiendo tampoco era tan raro porque, al fin y al cabo, lo que le había pasado era muy fuerte y necesitaba estar solo para pensar. Aunque ella tuviera que vestirse toda entera otra vez y salir al frío de la noche o a la lluvia más mojada...

Perla pensaba estas cosas buscando la esperanza. Y por la misma razón por la que no veía la casa sucia, el punto rata, los kilos de más y su tosquedad. Y aunque lo hubiese visto, dicen que el amor es ciego y debe de ser verdad. Porque Perla se enamoró aquella primera noche y no sabía nada de él. Se enamoró sin ver ni conocer. Una cuestión de intuición.

Como tantísima gente.

Cuando bajó al barullo de los coches se acercaba la hora de comer y no tenía ganas de subir a casa y aguantar a la vieja. Sólo quería ver a Guido. Nada más. Aquel día Perla no estaba bien. Su optimismo empezaba a flaquear con sutileza, y necesitaba su contacto más que nunca. Un poco de consuelo, un bocado para su ilusión. Se metió en el metro dispuesta a esperarlo escondida en una esquina a que saliera a comer. No le diría nada, pero por lo menos podría verlo pasar. Aguardar hasta la noche le parecía insoportable.

Las tripas de la urbe, largas y negras. Un vagón pegado a otro vagón. Tracatrac, tracatrac, tracatrac. Gritos de máquina. Una estación detrás de otra estación. Y el olor del metro.

Qué barbaridad, pensó de pronto. Quiso bajarse inmediatamente y asomarse a la calle de allá donde estuviese. *La próxima estación: Paralelo.*

Al salir al exterior el sol del mediodía la cegó. Cruzó un semáforo en rojo sin oír las bocinas de los coches. Anduvo un poco dando tumbos por la acera topándose con los otros transeúntes. Se cobijó del flujo humano frente a un escaparate. Y se quedó allí mirando al infinito hasta que un dependiente la apartó para bajar la persiana.

Andaba sin rumbo ensimismada cuando una figura se plantó frente a ella.

—Pero, coño... No me digas que... ¿Eres tú, Perla?

Perla enfocó con esfuerzo y reconoció a una mujer morena, esbelta, muy alta, cabello largo, jersey rosa, escote grande, pantalón rojo, tacones de charol.

—¡Crystal! —exclamó.

Se abrazaron. Lloraron un poco comunicándose con frases torpes de palabras inconexas. Se rieron. Su imagen era un juego de contraste. Perla, derroche femenino, estatura media, labios muy rojos y curvas peligrosas. Crystal, muy guapa, muy recta, muy alta. Culo pequeño y tetas de silicona. Tenía algo inquietante. Misterioso. Las manos grandes, el mentón duro y la voz grave delataban que de niña su nombre fue Cristóbal.

El pasado siempre vuelve

¿Y esas sombras que bailan por mi sitio?
Están dentro. Qué angustia. No las quiero.
Que se pierdan en el tiempo y se queden donde estaban.
Por favor, que se vayan.

Puesto que Guido no solía fabular mucho sobre cosas que tuvieran que ver con la realidad, durante las dulces semanas que pasó convaleciente ni se le ocurrió imaginar que al volver a su planta tendría que hablar con tantas personas. La paliza que recibió había causado indignación entre sus compañeros de trabajo y, por esa extraña ecuación que pasa tantas veces, ser víctima de un hecho injusto y dramático consiguió despertar la simpatía de los demás hacia su persona. No es que todos aquellos que lo habían ignorado y a los que él también ignoró se convirtiesen de pronto en colegas efusivos. No, la postura de Guido no daba para tanto. Pero sí que le dedicaban algún comentario cuando se cruzaban con él y hasta los que nunca le habían dirigido la palabra le hacían un gesto para saludarlo. Obviamente Montse y Vicente, sobre todo la primera, se mostraron más atentos de lo normal. Además, su nuevo aspecto, un poco más limpio por el tema de sus visitas a la ducha y un poco más presentable por el par de camisas nuevas que Perla le había regalado, contribuía a darle una imagen de tío más sociable.

Esta nueva situación le ponía incómodo y nada más pisar su planta ya estaba deseando salir de allí. Se sentía atrapado. Ni podía vegetar ni podía ser huraño. Algo en su interior se había ablandado y ya no se permitía ser tan cafre. Respondía a los saludos con un gesto o con monosílabos y se veía obligado a charlar con Montse porque sabía que le daba conversación para animarlo.

Todos pensaban que estaba traumatizado.

Muy lejos de eso, el mecanismo de defensa emocional de Guido había funcionado como siempre en los últimos años. No quería pensar que había sido víctima de la violencia gratuita. Y si en algún momento se veía obligado a encararse con la verdad, se decía que no había para tanto. El caso era seguir siendo impermeable.

Pero la vida es tramposa y puñetera, y si por el momento lo dejó esconder la cabeza con el asunto de la paliza, esa misma mañana estaba dispuesta a darle por el culo con el tema de la gente.

Sucedió que una de la planta había conseguido por fin que le dieran el traslado. Para despedirse pensaba hacer una minifiesta con olivas, cacahuetes, patatas chips y champán. Estaban todos invitados.

Guido no asistía nunca a esos eventos, porque aunque tacaño no era gorrón y la sola idea de estar por allí con gente a su alrededor intentando hacer que hablara lo ponía enfermo. Cuando entró a trabajar en los archivos, años atrás, recibió alguna de esas invitaciones, el típico cumpleaños de alguien generoso que invita a todo el mundo aunque la mitad se quede sin comer, o el jubilado que se despide hasta de las mesas. Nunca asistió y nunca más lo invitaron. Esto los generosos, porque fiestecillas de este tipo había todo el año, y algunos eran capaces de tomarse el aperitivo sin convidar a los de la mesa de al lado.

Al oír la buena nueva Guido supo que no se podría escaquear tan fácilmente. Montse y Vicente estaban allí para hacer presión y no le dejarían marcharse sin ser visto. Estaba pillado, el día de la fiesta tendría que asistir o discutir con alguien. Y, como no se le ocurrió que podría fingirse enfermo y evitar el evento con la comodidad del teléfono y el día libre, estos pensamientos lo angustiaron tanto que no se pudo controlar y corrió a refugiarse en el lavabo para no delatar sus emociones.

Si el pueblo se hace cruel por sus palabras, la ciudad lo es por su silencio. Guido llegó a Barcelona con veinte años, la parte del dinero que le correspondía por la venta de la casa y las ganas de estudiar una carrera. Buscaba una vida llena de emociones en un lugar donde las calles no se acaban.

Y su plan de convertirse en universitario y disfrutar de las luces y el color de la ciudad podía haberle salido bien si no hubiese tenido esa carencia de hogar. En el momento no supo ser consciente del vacío que habían dejado sus padres y de cuánto los necesitaba. Se daba cuenta de que era una suerte disponer de absoluta libertad para diseñar su vida y había hecho planes fantásticos en los que se veía estudiando, divirtiéndose y cruzando Europa en tren. Pero las noches que pasó en una pensión de mala muerte y sin hablar con nadie porque no tenía amigos se sintió tremendamente desamparado. Desde aquel cuartucho oscuro la venta de la casa le pareció una desgracia porque era el símbolo del hogar, la familia, un rincón donde guarecerse.

Y lo había perdido.

Descubrió que no existía un lugar al que volver. Que no había dejado nada atrás, que Gilda no tenía teléfono y que estaba solo en el mundo.

Creyó que ante todo lo más importante para sentirse bien era tener una casa y crear su propio hogar. Como si no le quedase tiempo por delante para hacerlo y, a esa edad, pudiera hacerlo solo. Un maldito vendedor lo convenció de que podría trabajar, estudiar y pagar la hipoteca con gran facilidad, sin avisarle de que firmar los papeles podría convertirse en una larga condena. El mismo mes en que le dieron las llaves del piso se matriculó en la universidad. Se instaló un teléfono para que Gilda pudiera llamarlo y empezó su nueva vida lleno de optimismo.

En tres meses se pulió el dinero que había reservado para casos de emergencia, no había conseguido encontrar trabajo y no tenía amigos. De repente la ciudad era cara, sucia y hostil. Cruel con él. No había oportunidades para trabajar y estudiar no era tan fácil. Ansiaba la compañía de otras personas, una voz que pronunciase su nombre, alguien que lo llamara por teléfono o con quien tomarse una cerveza, pero no conocía a nadie. Y él era demasiado tímido para ponerse a hablar con desconocidos por los pasillos.

Intentó comunicarse con algunos de su clase pero tuvo mala suerte porque fue a dar con un grupo de Barna, una pandilla de feos más cerrados que una ostra que no le dejaban sus apuntes ni a su madre, y que lo maltrataron con indirectas el único día en que se le ocurrió sentarse con ellos en el bar. Otro día le dijo algo a una chica que se sentaba siempre a su lado y la otra se puso tan nerviosa que le contestó una burrada. Para rematar alguien organizó una fiesta en un piso de estudiantes y nadie lo invitó. Le sentó fatal.

Después de aquello desistió. Volvió a sentarse en el pupitre más inaccesible de la clase y siguió siendo un modernillo de pueblo, solitario y de aspecto melancólico, al que las chicas miraban suspirando desde lejos y al que los chicos preferían evitar porque tenían envidia. Y es que Guido, a esa edad, era guapísimo y parecía un sujeto interesante, pero no se daba cuenta de lo que pasaba a su alrededor.

Su angustia era más grande que sus ojos.

Cuando se le acabó el dinero pasó unas semanas horrorosas en las que se vio obligado a recurrir a los comedores de beneficencia. Tuvo montones de entrevistas de trabajo a las que acudía a pie porque no tenía ni para el metro y por culpa de las cuales destrozó todos sus zapatos. Todo aquello fue humillante. Le cortaron el teléfono, el gas y la luz, y el banco le envió una amenaza de desahucio. El día en que se decidió a revender su piso encontró un empleo.

Gracias Dios mío, gritó saltando por la casa, pero el sueldo no resultó lo que esperaba. Trabajaba solo repartiendo hielo por bares y locales nocturnos con una motofurgoneta y su única vida social se limitaba a las breves frases que intercambiaba con los camareros. Lo poco que ganaba apenas le llegaba para pagar el piso.

Se olvidó de ser rebelde y dejó las clases.

Siguió buscando y se dedicó al pluriempleo trabajando unas horas de aprendiz en un taller de coches. Volvió a ducharse con agua caliente, guardó las velas en un cajón y pagó su deuda a los ladrones de la compañía telefónica.

Pero no vivía. Todas sus horas se le iban trabajando para pagar esa casa que no le dio lo que buscaba.

Si Guido hubiese vendido el piso, hubiera sido más feliz a pesar de la desgracia. Liberado de la carga económica que supone pagar una hipoteca podría haberse limitado a un solo empleo, hubiese podría haber compartido piso con alguien y acudir a sus clases en la universidad. Y tarde o temprano hubiese hecho amigos. Pero estaba obsesionado por sentirse seguro y eso le llevó a cometer la segunda equivocación de su vida: se inscribió en una academia para opositores.

Allí conoció a otros que como él perseguían una meta fascinante: ser funcionario. Cuesta creerlo pero para aquellos infelices aprobar los exámenes del Estado se convirtió en lo más importante de sus vidas. Creían que la seguridad de un aburrido puesto para toda la vida los haría libres y felices. Ni siquiera Guido, con la educación liberal e inconformista que había recibido, supo ver que aquello era una trampa. No imaginó que cuando tuviese su plaza se sentaría en una silla dejando pasar el tiempo, correr la vida. Él soñaba con matricularse de nuevo en la facultad de Historia, ir a manifestaciones, hacer trabajos en grupo, tener amigos, salir de copas, viajar, fumar porros y ser feliz. Como aquellas piñas de gente que veía pasar los fines de semana, los que se tomarían la copa con el hielo que él transportaba. Como las parejas que se reían cogidos de la mano y que debían pasarse el día follando. Tenía ansia de felicidad. Tenía envidia de los que eran felices.

El grupo de opositores que estudiaba con él podía haber sido su oportunidad para empezar a relacionarse con otras personas pero Guido no tenía tiempo. Ni dinero. Los primeros días bajaban todos juntos a merendar al bar. Guido, aunque no tomaba nada, iba con ellos pero se sentía miserable. Pagar la academia significaba que había vuelto a comer de caridad y aquello lo amargaba. Era demasiado orgulloso para aceptar que eso le estuviese pasando a él e inconscientemente creía que los demás lo despreciarían. Dejó de visitar el bar y sólo los trataba en clase. Los oía quedar para estudiar o para ir al cine de vez en cuando. Y habría querido ir él también. Pero seguía sin tiempo ni dinero. Y para cuando lo tuvo ya era demasiado tarde. Nadie contaba con él, y él era incapaz de hacer un esfuerzo y volver a entrar en el grupo. Había perdido su autoestima y su capacidad de comunicación. Los odiaba y no se permitía ser como ellos por un día porque no se perdonaba a sí mismo.

Al fin salieron las listas para la dicha de unos y la desgracia de otros. Cuando vio su nombre entre los de tantos se sintió feliz y creyó que aquello era el aviso de que su vida iba a cambiar. Pero qué se debía pensar él que ganaba un funcionario, lo justo para pagar el piso y seguir viviendo estrangulado. Tonto de Guido.

Sus compañeros organizaron una cena para celebrarlo. Guido se sentía bien (todavía no sabía la de mediodías de caridad que le quedaban por comer). Ahora era como ellos o incluso mejor. Mucho mejor que los que habían suspendido y lloraban deprimidos en sus casas. Fracasados.

Aquella noche de viernes no fue a trabajar. Llevaba meses sin tener un día libre y pretextó un resfriado. Quería celebrar el resultado de tanto esfuerzo, gastarse los cuatro duros que tenía en el bolsillo y empezar a vivir. Se vistió para salir y se sentó a esperar la llamada de sus compañeros que le confirmaría cuál era el restaurante donde habían quedado. La música bajita para oír el timbre. La melenilla brillante y recién lavada. Su anillo de ámbar en el anular y las patillas rubias y rizadas.

Esperó horas y horas pero nadie lo avisó.

Se quedó en casa y lloró con amargura su terrible soledad y aquellos meses de desdicha. Aquel Guido flacucho, medio hippy y con cara de niñato se perdió en un llanto interminable. Mil ideas y recuerdos cruzaron por su mente sin darle tiempo a razonar. La postal de Gilda enviada con amor desde algún rincón del mundo le quemaba en el alma. La quería, la envidiaba y la odiaba por no haberlo llevado con ella a buscar a sus padres. Pensaba en ellos como dos seres sin corazón que lo habían abandonado. Creyó que nunca lo habían querido.

Se sintió pobre, feo y solo. Enormemente solo.

Una idea obsesiva le atacaba una y otra vez sin darle tregua: sus compañeros divirtiéndose. Cuanto más pensaba en ellos, más y más abandonado se sentía, porque ni siquiera aquella pandilla de cretinos lo aceptaba. En su desesperación no supo entender que no lo habían llamado simplemente porque no le había dado a nadie su número de teléfono.

Dicen que Dios aprieta pero no ahoga. Y si existiera, debe ser el más cruel de los seres, porque ese dicho es verdad, hasta que llega la muerte. En la cadena de desgracias que conformaron la vida de Guido en aquellos tiempos hubo un momento de luz: los mejores días de su vida en la ciudad. Durante dos meses tuvo un amigo, salió cada noche y conoció a un montón de chicas. Pero ese tiempo duró lo que un suspiro, lo suficiente para que siguiera viviendo y no se volviera totalmente loco, y le ocasionó algunos problemas laborales por juerguista y por peludo.

Después volvió la oscuridad.

Cuando entró en la administración Guido estaba marcado para siempre. Las privaciones que pasó por necesidad las sufrió después por miedo. Le aterraba la miseria y ahorraba hasta el último céntimo sin darse cuenta de que vivía de la forma que él más había temido: como un pobre. Seguía sin ser feliz, lo sabía y se consolaba pensando que ya cambiaría de vida cuando hubiese pagado el piso.

Los discos que no se compró, los libros sin leer, los conciertos perdidos, las copas vacías y todos los coños desperdiciados no volverían nunca. El tren de la democracia, la liberación sexual, la marihuana, los ácidos y los muertos del rock llegaba tarde a España y pasó detrás de él sin parar en su estación. Y es que el tiempo pasa y no perdona. Lo que no se ha vivido a los veinte nunca se vive a los treinta. Más que nada porque ya no son horas y no se tienen las ganas.

Cuando se libró de la condena de la hipoteca, Guido había convertido el ahorro en un placer íntimo y morboso y se regocijaba de cada peseta que no salía de su bolsillo. Aun siendo tacaño no llegó a la avaricia, estaba tan encerrado en su miseria cotidiana que ni se preocupaba del saldo que se iba acumulando duro a duro en su cuenta. Había perdido sus ansias de vivir.

Su nuevo puesto tampoco lo ayudó. Estaba desencantado y receloso de la gente y aquel rincón donde le habían relegado no le sirvió más que para aumentar su desconfianza. Si no se hubiese librado de hacer la mili por pies planos o en el trabajo hubiera estado continuamente rodeado de otras personas, es bien probable que se hubiese recuperado. Tal vez como mínimo habría llegado a participar de las conversaciones. Pero en su aislamiento no hizo más que observar y comprobar cómo prescindían de él, despreciando cualquier intento de acercamiento que pudo hacer alguno de ellos o de ellas. Los odió y los odió hasta que acabó ignorándolos. Hasta que llegó al punto en que no pudiendo soportar tanto veneno en su corazón decidió no sentir nada.

Así se hizo insensible, el hombrehongo, y cuando Gilda llegó a Barcelona para vivir en su casa no se atrevió a abrirle su corazón por miedo a quererla mucho y que ella le hiciera daño...

—Tac, tac, tac, tac —tosió la puerta del lavabo cuando una uña le dio unos golpecitos.

—Guido, ¿te encuentras bien? —dijo la voz de Montse desde el otro lado—. Oye, que te llaman por teléfono.

Guido se violentó. Montse no había dejado que Vicente fuera a buscarlo porque era un bruto, y tanta delicadeza empeoraba la situación, pues había logrado conmoverlo. Se le mojaron los ojos, el dolor del pasado que creyó enterrado para siempre surgía de alguna parte y le hacía sentirse muy mal...

Y por si fuera poco lo llamaban al teléfono, seguro que era alguien que le tocaría el corazón.

Maldita mierda de sentimientos.

—Ya voy, ya salgo.

Salió del baño y anduvo despacio hasta su mesa. Vicente lo esperaba con el auricular en la mano.

—Preguntan por ti —le dijo desde lejos.

—¿Quién es?

—Un tal Juan.

La forma de las cosas

No sé qué pasa aquí.
Estoy muy ocupado.

Antes de meter la llave en la cerradura de la portería, Guido echó un vistazo al balcón de Perla. Comprobó que la persiana estaba bajada y se sintió un poco mejor. Venía cavilando todo el camino en lo que había catalogado de ataque de sensiblería y estaba mentalmente agotado, necesitaba estar solo en casa y dejar de pensar. Tal vez sentarse en el sillón y observar la forma de las cosas, o construir perfiles de animales con las manchas del suelo. Un elefante, un gorrión, un gato atropellado...

Sonó el teléfono.

—Diga.

—Guido, hola. Soy yo. ¿Cómo estás?

—Hola, Gilda.

—Hola, ¿qué tal?

—Bien.

—Pensaba que no te encontraría en casa...

—¿Por qué?

—Bueno, porque como dices que a veces juegas a la petanca pensaba que a lo mejor habías ido a jugar hoy. Porque... ya estás mejor ¿verdad?

—Sí, estoy perfecto.

—Ah, qué bien. Y ¿cómo es que no has ido a jugar?

—Porque no me encuentro bien.

—Ah, ¿qué te pasa?

—Nada, nada. Que no tengo bolas y por eso no juego.

—Pues cómprate unas.

—... No lo había pensado.

—Oye, pero ¿estás bien sí o no?

—Sí, déjame, que no tengo ganas de hablar.

—Bueno, bueno... Oye, he pensado que podríamos vernos. Esta noche los niños están con mi cuñada y podríamos salir a tomar algo. ¿Qué tal este plan?

—No puedo, he quedado.

—¿Con Perla?

—Nooo, con un amigo.

—¿Y quién es?

—No lo conoces.

—...

—...

—Podrías presentármelo.

—¿Por qué?

—Bueno, pues porque... no sé, me gustaría salir un poco y conocer gente nueva.

—Pero si tienes cinco hijos...

—¿Y qué? ¿qué pasa? ¿Es que no puedo divertirme un poco sólo porque soy madre? Yo también tengo derecho a hacer mi vida, como tú, como todo el mundo, ¿no te parece?

—...

—Ya estoy harta de estar siempre encerrada en casa preparando la comida, limpiando, sola con los niños... ¿entiendes?

—Ya, perdona.

—Por eso. ¿No puedo salir con vosotros?

—No, hombre, no.

—¿Por qué?

—Gilda, por favor...

—¿Por qué? ¿Por qué no me quieres llevar contigo? No lo entiendo. No te molestaré. Sólo quiero ventilarme un poco.

—No puede ser. Es que hace mucho que no nos vemos...

—Ay, bueno...

—Vale.

—Pero, oye, prométeme que saldremos un día.

—Sí.

—¿Me invitarás? Es que no ando muy bien de dinero... Ey, ¿sabes qué?

—Cuelgo, ¿eh?

—Oye, no. ¿Qué tal con Perla?

—Bueno, adiós, ¿eh?

—Está bien, adiós. Llámame.

Dejó el auricular y se dirigió al dormitorio para ver la hora en el despertador.

—Qué tarde —murmuró—. Me voy.

Y se quedó unos minutos pensando que se olvidaba de algo. En realidad no había previsto hacer nada por casa, sólo descansar un poco y marcharse tranquilamente, pero tenía la sensación de que había algo irregular y que no se podía ir así como así. Cogió su trenca y comprobó que las llaves estaban en su bolsillo, se tocó el pantalón y verificó que en el bolsillo delantero llevaba algunas monedas, lo suficiente. La cartera estaba junto a su nalga, la abrió y se aseguró que contenía el DNI. Pero aun así no se quedó tranquilo, sentía que se dejaba algo en casa...

Hasta que cayó en la cuenta de que iba a salir por la puerta sin haber hablado con Perla. Pensó en llamarla para decirle que esa noche no se verían y de pronto se enfureció.

Pero qué hago aquí plantado, se dijo. Y se puso la trenca con determinación. ¿Cómo se le había ocurrido pensar en Perla esa noche en que tenía una entrevista importante? ¿Por qué tenía que avisarla que no estaría en casa? Ni que fuera su marido o algo por el estilo. ¿Estaba tonto o qué?

Y volvió a quedarse ensimismado unos minutos más. Desde que le pasó aquello en la calle había visto a Perla prácticamente cada día. Mientras estuvo de baja lo visitaba continuamente y ahora se presentaba en su casa cada dos por tres para cenar juntos y hacerle compañía.

Siempre estaba por allí.

Cayó en la cuenta de que había actuado movido por la presión silenciosa que esa mujer ejercía sobre él, que le sentaría fatal no encontrarlo esa noche y que, de un modo u otro, se lo haría saber... Nunca abiertamente, claro. No, ella nunca decía las cosas claramente. Pero empezaba a hablar y se embrollaba sola. Blablablá, blablablá. Y al final volvería con el rollo ése de no discutamos, por favor, como si él hubiese dicho algo.

Tal vez se veían demasiado.

Para Guido, Perla era otro asunto de aquellos que pretendía dejar fuera de su coraza protectora. Una persona que existe en otra parte, una pasión pasajera, algo sin lo cual se puede vivir cómodamente. Un elemento fácil de olvidar. Aquellos primeros días en que el ruido de un portazo lo perseguía de vez en cuando y todos los pensamientos que le dedicó desde su frío cubil se habían borrado de su memoria. Ahora la veía cada día y no tenía ninguna necesidad de preguntarse qué sentía o cómo la necesitaba. Muy al contrario, si Perla había conseguido infiltrarse en sus tejidos más delicados, él no quería saberlo, porque lo aterraba sentirse vulnerable. Ni quería saber por qué la dejaba entrar cada día en su casa ni quería plantearse a qué respondía la grosería de echarla cada noche. Las cosas estaban bien como estaban y mientras él siguiera durmiendo solo, ella no sería su novia. Y, brillante conclusión, mientras ella no fuera su novia, él no estaría enamorado. Por lo tanto, aquella aventura no podía hacerle daño.

No obstante, a pesar de sus reflexiones inconscientes, la supuesta angustia que sentiría Perla por no encontrarlo en casa y sus consecuencias habían conseguido ponerle incómodo.

—¿Pero qué le pasa a esta mujer? ¿Qué quiere de mí? —dijo al aire mientras repetía absurdamente el ritual de los bolsillos junto a la puerta.

Y en el ascensor, todavía:

—Qué cojones...

Después de pisar la calle, cuando sintió el calor de la ciudad subiendo tibiamente las escaleras del metro y sus ojos se llenaron de esa luz de fluorescente, se olvidó de ella.

Noche de lunes

Ya no quiero esperar más
lo que no llega.
Sólo cambiar de piel
y bucear en otro sitio.

Después de hablar con Guido, Gilda colgó el teléfono, cruzó los brazos y escuchó el silencio llenando los espacios. La casa vacía.

Estaba convencida de que esa noche sería diferente y de que no la pasaría allí. Había planeado salir con su hermano sin consultarle, suponiendo que si él se negaba a pagarle una copa, siempre le quedaba la opción de hacerle una visita y charlar un rato con él. Tal vez también con Perla. No le importaba tanto lo que hiciera como el hecho de alejarse por unas horas de aquel piso.

Pero Guido había dicho no y allí estaba ella. Mientras hablaban estuvo a punto de pedirle el número de Perla, tanto deseaba salir de sus lugares que hasta le parecía un buen plan tomarse un whisky con aquella mujer extraña. Pero Guido no quiso hablar de su novia y se lo puso difícil. Claro que Gilda tenía amigos, evidente que conocía a otras personas en la ciudad, pero no los quería ver. Cualquiera que supiese de su vida anterior, su personalidad de esposa de..., se le hacía insoportable. Las conversaciones sobre su precaria situación, las virtudes del muerto, el tipo de vida y el estatus pijo de ese círculo le daban ganas de vomitar. Verdaderas náuseas. Y no se trataba de un especial rechazo a la burguesía catalana y su estilo amarillento, sino del empacho que produce lo que se come sin ganas. Si su muerto hubiese sido un *rockabilly* de barrio, Gilda hubiera desarrollado una alergia a los tupés y al ambiente campechano.

Dejó el sofá como una autómata, abrió el mueble bar y se sirvió una copa.

Todavía es pronto, se dijo sacando los cubitos del congelador. Se sentó a la mesa y consultó su agenda. Letra a letra buscó sin suerte un nombre a quién llamar.

«Zapatos, arreglos», mdf sp pd.

Nada. En su agenda no había nada interesante.

Pero no se resignó porque era noche de lunes.

¿Qué podía hacer? ¿Depilarse? ¿Ordenar algún armario? ¿Cocinar unas albóndigas? Y luego ¿qué?

Luego la tele y ese programa de siempre: *Quién sabe dónde*. Ya no quería verlo. Su marido, antes de estar muerto, la dejaba seguirlo de vez en cuando. A veces callaba y fingía que todo aquello no incumbía a su esposa. Otros días la acechaba dando vueltas por la sala como un tiburón hambriento hasta que le arrancaba el mando de las manos y le espetaba abiertamente:

—¿Por qué te has de tragar este rollo? —le decía—. ¿Qué te importa la vida de esta gente? Ya está bien.

Y cambiaba de canal.

Cuando Gilda se quedaba pensativa, identificada con el ansia de otros hijos que buscaban a sus padres, hermanos que añoraban a otro hermano, madres a hijos regalados, familia a la familia con los ojos mojados, su marido se acercaba a ella y la abrazaba.

—Yo soy tu familia. Tenemos hijos, y a mis padres —le decía—. No los necesitas.

Pero Gilda tenía su ausencia enquistada en el alma y no podía olvidarlos. Todavía alimentaba la esperanza de volverlos a ver y soñaba con que ellos, sus padres, la buscaran para decirle que la querían y que la habían añorado cada segundo de aquellos años. Anhelaba un abrazo protector, el olor de sus cuerpos, llorar en su regazo.

Mamá, papá.

Los hijos nunca olvidan a sus padres.

Esa noche no podía con eso. La imagen de personas sexagenarias con la vida más que hecha, hijos, nietos, estabilidad, casi con un pie en la tumba y todavía heridas por la ausencia la destrozaba. Porque le hacía pensar que quizás ella tampoco olvidaría y que apuraría su vida arrastrando aquella pena. La tristeza. El desamparo.

Semanas atrás había descubierto que Guido también se había enganchado. Lo imaginó en su sofá destartalado observando la pantalla con el corazón en vilo. Esperando. Año tras año. Deseando el milagro. Sus padres en aquel plató explicando el porqué de su silencio, llorando de tristeza y cargados de amor. Ambos hermanos memorizaron el teléfono del programa, por si acaso. Los dos, cada uno por su lado, pensaron en llamar y rogar que los buscaran. Y no lo hicieron. Sabían por qué se fueron, comprendían sus motivos, tenían un sueño, pero no podían aceptarlo.

¿Tanto cuesta mandar una postal?

La ausencia, como la muerte, es un pozo que nunca se llena.

Un misterio.

Oyó el tictac, tictac del carillón repitiéndose a pesar del mundo y todo. Tictac, tictac. Pasaron unos minutos. El ritmo hipnótico la capturó y se perdió en sus emociones subyacentes. Su metrónomo sobre un ladrillo polvoriento, el frío seco de Madrid.

Cuando Gilda bajó del tren aquel mayo del setenta y ocho, mes de las flores, ya había decidido que se iba a comer el mundo. Con todo ese dinero en una cuenta a su nombre se sentía segura de sí misma y, al igual que Guido, había diseñado su futuro. Alquiló un pequeño apartamento en el centro, se inscribió en una escuela de canto porque alguien le dijo que los estudios en el conservatorio eran pesados y durísimos, y buscó la bohemia de los músicos por los garitos de la ciudad. Al cabo de unas semanas ya contaba con un puñado de conocidos, y pasados unos meses consiguió formar parte de una banda que tocaba *rhythm and blues* en pequeños locales.

Parecía que la vida le sonreía y era feliz. De vez en cuando llamaba a Guido y se le revolvían las entrañas cuando ponía esa voz tan triste y le decía que no tenía amigos. Entonces quería colgar inmediatamente y no llamarlo más porque se sentía responsable de su desdicha y lo maldecía en silencio por no ser más espabilado.

—Deja ese puto piso —le gritaba cuando ya no podía más—. Ven a Madrid. Puedes estar en mi casa hasta que encuentres algo.

—No, estoy bien aquí. Ya se arreglará.

—Bueno, pues ven a verme.

—No puedo, estoy sin blanca.

—Joder, pues ya te pagaré el tren, pero ven un fin de semana.

—Ven tú.

—Yo sí que no puedo, ensayo a diario.

Y así cada vez. Hasta que Gilda fue espaciando las llamadas porque le enfurecía que su hermano no se dejara ayudar y que se aferrase a esa maldita vivienda. Parecía que no podía pasar una noche sin dormir en su casa. Como un tonto, como un loco.

—Guido, no te van a llamar el único día que no estés en casa. Y si te llaman y no te encuentran, volverán a probar hasta que den contigo. ¿No sabes que papá es muy tozudo? —le dijo una vez.

—No es por eso.

—Pues ¿por qué? ¿Por qué no vienes a verme?

—Ya te lo he dicho, no puedo. Estoy muy liado.

—Vale, chico, tú sigue así que vas por buen camino. Te digo una cosa por tu bien: ya es hora de que empieces a superarlo, que no hay para tanto.

Y Gilda colgaba pensando que su hermano se comportaba como un niño que no quiere ir de acampada porque añora su casa.

Pero una cruda noche de febrero, en que encontró su apartamento más helado que nunca porque se había dejado la ventana abierta, descubrió que ni las mantas ni esa estufa eléctrica que parecía un platillo volador le daban el calor suficiente para sacarse aquel frío inexplicable que llevaba dentro. Entonces, al igual que Guido en su pensión, comprendió que había perdido su hogar. Pasó la noche en vela, llorando y cavilando.

Sintió el frío en el tejido de sus huesos.

Horas después, la fuerza del dolor y la presión de un sentimiento de culpa que no supo desvelar le hicieron tomar una determinación. A las siete bajó a la cafetería de la esquina, pidió las páginas amarillas y contrató a un detective para que buscara a sus padres.

Después se echó en la cama y durmió profundamente hasta que la despertó el timbre de la puerta.

Un señor calvo y con bigote, con aspecto de guardia civil retirado del servicio por corrupto o asesino, le informó de que algunas llamadas habían bastado para seguir el rastro de sus padres: Valencia, Ibiza, Formentera, las Canarias. Tres meses atrás habían alquilado una cueva en una playa perdida de un islote volcánico.

El detective anotó una cifra en un papel y le habló de sus honorarios. Si ella esperaba que viajase hasta las islas para verificar que se encontraban allí, estaba dispuesto a hacerlo pero el asunto le iba salir muy caro.

—No, muchas gracias. Deme la dirección, iré yo misma a comprobarlo.

—Señorita —repuso el hombre con cierta sorna—, las cosas no son tan simples como a usted le parecen.

—¿Qué quiere decir?

—Sus padres se han movido mucho en pocos meses, parece que estén buscando algo. Es posible que estén huyendo de la justicia, aunque no están fichados ni existe una orden de búsqueda y captura. Lo he comprobado...

—Siga, siga. ¿Qué me quiere decir?

—Sus movimientos son curiosos. Van de isla en isla. Considero muy probable que si todavía se encuentran en las Canarias, ya estén pensando en marcharse. Es posible que cuando usted llegue allí ya hayan dejado la cueva. Si es así no sacará nada en claro. No es tan fácil conseguir cierta información.

—Bien, no sé. Me iré en el primer avión. Si no los encuentro preguntaré a los vecinos. Alguien sabrá algo, ¿no?

—Como quiera. Tenga mi tarjeta. Si tiene problemas no dude en llamarme a casa. Buena suerte.

—Espere, tengo que pagarle.

–No hay prisa. Llámeme cuando vuelva. Buena suerte.

El detective Pérez tenía razón. La cueva estaba vacía y ninguno de los cuatro vecinos de aquella cala tenía la más mínima idea del paradero de sus padres. La policía tampoco la ayudó, se limitó a ofrecerle alojamiento en una casa particular. Pero Gilda prefirió pasar la noche en el camastro donde ellos habrían dormido un mes antes y descubrió unos dibujos bajo el colchón. Era un proyecto de su padre. Buscó por todos los rincones pero no halló nada más. Antes de abandonar el lugar, consciente de que sus pies no volverían a pisar aquel paraje, echó un vistazo alrededor y descubrió una minúscula estructura de madera colgada en la roca.

Era una caja de música rudimentaria, bastaba respirar sobre ella para que un juego de conchas compusiera una sencilla melodía. La debían tener allí para que cantara con la brisa y gritara con el viento. Sobre la tapa descubrió los dibujos de su madre a modo de adorno. Qué bonita.

Volvió a Madrid con la cajita en el bolso.

–He averiguado que dos ciudadanos españoles estuvieron tres días en el puerto de Las Palmas, buscando trabajo en algún barco para cruzar el Atlántico –le dijo Pérez revolviendo papeles sobre su mesa–. Rodolfo y Valentina. Son ellos.

–¿Cómo? ¿Por qué no me lo dijo? Me podía haber ahorrado el viaje.

–Calma, señorita, lo he sabido esta mañana.

– ¿Y cómo lo ha sabido? ¿Ha estado usted en Las Palmas?

–No, hace años que no salgo de Madrid.

–¿Adónde cree que se dirigen?

–Dígamelo usted.

–Si lo supiera no le habría contratado.

–Piense un poco.

–No sé. Parece que están buscando algo... No creo que huyan, eso es absurdo. ¿De qué tendrían que escapar? No, no. Van buscando algo. Tal vez nuevos materiales para algún invento de mi padre...

–Puede, pero hay algo más.

—¿Qué es? Déjese de rodeos y dígamelo claramente.

—Sus padres van buscando el Paraíso.

Al principio a Gilda le costó entender lo que Pérez le decía. Pero cuando el detective desplegó un mapamundi en el suelo y comenzó a hablar de los archipiélagos hermosos que salpicaban el azul de los océanos, comprendió de qué le hablaba. Más tarde, una vez en casa, releyó la carta de sus padres y entendió sus palabras desde otra perspectiva.

Entonces comenzó una búsqueda que llenaría su vida durante años.

—Déjelo —le aconsejó Pérez—. Le costará mucho dinero y es difícil que llegue a dar con ellos. Piense que probablemente se muevan cada vez a lugares más salvajes. En esos sitios no hay teléfono ni transportes regulares...

—Tal vez pueda interceptarlos antes de que los perdamos la pista.

—Tal vez. Pero será difícil. Sólo el azar puede ayudarla. No olvide que para cuando usted tenga noticia del puerto donde han estado es probable que ya se encuentren a muchas millas de allí. Siempre les seguirá con meses de retraso, se le escaparán de las manos saltando como pulgas.

—Oiga, no hable así de mis padres.

—Perdone, me ha malentendido. Su padre es un hombre brillante y su madre una mujer excepcional... Quizá debería dejarlos en paz y vivir su vida. Cuando quieran verlos, a usted y a su hermano, ya los buscarán.

—Eso no es asunto suyo.

—Quizá.

—Usted es muy misterioso, me da un poco de miedo. Se entera de todo sin salir de su despacho, conoce todas las islas del planeta y nunca ha visto el mar, siempre sale sabiendo algo sobre mi familia que yo no le he contado... ¿Cómo lo hace?

—Soy el detective Pérez.

A pesar de todo, Gilda y Pérez siguieron en contacto. Cuando el hombre tenía alguna información fiable que permitía suponer que Rodolfo y Valentina permanecerían unos meses en algún lugar, Gilda tomaba un avión y cruzaba el charco. Después venían más millas en barco, caminos a caballo o a pie y al fin la imagen de siempre: un paraíso terrenal. Cada vez lugares más remotos con cabañas vacías, casitas habitadas por otras personas y el rastro del ingenio de su padre en todos los lugares, una bomba para un pozo, un interesante artilugio para pescar desde una hamaca durmiendo la siesta, un juguete mecánico en las manos de un niño o una silla para sentarse de pie y ver la puesta de sol. Y las cajas de música, cada vez más grandes, con una melodía más elaborada, colgadas de un palo o en el porche de una casa. Los nativos los recordaban con simpatía, dos blancos amables pero poco sociables.

Viaje tras viaje Gilda se llenó los ojos de los lugares más bellos y se bañó en las aguas más azules. Pero no los encontró. Pérez volvía a tener razón: después de tres años de pisarles los talones seguían escapando de sus manos como anguilas.

El dinero de Gilda se consumió en aquellas aventuras y después de recorrer la Polinesia tuvo que desistir. En sus noches de cantante no había logrado hacerse famosa y tener un buen caché, probablemente porque invirtió sus energías en otros asuntos ajenos a su carrera musical y que no le concernían. Así que cuando volvió de su último viaje, con la cara tostada por el sol y el semblante del fracaso, se despidió de Pérez y le dijo que se daba por vencida.

—Eso está bien —le contestó el detective—, descanse. Concéntrese en sus cosas y no pierda mi tarjeta. Puede que algún día vuelva a necesitarme y no me encuentre en la guía. Adiós.

Cinco años después Gilda hizo una larga gira con una nueva banda que actuaba en casinos. En uno de ellos, jugando a la ruleta, ganó una cantidad que bien podría cubrir un viaje exhaustivo en busca de sus padres. Volvió a marcar el número de Pérez, que ya no figuraba en las páginas amarillas.

—Sí.

—¿Pérez?

—Me alegro de oírla.

Pérez había dejado su despacho y la recibió en la habitación de un hotel. Gilda lo encontró desmejorado.

—Tiene mala cara, ¿qué le ha pasado?

—Supuse que no se olvidaría de sus padres.

—Claro, los hijos siempre quieren a sus padres.

—Sí, pero no hace falta que los persigan.

—Bueno, ya sé lo que me va a decir. Déjelo, estoy decidida. He conseguido el dinero para volver a empezar.

—Ya lo sé, la vi cantar en el casino. Bonita voz la suya.

—¿Me ha seguido?

—No, son cosas del azar.

—Bueno, ¿por dónde empezamos?

—Hace seis meses una pareja de robinsones salvó la vida a los tripulantes de un velero que llevaba dos semanas navegando a la deriva con el mástil roto y sin carburante. Se encontraban en un islote de apenas trece kilómetros cuadrados perdido en el océano Índico, vivían de un pequeño huerto y de la pesca. El hombre, un tal Rodo, reparó la radio. La mujer responde al nombre de Tina. Hablan inglés con fluidez pero tienen un fuerte acento castellano. Cuando llegó el barco de rescate se negaron a abandonar el lugar y rogaron a las autoridades que los dejaran en paz. Cuentan con una extraña embarcación y numerosos aparatos para la navegación. Nadie sabe cómo lograron llegar hasta allí, pero estoy convencido de que son perfectamente capaces de abandonar el lugar sin problemas. No vaya, volverá a encontrar una casa vacía.

—Bpt... Pero ¿cómo ha sabido esto? ¿Ha seguido investigando a pesar de todo?

—La búsqueda es como una bola de nieve, una vez la empujas pendiente abajo sigue rodando sola. Aunque nadie lo desee.

—Bien, muéstreme en el mapa dónde están mis padres. Saldré mañana mismo.

Pérez le indicó un espacio azul sobre el papel.

—Debe de estar por aquí.

—Oh, está perdido en el océano. No se ve ninguna isla por los alrededores.

—No vaya.

—¿Pero a usted qué más le da?

—Señorita, esta vez no encontrará nativos. Le costará mucho dinero y mucho tiempo llegar allí. Tendrá que ponerse en manos de hombres desconocidos para alcanzar el islote, tendrá que dormir con ellos en el barco, camarote con camarote. Le puede pasar de todo y le costará volver a casa. El regreso siempre es más caro que la ida. Si le pasa algo en medio del océano, si la atacan y la matan, tirarán su cuerpo al mar y nadie en el mundo sabrá qué ha sido de usted. Ni siquiera yo. Su hermano se quedará solo. Sus padres se pondrían a temblar y volverían corriendo si supieran lo que quiere hacer. Quizá por eso no le han mandado esa postal que tanto ha esperado.

—Pérez, no me asuste.

—Vamos, no me diga que no pasó momentos de tensión en sus otros viajes. No me diga que nunca tuvo miedo.

—Es verdad, me han pasado muchas aventuras pero siempre he salido bien parada.

—Esta vez es diferente.

—Si está tan preocupado por mí, ¿por qué me ha dicho la verdad? Podía haberme engañado y decirme que no sabía dónde estaban.

—Soy el detective Pérez y creo que las personas han de tomar sus decisiones por sí mismas. Yo creo en la libertad.

—Bueno, pues tranquilo, cuando vuelva lo llamaré para contarle cómo me ha ido.

—No me encontrará. Presiento que esta despedida es la definitiva.

—No me diga que se va, usted que no sale de Madrid y sus alrededores.

—Cosas del azar.

—No se vaya Pérez, espere a que vuelva. ¿No tiene curiosidad?

—Tengo que irme.

—¿Por qué? ¿Ha matado a alguien?

—¿Por qué dice eso?

—Vi su pistola en el cajón cuando tenía el despacho. Contésteme, ¿ha matado a alguien? No se lo diré a la policía.

—Sí, señorita. He sido el hijo de puta más grande de la tierra. He matado y he hecho cosas peores. He violado y he torturado a personas inocentes y culpables, pero no importa quiénes fueron y qué hicieron. Nadie se merece la tortura.

—Joder, Pérez, pensaba que me diría que no...

—Pues es que sí. Pero de eso hace ya mucho tiempo y no soy el mismo hombre. Fui un ignorante cruel como nadie, un prepotente miserable, disfruté del dolor de los demás, humillé a decenas de personas. La mitad de mis recuerdos son espantosos.

—Bpt...

—Usted ha querido saber la verdad. Si no está preparada para ella, es mejor que no haga preguntas.

—Pero, entonces, se arrepiente...

—Evidentemente. Me arrepiento desde que desperté y tuve conciencia de quién era y qué estaba haciendo.

—¿Y no se siente culpable?

—Sí, en ocasiones la conciencia quema más que un hierro al rojo. Quizá por eso hay tantos que no quieren despertar, para no ver el horror que llevan dentro. Sí, señorita, durante años viví asfixiado por la culpa. Un día comprendí que mi dolor no me servía para nada. El tiempo pasa y nadie puede cambiar lo sucedido. Mi culpa me hacía más mal que bien, no me dejaba pensar con claridad, ni evitaba las continuas pesadillas de mis víctimas y los familiares de los muertos. Mi culpa no borró su sufrimiento. Ni su odio.

—Entonces, ¿por eso se dedica a ayudar a las personas...?

—No, no lo hago. Ya le he dicho que ya no me siento culpable. Sencillamente sigo viviendo sin hacer daño a nadie.

—Entonces, ¿por qué se va?

—Mis víctimas me buscan.

—Qué horror, Pérez. Querrán hacerle lo mismo que usted les hizo a ellos, querrán matarlo.

—Sí.

—¿Tiene miedo?

—Sí, tengo miedo. Sé que su venganza será menos cruel de lo que he sido yo, pero temo la muerte, y sobre todo el dolor. Sé que lo que hagan no los dejará dormir en paz y hará sus pesadillas incluso más oscuras. Esta venganza es absurda.

Gilda lo miraba con los ojos muy abiertos, esforzándose por digerir todo lo que estaba oyendo.

—E... Es absurdo... pero es injusto lo que les hizo —articuló sin pensar.

Pérez le sostuvo la mirada.

—También es injusto haber llevado al Diablo dentro —respondió. Luego bajó la cabeza, se quedó mirando al suelo y añadió—: Yo tampoco merecía ser tan malo...

—Pídales perdón, explíqueles lo que me acaba de decir. Hágales entender que es otro hombre...

—Ya lo hice. Mi crueldad nos unirá para siempre. Y el rencor no olvida.

—Joder, Pérez, esto es horrible... ig...

—No llore, señorita. Guarde sus lágrimas para usted.

—¿Qué quiere decir?

—La añoranza no es tan grande como cree. A estas alturas ya debe saber que aunque los encuentre se seguirá sintiendo sola. Hay algo más detrás de esta investigación.

—Hable claro, por favor. Más que un detective parece usted un mago o un psiquiatra.

—A usted la mueve la fuerza de la culpa. Y todo lo que haga le hará más mal que bien. Déjelo ya. Sus padres se marcharon buscando el Paraíso y la habrán echado de menos cada día de sus vidas, pero ellos lo decidieron así. Abandone. Libérese de este peso y empiece a vivir de una vez. Concéntrese en su carrera. Sus padres la quieren, no necesita que se lo repitan. Tenga fe.

—No sé, estoy desconcertada.

—He de irme.

—Cuídese. No deje que lo encuentren.

—Haré lo que pueda.

—¿Dónde irá?

—No puedo decírselo.

—Si encuentra a mis padres, por favor pídales que me escriban a casa de mi hermano. ¿Tiene la dirección?

—Claro. He de irme.

—Buena suerte, Pérez.

—Buena suerte, pequeña.

Se dieron la mano en el pasillo del hotel y tomaron direcciones opuestas. Al llegar al ascensor, Gilda se volvió para comprobar que Pérez se había esfumado. El suelo enmoquetado y las puertas silenciosas de las habitaciones le produjeron una sensación inquietante. Cuando rompió su tarjeta, ya en el vestíbulo, tuvo la certeza de que ese hombre había salido definitivamente de su vida. Y se sintió desamparada.

Abandonó el proyecto de buscar a sus padres y al hacerlo se quedó sin el aliciente que la había mantenido encendida tantos años. El turbio pasado del detective y los posibles peligros del supuesto viaje al océano se colaron en sus noches plagando sus sueños de pesadillas. Vivió sus días como si aquella experiencia formase parte de su pasado y se empezó a poner rara.

Una noche, el guitarra y el bajista tuvieron una fuerte discusión durante el descanso y la banda decidió separarse. Para colmo, minutos después, Gilda descubrió a su novio, el pianista, besándose tras una puerta con una camarera.

Aquellos fueron malos tiempos para ella. Se sentía sola y vulnerable, se había quedado sin banda y su novio era un mujeriego.

De pronto era libre, se había sacado algo que le pesaba dentro, el ansia de la búsqueda, y no sabía cómo llenar ese hueco. Añoró estar cerca de alguien que la quisiese sin condiciones y echó de menos la compañía de su hermano. Pensó que ya no le quedaba nada que hacer en Madrid. Llenó su maleta, empaquetó algunas cosas y cogió un autobús a Barcelona.

Se presentó en casa de Guido sin avisar. Cuando su hermano llegó del trabajo se la encontró sentada sobre sus bultos esperándolo en la portería.

Gilda se abalanzó sobre él y lo abrazó con los ojos llenos de lágrimas. Guido no supo qué hacer y se dejó dar besos. La imagen de su hermana convertida en una mujer sexy lo había impresionado. Esa Gilda no era su Gilda, creyó. A pesar de que al sentir su olor le entraron ganas de llorar y cobijarse en sus brazos. Se apartó de ella y le abrió la puerta del ascensor. Todo tímido, todo callado. Asustado y desconfiado.

Y a partir de ahí todo fue extraño. Gilda hizo un par de intentonas para recuperar a su hermano pero él no se dejó conquistar tan deprisa. Deseaba abrir su corazón y contarle a su hermana cuán solo se había sentido, decirle que se alegraba de tenerla allí, que ojalá que se quedase mucho tiempo. Pero no podía. Aquella Gilda con los ojos pintados y zapatos de tacón que los hombres miraban por la calle le parecía una impostora. Además, hablaba tanto y estaba tan preocupada por quién sabe qué que parecía que no tuviera oídos para escucharle.

Gilda por su lado se sintió rechazada y dolida. Había viajado hasta allí para empezar una nueva vida y sentir que tenía un poco de familia, pero se había encontrado con un Guido gordito y taciturno. Un hombre silencioso que respondía con monólogos y que se escondía en su cuarto en cuanto ella entraba en casa. Ése tampoco era su Guido. En su afán por desenterrar a su hermano, en lugar de buscarlo en el Guido que tenía delante, empezó a azuzarlo para que cambiara. Le echó en cara que no le demostrara que la quería como ella esperaba. Discutían porque él se negaba a salir con ella y enseñarle la ciudad, porque nadie había llenado la nevera, porque ella se pasaba el día al teléfono, porque había que limpiar la casa y él meaba fuera de la taza, porque ella le cogió un jersey, porque él tiró al suelo una miga de pan...

Se encontraron en las trifulcas pequeñas que habían tenido cuando eran niños y eso los separó más que la distancia. En lugar de mirarse a la cara y decirse que se querían, Gilda se explayó con sus palabras más feroces y Guido le gritó con su silencio más cruel.

Las personas más queridas son las que nos duelen más.

Cinco meses después Gilda volvió a desempolvar la maleta y se cambió de barrio.

—Ayúdate a ti mismo porque nadie te va a ayudar —le dijo en el umbral de la puerta, todavía indecisa.

Y Guido calló, luchando entre el impulso de pedirle que se quedara y decirle que ese piso también era su casa, y las ganas de empujarla escalera abajo y no verla nunca más.

Gilda apuró el último trago de su vaso y volvió a oír el tictac, tictac con nitidez. Miró la hora en el carillón. Ni siquiera eran las nueve. Se acercó a la mesa y volvió a ojear su agenda. Otra vez nada.

El whisky en su sangre le había hecho cambiar de opinión. Ya no le bastaba con salir de casa, ahora quería divertirse un poco. Olvidar su realidad.

Abajo, en el trastero del aparcamiento, debía de haber una caja con algunas cosas de su vida de soltera. También su vieja agenda... Pero era improbable que aquellos bohemios viviesen todavía en el mismo sitio y conservasen el mismo número.

Ya bajaré otro día, pensó. Por alguna razón, esa noche no quería revolver más en su pasado.

Se dijo que cuando llegó a Madrid y después a Barcelona tampoco tenía números de teléfono a los que llamar. Recordó que había asistido sola a muchos conciertos en pequeños locales y que bien se había espabilado para conocer gente y meterse en el ambiente de los músicos. Si quería salir, no tenía por qué esperar a que su hermano la sacase a pasear. Su único problema era contar con unos billetes para tomar una copa y pagar el taxi. El único obstáculo entre ella y la noche urbana era el dinero. ¿Cómo conseguirlo?

Se metió en la despensa y rescató las botellas de cava que nadie tocaba desde la muerte de su marido. Podría venderlas a precio de saldo y sacar lo justo para salir un ratito. Pero ¿a quién?

Se asomó al tragaluz de la cocina y comprobó que los vecinos del tercero estaban en casa.

—Ésos, que están forrados —dijo en un susurro.

Llamó a la puerta y les explicó que era una lástima desperdiciar esas botellas tan caras. También les dijo que en otras circunstancias se las habría regalado, pero que su situación económica era precaria y esperaba que se las compraran.

Sabía que estaba mendigando. Meses atrás se hubiese muerto de vergüenza sólo de pensar en lo que estaba haciendo, pero en aquel momento esos detalles ya no le importaban. En aquel momento era una superviviente y volvía a tener veinte años. Aunque tuviera cuarenta.

Volvió a casa con el dinero en el bolsillo y las páginas de ocio que arrancó del diario que un vecino dejó en la portería. Rebuscó entre las ofertas musicales ajena al conflicto que había creado.

Los vecinos del tercero discutían en el baño por el asunto del cava. La mujer había visto el tema como una oportunidad de contar en su bodega con un caldo de calidad a precio de champán barato, pero su marido pagó más de lo que valía porque le conmovió aquella mujer arruinada y vio en ella la ocasión para acallar su conciencia de burgués cuando algún sucio indigente lo parase por la calle. No haría falta alardear de su generosidad, un pequeño comentario mientras llenasen sus copas sería suficiente para recordarle a sus invitados, y a sí mismo, que era una buena persona.

Y, ojo, seguramente lo era. A pesar de todo.

Gilda comprobó que la oferta de los lunes dejaba mucho que desear y no pudo reconocer los nombres de las bandas y solistas que actuaban esa noche. Se dio cuenta de que estaba totalmente desconectada.

¿Dónde habría ido Guido?

Imposible adivinar. Al fin se vistió, se pintó y decidió acercarse hasta aquel garito, un clásico en Barcelona, que estaba cerca de casa. Si se ahorraba el taxi podría estirar el dinero y salir también otro día.

Otra noche más interesante.

Juan

Hay algo oscuro detrás de cada cual.

Durante el trayecto hacia el bar donde habían quedado, Guido pensó que tal vez después de tantos años no se reconocerían o que, por cualquier cosa, podría ser que el otro no se presentase y le diera plantón. Llegó a imaginarse volviendo a casa, una hora más tarde, sin ninguna novedad. Se vio subiendo al vagón, camino de su salón desangelado y otra vez la soledad.

—Tracatrac, tracatrac, tracatrac.

Y se dijo que en ese caso lo peor de todo, la putada, habría sido pagar los billetes de metro para nada. La soledad era lo de menos, porque, como esa entrevista lo había puesto muy nervioso, no le parecía tan terrible volver a sentirse abandonado, pues a ese malestar ya estaba acostumbrado.

Pero nada más pisar el bar todas sus inquietudes se desvanecieron y le invadió la extraña emoción de los reencuentros, ese olor familiar del pasado común mezclado con la sorpresa de aquellos cambios en el físico, en la ropa, en las vidas separadas. Allí estaba su amigo. Inconfundible a pesar de las canas y la frente despejada, algunas arrugas y seis kilos de más. Lo había visto entrar por el espejo que dormía detrás de las botellas y ya levantaba un brazo diciendo su nombre con una sonrisa de oreja a oreja. El otro brazo se apoyaba en la barra agarrado a un cubata. No eran las nueve y ya empezaba a beber. El Juan de siempre.

Cuando Guido llegó hasta él, Juan saltó del taburete y lo abordó con un abrazo y palmadas en el hombro.

—¿Qué pasa, hombre? Guidote, ¿qué pasa? Otra vez aquí, ¿eh? —le iba diciendo—. Después de tanto tiempo...

Y Guido se sintió muy bien. Toda la ansiedad que había sufrido al preguntarse qué le contaría o de qué hablarían, cómo debería comportarse y a qué hora tendría que marcharse se había transformado en la grata sensación de las amistades francas y cómodas. Supo que no tendría que hacer nada especial porque Juan lo haría todo.

Y así fue.

Sólo hacía una semana que su amigo había vuelto a la ciudad y ya controlaba un montón de locales donde comer, beber, bailar, follar o drogarse. Y tenía tantas, tantas cosas que contarle...

Juan inquieto lo arrastró por la noche del Paralelo, el Chino y la Real, bebiendo aquí y allá, picando cualquier cosa en su ruta de fiesta. Ahora unos pinchos con vino, luego un swarma con cerveza y más tarde un frankfurt y gin-tónic. Charlas y silencios, fragmentos del pasado y palabras del presente en un escenario múltiple lleno de barras grandes y pequeñas, limpias y sucias, lavabos con la cartera de Juan apoyada en la cisterna y unas rayas trazadas con destreza, billetes enrollados a la hora de pagar, porros por la calle, vomitona en un chaflán, otra copa más, vamos a bailar, vamos a follar, desayuno entre taxistas y un venga, que me espera un cliente. Nos vemos el viernes.

Una noche memorable.

Tan larga como aquellas que vivieron, codo a codo, aquel par de meses del setenta y nueve.

Fue poco antes de que Guido aprobase el examen fatídico cuando se conocieron. Juan se presentó en el negocio del hielo buscando trabajo y el jefe decidió que fueran juntos en la motofurgoneta y cubrieran una zona mucho más amplia.

—Sois dos —les dijo—, uno conduce y el otro descarga. Tenéis que hacerlo más deprisa que si fuerais por separado porque haciéndolo así ahorraréis mucho tiempo. Esto... cobraréis un poco menos...

—Pero si lo que pagas no da ni para pipas —se quejó Juan.

—Es verdad —añadió Guido, que por aquel entonces todavía hablaba un poco—. Y yo salgo perdiendo, porque éste empieza hoy pero yo ya estaba trabajando...

—No te quejes, que eres el repartidor más lento que tengo —mintió el tirano. Y añadió—: Y no quiero oír nada más, chicos, si no os gusta, aire, que ya encontraré a otros que lo hagan mejor.

Hijo de puta, pensó Guido. Y dijo:

—Yo conduzco.

—Mejor —contestó Juan.

En el quinto bar Guido comprendió por qué Juan no se había quejado y qué tenía de bueno descargar los sacos. Cuando entró a buscarlo porque tardaba demasiado lo encontró charlando con el camarero y tomándose una cerveza tan pancho. Al verlo, Juan puso cara de sorpresa e hizo un ademán de marcharse, pero acto seguido se repantigó en un taburete y le dedicó una de sus sonrisas contagiosas.

—Hombre, ya era hora —le gritó desde la barra—, ven para aquí que el amigo nos invita a un trago.

—Tío, no tenemos tiempo, si llegamos tarde a los bares... —repuso un Guido furioso y temeroso de perder su puesto de trabajo, pero que sonreía sin poder evitarlo.

—Calla, calla, que no va a pasar nada. Venga tómate algo.

No, a pesar del buen humor, Guido no quiso tomarse nada y presionó a Juan para que saliera inmediatamente de allí y se pusiera a trabajar. Juan calló y lo siguió hasta la motofurgo. Una vez en la cabina desplegó su poder de seducción y convenció a Guido de que:

—Uno, este tío es un cabrón que explota a los obreros y se merece la muerte, tendrían que meterlo en la cárcel a trabajos forzados, con una bola en el pie y bajo un sol achicharrante.

»Dos, el Cerdo no se va a enterar de si llegamos pronto o llegamos tarde y nadie se va a quejar porque a todos los bares les sobra hielo del día anterior y por la tarde las únicas copas que se ponen son los whiskys que se toman los dueños.

»Tres, ¿hay algún bar que se queda siempre sin hielo porque compra lo justo?... ¿Ah, sí? Pues a éste le vamos a enchufar un saco de cinco bolsas como si no le hubiésemos entendido bien. Calla, déjame a mí. Ya verás cómo se lo queda, coño, que el hielo no se pasa.

»Cuatro, si todos los bares tienen hielo de reserva, no hace falta que trabajemos sacando la lengua, porque no se van a quedar sin. Conclusión: habrá que hacer que a todos les sobre el hielo. ¿Lo pillas?

»Cinco, si podemos beber gratis porque nos invitan los camareros, ¿por qué vamos a decir que no?

»Seis, la vida es breve, y tengo un poco de maría, ¿nos hacemos un porro?

Y Guido entró en el campo magnético de aquel joven loco o valiente que convencía a las camareras y salía de los bares con alguna botella bajo el brazo o una cita para las tres. El trabajo, amargura diaria hasta entonces, se convirtió en diversión y confidencias en la cabina de la motofurgo. Juan se llevó un cassette Phillips y hacían su recorrido con la música a todo volumen como si anduvieran de marcha. En el último bar, local de alterne, se quedaban copeando con las putas, divertidas por los chistes y ocurrencias de aquellos dos jovencitos melenudos, y, a veces, pasaban al reservado. Después, disfrutaban de la ciudad hasta las tantas y devolvían la furgoneta al garaje antes de que el jefe, a partir de entonces el Cerdo, abriese el negocio.

Sí, aquéllas fueron noches memorables en las que Guido encontró el amigo al que tanto había añorado, tal vez la dosis de alegría que le salvó del suicidio, o la locura. Se compincharon con los camareros y los pasaban a buscar cuando cerraban los bares, los cargaban en la furgo y cruzaban la ciudad buscando los locales abiertos en los que beberían gratis y bailarían hasta caer. Las chicas los querían y se quedaban con ellos aunque sus padres las castigaran sin salir, las putas les daban sexo gratis y los hombres los tenían por un par de tíos cojonudos.

La vida les sonrió y los dos fueron felices, sesenta y siete días seguidos. Hasta la tarde en que Juan se dejó caer con un macuto lleno y dijo que se iba. Pidió la liquidación y el Cerdo no se la quiso dar. Entonces se armó una trifulca con puñetazos, patadas y cristales rotos. Al fin, el Cerdo pagó y Guido perdió su trabajo. En la estación, esperando el tren de las diez, Juan le contó el final del culebrón que hacía días ya venía relatando.

Aquella novia que tuvo, la que olvidó, estaba embarazada. Cuando Juan lo supo le prometió pagar el aborto, viaje a Londres, y acompañarla. De paso verían la ciudad y se lo pasarían bien aunque ya no fueran novios. Casi fantástico. Pero la niña era católica y quería casarse. Se lo dijo a su familia y unos padres se pusieron en contacto con los otros padres. Esa madrugada Juan llegó a casa y se encontró a su viejo sentado en su sillón, con la bata, las gafas y la cara muy seria. Le dio dos bofetadas, le llamó inútil, guarro, cabrón, y le ordenó casarse. De nada sirvió hablar del amor libre y explicar que se le rompió el condón.

—No me cuentes los detalles, sinvergüenza —le dijo el padre—. El que la hace, la paga. ¿O es que te crees que puedes ir por ahí metiéndola donde te dé la gana? Has querido divertirte, muy bien, pues ahora eres responsable, porque la has dejado preñada. Y no es una cualquiera, es la hija de un amigo mío y ha estudiado con las monjas.

—Un momento —intentó Juan.

—Ni un momento ni hostias. Te digo que te tienes que casar y te vas a casar, mal que me pese.

—Papá, escucha...

Pero su padre no quería escuchar. Y Juan se emperró en exponer sus teorías y decir que odiaba la carrera de Empresariales, que si él era un guarro, ella también, confesar que tenía sus propias ideas, que antes de hacerlo ya habían hablado, que él no le prometió nada, que ya no la quería, que serían infelices y que no estaba dispuesto a ser un señor bien, un hipócrita casado con una señora sumisa que se dejaba humillar por un marido asqueroso que, encima, tenía una amante. Como su padre.

—Tú sí que eres un cabrón —remató Juan sabiendo que su madre debía estar agazapada escuchando tras la puerta.

—Te voy a matar —gritó el viejo tirándole un jarrón de flores.

No le dio y se acercó a él esperando que su hijo aceptase un puñetazo estoicamente. Pero Juan se lo devolvió con toda la rabia de sus veintiún años y lo dejó plegado en el sillón.

—Qué haces, loco —gritó la madre saliendo de su escondite—. Vete a tu cuarto.

Juan se metió en su habitación y allí se encontró a su hermana pequeña en camisón que le decía:

—Vete, vete, que papá te quiere matar.

Después entró otro hermano con una perspectiva totalmente diferente.

—Te has pasado, Juan, estás loco.

—Vete —insistía la pequeña llorando aterrorizada—. Ha dicho que te mataría si no te casas.

El mayor permaneció en su cuarto y se tapó la cabeza con las sábanas.

Mientras se estremecían de terror en los dormitorios, y Juan metía algunas cosas en su macuto verde, oyeron a su madre llorar y los bramidos de su padre que no se atrevía a encararse con su hijo pero que lanzaba amenazas de muerte desde el salón.

—Me voy —anunció Juan.

La pequeña le regaló su hucha de Mafalda llena de monedas de cinco duros, el mediano lo llamó cobarde y el mayor no dijo nada cuando entró en su habitación y le robó las mil pesetas que tenía en el cajón. Llegó hasta la puerta y aún la madre tuvo hígado para espetarle:

—Pídele perdón a tu padre.

—Mamá, eres una desgraciada —le gritó.

Y salió despavorido.

Pasó las horas deambulando por las calles y por la mañana esperó a la ex novia en la esquina de su casa. Cuando salió la cogió por el cuello del jersey de pico y la zarandeó calle traviesa lleno de furia.

—Bruja, traidora —le dijo—. Mentirosa. Idiota. Si te querías casar, haberte buscado a otro que tuviera pelas de verdad. Mi padre no tiene un duro, es un quiero y no puedo, aunque viva en Pedralbes. Yo te quise, imbécil. Pensé que me entendías...

La cogió de los pelos y le dijo que cualquier puta de las Ramblas era mejor que ella. Al final le dio un empujón y la dejó tirada por el suelo de la acera.

Se fue llorando.

Por la noche huyó. Cogió ese tren y no volvió a Barcelona.

Después, hizo la mili, probó a ser yonqui, lo dejó, se casó, se separó, vivió con tres mujeres más en cinco ciudades diferentes, intentó mil trabajos y al fin se hizo algo así como informático. A los cuarenta era libre, trabajaba por su cuenta y había vuelto a Barna porque le apetecía y allí tenía un buen cliente.

El pasado estaba muerto y enterrado.

A los cuarenta, veinte años después, todavía pensaba en Guido, y lo había buscado para verlo.

—No guardé la agenda con tu número —le había dicho esa noche—. Lo he buscado en la guía.

Seguramente, en esos años de ausencia, Juan cultivó amistades más profundas, amigos que perduran en el tiempo, compañeros de vida. Y a pesar de ello había llevado a Guido en su recuerdo...

Qué extraño. ¿Cómo entra una persona dentro de otra persona? ¿Por qué?

A las nueve de la mañana, el taxi le dejó en la puerta de casa y Guido subió a devolver en su lavabo. Llamó al trabajo, estoy enfermo, se dejó caer sobre las mantas y no se pudo dormir porque no se le cerraban los ojos y la habitación no paraba de dar vueltas.

Perdido entre las sábanas, con las ideas turbias y las tripas revueltas, se preguntó qué habría encontrado Juan en él. ¿Por qué lo había llamado? ¿Cómo había conseguido su teléfono del curro? ¿Qué tendría él, Guido, para que un hombre como Juan quisiera ser su amigo?

Sintió que su estómago daba un vuelco y se asomó al borde la cama. Vomitó otra vez.

De pronto recordó el sujetador rojo que llevaba la puta con la que había estado esa noche y lo vio bailar ante sus ojos. Oyó la voz de Juan hablando de mil cosas, se escuchó a sí mismo pronunciando palabras, fragmentos de la noche cruzaron sin sentido su cabeza como un tren de cercanías. Cuando se alejó, los ruidos de la calle llenaron el espacio, pitidos de coche, portazos de furgoneta, el tintineo insoportable del butano, algunos gritos...

Y se durmió sin razonar que si él, Guido, había tenido motivos para guardar a Juan en su corazón, ¿por qué razón Juan debería haberle olvidado? No pensó que su carácter, callado y permisivo, era un cómodo almohadón donde apoyarse. Ni se imaginó que de todos los amigos que tuvo Juan, Guido fue el único que se pegó con su jefe y perdió el trabajo por él. Aunque los dos supieran que eso no era verdad del todo, que hay algo oscuro detrás de cada cual, y que Guido tendría su propia rabia para romper el escaparate.

Ese detalle no era importante.

La muerte debajo de casa

Olvidé que sale
de ronda cada día,
cualquier tarde.

Cuando Guido abrió los ojos, comprobó que la noche se había instalado en su casa. Como si él no estuviera y allí no viviera nadie.

Tuvo susto. Se incorporó en la cama y miró a su alrededor para situarse. La luz de las farolas bañaba el techo con rectángulos amarillos que salían de la ventana, sus pantalones estaban pegados a sus piernas, hacía frío.

El reloj le escupió que eran más de la seis y el ruido de la calle le indicó que las tiendas estaban abiertas en su horario de tarde. Encendió la luz para ahuyentar la oscuridad y descubrió la mancha reseca en el suelo. Dejó la cama por el otro lado y se asomó al pasillo.

Allí, la noche persistía acechando en los rincones.

Prendió todas las luces al pasar y entró en el baño.

Después puso la tele y se preparó algo de comer, pero su estómago se cerró como una concha y no quiso aceptar nada, sólo líquidos.

En un estado de resaca depresiva Guido se dejó ganar por la inquietud de sentir que algo oscuro flotaba en el ambiente. Se tapó con una manta, se arrebujó en el sofá y se ensimismó frente a las imágenes mudas que se sucedían en la pantalla.

De pronto unos gritos que llegaban de la calle llamaron su atención. El tono de desesperación y un deje de llanto en aquella voz de hombre le hicieron dejar su nido y asomarse al balcón.

—Un accidente —se dijo, a pesar de que no se había oído ni el choque ni el frenazo.

En la calzada, sobre las rayas flamantes de un paso cebra recién pintado, yacía una gruesa jubilada. Un reguero de sangre, fresca y roja, partía de la base de su cráneo para deslizarse hasta el bordillo y perderse blandamente en las profundidades de una alcantarilla. Junto a ella, una camioneta de reparto soportaba avergonzada las patadas y puñetazos que le propinaba el conductor llorando impotente, gritando desesperado. Algunas personas se acercaron a él para calmarlo, procurando agarrarle para que no se hiciera daño.

Mientras, la mujer movió ligeramente la boca en un intento de articular una palabra. Un señor mayor se agachó junto a ella, le hizo una caricia en la mejilla y le dijo algo al oído. Después desapareció detrás de la piña de gente que observaba el cuerpo con indiferencia. No volvió más.

Y la víctima permaneció sola diez larguísimos minutos, abandonada en el suelo sucio y frío.

Varias motos pasaron junto a ella asustándose al descubrir el cuerpo tras la furgona. La gente formaba un corrillo intercambiando palabras, pero nadie le dijo nada, no intentaron reanimarla ni le dedicaron palabras de consuelo, ningún vecino bajó una manta para que no cogiera frío. Simplemente la miraban desde lejos. Se hicieron algunos comentarios que de seguro ella oyó. Desde su soledad, su angustia y su impotencia debió escuchar aquel está muerta que alguien pronunció casi con jactancia.

Movió la boca de nuevo, como queriendo hablar, tal vez para decir que estaba viva, pero nadie se acercó a escucharla. Su pesado cuerpo inmóvil producía repelús. Miedo al contagio. Miedo a la muerte.

Ya no se volvió a mover. Llegó la ambulancia y dos jóvenes vestidos con chalecos fosforito actuaron con rapidez: le tomaron el pulso, le pusieron un collarín, le quitaron la dentadura postiza y le aplicaron la respiración artificial. Pero, a pesar de la eficacia del equipo, Guido pudo percibir cierta calma en sus movimientos y tuvo la certeza de que al fin había muerto.

La metieron en la unidad móvil y un urbano recogió con aprensión el abrigo que había quedado junto al bordillo, despedazado por las hábiles tijeras de los médicos. Pero se dejó en el suelo una venda con algo pequeño y rosa que tal vez no quiso ver.

—La dentadura —le gritaron los mirones—. Que se deja la dentadura.

El impacto de aquella escena cruel hizo mella en el ánimo de Guido. Permaneció agarrado a la baranda hasta que en la calle no quedó ningún rastro de lo acontecido más que un montón de serrín sobre una mancha de sangre. Hasta que los transeúntes pasaron sobre ella sin saber lo que pisaban.

Después, cansado de la incómoda postura y aterido por el frío, volvió al sofá y subió el volumen de la tele en un intento fallido de olvidar. También puso la radio mezclando sonidos y encendió todas las bombillas de la sala a pesar del derroche de energía. Y se vistió un jersey grueso y viejo y calcetines de lana. Entró y salió del baño, el cuarto, el trastero y la cocina. Pero no lo logró.

Una idea ensombrecía su corazón flotando ingrávida en todos los lugares: la muerte debajo de su casa.

Tan cerca.

La muerte en la esquina que él pisaba cada día; su esquina. La muerte como un ente oscuro, contagioso. La muerte como un chiste macabro. La muerte indiferente.

La muerte es.

Apartó la manta y se pegó al cristal del balcón para verificar que la muerte se había ido. Que ya se la habían llevado en ambulancia y que debía de andar lejos de allí, en algún hospital. Ya lo sabía, lo vio con sus propios ojos. Pero necesitaba verlo otra vez, la imagen del cadáver se había quedado pegada a su retina.

Efectivamente, el cuerpo no estaba allí. Sólo la mancha.

Cruzó la casa, se acercó a la ventana de su cuarto y contó los pisos del edificio donde vivía Perla. Descubrió que la luz del comedor estaba encendida y le pareció distinguir la figura de la abuela sentada en un sillón frente al televisor. La habitación de Perla estaba a oscuras. Misteriosa.

Acercó una pierna al radiador de la calefacción y lo sintió frío como el hierro. Se encontró peor. La ausencia de su amiga, la presencia cotidiana, le pareció desoladora.

Alargó la vista calle arriba y la descubrió acercándose con pasos inseguros. No tenía prisa. Intuyó que esa noche Perla subiría a casa sin llamar a su interfono y se angustió. De pronto, una necesidad imperiosa le hizo alzar un brazo y desear que esa mujer levantase la vista. Pero Perla clavó la mirada en los adoquines de la acera y sacó la mano del bolsillo de su abrigo para tocarse el pelo y jugar con los caracoles de su nuca.

La vio dejar atrás la puerta de su escalera, entrar en un bar, local de hombres, bebedores de barrio, sentarse a la barra y pedir algo al camarero. Como si él no existiese.

A oscuras esperó temblando junto a la cortina. Podía distinguir parte de su cabello rojo y un trozo de su abrigo, su espalda.

Luego, Perla no levantó la cabeza el rato que estuvo parada en la esquina, esperando. Daba pequeños pasos, adelante y atrás, vueltas sobre sí misma, siempre mirando al suelo. Al fin dio un taconazo y levantó el brazo. Se metió en el taxi y el coche se la llevó de allí.

Cuando la vio marchar, Guido sintió que se quedaba a solas con esa angustia nueva y que tenía mucho frío.

Frío en los huesos.

Volvió a la sala y apagó un par de bombillas. Entró en la cocina. El fluorescente parpadeó un par de veces y le dijo:

—Zuuup, tlong.

Fingió que no lo oía, prendió el calentador y la llamita azul lo atacó con la idea del infierno. La dejó murmurando y cerró la puerta para no oír a ninguno de los dos. Entró en el baño, conectó su pequeña estufa eléctrica y se metió en la ducha.

Poco a poco, el calor le fue tocando todo el cuerpo.

Bajo el chorro del agua caliente y vigorosa, entre las nubecillas de vapor y los perfumes caribeños de su gel, despertó y se dijo que su vida era una mierda. Que el tiempo pasaba sobre él como los aviones sobre las playas del Prat, contaminando y sin dejar nada bueno para el recuerdo, llevándose consigo la emoción de las vivencias de algunos pasajeros misteriosos, de aquellos lugares de donde venían, de todo lo que hay fuera de casa. Y también dentro.

Recordó su noche memorable y se vio sentado en el metro cavilando sobre el gasto que significaba pagar los billetes, salir a tomar algo. Vio las manos de Juan pagando cada copa, toda la fiesta, porque él no levaba más que para un puto café. Qué vergüenza. Rata de cloaca.

Pensó en Perla, los dos siempre por casa, porque él nunca quería salir, nunca quería gastar. Ella con sus regalitos, llenándole la nevera, comprándole cortinas y chorradas, y él, sucio tacaño, nunca la había sacado a tomar algo ni a cenar como hacen los chicos con las chicas, los hombres con las mujeres. Ni siquiera se le había ocurrido pagarle la comida que compraba.

Qué asco.

Le dio una arcada y vomitó aire.

Se aclaró, apartó la cortina y cogió la toalla. Todo el ambiente del baño era vapor. Se sintió como un hombre repugnante y se miró detenidamente mientras se secaba, buscando no sabía qué. En su cuerpo descubrió la costra del pinchazo y los cercos amarillos, restos de los morados provocados por los golpes, todavía con él.

Y se vio encima la cercanía de la muerte.

Pensó que su miedo a la pobreza le había hecho comer como un indigente, andar y vestir como un desheredado, parecer un pobre y, casi, perecer como tal.

Restregó el espejo con la toalla mojada y vio su rostro en la superficie empañada. Allí también quedaban huellas, pequeñas, leves, de la paliza.

A Juan se lo contó como una aventura, aunque su amigo se pusiera serio y empezara a despotricar lleno de ira...

Pero ahora la verdad lo miraba con su cara. Fue una desgracia.

Sintió que su cuerpo pesaba demasiado porque estaba lleno de dolor. Se sentó en el borde de la bañera, disimuló un poco secándose los dedos de los pies y, al fin, rompió a llorar como un adulto.

Un mal día para trabajar

Y qué más da lo que tú pienses
si nadie sabe quién tiene razón.

La ciudad, ajena a las personas, seguía con su vida cotidiana. Sus piedras soportaban sin quejarse el peso de los coches y los camiones, los taladros feroces que le rompían la piel como parásitos y los pequeños golpes de los pasos. Suaves caricias sobre su costra negra.

Cuando brillaba el sol se expandía un poco y sonreía con dulzura, contenta de sentir el calor sobre sus huesos, hambrienta de luz y vitaminas.

Con la lluvia, cerraba los ojos a las nubes y se dejaba mojar como un gigante dormido, indiferente a los paraguas puntiagudos, los problemas de tráfico y los pies hundidos en los charcos. Adormecida, absorbía el agua sucia que se colaba entre los dientes de sus alcantarillas. Se llenaba la panza con placer de digestión, se limpiaba de cieno, cucarachas y ratas moribundas y expulsaba al mar sus porquerías. A veces se hartaba de esa tenia movediza que hacía vibrar sus edificios y dejaba que el metro se inundase. Unos minutos de calma para sentir el agua corriendo por sus vasos.

El viento se llevaba sus miasmas de dióxido y le traía regalos, perfumes de otras latitudes, temperaturas de lugares de atlas. Furioso, impetuoso y extranjero, como un enamorado queriéndose colar en todos sus rincones, la sacudía con la fuerza de una pluma. Y la hacía reír. Las antenas y farolas pendulando, la ropa bailando en las terrazas, feliz, gritando libre lejos de lavadoras y armarios. Los transeúntes con los ojos llenos de polvo, azuzados por las hojas que soltaban las melenas de los árboles. Las motos y los viejos tambaleándose en los cruces sorprendidos por las ráfagas. Mucha gente incómoda y nerviosa. Todos despeinados.

Con el frío, la ciudad se encogía un poco y se ponía dura.

Sí, caerse por la calle en invierno duele más.

Cuando Guido llegó a los archivos aquella mañana de miércoles todavía llevaba flotando sobre él la sombra de algo siniestro. Las horas de sueño habían logrado recomponer su cuerpo relativamente, pero su espíritu seguía acongojado.

Así que estuvo tan ensimismado que no se dio cuenta de lo que se estaba cociendo a su espalda hasta que alguien le preguntó si estaba decidido a secundar la huelga o pensaba ir a trabajar.

Ni tuvo fuerzas para contestar con un gruñido ni para levantarse de la mesa y esconderse en el lavabo. Sólo pudo mirar alrededor.

Levantó la cabeza de sus papeles en blanco y descubrió que un grupo de personas se había reunido detrás de un archivador gigante y criticaba con susurrogritos a los esquiroles que seguían en sus sitios trabajando como si nada. Frente a él, un compañero de su planta esperaba una respuesta.

—Nada —contestó.

El tipo miró al grupo con cara de circunstancias y Montse se acercó a curiosear.

—Tienes mala cara —le dijo.

Además de las sombras bajo los ojos, la expresión de Guido delataba su estado anímico y, en conjunto, ofrecía una imagen deplorable.

Montse, que no se sabe por qué había tomado la determinación de traspasar la coraza de silencio de su compañero y hacerse un poco amiga de él, sin venir a cuento le propuso comer juntos para animarlo. Ante la oferta, Guido la miró desconcertado. Por un momento se la imaginó sentada a su lado en el comedor de beneficencia, charlando codo a codo con algún indigente que sorbía la sopa ruidosamente. Le pareció una burrada.

—No —contestó.

—Pero, cómo se va a ir a comer un menú por ahí. Vete a casa, macho —intervino Vicente hablando con la boca llena de bocadillo de fuet–. Si estás que das pena.

Inmediatamente se formó un corrillo en torno a Guido y todos le preguntaron cómo estaba.

—Más o menos —contestó desde su silla.

—Es que son unos hijos de puta —dijo alguien.

—Hostia, es que te pasa eso y debes andar acojonado por la calle.

Guido pensó que tal vez hablaban del tema para transmitirle su apoyo, o por curiosidad, o por rabia o por lo que fuera, y que de este modo se debían de pensar que le hacían un favor. Pero la verdad era que lo estaban jodiendo.

Se volvió a encerrar en el silencio.

Los otros no estaban dispuestos a zanjar el asunto con tanta facilidad, sobre todo porque el tema de la huelga ya estaba sobadito y el de la paliza tenía su gancho. Así que contestaron por él sacando sus propias conclusiones.

—Cortarles los cojones —decía uno.

—No, no, la pena de muerte —encuñaba otro.

—Llevarlos al psicólogo —insistía Montse.

Y dale que te pego con el tema.

Como el implicado no expresaba su opinión y no entraba en el debate, continuaron charlando sin él y, sin darse cuenta, le dieron la espalda.

Guido los oía sin emoción y se sentía cada vez más lejano. ¿Qué se puede hacer con los criminales?, dijo para sí. Nadie lo sabe.

Y volvió a fijar la vista en los cuatro folios blancos que tenía delante. Pero ese día le costaba mucho no escuchar lo que decían los demás y dejar esa conversación paralela que mantenía en secreto.

¿Es justa la venganza?, preguntaba él todo filosófico. Si es malo que me peguen, por qué es bueno que los pegue yo o que los encierren en la cárcel. ¿Qué tiene de bueno la cárcel? ¿De qué sirve si después salen más rabiosos todavía?

Y estuvo en un tris de intervenir en voz alta. Pero se contuvo. Porque ni le daba miedo andar por la calle ni podía odiar a sus agresores. Hacía años que había cerrado su corazón a los sentimientos más dolorosos y no quería volver a abrir la puerta al rencor y al resentimiento. Guido se conocía un poco y sabía que si entraba en esa dinámica le costaría mucho salir. Si dejaba que el odio se colase en su vida, soñaría con hacerles lo mismo que le habían hecho a él, o más. Sentiría el gusto de la rabia en su saliva y otro bicho más vendría a anidar en su corazón. El Mal vestido con dos cuernos comiéndole los días.

No, ni en broma. Ya tenía bastante con su rata particular y ese monstruo negro recién nacido que se escondía en los rincones de su casa y lo seguía a todas partes como para empezar a pensar en aquellos tres que...

Hijos de puta, dijo con la boca cerrada.

Entonces supo que era mejor dejar el asunto porque si seguía por allí tendría el deseo de la violencia. Y eso le parecía repugnante.

Le daba vergüenza.

No es tan fácil sentir como uno piensa. No se puede sentir con la razón, concluyó con tristeza.

Y se apartó del grupo, anduvo hasta su mesa y recogió su trenca dispuesto a desaparecer.

—Guido, hey, tú, ¿adónde vas? —le gritó Montse corriendo tras él.

—No sé, a comer.

—Oye, no vuelvas. Vete a casa, puedes pedir la baja por depresión.

—No estoy deprimido.

—Pues, ¿qué te pasa?

—Tengo asco.

—Pues pide la baja por asco, ja, ja, jaaa...

Montse soltó una carcajada y se tapó la boca inmediatamente.

Ésta está como una cabra, pensó Guido.

—Perdona, perdona. Es que me ha hecho mucha graciaj, ja, jííí...

Guido se enfureció.

—Déjame en paz —le gruñó.

—No, oye... —A Montse se le había congelado la risa y ahora estaba realmente preocupada—. Escucha, ¿qué vas a hacer?

—Me voy, quiero irme, no quiero estar aquí —se explayó.

–Ya, ya, yo tampocoj, ja, ja, ja...

Guido le dio la espalda y anduvo hacia la salida.

Montse lo cogió del brazo, seguía riéndose pero estaba emperrada en decirle algo importante.

–Perdona, Guido, perdona, son los nerviosj...

Guido la encaró con los brazos en jarras. Se le había pasado el enfado y, en
realidad, a él también le parecía gracioso todo aquello, pero no podía reírse porque no estaba de ánimos. Pensó que Montse era tan insistente como Perla, daba
igual lo que le dijeran, ella a lo suyo.

¿Por qué son tan pesadas las mujeres?, filosofó.

–Oye, en serio, ¿qué vas a hacer? –insistió Montse–. Si no vas al médico, te
van a descontar del sueldo las horas que no hagas, ¿te das cuen?

–Ya lo sé, pero no quiero ir al médico.

–...

–Adiós.

–No, espera. Dame tu tarjeta que yo ficharé por ti. Mañana por la mañana
te la devuelvo.

–¿...?

–Dámela.

–...

–Venga, pero que no se entere nadie.

–¿Y Vicente?

–Vicente que se calle que tiene más morro que nadie.

–Oquey.

–Esto, vale, mañana por la noche me iré de marcha. Si te dejo mi tarjeta,
¿me ficharás el viernes? Es que seguro que me duermo...

–Sí.

Un mal día para las ratas

Tarde o temprano tendrás que dormirte.

Guido se metió en el ascensor un poco más animado. El hecho de conchabarse con Montse le parecía divertido, y durante el minuto que duró el trayecto hasta la planta baja, se olvidó de la paliza y de aquella maldita sombra que lo perseguía. Al salir a la calle, no obstante, volvió a sentirla sobre él.

Varió su ruta para no pasar delante de las monjas y se fue andando a casa. Desde la noche de los golpes no había vuelto a entrar en aquel comedor desangelado, antes prefería pasarse el día con el estómago vacío que visitar de nuevo el culo del convento. Además, la alucinación de Montse comiendo entre los abandonados no hacía más que confirmarle que había vivido como un miserable.

Bueno, nunca es tarde para cambiar, se dijo para animarse.

Y oyó una risita aguda que salía de sus entrañas.

Era la rata. Su maldita rata. La que él había criado sin saber lo que hacía, la que había alimentado día a día durante años. Una bestezuela gorda y peluda con las patitas frías y la nariz húmeda que le daba mordisquitos con sus dientes afilados y que dormía plácidamente en su estómago.

—Maldita —le dijo Guido.

Ella cerró los ojos y empezó a canturrear de bienestar porque se sabía poderosa.

Sí, Guido se había visto reflejado en un escaparate y era bien consciente de su roñosería. Aquella trenca, los zapatos rotos, los pantalones con la bragueta cerrada con un imperdible; sólo se salvaba su camisa nueva y era un regalo.

Pero no era capaz de entrar en una tienda y vestirse de arriba abajo con prendas nuevas.

La rata no lo dejaba.

Lo tenía dominado.

Y se reía de él.

—Duerme, guapa, duerme —le dijo Guido con voz de hipócrita.

Y esperó a que se durmiera para empezar a cavilar, porque sabía que si lo oía pensar aquellas cosas se pondría a chillar como una posesa y lo mordería en todas partes.

¿Cómo deshacerse de una rata, cómo matarla? Con matarratas. ¿Cómo envenenar a una rata que vive en tu estómago sin envenenarte tú? No se sabe. En el caso de conseguir quitarle la vida, ¿qué pasará después con el cadáver? ¿Se pudrirá dentro? ¿Es esto peor que tenerla vivita y coleando? Misterio.

Avanzaba tan concentrado en sus pensamientos que no se dio cuenta de que estaba en la puerta de su casa hasta que se tropezó con una mujer.

—¡Aaaaah! —gritó ella asustada.

Guido levantó la vista y descubrió que Perla lo miraba con los ojos muy abiertos y, casi, con los pelos de punta.

—Qué susto, Guido. Casi me matas —le dijo todavía recuperándose de la impresión.

—P...

—¿Que haces aquí?

—¿Qué haces tú? Yo voy a casa.

—¿Yo? Nada, vivo aquí enfrente, ¿eh? No sé si lo sabes.

Guido miró hacia la puerta que Perla señalaba con el dedo y no pudo evitar desviar la vista y fijarse en la esquina donde habían atropellado a la mujer la tarde anterior. El serrín había sido barrido por las ruedas de los coches y las suelas de los zapatos, y la mancha se podía distinguir con claridad sobre el asfalto.

Se estremeció.

Pensó que si subía a su piso volvería a encontrarse solo con aquella cosa. Y encima tendría que acabar de solucionar el asunto de la rata sentado en el sillón, lo cual era dificilísimo, pues parecía que la Peluda atacaba con más fuerza cuando estaba en casa.

A ver, ¿por dónde iba?, se dijo desviando la mirada de la mancha en el suelo. Ah, sí: ¿Cómo librarse de una rata sin matarla?... Pues echándola.

—¿Oyes? Que si has comido, te digo.

Por lo visto Perla había estado hablando y él no se había enterado.

—No, no, ahora voy.

—Yo tampoco, podemos comer juntos.

—Bueno, pero ¿dónde? —contestó Guido siguiendo con la tónica de preguntas encadenadas.

Un menú con perla

Hay algo en casa
que se esconde tras las puertas.
Negro y voraz.

Sí, Guido comió un menú con Perla aquel mediodía. Y no sólo eso, encima pagó la cuenta para joder a la rata.

Es verdad que a Perla casi le da un infarto cuando se encontró que tenía a Guido encima, justo en el momento en que jugaba con la llave intentando decidir si meterla o no en la cerradura de la portería. Se asustó tanto que estuvo a punto de pegarle o de salir corriendo, pero su ágil mente de superviviente y la torpeza de él consiguieron simular que las cosas no eran lo que realmente eran. Después, cuando Guido sugirió comer algo por allí, le dio un vuelco el corazón y le pareció que se estaba metiendo en un terreno pantanoso. No sabía por qué, pero se dijo que mejor sería andarse con cuidado.

A pesar de todo, dejó que la lasaña de Miqui se quemase en el horno y se fue con él a compartir la mesa.

Cuando note que huele a comida, ya se preocupará de apagar el fuego, decidió pensando en la abuela. Pero cuando le sirvieron el primer plato, se imaginó a la anciana mirándola con furia y tristeza tras una bandeja de aluminio requemado, y diciendo:

—Me vas a matar de hambre.

Se levantó para llamarla por teléfono.

Demasiado tarde.

—Hace una hora que me la he comido —le contestó la otra.

Volvió a la mesa y descubrió que Guido se había agenciado un periódico y lo ojeaba con cierto desinterés.

Y así pasaron veinte minutos: él leyendo y ella mirando.

Es así, se decía Perla. Este hombre es así y no cambiará ni que lo maten. No habla. Él no habla. Como si yo no estuviera. Pero ¿para qué cojones me dice que comamos juntos? ¿Por qué, si ni me mira? Es que es así. Él es así.

Encendió un cigarrillo y le echó el humo a la cara. Guido siguió con lo suyo, como si en lugar del aire viciado, le tocase la cara una agradable brisa marinera.

Entonces Perla concluyó que aquella situación ya pasaba de castaño oscuro y que las cosas no podían seguir como estaban. Había llegado el momento de poner las cartas sobre la mesa y hablar del tema abiertamente. Ya era hora de aclarar cuál era exactamente su relación. No le importaba pasar las horas junto a él sin cruzar palabra. El amor es así, no hace falta hablar, basta con estar juntos. Pero necesitaba saber, bastante callo tenía ella como para estar aguantándolo semana tras semana para que al cabo de seis meses el tío le dijera:

—No, amiga, yo no te he prometido nada.

Carraspeó toda decidida para llamar la atención de Guido.

Como respuesta, Guido le dio la vuelta al diario y le enseñó una noticia que apenas ocupaba cinco líneas.

Amenaza vial

Un conductor que firma bajo el seudónimo de El Conductor Indignado amenaza por carta con atentar contra la grúa en Barcelona. El anónimo se recibió ayer en la redacción de este diario. La policía no descarta la posibilidad de que se trate del mismo individuo que ha estado atentando contra las señales de tráfico las últimas semanas.

—Ya —dijo Perla, dispuesta a entrar con lo suyo en cuanto Guido se olvidara del maldito diario.

Pero en lugar de que él volviera a esconder la cara tras aquellos papeles tan grandes, algo insólito sucedió: Guido empezó a hablar.

Despacio, como lo hacía él, pero sin pausa.

¿Por qué? Tampoco se sabe. Tal vez su nuevo estado anímico provocado por la sombra-bicho que lo seguía, la ausencia de la rata, que se había ido a dar una vuelta hecha una furia, la compañía de Perla, el entorno ajeno a su cotidianidad, el camarero tan educado, la comida en el estómago y el diario del día lo transformaron totalmente en lo que él se pensaba que era un melancólico hombre de hoy.

Empezó comentando aquella curiosa noticia, sospechando que era un truco del Ayuntamiento para que la gente no cogiera el coche en Navidad y, a medida que se iba vaciando la botella de vino, se fue adentrando en asuntos más personales. Acabó contando lo de la tarjeta y su complicidad con Montse.

Perla, anonadada ante aquel ataque de locuacidad y un poco celosa de Montse, permaneció callada y dejó sus preguntas para otro momento. Aunque el asunto de dónde narices había pasado la noche del lunes la ponía más celosa todavía y no estaba segura de poder reprimir sus preguntas.

—¿Vamos a tomar algo? —sugirió cuando salieron del restaurante.

—Oquey.

Y así pasaron la tarde, empinando el codo en los bares del barrio.

Un mal día para estar solo

Socorro.

Pudo ser el hecho de cambiar de local lo que lo puso nervioso. La luz incómoda del bar, o los estudiantes que hacían campana delante de una botella de cerveza vacía, o aquel camarero amargado que se pegó a la barra para escuchar la conversación. Pero probablemente las palabras de Perla también tuvieron algo que ver en el asunto.

El caso es que eran ya las siete cuando por fin ella se decidió a preguntarle qué había hecho la noche del lunes.

Al principio Guido no se mostró receloso. Como estaba tan locuaz contestó que había salido con un amigo y le contó que se lo había pasado muy bien. Incluso habló un poco de Juan y de lo que habían hecho. Pero Perla no pudo morderse la lengua y en cuanto dijo aquello de ¿estuviste con otra?, Guido se puso amarillo y quiso salir de allí inmediatamente.

En la calle decidió que se iba a casa.

–Me encuentro mal.

Se despidieron frente al portal.

–Bueno, ya nos veremos –dijo Perla.

Y mentía, no porque no se fueran a ver más, sino porque no era eso lo que pensaba ni lo que quería decir, sino cosas como ¿qué hiciste? ¿Te acostaste con otra o no? ¿Quién es? ¿Te gusta esa Montse? ¿Te la has follado? ¿Qué vas a hacer ahora? ¿Por qué no me invitas a subir? ¿Me quieres o no me quieres? ¿Qué pasa con nosotros, coño? Preguntas y más preguntas.

–Adiós –dijo Guido conteniendo un eructo.

A ella le sentó tan mal que se dio media vuelta para no abofetearlo y cruzó la calle rápidamente.

Guido la vio taconear sobre las rayas del paso cebra y pasar junto a la mancha de sangre sin verla y sin pisarla. Después ella esquivó su portal y se alejó como una flecha zigzagueando entre la gente que llenaba la acera.

Este hecho lo inquietó. ¿Por qué no había subido a casa de la vieja? Realmente, él no había pensado qué haría Perla cuando se separaran pero le intrigó que súbitamente tuviera algo que hacer o un lugar adonde ir. ¿Adónde iba Perla?

¿Y a mí qué me importa?, se respondió. Que haga lo que quiera.

Cuando abrió la puerta de su piso, la noche se había vuelto a colar en su casa de modo subrepticio. Y aquel bicho negro que lo había mordido el corazón el día anterior y toda la mañana volvió a darle un bocado.

Ñac.

Sintió la congoja apoderándose de todo, un ente amenazador escondido tras las puertas, algo sobrehumano distorsionando su percepción del mundo, una mano misteriosa agarrándole el corazón, una esponja en la cara que le robaba el aire.

De nuevo encendió algunas luces, merodeó por la casa y esta vez buscó desesperadamente algún clavo al que agarrarse.

Llamó a Gilda.

—Guido, qué sorpresa.

—Hola.

—¿Qué te pasa? ¿Pasa algo?

—No... no sé...

—Me cago en... Te voy a dar, ¿eh? ¡Carolinaaaaa, ven que la niña está vomitando otra vez! Perdona Guido, no puedo hablar que Elena está vomitando en la alfomb... ¡Alejandro, no pises...! Que no lo pises, ¿no ves que tu hermana ha vomitado? ¿Dónde está la tía? Joder, me va a dar un ataque de nervios...

—...

—Es que está la Loba. Hace ver que viene a ayudarme pero viene a joderme...

—¿Quién es la Loba?

—Mi cuñada, Carolina. Es una bruja, se ha metido en la cocina para joderme. En cuanto ha oído el teléfono se ha largado para que no pueda hablar ni un minut... Venga, el otro... Cómetelo, sí, mi amor, cómete el vomitado de tu hermana... ¡Aaaaaah! ¡Jandro, coge al nene que se está poniendo hecho un asco!

—Bueno, adiós.

—Chau, Guido, te dejo que no puedo, ¿eh? Ya te llamaré.

—....

—Clic.

Guido colgó desconcertado. Los gritos y el ambiente de calor familiar que había oído a través del auricular lo hicieron sentirse peor. A pesar de su buena intención, lo cierto era que su hermana tenía una vida muy complicada y no podía dedicarle ni un minuto justo cuando más la necesitaba.

Estaba solo, como siempre.

Pensó esto y sorprendentemente le entraron ganas de fumar, quizá para sentir la compañía de un cigarrillo, el humo rompiendo la quietud de los muebles, el calor de la pequeña brasa. Se levantó con la esperanza de encontrar los restos de un paquete que había comprando aquel lunes de marcha y rebuscó en los bolsillos de su trenca.

Efectivamente, el paquete de Camel estaba allí. Arrugado como un higo, con dos cigarrillos torcidos y el número de Juan garrapateado encima del camello.

Encendió uno y llamó a su amigo.

—Hombre, Guido, qué alegría. ¿Qué tal?

—Bien, más o menos.

—¿Qué, todavía te dura la resaca?

—No, sí, un poco.

—Vaya juerga. ¿Qué, repetimos?

—Oquey.

—¿Nos vemos mañana?

—...

—¡Eh! ¿Salimos mañana a tomar unas copas?

—¿Y esta noche?

—¿Esta noche? No sé, espera que lo piense...

—...

—Si no puedo, me había olvidado. Me voy el viernes, dos semanas, y es que además no puedo ni hoy ni mañana: tengo trabajo. Lo siento, tío, pero bueno, nos veremos cuando vuelva...

—...

—... lo que no sé si volveré antes o después de fin de año. ¿Qué harás en Nochevieja? ¿Tienes alguna fiesta?

—No.

—Yo tampoco. Es igual, mejor. Si estoy aquí nos vamos por ahí y reventamos.

—Oquey, hasta luego.

—A ver, espera que le echo un vistazo a la agenda. ¿Qué día es hoy?

—No sé. Adiós.

—A ver, miércoles 11 de diciembre, mañana esto, el viernes lo otro, por la tarde me voy, y... Claro, la putada es que me pillan las fiestas por medio y tengo que estar en Zaragoza, León y, desde luego, en Madrid por lo menos cuatro días... No sé, no sé qué día volveré, pero antes del 10 de enero, seguro.

—Bueno, hasta la vuelta.

—Y esta noche... esta noche podría salir un rato, una copita, si acabo con esta mierda que estoy haciendo pero me parece que me va a pillar el tiempo. Es mejor que no me comprometa, porque igual acabo a las tres y ya te pillo durmiendo.

—Puede.

—Oye, nada, que esto es un lío. La putada de currar por tu cuenta, trabajas como un cabrón cuando todo el mundo está de fiesta.

—Ya.

—Oye, pues te llamaré cuando vuelva. ¿De acuerdo?

—Adiós.

—Venga, y no comas mucho que el turrón engorda y a esta edad ya no estamos para meternos más kilos en el cuerpo.

—...

—Clic.

Guido apagó su cigarrillo en un cenicero reluciente que estaba junto al teléfono y el silencio llenó toda la casa.

Sí, su amigo también tenía buena intención pero tampoco tenía tiempo para él. Tan ajetreado, tantos viajes, los clientes, aquella seguridad en sí mismo. Pensó que Juan debía de estar siempre ocupado en algo.

Se sintió un poquito más solo todavía y le pareció que su vida era un hueco en el espacio, dentro y fuera de sí.

Tal vez por eso se le metían tantos bichos dentro.

Claro. Antes, antes de que todo empezara a cambiar, Guido era un hombre lleno de nada. Y la nada debe de ser algo, porque bien que tiene nombre y no deja sitio a otras cosas. Ahora sólo sabía que tenía un hueco dentro. ¿Un hueco lleno de qué? ¿De nada? No, de nada no. Lleno de algo que no tiene nombre y que huele a soledad.

Encendió el televisor para que todo, dentro y fuera, se llenara de voces y sonidos que le hicieran compañía.

Pero este truco que usa todo el mundo esa vez tampoco funcionó.

El grado de una curva

¿Adónde van las cosas que nos pasan?

Pasaron los minutos. Con ellos, las horas. Y Guido no logró limpiar su casa de aquella presencia sin nombre.

A las diez estaba desfallecido, enfermo del cuerpo porque no había merendado y con el alma perdida.

Desesperado.

Se acercó a la ventana de su cuarto y otra vez contó los pisos del edificio donde vivía Perla. Y otra vez descubrió la luz del comedor encendida y el borrón de la figura de la abuela tras el visillo, en su sitio de siempre, como una estatua que nunca se va ni apaga la luz ni se mueve, sentada en un sillón frente al televisor. La habitación de Perla estaba a oscuras. Más misteriosa todavía.

Alargó la vista calle arriba y la vio bajar a paso rápido, centrifugando algún pensamiento con los labios fruncidos. Supo que esa noche tampoco llamaría a su interfono.

Sintió el tormento de la sed frente a un mar de agua salada.

De pronto, corrió a encender las luces y volvió al cristal con el anhelo vehemente de que ella levantase la vista hasta su ventana.

Pero Perla clavó los ojos en los adoquines de la acera y sacó la mano del bolsillo de su abrigo para tocarse el pelo y jugar con los caracoles de su nuca.

La vio pasar decidida frente a su portal, otra vez, entrar en un bar, local de hombres bebedores de barrio, sentarse a la barra y pedir algo al camarero.

Como si él no existiera.

No lo pensó. Se puso la trenca y bajó a la calle en zapatillas.

Cuando sintió el frío en la cara y en los tobillos, las luces y el espacio abierto alrededor, pensó que estaba haciendo una locura. Pero siguió pisando las baldosas cuadradas, ensuciando sus suelas con el polvo de la calle, y entró en el bar.

Perla estaba de espaldas y no lo vio llegar.

Guido tuvo la sensación de que iba camuflado de persona normal, el pijama debajo de la trenca, que se iba a notar más de lo que él había creído. Se miró los pies y le pareció que todos, los cuatro gatos que seguían el partido en un televisor gigante, se darían cuenta de cuál era su calzado. Un viejo le observó de arriba abajo y lo ignoró.

Perla seguía encerrada en sus pensamientos, ajena a su presencia, y él se dijo que si no se había dado cuenta de que estaba allí, no le querría tanto. Que a lo mejor prefería no verle. Y él allí, haciendo el ridículo en pijama.

Se acercó a la barra y pidió cambio.

—Es para la máquina —dijo señalando al expendedor de tabaco—. Para la máquina —repitió en voz alta esperando que ella se volviese.

Y Perla se dio la vuelta.

Sus ojos vivarachos lo miraron desde algún lugar lejano.

—Guido —susurró anonadada.

—Hola.

—¿Qué haces aquí?

—Nada, mira, es que me he quedado sin tabaco...

—¿Ah?

—Estoy en pijama, he bajado un momento. Me voy. Adiós.

Perla lo repasó de la cabeza a los pies y, durante una fracción de segundo, detuvo la mirada en sus zapatillas de cuadros. Frunció el ceño:

—Pero... si tú no fumas.

—Bueno, sí, sí que fumo. He vuelto a fumar.

Ella lo escudriñó con un gesto de sorpresa, se diría que la estaban engañando.

—Tómate algo —le dijo suspicaz.

—No, no, me voy. Que estoy en pijama —respondió con la cara colorada y una sonrisa hipócrita.

—Pero si este barrio es como un pueblo, ¿qué más da? —lo increpó Perla con desidia.

Supo que si se iba, Perla no le seguiría.

—Bueno, ¿qué estás tomando?

—Trifásico de anís.

—Oquey, me apetece —afirmó todo inseguro. Y al camarero—: Otro.

Se sentó en un taburete junto a ella y, poco a poco, ambos fueron entrando en calor. La distancia de la sorpresa que había marcado a Perla desde que lo había visto allí se transformó en cercanía coqueta, sonrisas espléndidas y miradas intensas. Estaba convencida de que él la había echado de menos aquellas horas y, como se sentía querida, se puso cariñosa. Lo tengo en el bote, pensaba con regocijo.

Por su parte, la inseguridad de Guido se esfumó sin que él supiera por qué. Necesitaba salir de casa, se mintió, y se olvidó del pijama y las zapatillas. De repente, sólo quería estar allá donde Perla estuviese, y no se daba ni cuenta. Necesitaba charlar un poco, volvió a engañarse saboreando su trifásico.

—Oye —dijo contento cuando se lo acabó—, este café me ha sentado bien. Creo que me tomaré otro. ¿Quieres algo?

—Sí, un gin tónic. ¿Me invitas?

Guido dudó un momento. Su rata cloaquera acababa de dar un salto violento en su barriga. La Peluda le estaba recordando que ese día se había gastado más dinero que en toda una semana. Aun así metió la mano en el bolsillo de la trenca y sacó varios billetes.

No te los gastes, le dijo la rata.

Y le dio un mordisco en un pulmón.

Guido la estranguló mentalmente. Pero la rata se escabulló de sus manos invisibles y corrió a refugiarse en la boca de alguna alcantarilla imaginaria.

Volveré, le chilló desde algún sito.

—Vete a la mierda —murmuró él, atravesando el mostrador con los rayos invisibles que le salían de los ojos.

—¿Qué dices? —preguntó Perla.

—Pide, pide lo que quieras. Yo también me tomaré un gin tónic.

Y bebieron hasta que los echaron.

Después buscaron otro bar que aguantara hasta más tarde y siguieron con lo suyo.

La anatomía del terreno tiene una importancia vital en el juego de petanca. La inclinación del suelo y las más leves ondulaciones de la superficie provocan que una bola tome una dirección u otra, decía Guido más o menos. Y Perla: Sí, las ondulaciones suaves de un moldeado le dan a una cara un aspecto totalmente diferente que los rizos feroces de una permanente.

Conclusión: la influencia del ángulo de una curva es determinante en el posterior acontecimiento de las cosas o en la percepción de una misma realidad.

Mientras tanto, ella se apoyaba en su rodilla para acomodarse bien en el taburete y él la cogía del brazo para llamar su atención.

—Los camareros siempre escuchan —decía Perla.

—Sí —contestaba él.

Y se acercaba para sentir sus rizos en la cara cuando ella hablaba en voz baja.

A las dos se encontraron frente a una persiana bajada y sin saber adónde ir. Borrachos.

El meteorólogo del telediario había anunciado frío.

Más todavía.

—Vamos a casa —dijo Guido temblando bajo su trenca; los ojos vidriosos, los sentidos alerta, las orejas rojas, la nariz afilada.

—No sé —murmuró Perla indecisa—. Ay, qué frío.

—Ven, que te tapo.

Se desabrochó la trenca y la acercó al calor de su cuerpo.

—Vamos.

En casa, la calefacción a tope y la estufita rompiendo la oscuridad del cuarto. Ella le dijo:

—Te quiero, Guido.

—...

Materia permanente

Todavía no sé quién me engañó
ni cuál es la mentira que dijeron,
pero hay algo que no encaja.

Gilda se abrochó la bata y llevó el cubo hasta un pequeño lavadero. Abrió el grifo y esperó a que se llenara. Mientras tanto echó un vistazo a su alrededor con la nariz encogida porque el olor a humedad era tan penetrante que le pareció que podría coger la tuberculosis sólo de andar por allí unos minutos. Se veía claramente que hacía años que nadie habitaba aquella portería, y los trastos y muebles viejos de algunos vecinos se amontonaban en lo que debió ser la triste habitación sin ventanas de algún pobre niño.

Vivir aquí es no vivir, pensó. Pero ¿qué arquitecto diseñó una vivienda tan inmunda? ¿Cómo dejan que la gente se consuma en sitios como éste?

Se dijo que los que habían consentido que la antigua portera y su familia vivieran en un búnker como aquél eran unos miserables. Pero acto seguido se le ocurrió que ella nunca se había preguntado cómo era el pisucho donde vivía el conserje de su edificio y que lo más probable era que se tratara de otra cárcel sin ventanas. Sí, toda la ciudad estaba llena de esas viviendas inhumanas, agujeros de cucaracha para cobijar a las porteras, a los pobres niños que se vestían con la ropa usada que les daban los vecinos. Últimamente se había tropezado con varias, todas féminas, separadas con hijos y sin pensión. Un poco como ella.

Las pobres del futuro.

Se sintió tan cerca de esas mujeres sin recursos asfixiadas por el mundo que le dio un escalofrío y en la boca se le puso un rictus de amargura.

—Nos han engañado —murmuró cerrando el grifo.

Abrió una puerta y detrás encontró una fregona y varias bayetas. Debajo del fregadero descubrió los productos de limpieza. No había guantes.

Cualquier objeto de aquel lugar le producía una especial repugnancia, como si los que vivieron allí hubiesen muerto de alguna enfermedad infecciosa y anacrónica. Se miró la bata de rayas y se estremeció de asco. Se la quitó inmediatamente.

—Aaag —decía todavía cuando salió a la escalera cargada con el cubo y con el mocho.

Después de barrer toda la escalera de arriba abajo, cinco pisos con entresuelo y principal, ahora sólo le faltaba fregar y quitar el polvo de los buzones. Había empezado con bastante energía, pues la idea de ganar un poco de dinero a escondidas y gastárselo en sí misma le hacía sentir bien. Un poco independiente, menos prisionera.

Ahora que tenía una pequeña meta, salir por las noches y retomar el contacto con la música, creyó que no le importaba hacer un trabajo que odiaba. Gilda pensó que cualquiera puede limpiar lo que otros ensucian, que sólo es cuestión de que nadie se entere. Pero esta idea, la de la vergüenza, lleva consigo el estigma del fracaso.

No es tan fácil hacer según qué cosas.

Dejó el cubo junto al primer escalón de mármol y se apoyó en la barandilla de latón. Se había olvidado de que también tenía que pasarle un trapo con limpiametales para dejarla bien brillante, bruñida como la joya de un dinosaurio.

Ese pequeño trabajo de más, unos minutos ligeros comparados con las horas que significaría arrastrar el cubo lleno de agua piso a piso por aquella puta escalera sin ascensor, se le hizo una montaña. De pronto se sintió muy, muy cansada.

Será que todavía me dura la resaca, se engañó. Y pensó que su escapada nocturna le había salido mucho mejor de lo que esperaba.

Sin saber lo que hacía, aquella noche de lunes, tan fría y tan hostil, Gilda fue a meterse en un local donde la música en vivo era algo habitual. Allí, en una sala vacía llena de silloncitos azules bien ordenados alrededor de las mesitas redondas, un pianista negro y un saxo blanco tocaron para cuatro gatos algunos temas de jazz.

Durante la primera parte, el dúo sintió sobre su cuerpo los ojos vigilantes de una Gilda que escuchaba con muchísima atención. Después, oyeron sus aplausos de mujer, un monólogo de manos entusiastas. Por eso, en el descanso le dieron un poco de conversación. Por eso, acabaron tocando *rhythm and blues*. Y, por eso, el dueño le sirvió varias copas a cuenta de la casa.

Cuando cerraron la puerta, la invitaron a quedarse un poco más haciendo la tertulia: el saxo, el dueño, el piano y ella, todos como viejos amigos.

A las cuatro y media, ya con una cogorza considerable, se dejó convencer para subir a la pequeña tarima y los acompañó con la voz.

Esto es lo que pasa las noches solitarias.

Cuando sacaron la baraja, se marchó dando pasos inseguros con sus tacones de cantante. Y prometió volver.

También les prometió hacer algún bolo con ellos, pero de eso no quiso acordarse.

Se asomó al hueco de la escalera y observó la espiral cuadrada de la barandilla ascendiendo por las plantas. Arriba de todo un tragaluz. Al final el cielo, parecía.

Se quedó hipnotizada mirando aquella altitud que se retorcía sobre su cabeza y una melodía con letra le salió de las entrañas y le fue subiendo por el estómago.

—Ummmm —comenzó a entonar sin darse cuenta.

Y, a medida que la sentía subir por su cuerpo, fue elevando el volumen. Hasta que le llegó a la boca y la escupió con su voz de negra blanca:

«If money were problems, I would be a milionaire.»

Estremecedora y subyugante. Su voz llenó todos los rincones de la portería y subió hasta el último piso, como una emoción gigante, como un abrazo sobrenatural.

Cuando las últimas vibraciones se apagaron, su momento de magia se desvaneció y el ruido del tráfico se atrevió a entrar de nuevo en el lugar, Gilda vio una colilla en el suelo. La habían tirado después de que ella barrió los escalones, mientras estaba llenando el cubo en la cárcel de otros, aquel sitio que podía acabar siendo también su miserable cubil.

Volvió a sentir el peso del cansancio en su cuerpo, cada día de su vida como un ladrillo rojo, cada sueño perdido como un saco de arena.

Se agachó a recoger la colilla con los dedos y tuvo el deseo natural de arrodillarse en el primer escalón para sentir el frío del mármol, el peso de su cuerpo sobre las rodillas, la cercanía del suelo, la tierra indiferente al devenir frenético de las cortas vidas de los hombres, tal vez de la miseria.

Pero con aquel contacto duro y ligero no tuvo bastante. Abrió una mano, palpó el peldaño blanco que estaba frente a su cara y apoyó la mejilla en el mármol para fundirse con él.

Cerró los ojos y por un instante quiso ser materia permanente. Una piedra al sol.

—Oiga, ¿me oye?

Una voz displicente la sacó de su sueño de eternidad inalterable.

No, pensó, no quiero oírte.

—Oiga, oiga, ¿sabe si el señor Pebo va a tardar en volver?

Gilda no se movió. Razonó que a los escalones nadie les pregunta nada, que la gente los pisa con un pie y pasa de largo, que siempre hay otro escalón donde apoyarse después, aunque sea el suelo.

Un escalón nunca aguanta todo el peso, se dijo.

—Haga el favor —insistió aquella voz prepotente—, le estoy preguntando si sabe dónde está el señor Pebo.

Una mano la tocó en el hombro, una mano bien hidratada y con una manicura perfecta le faltó al respeto.

Se puso en pie, se volvió y vio a una mujer impecable: pelo perfecto, ropa elegante y bien planchada, zapatos nuevos, bolso carísimo, y una americana casi igual a una que Gilda tenía muerta de asco en su armario. En el brazo, un abrigo de pelo de camello. Le pareció que estaba viendo una caricatura grotesca de sí misma.

—¿Qué dice? —le preguntó Gilda molesta.

—¿Dónde está el señor Pebo? ¿Sabe si tardará en volver? —le espetó la mujer con aires de superioridad e indignación.

Gilda entendió una burrada y se quedó un momento sorprendida.

—¿Cómo? —preguntó.

—¿Está sorda o qué? —contestó la histérica.

Y la volvió a tocar.

Entonces una furia poderosa le inundó la boca.

—No, no estoy sorda, pesada de mierda —le escupió—. ¿El señor Pedo? El señor Pedo está en tu culo, perra.

La echaron enseguida.

La lógica del mundo

Yo sé.

Si Perla tuvo la oportunidad de apartarse de Guido e intentar olvidarlo, la perdió esa noche en que él fue a buscarla en zapatillas. Un Guido tierno, tímido y anhelante de su amor se le había revelado y ahora sí que la había calado hasta los huesos como lluvia radiactiva. Descubrir que era verdad lo que ella había sospechado, saber que la necesitaba y conocer alguno de sus puntos vulnerables habían roto sus últimas defensas y le entregó su corazón en bandeja. La carne cruda.

Pero unas copas, un buen polvo y una dosis de amor reconfortan a cualquiera. Así que, al día siguiente, Guido amaneció como nuevo. Se fue silbando a su trabajo y empezó a considerar seriamente la posibilidad de comprarse unas bonitas bolas para jugar a la petanca. Cuando Perla lo llamó para verse, en lugar de correr a su encuentro muerto de ganas de abrazarla, como ella esperaba, Guido le contestó que estaba muy liado.

—Ay, los hombres —dijo Crystal con cierta cantinela, mientras crepaba el pelo de una clienta en su peluquería de travestis.

—Cuidado, que me vas a dejar calva —se quejó la víctima.

—Perdona, chica, es que este tío me pone nerviosa.

Perla estaba sentada en un pequeño sofá rojo con un pañuelo de papel en las manos. A su lado, un travesti vestido de diario, tejanos, jersey de pico, pañuelo en el cuello y zapatos planos, le daba golpecitos de consuelo en la rodilla y movía la cabeza como diciendo desde luego...

—Crystal —dijo de pronto—, que tengo prisa, niña. A ver si voy a llegar tarde por tu culpa.

—Ya, ya. Perla, cariño, lávale la cabeza, que ahora cuando termine la cojo. No te importa, ¿eh? Así te olvidas un poco del tío ése.

—Bueno —musitó Perla.

Se levantó y cogió el champú de la estantería. La otra se sentó junto al lavabo y se dejó hacer.

Pero Perla no podía olvidarse del asunto.

—Es que no lo entiendo —dijo con las manos llenas de pelo y espuma—. Te juro que esa noche estaba colado por mí, le podía haber hecho bailar en la palma de la mano si hubiese querido. Y después, nada. Como si no hubiese pasado nada. Hace tres días que no sé nada de él...

—Qué cobarde. Vaya cerdo —murmuró la de la cabeza mojada.

Y a Perla le sentó mal el comentario.

—No es verdad, yo sé que me quiere.

La que estaba con Crystal soltó una carcajada:

—Ay, sí, niña. Mira cómo corre para verte. Jo, jo jo.

—Si te quisiera tanto —intervino la que estaba en manos de Perla—, haría cualquier cosa para verte, aunque fuera sólo un ratito, un momento, o te habría mandado flores, o algo, chica. Tres días sin dar señales de vida... No te engañes, éste descarga y luego se queda tan pancho.

Perla le dio un tirón de pelo y no dijo nada.

—Oye, ¡cuidado! —gritó la víctima incorporándose con desconfianza.

Perla ni la miró, rompió a llorar y se encerró en el lavabo.

—Coño, cómo está, si es que no se le puede decir nada —comentó la agredida masajeándose el cuero cabelludo dolorido—. Me ha hecho daño. Y lo ha hecho aposta, estoy segura de que ha sido aposta.

—Bueno, basta ya —intervino Crystal con energía—. Dejadla, que está triste, la pobrecilla.

—Es que me ha hecho daño, la mala puta... —insistió la agredida cada vez más convencida.

—Qué daño ni qué leches...

—Que me ha hecho daño y lo ha hecho aposta, te digo, coño.

—Vale, pues si te ha hecho daño, lo siento. Habrá sido sin querer.

Crystal se acercó a la puerta del baño.

—Perla, cariño. Sal, mujer, que no pasa nada.

Silencio.

—Perla, sal, que te necesito. Lávate la cara y hazle las uñas a Sacha. Venga, niña, que era en broma. No te pongas así —insistió Crystal.

Las tres se miraron con cara de circunstancias.

—Dile algo —le pidió Crystal en voz baja a la supuesta víctima.

—Y una mierda, que lo ha hecho aposta, la zorra.

—Dile algo, coño, que no lo ha hecho aposta. ¿No ves cómo está? Ha sido sin querer, está nerviosa y se le ha ido la fuerza de la mano.

La otra la miró con la boca cerrada e hizo un gesto como diciendo ya, ya.

Crystal empezó a perder la paciencia:

—Bueno, Perla, cariño. Ya saldrás cuando quieras, ¿eh?

Y volvió a trabajar en la cabeza de su clienta.

Perla salió cuando Crystal barría los mechones del suelo. La peluquería estaba vacía y su amiga parecía inofensiva practicando aquel quehacer doméstico.

—Oye, cariño —le dijo Crystal dándole la bienvenida al mundo de los cuerdos—, mira, estaba pensando que esto de vivir con la vieja, allí, al lado de casa del tío, haciendo de chacha y todo eso... Bueno, pues que podrías trabajar conmigo unas horitas. No me vendría mal y a ti te sentaría bien apartarte un poco de todo eso —le propuso Crystal.

—Bueno —musitó Perla.

—Pero, esto, que no discutas con las clientas, niña, que me las vas a espantar, ¿eh?

—...

—¿Lo has hecho aposta?

—...

—¿Eh, cariño, lo has hecho queriendo?

—...

—Bueno, habrá sido sin querer. ¿Te vienes a cenar a casa?

—No, me voy.

—Perla, no seas tonta. Que si te vas, acabarás otra vez en su casa sin que él te haya llamado. No te arrastres, ¿me oyes?

—¿Y si resulta que me llama por teléfono?

—Pues si te llama, mejor que no te encuentre. Ya le verás mañana. No seas ansiosa, que se va hartar de tenerte siempre ahí. A los hombres hay que hacerlos sufrir.

Estas palabras encendieron a Perla, porque no las quería oír y porque era lo mismo que le decía la abuela. La lógica del mundo, siempre tan insoportable. A pesar de todo, se contuvo y contestó con normalidad:

—No es verdad, yo sé que él me quiere... Además, el que la sigue la consigue.

—Además, el que no te llama no te quiere, guapa. Desengáñate, Perla, este tío está por otros asuntos.

Y Perla se fue porque su amiga se empeñaba en pintárselo todo negro y no hacía más que apuñalarle el corazón.

El que la sigue la consigue, intentó convencerse de vuelta a casa. Y apretó el paso para dejar atrás sus inquietudes y llegar cuanto antes. Porque si unas horas antes había vuelto a dudar, si había llegado a creer que lo mejor era no llamarlo y hacerlo sufrir, la escena en la peluquería y la insistencia de Crystal no habían hecho más que incrementar su ansiedad. Se dijo que necesitaba comprobar si ellas tenían razón, ver con sus ojos que él no la quería, y si así era, olvidarse de ese hombre.

Pero, en verdad, lo que Perla buscaba razonando todo aquello no era más que una buena excusa para volver a verlo. Hoy reviento y mañana lo dejo, dicen los adictos a lo que sea. Y al día siguiente: es que me gusta; o bien: es que no puedo.

Ya a mitad de camino, ni se molestó en seguir fingiendo una supuesta determinación para el mañana. Si no me quiere que me mande él a la mierda. A saco. Me voy a verlo y que pase lo que sea.

Pero estas últimas ideas son demasiado peligrosas, porque uno puede interpretar mal las palabras o entender que un silencio es un desprecio. Así que, ya cerca de casa, volvió a ser fiel a su antigua teoría, volvió a escuchar a su corazón y redujo la marcha.

Yo sé que él me quiere.

El vicio de fumar

¿De quién es la pura verdad?
¿Existe?
¿Acaso es mejor que el ignorar?
Venga, que conteste el listo que lo sepa.

Hacía rato que Guido estaba en la habitación y sabía que ya se habría perdido la mitad de la película, pero no podía dejar de mirar sus bolas nuevas. Se había metido en su cuarto para probarlas en la cama y hacerlas rodar sobre el colchón. Eran tan bonitas, redondas y brillantes. Absolutamente nuevas. Perfectas.

Parecían el símbolo de su vida nueva. Y estaba contento. Sí. Una bola pesada, sólida y brillante. Una bola que por muchas vueltas que diese seguiría siendo esférica.

Con tanto filosofar sintió el pellizco del hambre de cena en el estómago, pero aún se quedó un poco más guardando las bolas en su precioso estuche de piel. Y es que todo prometía.

La rata no había vuelto a casa desde que intentó estrangularla y Guido se sentía totalmente renovado, porque el hecho de gastar un dinero a conciencia en algo que le proporcionaba placer y que no era una necesidad básica le había sentado bien. Le había liberado de su propia represión, que siempre es la peor, porque cuando eres tú el que te pones los límites no hay nadie a quien maldecir. No, no hay nadie. Sólo puedes cagarte en ti y pelear con tus miserias, si es que te atreves a hurgar en ciertas partes.

Hay que aprender a librarse de uno mismo, se hubiese dicho Guido si hubiese pensado un poco más. Pero bailoteó un poco con los pies pegados al suelo.

Sí, realmente estaba contento.

La sombra siniestra que le había perseguido aquellos días se había esfumado y, esa misma tarde, había pasado junto a la mancha de sangre en la calzada sin sentir nada especial.

Además, a pesar de que su insomnio persistía, hacía unos días que Guido se levantaba silbando y todavía seguía tarareando alguna cancioncilla mientras guardaba sus bolas.

Salió de la habitación, echó mano de su paquete de tabaco y descubrió que ya no le quedaban cigarrillos. Vaya, hombre. Justo cuando había decidido poner uno de sus viejos discos y tomarse un vinito de tetra brick.

Guido había vuelto a fumar hacía apenas unos días y ya se pulía medio paquete diario. Era lo que había querido hacer de joven y que no se permitió en su etapa de pobreza. Ahora empezaba de nuevo, se hacía adicto a la nicotina y le importaba un bledo si se le ponían negros los pulmones, cogía un cáncer de garganta o el tabaco lo mataba de cualquier otra forma truculenta.

La vida es corta.

Se acercó a la ventana y comprobó que en la habitación de Perla sólo había oscuridad. ¿Podría ser que estuviese viendo la tele en el comedor?

Inconscientemente había estado esperando que ella lo volviera a llamar o que le dijera algo a través del interfono. Pero Perla permanecía silenciosa.

Qué raro.

Guido compartió su primera compra importante con Gilda la tarde en que le pidió que lo acompañase al supermercado y ahora tenía ganas de mostrarle a Perla sus preciosas bolas plateadas, su vida nueva. Buscaba un testigo. Y ni siquiera era consciente. Seguía creyendo que no necesitaba a nadie y que esas cosas del cariño no eran más que tonterías. Pero la verdad es que se le había despertado el corazón dormido y que algunas personas se habían colado dentro sin preguntar.

Como siempre.

Fue hasta el comedor, puso un disco y bajó el volumen del televisor. Se sentó junto al teléfono y sacó un papelucho de un cajoncito que había en la mesa donde reposaba el aparato: el número de Perla.

Pensó en llamarla para contarle que se había comprado unas bolas, que viniese a verlas. Y que, de paso, le subiese un paquete de tabaco. Estaba trazando este plan cuando tuvo una visión: su bolso en el suelo de la entrada.

Dejó el sillón y se acercó hasta el recibidor. Efectivamente, el bolso de Perla yacía tirado por el suelo, medio abierto debajo de una silla. Debía llevar días allí y él no se había dado cuenta.

Bien. Cabía la posibilidad de que en su interior hubiese un paquete de tabaco. Lo recogió y vació el contenido sobre el asiento de una silla: un pintalabios, un pequeño neceser con más pinturas, pañuelos de papel, un espejo, un bolígrafo, un monedero vacío, una agenda, un manojo de llaves que le resultaron familiares y un DNI.

Ni un cigarrillo.

Recogió todos los objetos y echó un vistazo al documento de identidad. La fotografía de Perla no tenía nada que ver con la mujer que él conocía. El rostro era parecido pero el cabello rubio platino, los labios de color morado y aquel collar de piedras negras la convertían en otra. Leyó el nombre: María Hortensia de Invierno.

¿María Hortensia?

—¡Meeeeec, meeeeeeeeeeeeeec! —chilló de repente el interfono.

Le pegó un susto de esos que hacen temblar los brazos y las piernas y encoger los hombros. No gritó de milagro.

—Hostiaaaaaaa —dijo a media voz respirando hondo y mirando al aparato.

—¡Meeeeeeeeeeeec! —volvió a graznar el timbre.

Hostia, era ella, seguro.

Se sintió como si lo hubiese cogido in fraganti haciendo algo feo y contestó sin pensar y sin darle tiempo al otro para que se identificara:

—Hola, Perla. Hostia, ¿qué, vienes a buscar el bolso?

—¿Qué...? —la voz de Perla escondía un deje de sorpresa, como si hubiese olvidado que su bolso estaba allí.

—¿Perla?

—Sí, síí... ¡Abre! —contestó rauda y veloz.

Guido se apresuró a dejar el DNI donde lo había encontrado, depositó el bolso sobre la silla y esperó a que el ascensor elevase a la pasajera hasta su planta.

Mientras tanto, se estuvo debatiendo entre el susto y el misterio, no le había dado tiempo a mirar el documento detenidamente y empezó a dudar de la identidad de su amiga. ¿Acaso no dijo una vez que era valenciana y otra vez le había comentado que nació en un pueblo de León? ¿Qué estaba pasando? ¿Y todos esos trabajos que decía que había hecho, cocinera, camarera, secretaria, gasolinera, dependienta y ahora peluquera? ¿Qué más había hecho Perla para ganarse la vida? ¿Adónde iba cuando no estaba en casa? ¿Con quién se veía si no conocía a nadie? ¿Por qué no hablaba nunca de sus amigos? ¿Por qué nunca hacía paella?

—Toc, toc —dijo la puerta.

Abrió y Perla se coló en la casa.

Estaba rarísima con aquella sonrisa de hielo en la boca. Guido no supo qué decir.

—Me dejé el bolso —le escupió ella con desdén antes de saludar.

—Sí, está aquí —contestó él un poco intimidado.

Perla cogió su bolso enseguida y lo abrazó como si fuesen a robárselo.

—¿No lo habrás registrado? —soltó de sopetón.

Guido se quedó lívido y se puso serio. Curiosamente, esa pregunta lo acababa de liberar de cualquier sentimiento de culpabilidad que pudiese tener por haber estado fisgoneando. Y por un momento estuvo a punto de decirle que sí, de preguntarle que cuál era su verdadero nombre, que de dónde venía y qué hacía en Barcelona. Pensó en ponerla entre la espada y la pared y sonsacarle todos sus secretos, desnudarla con palabras. Pero su alma permisiva le sugirió que era mejor callarse, al fin y al cabo él tampoco tenía ganas de que ella se metiera en sus asuntos.

Así que eructó con suavidad para sacarse el susto del cuerpo, cerró la puerta lentamente, la miró de arriba abajo y le preguntó:

—¿Tienes tabaco?

La Navidad acecha

El mundo se empeña en la desdicha
y me engaña cada invierno
con su felicidad fingida.
Navidad, tú mientes por dinero.

Perla sintió que algo se le atragantaba en la garganta como un trozo reseco de pechuga de pollo. Era el ruido de los sellos pegándose en los sobres y el papel de celofán envolviendo las cestas lo que la estaba poniendo enferma, aunque ella no supo distinguir esos sonidos. Solamente un ruido de fondo, como una mala mar cuando duermes en una casa pegada a la costa y tienes extrañas pesadillas. Como una tormenta que no te despierta del todo pero que te hace sufrir.

¿Qué pasa?, se dijo saliendo de la ducha. ¿Qué pasa?, volvió a preguntarse mientras se subía los pantis.

Buscó en su interior alguna posible relación de Guido con esta emoción de muerte. Pero, a pesar de que desde aquella tarde en que recuperó su bolso se habían visto cada día y de que él se comportaba de un modo ejemplar y eso la ponía muy nerviosa, supo que Guido no tenía nada que ver con esa siniestrez.

Así que una vez que estuvo vestida y peinada, cuando ya el sol se había marchado a alumbrar otras latitudes de la Tierra y la noche se disfrazó de tarde invernal, decidió salir de casa y dar una vuelta por el barrio para captar bien esas extrañas vibraciones y descubrir de una buena vez qué coño estaba pasando.

Guido la había llamado para informarla de que no se verían porque había quedado con su hermana, esa Gilda, así que se sentía libre de sus compromisos inventados. Tal vez por eso salió a la calle con las antenas bien puestas y por fin captó lo que otros ciudadanos hacía días que soportaban con triste resignación.

Descubrió que las tiendas se habían engalanado con adornos y árboles de Navidad. Que en medio de la calle colgaban cientos de bombillas en rojo y blanco dibujando ángeles y estrellas en el aire. Que las farolas se habían llenado de unos parásitos pequeños que emitían villancicos y canciones melancólicas inundando las calles con melodías de suicidio. Que la gente andaba apresurada con bolsas y papeles de regalo. Que los turrones, el mazapán, el corderito y el cava habían conquistado las estanterías de los supermercados. Y que en los escaparates de las boutiques sólo habían vestidos de fiesta.

También descubrió que un ejército de Reyes Magos y Papá Noeles se había dispersado por la ciudad prometiendo a niños y adultos lo que bien sabía que no iba a cumplir. Y que en todas partes vendían esos números de lotería que siempre le tocaban a otros.

La ciudad sentía el cosquilleo del dinero pasando de mano en mano, las prisas en busca de regalos, las bolsas llenas, el crujido de los papeles de regalo. Y seguía indiferente.

Después de deambular por las aceras impregnándose de aquella magia nefasta, Perla decidió centrarse en algo concreto para no dejarse llevar por la magnitud de la tragedia. Se acercó al escaparate de una corsetería y todo lo que vio fueron prendas sexis para las noches señaladas, también las malditas bragas rojas de la suerte que ella pensó que más que fortuna debían de traer desgracia.

Y paso a paso de sus zapatos de tacón la fue invadiendo la angustia navideña.

Se dio cuenta de que la Navidad atacaba por todas partes porque se había extendido por la ciudad como una peste deprimente, y que difícilmente podría abstraerse de ella. Aun así, dobló una esquina intentando huir e, inesperadamente, se tropezó con Miqui.

La abuela se había quitado la bata que vestía eternamente su cuerpecillo canijo y se había puesto el abrigo; en los pies, unas zapatillas nuevas que pretendían ser zapatos; al cuello, un pañuelo horroroso estampado en grises y morados.

—¿Adónde vas? —le dijo la anciana contenta de encontrársela.

—Ya ve, a ningún sitio. He salido para ventilarme un poco pero tanta música y tanto adorno ya me están machacando —le contestó con desgana, porque sintió que a aquel maremoto de emociones dolorosas sólo le faltaban los ojillos de la vieja.

En ese momento los megáfonos atacaron con una versión truculenta de *El tamborilero* y Perla estuvo a punto de ponerse a gritar.

Muchas veces la tristeza es tan insoportable que sólo sabe dar paso a la rabieta.

—Y esta música, venga, todo el día dale que te pego. Si es que se oye desde casa —dijo ya con fastidio.

—Sí, sí —comentó Miqui toda llena de alegría—. Y mira, ¿has visto las luces que han puesto en la calle? Qué bonito, ¿eh?

Perla la escudriñó pensando que no era cuestión de amargarle la fiesta a la vieja, y que tampoco le costaba tanto disimular un poco. Sin embargo, cuando vio su cara iluminada por las bombillas de colores, se dio cuenta de que la anciana había dibujado una sonrisa hipócrita en su boca y estaba fingiendo.

A ésta también le da por el culo la Navidad, se dijo.

—No sé, a mí la Navidad no me gusta nada —comentó Perla entre dientes.

—¿Ah, no? Pero si es muy bonita —insistió la abuela, tal vez para que la otra la convenciese.

—No... —empezó a decir Perla, pero se sintió cansada quién sabe de qué y dejó su frase a medias.

—Oye, estoy pensando que este año que estás tú en casa podríamos poner un belén y el árbol. Mira, he comprado una burra para el pesebre, tengo uno guardado en casa, y ahora voy a por un poco de musgo. ¿Me acompañas?

Perla intuyó que la vieja, en cierto modo, le estaba suplicando.

—Oiga, pero si ya tiene un belén, ¿para qué se compra ahora una burra? Cómprese unas ovejitas, un patito, unos pastorcillos... ¿Qué va a hacer? ¿Le va a poner dos burras al pesebre? —preguntó, intentando todavía escapar del influjo navideño.

—No, mujer, je, je —Miqui se rió contenta de pensar que Perla la acompañaría al Todo a Cien a buscar el musgo sintético y algún adorno—. No, lo que pasa es que la perra, la Pulga, se me comió la burra que tenía antes. Es que era de plástico, y la perra era chiquita y ya sabes cómo son los perrillos, que de cachorros lo muerden todo.

Perla sabía que Pulga, para su edad perruna, era un bicho centenario, y se dio cuenta de que tal vez hacía una década que Miqui no desempolvaba su pesebre. Supo que si ella no estuviera allí, la vieja no hubiese comprado la figurita, y se dio cuenta de que su presencia en la casa había dado sentido a gran parte de las cosas que Miqui hacía. Los geranios en el balcón, comprados después de que Perla se pasó media hora comentando lo bonitas que son las plantas, el grifo nuevo de la ducha en una casa donde la dueña se lavaba con esponja y palangana, la sartén antiadherente, los ceniceros irrompibles o la colcha nueva que estaba cosiendo. Para Miqui, pensar que había que comprar una fregona nueva porque Perla se quejaba de lo mal que iba la vieja significaba tener cosas que hacer, estar ocupada unas cuantas tardes. Mirar aquí y allá, comparar precios, discutir con Perla cuál era la mejor y tomarse el asunto como si en lugar de comprar un mocho se estuviera comprando un coche. Sí, aunque luego acabara diciendo siempre lo mismo: oye, total, si sólo es una fregona, para Miqui esas pequeñas cosas podían darle sentido a la existencia.

Con estos pensamientos Perla se conmovió. Cogió a la abuela del brazo y se dispuso a pasearla por el barrio.

—Venga, vamos, que la acompaño.

—Ah, ¿sí? —preguntó la anciana haciéndose la sorprendida.

—Sí, mujer, que sí.

Y Miqui se puso tan contenta, orgullosa de saludar a las vecinas en compañía de Perla, que ésta se animó a sugerirle que comprara también una ramita de muérdago para colgarla en la puerta. Aunque supiera que en cierto modo y según cómo se mire, ella era un factor determinante en la felicidad de Miqui.

Aunque sintiera sobre sí ese peso insoportable.

—Oye, ¿y qué harás en Nochebuena? —le preguntó la anciana.

A este paso, pegarme un tiro, estuvo por contestar, pero dijo:

—No sé.

—¿No vas a ir a ver a tu familia?

Perla la miró de reojo con suspicacia. Segundos después contestó:

—Puede, sí, lo más seguro es que me vaya un par de días.

Pero no le preguntó ¿y usted?

Pensando cosas

¿Qué voy a hacer
si el mundo siempre piensa
lo contrario?

Perla se tiró en la cama con los tacones puestos y encendió un cigarrillo.

Acababa de volver de su paseo con la vieja y mientras abrían el portal de la calle comprobó que ya había luz en casa de Guido. Su primer impulso fue dejar a Miqui con la palabra en la boca y correr al encuentro de su amado, pero no se olvidaba de que Guido había quedado con su hermana y tuvo miedo de que Gilda estuviese en la casa. Sabía que él nunca la echaría estando delante aquella mujer, pero bien podría volver a mostrarse frío y reservado como antes, y hacer como si le dijera qué haces aquí si yo no te he invitado.

Además empezaba a dolerle perseguirlo de aquel modo.

En lugar de cruzar la calle, se agarró al brazo de la abuela como si tuviese miedo de sí misma y subió a casa. Después dejó a Miqui arreglando su belén y se encerró en el cuarto.

Ahora, tumbada sobre la colcha arrugada, echaba vistazos a la ventana y se mordía los nudillos para no estropearse las uñas.

La incertidumbre es enloquecedora. La duda es como una oruga hambrienta que se come la razón y llena los cerebros de agujeros. Por eso buscamos como incautos infelices la certeza de las cosas y ponemos las pruebas encima de la mesa, las examinamos por delante y por detrás, y queremos convencernos de que son como parecen aunque nuestro corazón nos diga lo contrario. Y nos equivocamos.

Tantas veces.

Porque las certezas no se encuentran ni en la ciencia ni en la lógica, sino en la intuición. En una voz secreta.

Y Perla, aunque nunca había razonado todo esto, en el fondo lo sabía. Su intuición le decía que lo que vale es lo que te dice el corazón, nunca los hechos.

Por eso estaba nerviosa.

Sus encuentros diarios con Guido y todos los cambios repentinos en su comportamiento le daban mala espina. Por las noches, cuando llegaba a su habitación y todo el piso estaba silencioso, se decía mañana se le pasará. Y tenía tanto miedo que se tiraba en la cama sin desvestirse, como ahora, y se emperraba en recordar todas las cosas bonitas de aquel día.

La llamada de Guido a media tarde, oye, que hoy saldré un poco antes, quedamos en tal esquina, un cactus que le había regalado y que puso a vivir encima de su cómoda, el rato en casa de él mirando catálogos de muebles para comprar un sofá nuevo, cuando ella le cogió de la mano y él no se apartó. Los besos, el sexo... Y después venga, vístete otra vez y a la calle.

Sí, era cierto que sólo hacía unos días que Guido había cambiado, pero todavía no le había pedido que amaneciese con él. Puede que si Perla se hubiese hecho la remolona, Guido no le hubiese dicho vete. Pero, aunque ella era capaz de perder el culo y la cabeza por él, se resistía a quedarse sin que la invitara. Porque sabía que aquélla era la prueba de fuego.

Hay cosas que te las tienen que pedir, se decía.

Yo sé que él me quiere, repetía en la peluquería crepando melenas.

Pero la presión de los demás era más fuerte. Y cuando le contestaban claro, claro, si te llama cada día..., convencidas de que Perla lo había conseguido, ella se quedaba deprimida y cada vez lo veía más negro.

Y es que la tortilla se había dado la vuelta sola y aquello era demasiado sospechoso. De la misma forma que, días atrás, cuanto más le decían olvídate, este hombre no te quiere, más se emperraba Perla en que todos se equivocaban, ahora que todas la miraban con respeto y la llamaban afortunada, más se convencía ella de que Guido se estaba portando mal.

Analizando la situación fríamente estaba claro que su relación había cambiado, porque ahora él la buscaba para que le acompañara en sus compras. Además, hablaba más de lo normal, y por las noches le contaba sus partidas de petanca y sus filosofías sobre los movimientos de las bolas y la influencia del terreno. Pero todos estos rollos patateros no eran más que el camuflaje de alguna supuesta verdad que Perla todavía no había podido desvelar.

Y es que, además, Guido se pasaba el día haciendo planes en los que no la incluía. Mañana me compraré unas bambas, decía. Y aunque después la llamase para que lo ayudara a escogerlas, lo cual nunca sucedía porque él siempre se compraba lo que le daba la gana dijese lo que dijese Perla, en el momento no contaba con ella para nada. No pensaba en Perla con la más mínima proyección de futuro.

Y eso la machacaba.

Cuando Guido estuvo convaleciente y no le hacía caso y Gilda iba a visitarlo y entraba el médico en casa y más gente, Perla sólo soñaba con que todos se fueran para tenerlo sólo para ella. Pero ahora, aunque se pasaba el día deseando que Guido pescase una gripe virulenta y estuviera en cama toda una semana para volver a tenerlo totalmente controlado, ese recurso de amor le parecía una vil trampa. Porque no estaba segura de que Guido siguiese llamándola en cuanto encontrase otra compañía, alguien con quien hablar.

Además, tenía la sensación de que se estaba volviendo loca. Tan pronto tejía una complicada tela de araña para hacerse necesaria, hacía la comida, limpiaba la casa, cuidaba a Guido y le cosía los botones, como caía en la más pura desidia y se negaba a involucrarse en sus asuntos.

—¿Qué color te gusta más? —le preguntaba Guido escogiendo un jersey.

—Asunto tuyo —contestaba.

Y se iba a la tienda del al lado a mirar cualquier cosa.

Porque si Guido había decidido renovar su ropero, jugar a la petanca, comprarse muebles nuevos y escuchar discos, quería decir que pretendía cambiar de vida, que algo intenso se estaba cociendo dentro de él y que podía ser que una época de su vida se estuviera quedando atrás. Y tal vez, en esa época, incluiría a Perla. Tal vez Perla no era más que un bastón donde apoyarse, una persona a la que se abandona cuando ya se ha hecho el cambio. Alguien que conoce el pasado y que por eso es mejor dejar en el camino.

Pero esta última idea no alcanzaba a su razón, porque los enfermos de amor sólo ven las cuatro cosas que tienen delante. Sólo podía intuirlo y sentir la desazón que le provocaba. Por eso necesitaba una prueba para descansar. Una razón poderosa para seguir amándole con convicción pasase lo que pasase y dijesen lo que dijesen.

Como antes.

Yo no quiero un novio, quiero un hombre que se quede conmigo toda la vida. Quiero un hogar, reflexionó estirando los flecos de su colcha de ganchillo.

Quiero más.

De pronto, oyó que Miqui la llamaba y el aire de la habitación se le hizo irrespirable.

Cogió su bolso y saltó de la cama.

Basta de mentiras

Tal vez
después de muchos años
te acercarás a mí
y me darás las gracias.

En el momento en que Perla abría la puerta de su casa para salir a la calle, Gilda se dejó caer en el sofá de la suya.

Cansancio, un poco de sueño, dolor de pies. Deseo de música y silencio. Los niños voceando en el salón con la tele a todo volumen, Carolina gritando adiós desde la puerta. Gilda murmurando:

—Vete a la mierda.

Una escena habitual.

Gilda apoyó la cabeza en el brazo del sofá y miró a su alrededor. Los tonos azules y marrones de aquella habitación tan grande la llenaron de una angustia incierta. El árbol de Navidad despedía destellos de colores como un engendro feo y artificial. Como una flor de plástico. Volvió a sentir aquel peso extraño que hacía días que arrastraba.

—Jandro, mi amor, prepárame un whiskito —le dijo a su niño quitándose los zapatos con los pies.

Alejandro la miró poniendo en duda su autoridad y Gilda se crispó.

—¿Qué pasa? —le dijo reprimiendo un tono desagradable.

—Que la tía Carolina no nos deja abrir el mueble bar.

—La tía Carolina tiene cara de culo... —le contestó Gilda irritada.

Los niños rompieron a reír.

–... y que diga misa –continuó ya divertida–. A ver, ¿es que nadie quiere prepararme un whisky? Porque si nadie quiere, ya puedo hacerlo yo, ¿eh? Ahora, muy bien, entonces que cada uno se prepare lo suyo, ¿eh? Y a la hora de cenar que no me venga ningún niño diciendo que tiene hambre o que le duele la tripita, y por la noche que nadie me diga que le cuente un cuento porque tiene miedo, ni que le tape porque tiene frío, ¿eh? Si queréis más a la tía Carolina que tiene cara de culo con caca, y que no os deja hacer nada, que a mí, que soy vuestra mamá, y mamá no hay más que una, pues me parece muy bien, pero entonces allá vosotros.

–No, mami, no –gritaron divertidos–. Yo lo preparo. Yo.

Entonces se empezaron a pelear por ver quién le ponía el whisky a su madre y quién abría aquel mueble bar prohibido.

–Bueno, que cada uno me ponga un cubito. Ugo no, que es pequeño, y Jandro, que es el mayor, que ponga el whisky... Ah, y después poned un disco que yo os diré, que bailaremos un rato.

Y así transcurrió una feliz tarde en familia. Porque a pesar de que realmente a los pequeños no les entusiasmaba el *rhythm and blues*, eso de fingir que eran mayores y que bebían alcohol con las copas de coñac llenas de agua y jugar a fumar con los puros de su padre difunto les pareció de lo más interesante.

Poco después, cuando ya se había roto una copa y los habanos yacían mordisqueados y desperdigados por el salón, Gilda pudo retomar el hilo de sus pensamientos mientras los niños seguían concentrados en sus rotuladores de colores.

A pesar de que sus propios problemas no le dejaban mucho tiempo para pensar en los asuntos de los demás, la actitud de Guido la había impresionado. Que llevase unos billetes en la cartera y que no dudase en comprarse cualquier cosa que le gustaba era una gran novedad, y que le prestase dinero para que saliera alguna noche también era un detalle sorprendente. ¿Acaso Guido volvía a ser el mismo niño que se crió con ella después de años de letargo? ¿Sería genético eso de los cambios? ¿Estaban los dos programados para cambiar más o menos en el mismo momento, porque ella también sentía que algo gordo se estaba fraguando en su interior aunque no podía identificar qué era? ¿Había que ponerse a creer en los astros de repente? ¿Por qué Guido se empezaba a preocupar por su aspecto? ¿Por qué iba a dejar de parecer un desheredado justo ahora que ella empezaba a ser cada vez más desgraciada?

Qué raro es todo, se dijo para alejar de sí tantas preguntas y dejar de pensar unos momentos. Y es que, en el fondo, comenzaba a sentir el amargo sabor de la pobreza.

Entonces miró a su alrededor y descubrió a sus niños, que olían a colonia y a goma de borrar, encorvados sobre unos papeles cavilando seriamente.

Sus caritas eran todavía como un boceto de adulto. Sus manos, pequeñas y delicadas, capaces de agarrar una hormiga sin matarla. Sus pies pisaban sin fijarse.

Proyectos de persona.

Todavía no era tarde para darles forma y explicarles la crudeza del existir. Enseñarles que la vida es ladrona y hacerles repetir «los sueños no se cumplen».

Vio que Jandro ayudaba a sus hermanos a redactar la inefable carta a los Reyes Magos. Y se dio cuenta de que su expresión era distinta de la de los demás, de que ya había perdido el brillo del milagro traumático y de que era el único de aquella pandilla que empezaba a comprender por qué los Reyes Magos son injustos.

Gilda miró a sus niños repartidos por la mesa y por el suelo escribiendo sus cartas y estuvo a punto de sentarlos en el sofá y decirles algo muy importante.

Pero se contuvo.

Entrecerró los ojos intentando relajarse y los minutos se deslizaron con pereza en el reloj.

—Yo pediré una casa en la playa y que vuelva papá —dijo Elena de repente.

A Gilda se le pusieron los pelos de punta. Abrió los ojos y se sentó.

—Niños, ¿quién os ha dicho que los Reyes Magos traen casas? —preguntó esquivando el tema del padre.

Los niños la miraron sorprendidos.

—El año pasado a la tía Carolina y al tío Guillermo les trajeron la casita de la nieve —contestó Elena—. A Jandro no le traerán la moto porque se ha portado mal.

Y Gilda se puso enferma. ¿Cómo se puede engañar así a los niños? ¿Quién se ha inventado esta crueldad? ¿Cómo se puede torturar de este modo a esos pequeños cerebros, incrustándoles en sus cabecitas los sentimientos de culpa cuando Gilda sabía que lo de la moto era sólo una cuestión de dinero? Y los niños pobres ¿qué pensarán al ver que los Reyes se portan mejor con los ricos? ¿Por qué nos engañan haciéndonos creer que las cosas se consiguen sólo mandando una carta? Esto es mentira, pura mentira traumatizadora.

Pensó en su experiencia como señora de la limpieza y en la vivienda inmunda que había visto en la portería. Pensó otra vez en que no tenía trabajo y en que si no fuera por sus malditos suegros estarían todos viviendo debajo de un puente. Pensó en librarse de su familia política y darles a sus niños la vida real que les tocaba, la de los cinco hijos de una viuda pobre.

Pero cómo explicárselo...

Niños, vais a tener una vida muy dura, os vais a tener que ganar cada mochila para ir al cole, cada lápiz y cada libreta. Niños, todo lo que os cuentan en la tele y en la escuela es mentira. Los niños pobres no son otros niños que sólo salen en las películas. Los niños pobres sois vosotros.

Pero sabía que esos pequeños ingenuos no tenían la más remota idea de lo que era la pobreza y que no lo entenderían.

Les cogió las cartas para ver qué pedían. Mentalmente fue sumando a cuánto ascendía la cuenta de los Reyes, aunque ya sabía que no podía pagar ni el más barato de los regalos. Pero después pensó que tampoco era una cuestión de dinero, porque por mucho que pidieran, los Reyes no les iban a devolver a su padre muerto.

Y cayó en la cuenta de que primero nos engañan con los Reyes, y cuando éstos nos defraudan nos venden la moto de Dios. El caso es engatusar a las personas para que se crean lo que nunca pasará, la falsedad de que alguien piensa en ti aunque no te conozca, de que alguien tiene el poder de librarte de la desgracia, de que hay alguien bueno y misterioso que te quiere. Y de que si las cosas no te van mejor es porque no te lo mereces.

Y para que te vuelvas más loco todavía resulta que hay otros que son incomprensiblemente buenos, de una bondad que no se ve, porque nadie entiende que sus padres no se mueran y que, encima, los Reyes les traigan motos.

Pensó que sus niños vivirían como ella, esperando un regalo de los Reyes que nunca llegaría, esperando que Dios los arrullase en sus noches más oscuras...

Y que Dios y los Reyes permanecerían silenciosos.

Volvió a mirar un rato más a sus niños repartidos por el suelo escribiendo sus cartas. Después los sentó a todos en el sofá y les dijo algo muy importante:

—Hijos, los Reyes Magos no existen.

Nubes marronosas

Hace frío,
no entraré en calor.

Esa tarde Perla dejó pasar las horas merodeando por la calle. Y anduvo tanto que recorrió media ciudad sin darse cuenta.

El preso, aunque sabe que no saldrá de su celda, da mil vueltas fingiendo que está yendo a alguna parte. El que está libre se mueve, aunque sabe que la Tierra es redonda y no existe un horizonte hacia adelante, que si andas demasiado volverás al punto de partida. Pero, a pesar de todo, todos caminamos, porque si andas en zigzag conocerás más cosas. Y si no, por lo menos la ilusión del avanzar.

Cuando las tiendas cerraron y la calle empezó a quedarse vacía de personas, Perla se metió en un bar. Bebió y pensó. Pensó y no llegó a ninguna parte.

En el fondo deseaba alejarse de todo, no dormir en su barrio por lo menos una noche. Poner tierra por medio. Pero no pudo. A las once y media paró un taxi y le dijo que la llevase a casa.

Ya una vez sentada en el coche, no veía el momento de llegar a su calle y comprobar si había luz en el piso de Guido. El que bebe, después que da el primer trago, ya es capaz de acabar con la bodega. ¿Habría pensado él en ella tanto como ella en él? ¿Le hablaba a su hermana de ella? ¿La habría llamado por teléfono? Y Miqui ¿sería capaz de dejarle una nota o esperaría a verla en persona para decirle que la habían llamado por teléfono? ¿estaría ya durmiendo?

Si está en la cama la despierto, se dijo con los labios apretados.

Y mientras Perla pensaba en cosas de éstas, el taxi urbano siguió cruzando la ciudad como si nada.

El cielo, encapotado de nubes marronosas, dejó escapar un trueno cuando ya estaban entrando en el barrio.

—Parece que va a llover —comentó el taxista. Y añadió—: Hace frío de nieve. Después no dijo nada más.

Minutos más tarde, el taxi se detuvo en un semáforo junto a una plazoleta, cerca de casa.

Conductor y pasajera permanecieron en silencio esperando que el semáforo cambiara de color. Dentro, la radio del coche emitía una musiquilla romántica que a Perla le dio ganas de llorar. El conductor miraba al frente ensimismado, y el taxímetro saltó un paso más.

Fuera, el crudo frío de diciembre, las calles solitarias y los coches aparcados que dormían en silencio.

Entonces los vio.

Sentados en el respaldo de un banco, uno de ellos de pie frente a los otros. En las manos, litronas de cerveza. En los gestos, rabia y violencia.

Perla se tragó la impresión y permaneció indiferente. Podía haber llamado a la policía inmediatamente y confesar que ella era una testigo y que los vio pasar aquella noche.

Pero no lo hizo.

No lo haría nunca.

El semáforo se puso verde, el coche avanzó despacio y Perla no despegó sus ojos de aquellas figuras oscuras mientras los tuvo a la vista. Después, ni se molestó en girar la cabeza para seguir mirándolos. No le hacía falta.

Eran tres, eran jóvenes y eran malos.

Vuelven los monstruos

Todo se apaga cuando llegan.
Todo se muere.
Me come la negrura.

Perla bajó del taxi y el vehículo se puso en marcha apenas ella cerró la puerta. De pronto se encontró sola en la calle vacía con aquel frío que le mordía las manos. Los bares de siempre ya habían cerrado y le pareció que las aceras estaban más oscuras que nunca. Y ella, muy nerviosa.

Sólo tenía que andar hacia su casa. Sólo tenía que sacar la llave de su bolso y no girarse. Era tan fácil.

Pero sus pies no la obedecieron y sin darse cuenta se encontró frente al fatídico portal. Vio cómo su mano estiraba el dedo índice y oprimía el botón del interfono.

Guido le abrió sin decir nada.

Y es que la Navidad y el amor desquician a cualquiera.

Aquella tarde Guido había vuelto a recaer. Y no era que cuando llegó se encontrase con la sombra acechando tras las puertas. Fue mientras desenvolvía los paquetes que la sintió extenderse por su casa a sus espaldas. Y cuando se dio la vuelta, la sombra ya estaba allí y no quería marcharse.

De nuevo la congoja y la angustia se apoderaron del él. Otra vez un bocado al corazón. Ñac. Otra vez el alma enferma.

Entonces todo le pareció absurdo y dejó sus paquetes a medio desenvolver, se sentó en el sofá en lugar de en su sillón y se quedó allí, muy quieto. Hecho un hueco.

Al principio no supo por qué había evitado su asiento favorito, pero al cabo de un ratito de estar así, traspasando las imágenes de la tele sin mirarlas y sin oír lo que decían, descubrió que en la casa había alguien más: la rata estaba repantigada en su sillón fumándose un puro.

Había vuelto.

Si tú malgastas, yo también, le dijo echándole el humo a la cara.

Y después volvió a lo suyo.

La Peluda había abierto sus paquetes mientras él estaba ensimismado y ahora, calculadora en mano, sumaba a cuánto ascendían los gastos.

Allí, espatarrada en el sillón, con la gorda panza al aire cubierta por los tickets de compra, apretaba los botoncitos de la calculadora con desdén y a cada nueva adición lo miraba de reojo con desprecio. Ya te vale, desgraciao, parecía que le dijera.

—Vete, asquerosa —musitó Guido haciendo un gran esfuerzo.

Pero no tenía voluntad para echarla con energía y la rata lo sabía.

Calla, cerdo, que me despistas, le llegó a decir.

Y Guido sólo pudo hundirse un poco más en su miseria.

Cuando Perla llegó al rellano, encontró la puerta entreabierta y la luz del recibidor inquietantemente apagada.

Entró en la casa, le dio al interruptor y cerró de un portazo.

—Holaaaaaaaaa —aulló porque estaba desquiciada.

Espantando a su miedo, a sus nervios, a quién sabe qué. Sus pies la llevaban y no sabía adónde.

Cruzó el pasillo a toda velocidad.

Irrumpió en el salón y se encontró a Guido sentado en el borde del sofá con los hombros encogidos y las ojeras puestas.

—¿Qué pasa? —lo increpó sin dejarse conmover por aquella imagen patética—. ¿Qué haces a oscuras?

Y se acercó a la mesilla para encender la lámpara de pie.

—No servirá de nada —murmuró él.

Pero en cuanto Perla estiró del cordoncito, la sombra siniestra desapareció de todos los rincones y su salón volvió a ser la guarida de siempre: su casa.

A pesar de ello, Guido no las tenía todas consigo, y repasó con la vista los sitios más cerrados por si la sombra todavía estaba agazapada en alguno.

No.

Entonces Perla volvió a preguntar:

—¿Se puede saber qué pasa?

Apartó de un manotazo los tickets del sillón y se dejó caer en él.

La rata se revolvió en el asiento con rapidez, dio un salto diabólico y se salvó por pelos de acabar aplastada bajo el culo redondito de Perla. Durante una fracción de segundo, permaneció agarrada a la orejera del sillón con la boca abierta enseñando sus dientes afilados y mirando a Perla con furia. Sssss, hacía, y los ojos le brillaban con destellos rojizos. De pronto saltó al suelo y cruzó el salón con los pelos erizados.

Guido oyó perfectamente el ruido del cuerpo gordo al caer y sus patitas frías pisando las baldosas. Luego la vio revolverse con ira y mirar a Perla un segundo.

¡Puta!, le chilló antes de escaparse por el balcón.

Pero Perla ni la vio ni la oyó. Se estaba concentrando para hablar de algo importante:

—Guido, no te hagas el autista —le dijo decidida—. Si no quieres hablar, no hables, pero escucha lo que te voy a decir porque no pienso irme de aquí sin haber aclarado esto.

Palabras inconscientes

No sé qué digo
pero soy inocente.

Es impresionante cómo pueden cambiar las cosas en cuestión de segundos. De pronto Guido se había liberado de la sombra y de la rata y volvía a sentir que tenía consistencia.

De pronto todo era normal y Perla entraba en su casa dispuesta a reñir por algo.

—Vale, qué pasa, digo yo —contestó todo valiente.

Aquel cambio en la actitud de Guido la desconcertó. Las luces apagadas cuando llegó y el hecho de que estuviese medio encogido en el sofá la habían puesto más nerviosa, pero había sabido aprovechar aquella baza para lanzarse a hablar frente a un Guido supuestamente sumiso. Ahora, de repente, él se rebelaba y la dejaba totalmente desarmada y desconcertada. Por eso, en lugar de centrarse en lo que iba decir, Perla se lió.

—Pasa que... a ver qué te has comprado.

—¿Qué dices?

—¿Qué es esto? —preguntó desenvolviendo un paquete—. Ah, ya veo, sartenes. Ya era hora, amigo, porque la mierda esa que tienes en la cocina no sirve más que para quemar la comida. Ya era hora, sí, ya era hora.

—Pero, qué dices, qué te pasa.

—Pasa que si te piensas que las voy a fregar yo y que te voy a hacer la cena, olvídate. No, amigo, yo no soy tu chacha. Que para hacer de criada ya tengo bastante con la vieja.

En realidad Perla acababa de decir cosas que en cierto modo pensaba, pero no decía lo que quería decir. En realidad, no sabía muy bien qué quería decir ni si quería decirlo.

Guido, por su parte, había recuperado la confianza en sí mismo y después de dejarse invadir por la sombra y humillar por la rata no estaba dispuesto a seguir cediendo. Así que, en vez de quedarse callado como hacía siempre y desentenderse de lo que Perla decía, le contestó:

—Nadie te ha pedido que hagas la comida, la haces porque quieres.

Y Perla, que pensaba que su discusión sería un monólogo donde podría explayarse y decirlo todo sin ninguna interrupción, aunque no supiera muy bien qué era, perdió los papeles.

—¡Noooooo! —gritó como una posesa levantándose del sillón—. Noooo, noooo...

Se estaba desquiciando y Guido, súbitamente lívido y asustado, se hundió un poco más en el sofá sin atreverse a mover un músculo. Por una vez que se le ocurría contestar, parecía que había escogido el peor día.

—Nooo —continuó Perla un poco más calmada al ver que el otro se achantaba—. No hago la comida porque quiero, nooo. Nooo, noooo, amigo, no. Hago la comida porque te quiero, porque TE QUIERO, ¿entiendes? ¡Es distintooooo!

Guido se mantuvo silencioso. La miraba a la cara con las cejas levantadas sorprendido por aquella declaración de amor tan violenta. Y ya no entendía nada ni sabía qué estaba pasando.

—Contesta —le ordenó ella de pronto.

Pero Guido no supo qué le estaba preguntado.

—Contesta, coño —insistió levantado otra vez la voz.

—¿Que conteste qué?, ¿qué quieres que diga? —dijo él acojonado.

—Te he dicho que contestes. ¿Es que ni siquiera puedes hacer esto por mí? ¿Es que no me puedes dar ni una migaja? —aulló Perla.

Se acercó a un paquete que estaba en el suelo y le dio una patada que lo mandó a la otra punta del salón.

Guido se llevó las manos a la cabeza y se retorció de dolor.

—El compact —gimió.

—No sabes qué decir, ¿eh?

—El compact, te lo has cargado.

—Ah, te sabe mal el trasto este, ¿eh? Pero no te importa lo que me pase. Pues a mí me importa un huevo el tocadiscos éste...

Y se giró para avanzar hacia el paquete pateado.

Guido reaccionó con rapidedez.

—No, Perla, no —le suplicó—. Por favor.

Perla comprendió que se estaba saliendo de madre. En realidad, el hecho de que Guido reaccionase y contestase a algunas preguntas con preguntas, que le hubiese dicho por favor, era algo insólito. Porque generalmente él, Guido, se bloqueaba fácilmente con aquellas descargas de Perla y se encerraba en el silencio.

Pensó que no hacía tanto que en una situación idéntica Guido le hubiese permitido romper lo que le diera la gana sin mirarla y sin decir una palabra. Como si los asuntos de Perla no fueran con él.

Ahora, de la noche a la mañana, se sentía implicado de algún modo y era capaz de mirarla con aquella cara de incredulidad aunque sólo fuera para que no destrozase la casa.

Se observaron en silencio unos segundos, tal vez minutos. Perla respiraba con dificultad y no podía articular palabra.

Guido se mantenía a la espera.

—¿Sabes qué pasa en la calle? —le preguntó ella finalmente.

—... nnn...

—Hace un frío que levanta sabañones y corren tíos por ahí que le pegan palizas a la gente. Dicen que va a nevar y a estas horas no hay un alma por la calle...

—...

—... Y yo, cada noche, tengo que volverme a vestir para salir a la calle y volver a casa... sola...

—...

—... porque tú nunca me dices que me quede...

—...

—... y mañana es Nochebuena...

Perla rompió a llorar y se dejó caer en una silla. A Guido se le hizo un nudo en la garganta.

La puta Navidad es capaz de chalar a cualquiera, se dijo.

—... y ya estoy harta de estar siempre así... —continuó Perla, ahora protagonista, puesto que Guido se había decidido a callar y escuchar—. Porque cualquier amigo o cualquier conocido se preocuparía de que cada noche volviese sola tan tarde, y me invitaría a quedarme a dormir, y tú, que me ves cada día, me echas de la cama como un bestia sin sentimientos... ni siquiera eres mi amigo...

Permanecieron un rato en silencio, en la sala sólo se oían los sonidos lejanos que salían del televisor y los sollozos de Perla.

Guido se sentía realmente incómodo en aquella situación. Todo el rato había estado esperando que pasase la tormenta y Perla volviese a comportarse con cordura, pero estaba claro que aquella se vería obligado a intervenir y que tendría que mojarse. Perla lo ponía entre la espada y la pared y lo obligaba a implicarse en el asunto.

—Sí que soy tu amigo —le dijo al fin.

Y Perla saltó como un resorte.

—¿Ah, sí? No, tú no eres mi amigo, nooo. No tienes ni idea de lo que me pasa ni te importan mis problemas. ¿Sabías que no quiero pasar las Navidades en casa de la vieja? ¿Sabías que me gustaría estar fuera de allí unos días para estar como de vacaciones pero que no tengo adónde ir? ¿Lo sabías? ¿Eh?

—No —dijo Guido rápidamente antes de que Perla le gritara contesta.

—No, claro que no...

Guido se empezaba a hartar de tanto machaque y se envalentonó un poco:

—Si tú no me lo cuentas, no puedo saberlo...

Ella se quedó sorprendida un momento pero reaccionó con rapidez:

—Pues ahora ya lo sabes. ¿Y sabes qué te digo? Que quiero una respuesta, que no pienso moverme hasta que me contestes. Y piensa bien lo que decides, porque si hoy salgo por esa puerta, te juro que no vuelvo. Aunque tenga que matarme yo o matarte a ti...

—...

—Y como te cuesta tanto pensar las cosas, me voy al lavabo. Así te dará tiempo de aclararte las ideas.

Perla se encerró en el baño y no salió.

Mientras tanto Guido desempaquetó el compact y comprobó que no había sufrido ningún daño, a pesar de que la patada de Perla había dejado un hueco en el cartón de la caja y el porexpan que lo protegían.

Conectó el aparato al amplificador y puso un CD. Se había concentrado tanto en esta tarea que llegó a olvidarse de que Perla estaba encerrada en el lavabo.

Tal vez para fingir que nada había pasado.

Pero cuando empezó recoger los papeles del suelo del salón se acordó de la sombra y se dio cuenta de que aquel bicho informe no se apartaría tan fácilmente de él, y de que la rata debía de andar por ahí agarrada a alguna tubería esperando un momento de descuido para volver a insultarlo. Cayó en la cuenta de que, por alguna razón desconocida, Perla tenía la propiedad de alejar a sus monstruos de casa y tuvo miedo de que se fuera y lo dejara a solas con ellos.

También reflexionó sobre lo que ella le había dicho y se dijo que en parte tenía razón. Era cierto, a un amigo se le invita a quedarse a dormir y se le ofrece la casa cuando viene de vacaciones. Eso no tenía nada que ver con ser novios.

—Pobre Perla —murmuró con un poco de complejo de culpa.

Y se agarró a la idea de la amistad para olvidarse de las otras.

Llamó a la puerta del lavabo pero Perla no le abrió.

—Oye, que me estoy meando.

Silencio.

—Venga, Perla.

Nada.

Volvió al salón, puso otro disco y se encaró de nuevo con la puerta.

—Oye, sal, que haré la cena... Y no tendrás que irte... Quédate a dormir... te invito.

Silencio persistente.

Entró en la cocina, sacó una pizza del congelador, la metió en el horno y dejó pasar unos minutos. Después, salió al pasillo y se sentó en el suelo frente a la puerta cerrada.

Si Perla se hubiese marchado de la casa, Guido se hubiese quedado inquieto esperando que volviera. Y, al final, zapeando desde su sillón, hubiese empezado a pensar en otras cosas. Pero aquella puerta cerrada dentro de casa era peor que cualquier cosa, porque llenaba su espacio con un grito ensordecedor que no lo dejaba pensar, y le hacía sentir muy mal.

Insistió:

—Oye, cenaremos pizza... Es de anchoas...

El suelo estaba frío y la pared donde apoyaba su espalda también. Un hilo de luz escapaba bajo la puerta que se alzaba frente a él. Todo estaba muy callado.

—Oye... he pensado que si quieres, puedes pasar las vacaciones en mi casa...

Y el pestillo dijo criec.

Los días que siguieron

¿Es verdad lo que parece?

Antes, cuando el mundo era distinto y no existía el consumo, los regalos tenían su sentido porque nadie se compraba nada, y necesitabas un perfume, la bufanda o un jersey. Antes los regalos navideños hacían falta e ilusión. Cuando la dieta mediterránea era una realidad, los banquetes de estas fiestas tenían su razón y creaban expectación, porque la gente comía gambas de uvas a peras y la carne la probaba mezclada con legumbres o patatas. Nunca se hartaban ni hacían régimen.

Hoy nos zampamos una escudella de ricos, plato de pobres, sólo por tradición y porque está buena. Y también porque a nuestro estómago, harto de filetes clombuteroicos y pescado fresco fosfitado, ya le va bien recordar el sabor de los ancestros.

Ahora, la Navidad es un frasco sucio y vacío. Un excremento.

¿Es triste?

No.

Es lo que hay y hay que joderse.

Y la gente finge que le encantan las fiestas sin sentido y se apresura a comprar los putos regalos y a envolverlos con cuidado y toda la hostia. Pero espera. Tú espera. Un año, dos, cuarenta.

¿No te gusta? A mí sí, te contestan hablando de la Navidad con cara de sorpresa cuando dices la verdad. Y tú calla, ¿eh? Calla, coño, que les ha costado mucho aguantar en la mentira que se inventan. Y piensas en ponerte unos guantes de silicona y embadurnarles la boca de mierda. Porque la Navidad huele a culo y ellos mienten como perros. Uf, qué peste.

Lo cierto es que morirse sin honor, siempre se muere gente. Pero en Navidad las noticias de la tele se llenan de desgracias espectaculares. ¿Por qué? Porque cosas malas pasan siempre. ¿Para qué? Para que a todo el mundo se le encoja el corazón más de la cuenta y llore en el lavabo a escondidas, y le parezca que quiere más a los suyos y que es un miserable afortunado cuando los ve cenando a su lado y piensa que ese año se ha librado de pasar las fiestas velando a un muerto o en urgencias.

De este modo tan rastrero, el negocio sigue adelante. Así, el dinero de los vivos coleantes se sigue moviendo, comer y regalar. El de los muertos recientes se reparte, comer y regalarse. Y el de los enfermos terminales no se cuenta porque ya se gasta durante todo el año en medicamentos, un día más sin entierro.

Pero a cierta edad ya lo sabes, callas lo que te toca callar y sobrellevas el mal rollo como puedes. Con dinero, en el Caribe. Sin dinero, cerrando la puerta. Al fin y al cabo, a ti qué más te da. Coge un libro y ponte a leer, que todo pasa y poco queda.

Un año, dos, cuarenta. Tarde o temprano la misma ovario retorcido que te dijo eso de que en su casa todos se querían sin reservas y el testículo seco que nunca se ha cagado en el malnacido de su padre y que cree en la familia te dirán que se atiborran de pastillas para ir a la cena de Nochebuena. Para fingir que están bien cuando se mueren de mierda.

Y es que la vida no es perfecta y las cosas no van bien. Ni a Dios ni a nadie, joder, no mates más. No tortures, animal. No pegues.

Que no te engañen, no te suicides.

Baila y no llores.

Grita fuerte.

La tarde del día de Nochebuena, mientras Perla hacía la maleta en casa de Miqui y estrenaba un bonito neceser de última moda, Juan llamó a Guido al trabajo para desearle feliz Navidad y contarle que no iba a volver hasta enero. Y aunque el hecho de que su amigo faltase a su cita de fin de año le dolió un poco, a Guido le hizo tanta ilusión que se molestase en llamarlo que se atrevió a contarle que había invitado a una amiga a pasar las fiestas en casa y que no pasaba nada, que ya tenía plan.

—Eres el mejor —le dijo Juan.

Y Guido colgó el teléfono con una sonrisa de oreja a oreja.

Después, la voz de Gilda salió del mismo auricular, tensa, nerviosa, y le dijo buenas fiestas, te quiero mucho, somos familia... Y a él se le hizo un nudo en la garganta.

Casi antes de salir Guido de la oficina, cuando en Sants Perla ya cerraba la puerta de la vieja con un rictus de amargura y sin hacer ruido, como a escondidas, en la oficina Montse sacó un paquetito de su bolso y le dio a Guido un beso en la mejilla.

—Feliz Navidad, Guido —le gritó—. Me voy a África de vacaciones —añadió, y le tendió el regalo—. Es un punto para libros, nada, me ha costado cuatro duros.

Y él se puso como un tomate y no supo qué decir, a pesar de que reconoció que realmente el punto era de plástico y seguro que sí que le habría costado cuatro duros.

Y al pasar junto a la fiestecilla de su planta donde todos se despedían, contentos por tener vacaciones, hablando de sus planes, sus comidas, sus regalos y sus cenas, Guido aceptó un vaso de plástico lleno de champán, se lo bebió de un trago y no dijo casi nada, pero a Montse le contó que no estaría solo.

Cuando llegó a casa, se encontró las luces encendidas, la tele funcionando para nadie, la calefacción a todo trapo y el olor de un pierna de cordero que se asaba en el horno. Y se puso tan contento por ese ambientarro hogareño que llenaba todos los rincones de su fría guarida, que cuando llegó al final del pasillo y vio a Perla que dejaba sus cremas en la repisa del baño, creyó que lo que ella le había impuesto con su chantaje emocional era una decisión suya tomada libre y acertadamente. Y, emocionado, le dio un beso sin pensar.

—Feliz Navidad, guapa —le dijo—. Mañana te compraré un regalo.

Y Perla pensó que mañana sería Navidad y que las tiendas estarían cerradas, pero no le importó porque era la primera vez que Guido la besaba por su cuenta. Y esta bienvenida le quitó de un soplo la sutil rigidez que todavía sentía, pues no hacía mucho más de una hora que había dejado a la abuela sola en casa, con la perra, el belén de plástico, la luz deprimente de su bombilla de cuarenta watios en el comedor y el pasillo a oscuras, y le había dicho adiós con el corazón de piedra. Porque Perla bien sabía lo que era la soledad y la pena navideña, y no estaba dispuesta a volver a comérsela.

Y así, ese año, Guido y Perla pasaron las fiestas con el calor del hogar y del amor nuevo; con el frío de las calles en la cara y la tibieza de sus cuerpos en la cama; con las manos cogidas, la necesidad de estar pegados el uno al otro, los millones de besos, el sexo insaciable y el teléfono que nadie contestó. Y mirándose a los ojos, muy adentro, muy adentro.

Y sus noches discurrieron con las historias de Guido, arrancadas de sus recuerdos dormidos, revividas al contarlas, transformadas en fragmentos de novela. Y las historias de Perla, extrañas, puntuales, indefinidas. Sólo anécdotas.

Nieve

Ojalá que esos copos
no se fundan
y me muera
con tus besos en la boca.

Aquel amanecer la habitación se llenó de la magia del Paraíso.

Perla abrió los ojos con dulzura como si un rayo de paz la hubiera despertado y sintió en todo su cuerpo el bienestar. La almohada era tan blanda y tan
cómoda; las sábanas, más suaves que nunca; el colchón, tan amoroso.

Se estaba tan bien.

Una luz tenue y plomiza le daba forma a las cosas y el cielo, detrás de los
cristales, empezaba a ponerse gris. A su lado, Guido dormía boca abajo plácí-
damente. Silencioso como un niño.

Dentro y fuera todo era quietud y bienestar. Y el tiempo no tenía prisa.

Sumida en este estado celestial, salió de la cama con lentitud, se cubrió los
hombros con una manta y se acercó a mirar por la ventana sin saber por qué.

Los cúmulos plomizos y pesados envolvían la ciudad y esparcían mariposas
por el aire: estaba nevando.

—Oh —dijo en un susurro, y se pegó al cristal para ver mejor los copos.

Los vio subir y bajar, dar vueltas indecisos y acercarse peligrosamente a la
ventana. Y al poco ya no los vio más porque se le llenaron los ojos de un
recuerdo.

Un lejano amanecer de un diciembre como aquél, extraño y tormentoso, Perla
abandonó la casa de sus padres cuando todos dormían bajo el peso de las mantas.

Dejó la calidez de su cama por el frío del ambiente y la emoción de escapar. Una luz como aquélla, gris y solitaria, la acompañó mientras se vestía, despacio y en tensión, sin hacer ruido. Y la guió por el pasillo cuando dejó atrás, una a una, las puertas de los que dormían, roncando o en silencio. En la cocina, las brasas que quedaban de la noche no daban calor y tuvo mucho miedo y ganas de llorar.

Pero se fue. Cerró la puerta tras de sí y se enfrentó a una llanura blanca y virgen. Con su bolsa en la mano y el susto en el cuerpo, se apartó de su hogar bajo aquel cielo tan grande. En la blanca inmensidad, todavía pensó que oiría las voces de sus padres regañándola, o el silbido de un hermano que la llamaba, pero sólo escuchó su corazón como un tambor en el pecho, su respiración contenida y el crujido de la nieve bajo sus pies. Cras, cras. Nada más en el mundo, sólo ella rompiendo la quietud.

Y paso a paso, la casa se hizo pequeña y la distancia grande.

Desde entonces, un dolor en los hombros la siguió allá donde estuviera. Como un amigo fiel y detestable, como un recordatorio del desamparo...

Guido carraspeó ligeramente y cambió de postura, profundamente dormido, y Perla volvió al presente con lentitud. Detrás del cristal, los copos se hicieron más gruesos y el manto del invierno empezó a cubrir las calles con timidez. Todavía su recuerdo no se había desvanecido y le pareció sentir el olor del aire castellano en los pulmones. El frío del oxígeno. Pero la nieve en la ciudad no era tan blanca y el cielo sobre el mundo se había hecho pequeño. Se tocó la nuca buscando al compañero de su huida, y no lo encontró. Su dolor no estaba y era una bendición.

Regresó a la cama, se coló con delicadeza entre las sábanas y se acurrucó junto a Guido. Él se movió un poco y la escondió entre sus brazos. Su cuerpo desprendía una dulce calidez y su olor, familiar, reconfortante, era un bálsamo de amor. Le dio un beso en el hombro y se pegó a él, como si no tuviera bastante, como si estar piel con piel no fuera suficiente y quisiera acercarse más. Fundirse.

Luego, cerró los ojos y se durmió en paz.

Porque, después de tantas cosas, por fin estaba en casa.

El rechazo de los vivos

Nada es peor que no te quieran.
Nada duele más que el rechazo de los vivos.

Por su lado, Gilda tuvo una crisis feroz. Después del asunto de los Reyes, su relación con la familia del muerto se puso al rojo vivo y, entre la ausencia del difunto en la mesa y el rencor que empezaba a rezumar el corazón de su viuda, todos pasaron unas Navidades de muerte.

La familia había planeado pasar la Nochebuena y el día de Navidad en la ciudad y marcharse después con los niños a Viella. Pero Gilda sentía que aquella guerra silenciosa era cada vez más encarnizada y no estaba dispuesta a ceder sin pelear. De modo que después de avisar a todo el mundo de que no quería que engañasen nunca más a sus niños con ratoncitos Pérez, angelitos, papá noeles y Reyes Magos, les informó de que ese invierno no habría ni nieve ni esquiada. Y es que, precisamente, la famosa casita de la nieve la jodía de un modo especial.

—Se acabó, estos niños tienen que vivir con lo que tienen —dijo por teléfono la tarde del día veinticuatro—. Nos quedaremos aquí viendo la tele.

—Como quieras, Gilda —le contestó su suegra maldita, la abuelita encantadora que sus hijos adoraban.

Y Gilda se relajó un poco y quiso pensar que había ganado esa batalla, que por fin empezaba a separarse de ellos, que tal vez era posible vivir de otra manera. Volver a empezar.

Su suegra, sin embargo, colgó el auricular con la certeza de que ellos, los Piñol, se saldrían con la suya.

—Dice que los niños no se vendrán a Viella —le comentó a su marido mientras se agachaba bajo el árbol de navidad y colocaba un regalo que contenía unos minidescansos para Ugo.

—¿Cómo? —saltó su hija, Carolina, que estaba en la cocina haciendo algunos arreglos para la cena.

—Tranquila, Nina —intervino el patriarca, que con su entrañable pelo blanco parecía el abuelo de Heidi sin barba—. Eso ya lo veremos.

Para Gilda, tanto la cena de Nochebuena como la comida de Navidad fueron un tormento cargado de silencios, reproches e indirectas, porque a pesar de su optimismo inicial, no había contado con la fuerza del grupo, la familia cerrada en piña, la fuerza del amor, Yayo, Yayo, súbeme, y la fuerza del dinero, oh, mira, unos esquís, podrás aprender a esquiar, ¿eh, baldufa?

Agobiada por su dura realidad y la tensión que suponía para ella convivir con su familia política, Gilda consintió en que le raptasen a los niños el día de San Esteban y se los llevasen a la nieve. Lo cierto es que, a pesar de todo y una vez que comprendió que había perdido la batalla, la alegró librarse de sus pequeños unos días para poder pensar, y los despidió fingiendo tristeza cuando en realidad quería dar saltos de contenta.

En cuanto volvió a casa llamó a sus amigos nuevos, los músicos, e indagó dónde tocaban esos días para ir a verlos. Concertada su cita y sabiendo que le dejaban una invitación en la entrada, empezó a probarse vestidos para su día de fiesta, se sirvió un whiskito y puso un disco.

Pero al cabo de un rato, cuando la música cesó y se percató de que no tenía nada que ponerse porque toda su ropa de repente le parecía espantosa, le entró la angustia. Dio unas vueltas por la casa intentando pensar y de pronto se encontró sentada en el sofá mirando fijamente el retrato de su marido que colgaba en la pared.

—Hijo de puta —se oyó que le decía.

Y le dio un puñetazo.

Entonces una horda de emociones la atacó por todas partes y por primera vez en muchos años se dejó llevar por lo que le subía de dentro.

Arrancó el óleo de la pared, lo tiró al suelo, le dio una patada y se encaminó a su habitación. Todavía estaba allí aquel galán de noche donde el muerto solía dejar su traje. Entró en el vestidor y abrió el armario de él.

Nada. Totalmente vacío. Por suerte había regalado toda su ropa después del entierro.

Pero su fiebre no se calmó con aquellas ausencias. Cruzó toda la casa y llegó al despacho. Allí sí que había cosas del muerto. Sus estilográficas, sus libros y papeles, sus trofeos de golf.

Por un momento le subió la nostalgia de aquel amor que había sentido y rompió a llorar. Tocó la mesa de caoba con cariño recordando las horas que él había pasado allí planeando algún negocio. Al principio la acarició con suavidad, pero el fuego en su interior seguía quemando y acabó golpeándola con los puños y rayándola con el abrecartas. Después la apuñaló con saña mientras sus pensamientos galopaban por su vida como caballos desbocados.

Hay una bilis que se cría con los años, despacio, día a día, amarga. Es el rencor amasado decepción a decepción, bofetada a bofetada. Es el cúmulo del tiempo que una mujer ha pasado vaciándose, esperando que las cosas cambiaran, las horas infelices, las triquiñuelas, el llanto, las palabras sucias y los mejores años desperdiciados.

Y esa bilis hay que vomitarla.

¿Quién fue más culpable, él o ella? ¿Quién insistió en tener una familia numerosa? Él. ¿Quién aceptó los embarazos? Ella. ¿Quién no quiso abortar cuando Ugo? Él. ¿Quién aceptó? Ella. ¿Quién le pidió que dejara de cantar para cuidar a su familia? Él. ¿A quién le pareció lo más cómodo? A ella. ¿Quién la compró con su amor, su familia, su dinero y sus ideas? Él. ¿Quién se dejó comprar? Ella.

¿Quién dejó de querer primero? ¿Quién fue más cobarde y no vivió la vida que quería, él o ella?...

En aquel momento, y muchas veces después, si él hubiese seguido vivo, Gilda le hubiera pegado. Y si ella se hubiese podido separar por un instante de sí y doblarse en dos, se hubiese abofeteado.

Soltó el abrecartas empapada en sudor y con la mano dolorida. Se sentó en la butaca del escritorio y se reclinó como si dormitara. En su mente se mezclaban con furia ideas y recuerdos.

Ya desde el embarazo de Ugo las cosas habían empezado a coger el color de los infiernos. Gilda tenía la sensación de haberse pasado todo su matrimonio embarazada y cambiando pañales, sin tiempo para vivir, sin tiempo para analizar con claridad adónde estaba llegando. Los años pasaban y descubría nuevas arrugas en su cara cada día, y cada año una vocecilla le recordaba que no era feliz. Hacía dos bebés que quería dejar de parir, disfrutar de su silueta esbelta, fumar, beber y retomar la vida que llevaba antes de su primer embarazo. Había accedido a tener una familia numerosa, a colaborar en el plan de su marido pero creía que ya estaba bien, quería tiempo para ella. Para vivir la vida que había soñado. Y empezó a descubrir que no estaba viviendo la vida de aventuras, viajes y emociones que había imaginado, la que él le prometió de alguna forma, para sobrellevar la vida de familia que su marido había asumido y que sus suegros habían decidido.

Sin embargo, Gilda, a pesar de todo, no supo parar antes de que hubiese demasiadas caritas reclamando su atención. No fue capaz de escaparse sola un fin de semana, sentarse en la cama de un hotel y ponerse a pensar ¿y yo cómo quiero vivir? ¿Quién quiero ser?

Nació Ugo y Gilda se deprimió. Postparto, dijeron, pero ella intuía que había algo más, mucho más detrás de su tristeza y su desidia...

Porque el sabor amargo ya le quemaba en la garganta.

Y después, a los tres meses, él se murió. Antes de empezar a discutir y darse el gusto de decirle todo lo que se había guardado esperando la ilusión que no llegaba, antes de que le diesen las arcadas y comenzar a sacar el grueso de la bilis que la corroía, el tío se mató con el coche una mañana. Por correr demasiado.

Así de fácil, la abandonó a su suerte después de haberle hecho cinco hijos y haberle robado diez años. Cuando recibió la noticia, Gilda no pudo sentir dolor, ni tristeza ni un agujero dentro.

Sólo pudo odiarlo.

Como si la hubiese abandonado para irse con otra. Y daba igual que hubiese sido culpa de él, del otro o un accidente inevitable. Gilda sólo sabía que aquel hombre se había desentendido de sus problemas y la dejaba a ella con el muerto. Cuatro duros en una cuenta de ahorro, un pisazo y dos cochazos comprados por sus suegros que ella no podía vender porque no eran suyos, cinco bocas hambrientas y cinco culos cagones. Nada más. Habían vivido al día, siempre haciendo negocios, tanto tengo, tanto invierto, tanto gano y tanto pierdo. Ni un miserable seguro de vida. Nada.

Ahora, sentada en su sillón de piel seguía masticando su rencor pero era diferente, porque veía las cosas con una claridad espantosa. Se había pasado años viviendo el sueño de otro. Él había muerto, pero su sueño continuaba. Sólo para que ella no pudiera despertar de aquella pesadilla y salir de la cárcel.

Hijo de puta, morirse de repente.

El silencio de los muertos

Nada es peor que no te quieran.
Nada duele más que el rechazo de los vivos.
Sólo el silencio transparente de los muertos
duele más que un desengaño.

Tener un muerto no es que se te muera un primo al que sólo ves en las bodas y bautizos, ni esa abuela que vive con otros, ni un amigo al que hace meses que no llamas. Ni tu perro.

Tener un muerto es que se te muera alguien a quien ves cada día, alguien cuya vida condiciona la tuya y viceversa. Uno de ésos, un hermano, un padre, un hijo, tu pareja, uno de ésos que viven en tu casa y que huelen a ti.

Tener un muerto no es asistir a un velatorio y a un entierro, ni ver una cara de cera dentro de un ataúd, ni recibir el pésame, ni estar como en un globo por todo lo que ha pasado. No, eso no es nada.

Porque la muerte viene después.

Tener un muerto es poner un plato menos en la mesa y que haya en casa una cama, o el lado de una cama, que nunca está deshecho. Un aire que no se mueve, una voz que nunca suena. Un frío.

El sinsentido.

Y sus cosas siempre quietas, inmóviles. Si no las tocas tú, no las tocará nadie. Y aun después, después de vaciar armarios y cajones y el tiempo amontonado, encuentras un objeto de tu muerto, inesperado, cotidiano, personal, que te dice que estás solo.

Más todavía.

Un muerto no deja un rastro tras de sí allá por donde pasa, porque un muerto no pasa por ninguna parte si no es por tu corazón. Nunca encuentras indicios de lo que ha estado haciendo en casa, el champú sin tapar, un vaso sucio en el fregadero, su chaqueta en la percha de la entrada, porque un muerto no está fuera.

Tener un muerto no es que se te muera alguien querido. No, eso lo tiene todo el mundo. Tener un muerto es mucho más.

Es tener siempre el silencio por respuesta.

Un vacío que te sigue a todas partes.

Es como si hubiesen borrado la ciudad donde existías.

Y después que cada uno cargue con su muerto como pueda.

Así pasó Gilda sus Navidades aquel año. Cuando ya estaba oscuro y a ella le parecía que todos los gatos serían pardos, se vestía de fiesta, se metía un par de copas en el cuerpo y salía a la calle.

En los bares se veía con sus nuevos amigos músicos y en cuanto abría la puerta del local y sentía que el abrigo le pesaba por el calor y el ambiente cargado de tabaco, aflojaba las mandíbulas y se quitaba de la frente el ceño fruncido. Ellos, y ellas, pues cada vez eran más porque siempre había alguna cara nueva que decía hola, soy tal, la invitaban a subirse al escenario y la animaban a formar parte del grupo, le hablaban de cosas que estaban fuera de su tedio cotidiano, la llevaban a fiestas, le hacían confidencias, la cogían del brazo o la cintura, le decían que cantaba muy bien y la ayudaban a vivir una vida sin pasado.

De vuelta a casa, enfrentadas la madre con la aventurera, pisoteaba el retrato del difunto y lloraba su dolor encima de la alfombra. De rodillas, se agarraba los costados y se movía en un vaivén de desconsuelo. Y el llanto era tan duro que todo el cuerpo se le revolvía y su cara se contraía en una mueca con los ojos apretados, y su piel no sentía el agua de sus lágrimas ni la baba que le caía entre los labios estirados.

Al fin, después de vomitar allá donde estuviese, agarrada a una silla o apoyando una mano en la pared, se dormía en el salón agotada por las penas. Y se quedaba allí, tirada en cualquier postura insólita hasta que el frío o el dolor de espalda la despertaban, y se arrastraba hacia alguna cama que no fuera la suya.

Noche de reyes

Qué solos estamos
todos.
Qué pequeños.

La noche de Reyes, noche maldita de promesas incumplidas, Miqui, a pesar de que sabía que no se dormiría tan temprano, se acostó después de ver la cabalgata desde el balcón, porque tenía frío y le sabía mal apretar el otro botón de la estufa y gastar más de la cuenta. Y estuvo imaginando qué bonito hubiera sido que su hijo no viviera en Alemania, cómo le habría gustado pasar las Navidades con él y con los niños, adultos ya, y conocer a sus bisnietos. Pensó que no habría estado mal que su hijo la hubiese invitado a ir a visitarlos, porque le habría gustado mucho verlos a todos, y sentarse en esa mesa tan grande que tenían para comer que ella había visto en una de las fotos que le mandó una vez.

Pensando en esto se acordó de Amalia, la del café, que la había estado chinchando con eso de que en su casa mañana eran doce para comer y con lo de que si su hijo, el de Miqui, vivía en una casa tan bonita y conducía un Mercedes, no tenía ninguna excusa para no pagarle el viaje.

—El viaje me lo pago yo si quiero —le había contestado Micaela.

Y cuando la otra dijo: entonces, no lo entiendo, con cierto retintín, Miqui le tuvo que explicar, como cada año, que eso de estar juntos era mucho lío porque ella no hablaba alemán y que eran muchos en la casa y que no se cabía.

Y como pensar en estas cosas la ponía un poco nerviosa y Pulga lo notaba y se subía a la cama a lamerle la cara y tenía que destaparse para echarla, se puso a buscar otras ideas y se acordó de que había visto a Perla pasar calle abajo hacía dos días, y que no estaba en su pueblo sino que debía de estar con su novio, ése que todo el barrio decía que era tan raro y que la hacía llorar.

Mientras tanto, ajena al puto barrio y a la existencia de Miqui, a la que había olvidado totalmente, Perla se encerraba en el baño y se arreglaba para salir a cenar, al tiempo que Guido, sentado en su sillón, le daba vueltas a una de sus bolas de petanca y le decía:

—¿Te falta mucho?

Mientras se echaba colorete iba pensando en el restaurante donde cenarían y en que estaba dispuesta a gastarse lo que fuera, porque invitaba ella y tenía ganas de derrochar. dolía no pasar por casa de Crystal, pero, bueno, entre ellas se entendían.

Crystal abría la puerta de casa a un par de amigas que legaban con sus regalitos bellamente empaquetados, pues aunque fuera una fiesta de Reyes en la que todos levaban cosillas del Todo a Cien para divertirse e intercambiar regalos insólitos, era divertido jugar a envolverlas. Después de los besos se metió en la cocinita de su apartamento de travesti soltera y cogió una ensaladera para llevarla a la mesa. Estaba contenta porque todo el mundo había cumplido y la mesita del rincón estaba llena de paquetes. Antes de abandonar la cocina se acordó de su sobrino de Málaga y pensó que ojalá le llegara a tiempo el regalo que le había mandado, aunque el chaval todavía creyese que el tío Cristóbal vivía en América.

Ya en el salón vio cómo Tania se daba un beso con ese novio nuevo y, antes de decirles a los demás venga, a comer todo el mundo, se dijo a sí misma que sí, que cómo añoraba tener un amor, un hombre fuerte a quien cuidar y que la protegiera.

Lejos de allí, muy lejos, en otra ciudad, Juan se tomaba una caña en un bar con el camello y pillaba con disimulo la papela que el otro había dejado debajo del paquete de tabaco.

—Son jodidas, las Navidades —le dijo el *dealer*.

—Jodido es siempre —contestó Juan.

Se metió en el baño, se hizo un buen clenchote, pagó las dos copas y salió a la calle, donde se encontró con la gente apretujada, los caramelos y los confetis de una procesión de Reyes.

Se detuvo un momento entre la muchedumbre y vio pasar a unos pajes que precedían a un rey pintado de negro y vestido con sedas de colores.

—Joder —murmuró.

—Joder —dijo Gilda cuando al llegar a Pelayo encontraron la cabalgata.

Su amigo negro la cogió de la mano para no perderla entre la gente y ella se agarró con la otra al brazo de una contrabajo que acababa de conocer.

—Oh, qué bonito —dijo ésta.

Y Gilda no la miró, porque le subió un sabor amargo a la boca y después las ganas de gritar.

Y no es que todos estos sean tan distintos de nosotros. No son seres de otro mundo, que están lejos sólo porque son diferentes, con otros problemas, en un libro. Más miserables, se podría pensar.

No. Porque todos somos pequeños. Cachorros olvidados, solos y hambrientos, muertos de frío.

Todos somos huérfanos.

Al crecer, la conciencia carcome lo mejor de nuestros padres: su poder omnipresente. Esa magia fabulosa que convierte un mundo cruel en un lugar confortable. Durante la infancia, la familia finge que es como un regazo acogedor, donde lo malo no existe y el horror sólo está fuera. Y, por eso, no debe de ser verdad.

Hasta los adultos que hacen ver que son más adultos porque cuidan a sus padres arrastran el estigma de la desprotección, la espantosa conciencia de ser vulnerables. De que Dios no viene a susurrarte duerme, mi amor, que yo vigilo. De que el techo que te cobija hay que ganárselo, porque no lo traen los Reyes.

Dejar de ser niño es empezar a estar solo.

Y en las noches oscuras, el frío nos abraza a pesar del edredón, el miedo nos visita bajo el nombre del insomnio.

Algo nos persigue, pegado al corazón, más cerca todavía, tal vez dentro del alma.

Siempre, el desamparo.

Resaca

Menos mal que todo pasa.

Aquella Navidad, el Conductor Indignado cumplió su promesa y dejó mal aparcados varios coches bomba que dejaron sin brazos y sin piernas a los operarios de la grúa. A raíz de eso, los trabajadores se declararon en huelga y el centro de la urbe se convirtió en un caos; en todas partes se veían embotellamientos colosales, coches aparcados de cualquier manera, agentes de la guardia urbana multando frenéticamente y conductores que al pasar les hacían butifarra por la espalda. El alcalde asomó la nariz por la televisión para pedir orden y soltar un sermón sobre la convivencia, pero la mayoría de los barceloneses, sabedores de que ese hombre no cogía nunca un autobús y no entraba en el metro como no fuera para inaugurar una parada, se rieron en su cara mientras comían turrón y daban tragos de cava, con el coche encima de la acera y ellos bien calentitos en casa.

Además, el criminal hizo explotar el depósito de vehículos de la Zona Franca, que ardió toda una noche como si fuera el infierno. Entonces las autoridades dijeron que no estaban obligadas a indemnizar a los conductores incívicos y éstos, que organizaron una reunión para discutir el tema, acabaron conduciendo borrachos arriba y abajo por la Diagonal tocando las bocinas con coches prestados. Los implicados, y otros que andaban por allí tirando bolas de nieve grisáceas, primero fueron a dar con sus huesos al cuartelillo, y después los amontonaron junto a otros delincuentes de peor calaña en los calabozos de los juzgados. Y esa noche, la de los Santos Inocentes, tal vez fue la mejor de aquellas fiestas, porque por una vez aquel agujero sórdido y deprimente se llenó de voces que coreaban canciones y tocaban palmas para espantar el horror de esos lugares de tortura.

A causa de estos hechos, los diarios se llenaron de cartas y reseñas, y así los urbanitas tuvieron de qué hablar con sus familias, pues lo de la nieve duró lo que un suspiro y casi no dio tiempo a comentarlo.

Después, la Navidad pasó dejando tras de sí una orilla de resaca. Las tiendas se llenaron de personas que cambiaban sus regalos y sopesaban el cariño de los otros por lo que se habían gastado. Unos hombres armados con largas escaleras desmontaron las luces navideñas, y en los contenedores, los pequeños abetos moribundos, todavía con adornos, se quedaron esperando que alguien los rescatara. El Ayuntamiento los recogió prometiendo trasplantarlos, pero al final los trituró para abonar el césped.

En la calle, la gente volvió a coger el ritmo del trabajo, andando de aquí para allá pensando en hacer régimen y sumando mentalmente cuánto les habían costado las fiestas ese año.

Mientras tanto, los suicidas los veían pasar desde sus casas y, al notar aquel cambio en el ambiente, cerraban sus ventanas aliviados de la crisis. Un año por delante, pensaban. A ver cómo lo llevo. Aunque alguno saltó en el último momento, convencido de que la miseria siempre vuelve y no vale la pena quedarse a desgana.

Pero, a pesar de tanto descalabro, la ciudad fue borrando poco a poco las huellas de las fiestas y pasaron las semanas sin que nadie se diese cuenta.

Cuando los niños volvieron, pasado el día de Reyes, los suegros de Gilda encontraron todas las camas deshechas y su ropa amontonada en la silla del cuarto de invitados. En el baño, polvos de maquillaje pasado de moda desperdigados por el suelo y pintalabios destapados en el lavabo. En la cocina, un montón de platos sucios.

—¿Has tenido visitas? —le preguntaron al ver toda la casa patas arriba.

—No —les contestó sin mirarlos.

—¿Y entonces? ¿Es que no has hecho las camas desde que nos fuimos? Esta casa parece una leonera.

—Eso no es asunto vuestro —les dijo secamente.

—De acuerdo, no es asunto nuestro —intervino Carolina—. Pero no vas a dejar que los niños se metan en las camas sin hacer, así, todas revueltas.

—Hay niños que ni siquiera tienen cama —contestó con indiferencia.

Y se dirigió al salón, recogió los pedazos del retrato que quedaban por el suelo y se los tendió a su cuñada.

—Toma, te devuelvo a tu hermano.

Después, los niños volvieron al colegio, y los días se sucedieron con una monotonía fingida. Carolina los recogía por la mañana y volvía por la tarde cargada con la prole.

En esas horas de paz, Gilda seguía pensando.

Un muerto.

Un ataque de leopardo

Nadie sabe bien qué es.
A todos nos ataca.

Los planes de que Perla volvería a vivir con la vieja cuando pasasen las fiestas no se cumplieron. Ni Guido le dijo vete ni ella me voy. Así que se quedó en la guarida de su novio y siguió con su vida de pluriempleada tan tranquilamente.

Por las mañanas pasaba la fregona en casa de Miqui, quien, a pesar de que cuando más la echaba en falta era por la noche y que de poco le servía lo que Perla hacía por casa, le bajó el sueldo, pero no quiso despedirla porque le gustaba oír el portazo que daba al entrar y todas las burradas que decía cuando andaba trapo en mano por la casa. Puesto que Perla ya no vivía allí, decidió que no le haría la comida a Miqui, ya que bastante tenía con hacerla en SU casa. Miqui dijo que bueno y aceptó, en parte porque ya se veía con un plato mal servido de comida congelada y en parte porque tampoco le decía eso de espabila, mujer, cuando Perla se sentaba en el sofá y perdía una hora de trabajo viendo el serial matutino a su lado.

A la anciana le contó que estaban viviendo juntos para hacer la prueba antes de casarse, pues estaba claro que Guido ya le había pedido en matrimonio, le iba a comprar un anillo y todo saldría bien, pero ella pensaba que antes de dar un paso tan importante es mejor saber a ciencia cierta con quién te casas.

Miqui, por su parte, no acababa de creerse nada, pues por muy abuela que fuese, no era tonta, y la mitad de las cosas que Perla le contaba un día no encajaban con lo que le explicaba al cabo de una semana. A pesar de que se moría por hablar de su asistenta en la granja —para que Amalia, la dueña, se enterase bien de que Miqui no estaba sola y de que tenía a alguien que estaba pendiente de ella y de quién preocuparse–, a pesar de ello, se contenía y le daba a las historias de Perla cierta coherencia, ya que Amalia no paraba de hablar de sus hijos y sus nietos y lo buenos que eran todos, como si tuviera la mejor familia del mundo y fuera la vieja más afortunada. Y Micaela sabía que la otra no haría más que comparar a Perla con su hija o su cuñada, ellas tan perfectas.

Y es que por muy dejada, informal e imprevisible que fuese Perla, Miqui la sentía un poco suya y la defendía a capa y espada. Y si hacía apenas unos meses aún estaba en contra de la convivencia antes del matrimonio, ahora le parecía lo mejor, porque es que, tal como son hoy en día los jóvenes cuarentones, vete tú a saber si no habrá muchos matrimonios que se han casado con el novio de toda la vida –como los hijos de Amalia– y ahora, que ya tienen niños y todo, se dan cuenta de que la cosa no marcha...

En la peluquería de Crystal, donde Perla lavaba cabezas por la tarde, ya la conocían bien, y como le habían visto sus arranques de tristeza y se olían lo que podían ser los de furia, ni les sorprendieron los de alegría ni le hicieron ningún comentario provocador cuando cambió la cancioncilla ésa de este hombre me va a matar por la de mi Guido por aquí, mi Guido por allá.

Sin embargo, una tarde en que Crystal se encontraba especialmente nerviosa y no quería volver a casa a cenar sola frente al televisor, esperó a que saliera la última clienta por la puerta y, cuando su amiga ya estaba con el abrigo puesto y el bolso en la mano, le soltó:

–Hija, oye, niña, que esto que te ha pasado es maravilloso, ¿no? Hasta parece mentira.

Perla le clavó los ojos en un desafío y la otra le aguantó la mirada.

–Perla no me mires así que te lo digo de corazón –le dijo con suavidad–. Vente a tomar una cañita al bar de abajo y me lo cuentas, niña, que aquí con tanta gente no hemos podido hablar nada.

Perla se quedó un momento pensando y se dijo que lo más probable era que Guido andase por las pistas de petanca o vete tú a saber dónde, y que no hacía falta que se fuese corriendo, porque seguramente él no estaría en casa.

—Sí, vamos, que tengo muchas cosas que contarte.

Después de la caña que se bebió de un par de tragos, Perla pidió un gin tónic y le habló a Crystal de la felicidad navideña que había sentido y el amor intenso que había vivido. Pero, frase a frase, conforme avanzaba en su relato, un poco caótico por cierto, los dientes largos que se le habían puesto a Crystal, que iba diciendo qué suerte, ojalá me pasara a mí también, volvieron a hacerse cortos.

Y es que Perla nunca tenía bastante, era una fantasiosa y no sabía valorar cuán grande era el terreno que había ganado.

Cuando uno coge el amor como quien coge una gripe, porque el amor se coge de repente por mucho que otros digan, se pone tan enfermo que al principio no piensa y se conforma con cualquier cosa. Con poco basta, nos decimos engañándonos, porque estamos tan drogados que una palabra, una cita, a veces hasta sólo una mirada, es capaz de hacernos pasar todo un día o más sonriendo por dentro ensimismados. Tomaré lo que me quiera dar, no quiero forzar a nadie, decimos. Y mentimos, pues esta enfermedad genera dependencia. Y cuanto más tenemos, más queremos.

Es una adicción.

Además, en el juego del amor las reglas van cambiando conforme pasan cosas y uno nunca, nunca permanece en el mismo sitio. Y por eso cuesta un poco saber dónde estamos.

Si al principio las dudas incipientes de Perla y su afán por conquistarlo hicieron que se conformase con un Guido pasivo y que lo persiguiera hasta la muerte, y después la hicieron malpensar de las llamadas de teléfono y de las compras juntos, ahora que se suponía que había conseguido mucho más de lo que cabía suponer y que se había colado en su casa en un tiempo bastante récord, apenas dos meses, todo le sabía a poca cosa.

—No lo entiendo, niña, ¿de qué te quejas? —le dijo Crystal.

—¿No lo entiendes...? Pues yo sí. Que ya no es lo mismo, no es lo mismo que antes...

—¿No es lo mismo que cuándo? Si acabáis de conoceros.

Perla suspiró como si hablara con un tonto.

—No es lo mismo que en Navidad, ¿entiendes?

—No.

—Mira, las cosas no son lo mismo. Ahora nos levantamos por la mañana cada uno por su lado y no nos vemos en todo el día, y él está más callado, como antes, ¿entiendes? Y yo me pongo de mal humor. Llegamos a casa y nada, a cenar y a la cama.

—¿Pero folláis?

—Sí, pero no es lo mismo.

—No te entiendo, niña, no te entiendo. Si es que lo tienes todo, ¿qué más quieres?

—Quiero que sea como antes y que me compre el regalo de Navidad que me prometió.

—Tú estás soñando, loca...

—Este tío no me quiere tanto como parece —declaró por fin Perla, que ni de lejos se esperaba llegar a esa conclusión, pues había mantenido su ilusión encerrada en un lugar hermético hasta que se puso a hablar con su amiga y ordenó así sus pensamientos.

—Vivir con un hombre es esto —le dijo Crystal—, ¿qué te crees? ¿Que van a ser flores y champán cada día? Huy, pues no vas buena tú ni nada...

Cuando ya parece que el amor va a ser verdad uno se asusta. Tanto pelear, para qué, te preguntas. Ojo, que no me engañen. A ver qué he pescado, te dices; no a quién he conquistado, sino qué tengo. Y todo te parece poco.

Y es que la duda todo lo rompe. Y tú has dado tanto...

Se puede dudar de lo que uno siente, y se puede dudar de lo que siente el otro aunque se mate por ti. Cuanto más tienes, más quieres. Y los rincones secretos de los pensamientos, las emociones que desconoces, tuyas y del otro, las reacciones y el futuro que nadie puede predecir ponen enfermo al sujeto más centrado.

—Pero, a ver, ¿te ha dicho que te quiere o no te ha dicho que te quiere? —preguntó Crystal en un intento de clasificar los trastos desordenados que tenía Perla en la cabeza.

Perla aspiró profundamente y dijo:

—No, no me lo ha dicho.

Crystal puso cara de circunstancias pero se aventuró a dar un paso más:

—Pero ¿se lo has preguntado? ¿Le has preguntado me quieres?

—Sí.

Crystal abrió mucho los ojos y se inclinó hacia Perla por encima de la mesa:

—¿Y qué te ha dicho?

—Nada.

—Vaya...

Ambas se miraron en un segundo de tensión como diciendo aquí hay debate, hasta que Perla desvió los ojos para ver la hora en el reloj espantoso que colgaba de la pared del frankfurt. La salchicha que hacía de aguja le sugirió que era un poco tarde.

—Espera un momento —dijo—, pídeme otro —levantando el vaso—, que voy a llamarle para decirle que no me espere.

Y es que la duda es una oruga que se come la razón, y si no la paras, cada vez se hace más grande.

—Ah, ya estás en casa —le dijo a Guido por teléfono con un deje de sorpresa en la voz.

—Sí.

—¿Y qué vas a hacer?

—Nada.

—...

Perla se quedó en silencio sopesando la culpa que sentía por no haber estado en casa cuando él llegó, y preguntándose qué hacer: salir corriendo a su encuentro o quedarse un rato más con su amiga. Ahora que había oído su voz, Guido no le parecía tan malo.

Se volvió y vio que el camarero dejaba su gin tónic en la mesa.

—¿Y tú qué vas a hacer? —preguntó Guido después de mucho rato de silencio, no por curiosidad sino por decir algo.

—Estoy aquí con Crystal —contestó rápidamente Perla, que se sentía obligada a dar una explicación—. Nada, charlando un poco.

Guido no dijo nada y volvieron a quedarse callados con un par de kilómetros de cable entre ambos.

Cuando Perla se enteró de que las palmeras de Barcelona se habían convertido en el hábitat de unos loros chillones que se comían los dátiles y de que el parque de la Ciudadela estaba lleno de hámsters, que se escaparon del zoo y criaron como ratas porque no tenían más enemigos naturales que algún gato sarnoso de los que también corrían por allí, le pareció que el zoo de Barcelona era una caja de Pandora gigantesca que se abría lentamente, y tuvo la impresión de que sólo era cuestión de tiempo que los urbanitas se encontrasen andando por unas calles llenas de fieras salvajes.

Tal vez por eso dijo lo que dijo, o quizás hizo una extraña relación con la palabra miocardio, no lo sé, pero lo cierto es que ella fue la primera que lo dijo, y lo que dijo, a partir de ese momento, se extendió como una plaga.

—Oye, cuelgo, ¿eh? —soltó de sopetón—. Cuelgo que me está dando un ataque de leopardo.

Otro

De repente llega
y te atrapa allá donde te encuentres.
Hagas lo que hagas,
si ha de venir, vendrá.
Aunque no pase nada.

Así estaba Perla, como siempre, cargando con su obsesión y cambiando continuamente de idea. Podía pasarse un par de horas contándose a sí misma lo feliz que era, lo enamorada que estaba, la suerte que había tenido de conocer a Guido y lo fantástico que éste era, porque debía estar loco por ella si le había pedido tan deprisa que se fuera a vivir a su casa. El problema es que era tímido, nada más, y necesitaba que de vez en cuando le dieran un empujón...

Sin embargo, en un segundo, una nube negra apagaba el sol de sus ideas y le mojaba el corazón. Entonces, o bien podía ponerse furibunda y sentirse engañada, imaginar que Guido tenía una amante en el trabajo y que se la follaba como un salvaje en el lavabo. O bien buscar un pañuelo de papel y llorar a lágrima viva porque se sentía desgraciada, ya que el hombre de su vida no quería decírselo para no hacerle daño, pero ya no la amaba. Tal vez nunca la había amado de verdad...

Y si cuando pensaba en lo primero sólo quería verlo enseguida para abrazarlo y darle un millón de besos, cuando pensaba en lo segundo se imaginaba entrando en el lavabo o donde fuera que esos dos follasen y soltando hostias a diestro y siniestro. Y cuando pensaba en lo tercero, se hacía mentalmente la maleta y se veía esperando un avión en el aeropuerto para alejarse mucho del hombre que le había roto el corazón.

Por su parte, Guido había seguido manteniendo más o menos la misma idea, sencillamente porque él no había decidido nada, no quería pensar y dejaba que todo le viniera.

Tenía que reconocer que la presencia de Perla borraba la sombra siniestra de los rincones y espantaba a la rata. Sí, a la rata también, pues aunque últimamente se le había pasado el consumismo compulsivo, él sabía que ese hecho nada tenía que ver con un ataque de la Peluda, sino más bien con una extraña pregunta que empezaba a tomar forma.

También sabía que el amor que había sentido en Navidad había sido algo mágico e intenso que él no conocía, pero no quería pensar en ello.

Guido no planeaba nada, no esperaba nada, no se preguntaba qué pasará mañana. Sólo se decía, cuando se decía algo sobre eso, que esa aventura cualquier día se tendría que acabar y que, seguramente, Perla saldría de su vida tal como había entrado: de repente y por su cuenta. Por eso no le había dicho que volviese con la vieja cuando se acabaron las vacaciones y disfrutaba a su manera de la compañía que cualquier día, muy pronto, no tendría.

No obstante, en ese cuarto de hora que había pasado sin Perla, le pareció que la presencia de su amiga se expandía por su espacio y que cada vez le robaba más sitio. Es más, en cuanto colgó el teléfono sabiendo que ella tardaría en llegar, se sintió un poco aliviado y se alegró de poder estar solo en casa aunque fuese durante un rato.

Cada vez le costaba más dar rienda suelta a sus ensoñaciones y olvidarse de según que cosas. Le parecía que Perla se pasaba las horas hablando: No pises el sofá con los zapatos puestos... Blablablá, procura mear dentro de la taza... ¿Dónde has estado? Dilo, Guido, di que son malos.

Una okupa en la cabeza.

Sí, hasta en un lugar tan inaccesible como era su cerebro, Perla había conseguido meter la mano y dejar algo aparcado para que después, cuando estaba solo, Guido lo encontrara.

Se levantó del sillón y estuvo un rato pensando en esto mientras deambulaba por su casa sin tropezarse con nadie.

La silla donde Perla dejó su maleta el primer día ahora estaba vacía y su ropa se apretujaba en el armario junto a la de Guido. Su cajón de los calzoncillos se había llenado de calcetines, porque Perla lo había ordenado todo y se había hecho con un espacio donde meter los sujetadores y las bragas. En el baño, su espuma de afeitar y sus maquinillas habían quedado relegadas a un rincón de la repisa para dejarle sitio a los potingues de Perla. En la nevera, los yogures digestivos de ella se peleaban con sus salchichas y sus latas de cerveza. Y el televisor, en ese momento apagado, parecía que de pronto emitía sólo los programas y seriales que ella quería ver.

Una okupa en casa.

Sin comerlo ni beberlo, súbitamente, Perla estaba en todas partes.

—¡Bilibliblibliblibling!

El timbre del teléfono nuevo cortó el hilo de sus reflexiones, y Guido se despertó encerrado en un lugar tan absurdo como el trastero, sin saber cómo había llegado hasta allí ni quién había cerrado la puerta del cuartito polvoriento.

Corrió a contestar. Era Juan, que había vuelto.

—Guidote, te encuentro más raro que de costumbre —le dijo su amigo después de saludarlo alegremente.

—Puede ser —contestó Guido con cierto misterio.

—¿Y eso?

—...

—Oye, ¿te hacen unas copichuelas más tarde?

—Sí —dijo Guido con firmeza. Y añadió todo valiente—: Pero han de ser ahora o nunca, Juan, que me está entrando un ataque de leopardo.

—Vale, vale. ¿Cómo quedamos?

La oruga de la espera

Es el ansia de los locos que están solos
que se come la razón con el hambre de los niños.
Es voraz, la oruga de la espera.

Crystal la vio salir por la puerta disparada como una flecha y supo que esa noche ella tampoco se metería pronto en la cama. Entre sus propios asuntos y todo lo que Perla le había contado, tenía la cabeza como una olla al fuego.

Pagó la cuenta y subió a su apartamento, que estaba en el Paralelo, a la vuelta de la esquina. Al abrir el grifo de la ducha, Crystal tuvo que reconocer que la sinceridad de su amiga la había impresionado, pues ésta le había confesado que se pasaba la vida poniéndole trampas a su novio para que le demostrase de formas inverosímiles que la quería. Le contó que le obligaba a comer en casa y él, a veces, no iba. O que le rogaba que pasara por allí en cuanto saliera del trabajo y le explicara si se iba a dar una vuelta o a jugar a la petanca. No sé, decía Guido con las bolas en la mano.

Admitió que hacía cosas de este tipo. Le preguntaba si le había gustado la cena y lo miraba de aquel modo que él sabía bien que si contestaba no, Perla se lo tomaría como una ofensa personal y se le llenarían los ojos de lágrimas. Y, lo que ya era el colmo, reconoció que no lo dejaba tranquilo en la cama aunque estuviesen los dos reventados, esperando que así, con dos polvos encima, tal vez Guido no querría follar con otra si es que tenía una amante.

Recordando la conversación, Crystal llegó hasta la habitación, ya envuelta en la toalla y con el pelo mojado, y abrazó a su oso de peluche un momento; luego lo volvió a dejar en su sitio, sobre la cama.

—Esta loca de Perla —le dijo al oso—, mira tú que a veces no parece tan loca, ¿eh? Porque es que se da cuenta... lo reconoce...

Perla entró en casa a las doce y cuarto, y durante todo el trayecto en un autobús que tardó una eternidad en llegar a la parada y después atravesó la ciudad en un momento, se estuvo maldiciendo por no haber cogido el único taxi libre que había visto pasar. Menos mal que había aprovechado para comprar unos bocadillos moros y podrían cenar sin meterse en la cocina.

Después de desahogarse con Crystal, le había entrado una necesidad imperiosa de ver a Guido y estar con él. Un beso, una palabra, sus ojos azules, comer de él antes de que llegase mañana. Eso o la muerte.

Porque hacía rato ya que se le había pasado el ataque de leopardo y le había empezado a entrar la angustia de siempre, que era, no mucho, sino muchísimo peor.

Para rematar el corazón acelerado, ya en su calle, la cara mirando al cielo, le pareció que no había luz en casa y pensó que Guido tal vez ya se había acostado. Quizás aún lo pillase despierto, intentado dormirse recién metido en la cama.

¿Tan pronto durmiendo? Qué raro. ¿Se habría puesto malo? A él le sentaría bien comer; a ella, robarle un beso mientras masticaba. Pedirle un gracias.

En cuanto abrió la puerta, con sigilo, sintió el frío de los radiadores que ese día no se habían calentado.

Se quitó los zapatos en la entrada y avanzó de puntillas hasta el dormitorio.

—Sorpresa —le diría—. Cariño, te he traído la cena.

Pero en la cama no había nadie.

La luz de la mesilla le gritó que sus ojos no se habían equivocado.

La percha sin su chaqueta le aseguró que era verdad, Guido no estaba.

El silencio no le explicó qué pasaba.

Y la sensación de tragedia la dejó paralizada.

Después de unos segundos de respirar profundamente para recuperarse de la impresión, Perla se dedicó a recorrer toda la casa buscando pistas.

Ninguna.

Se dijo que a lo mejor había bajado a por tabaco, que ahora volvería. Pero ya tardaba mucho. ¿Podría ser que estuvieran todavía jugando a la petanca? No, imposible. Quizá se había retrasado tomando un carajillo.

Corrió a la ventana del dormitorio y echó un vistazo al bar de abajo. La barra estaba vacía; las sillas, patas arriba; el dueño abría la puerta con un hierro en la mano dispuesto a bajar la persiana.

En otro bar tal vez.

Salió a buscarlo.

Hay noches que son más oscuras que otras, más frías, más inhóspitas. Pasa cuando cierran los bares que siempre están abiertos, se funden dos farolas, los coches no circulan y en la calle no ves más que la figura solitaria de un hombre que anda despacio a lo lejos. ¿Adónde irá? ¿De dónde viene? ¿Qué le mantiene a la intemperie a esas horas?

¿Será malo?

Ésa fue una de esas noches de Sants. Y Perla salió a deambular por las calzadas buscando a Guido.

Sólo halló el frío en las rodillas, portales a oscuras y persianas bajadas. Incluso en la gasolinera de la calle Galileo, no vio ni rastro del gasolinero, seguramente agazapado en la oficina, pegado a una estufita. Ni un alma. Sólo una máquina de tabaco sorprendentemente despierta y sin cambio –importe exacto–, y la luz mentirosa de cuarenta neones que ponían en evidencia la ausencia de vida.

En el parque, los bancos vacíos, ni una sombra.

Volvió a casa corriendo con la sensación de que no había nadie en la ciudad. Quizás en ningún sitio.

Una vez arriba, Perla comprobó que Guido seguía ausente. Encendió el televisor y el mundo le llegó por la pantalla. Sí, todavía había mucha gente viva. Seguro que Guido estaba bien y llegaría enseguida.

Se calzó las zapatillas y se dispuso a esperar. Pero no comió su bocadillo moro; mejor esperarlo. Ni puso la calefacción; no vale la pena.

Esperar por la noche, en invierno y solo en casa es enloquecedor. Te asomas al balcón: la calle está vacía y hace frío. Y te parece que andar por ahí no tiene ningún sentido. Que es rarísimo no estar al abrigo del hogar. ¿Donde habrá ido?, te dices. ¿Dónde estará a estas horas?

¿Por qué tarda tanto?

Y empiezas a hacer memoria a ver si es que te había dicho adónde iba y tú no le habías prestado atención. Si ayer te comentó que hoy tenía un compromiso. Buscas una explicación coherente para su ausencia en casa justo esa noche, esas horas que estás solo y, sólo porque el otro no está, te crees que le necesitas más de lo normal.

Y a veces no la encuentras.

Al cabo de una hora ya no era posible que Guido hubiese bajado a por tabaco y se hubiese tomado un carajillo.

Al cabo de dos, se habría tomado cinco.

La televisión dejó de emitir programas capaces de capturar su atención, aunque fuera durante unos minutos preciosos en que se iba la angustia, y Perla se dijo, ya en serio, muy en serio, que Guido se lo estaba pasando bien de copas por ahí, a saber con quién. O que lo habían matado.

A las tres y media ya había llorado mucho llena de ideas negras de muerte y destrucción, lo había odiado, le había dedicado los insultos más groseros y había registrado todos sus cajones. ¿Buscando qué? Una carta de amor, una nota sospechosa, un número de teléfono no identificado...

De cuatro menos cuarto a cuatro y media se quedó pegada al teléfono, envuelta en una manta, sin cenar, aterida, preguntándose si llamar o no a la policía. ¿Y al Clínico?

¿Oiga? Por favor, quisiera saber si ha ingresado un hombre esta noche... Bueno, es que él nunca lleva encima el DNI. ¿Le doy la descripción física?

No, no. Mejor esperar y no armar lío. Qué exageración, ¿por qué tendría que haberle pasado nada malo? Debía de estar por ahí, vivito y coleando. Borracho. ¿O no?

Y no había forma de quedarse en un sitio coherente que no la hiciera sufrir, porque sus pensamientos no dejaban de girar como un torbellino: Guido en urgencias víctima de otra paliza; Guido en casa de Gilda porque se había puesto enfermo un niño, lo habían llevado al médico y él se había quedado haciendo de canguro. Y, entonces, ¿por qué no había llamado? Ah, claro, pensaba que volvería pronto, se le había hecho tarde y no quería despertarla. Bueno, vale, pero otra vez me llamas ¿eh? ¿Qué pasaría si ahora ella llamaba a casa de Gilda? ¿Se enfadarían?

De pronto, Guido plegado bajo las ruedas enormes de un autobús nocturno, roto, hecho un guiñapo; Guido divirtiéndose en un bar con unos amigos misteriosos que ella no conocía y de los que no le había hablado, cogiendo a una mujer por la cintura, tal vez a esa Montse, ligando; Guido con un amigo que ella conocía de oídas, ese Juan de las narices —vale, bien, eso no era tan malo—; Guido con un navajazo en el vientre desangrándose en el suelo a cien metros de casa; Guido en casa de una mujer comiéndole el coño a una cerda...

Eran cerca de la cinco cuando Guido empezó a sentir una acidez insoportable en el estómago, quizá provocada porque los pensamientos de Perla le enviaban mensajes de dolor a través del espacio, quién sabe. Acababan de entrar en un bar y aún no habían pedido nada.

—Mira, Guido, ¿qué te parece el percal? —dijo Juan señalando ligeramente con la barbilla una figura femenina, con el culo pequeño, los hombros anchos y las piernas largas, que se apoyaba en la barra de espaldas a ellos.

Como si los hubiese oído, la mujer se dio la vuelta y les echo un vistazo de arriba abajo.

—Hostia —dijo Guido—. Esto es un travesti.

—Sí, es un travestorro de cuidado. Pero está buenísima.

—Me encuentro mal —le dijo Guido doblándose por la mitad.

—Vaya hombre. ¿Y eso?

—El estómago. Me voy a casa.

—Oye, pero... ¿te acompaño? ¿Estás muy mal?

—No. Nada. Adiós... Ya te llamaré.

Guido desapareció entre la gente y Juan se quedó apoyado en la barra un rato, pensativo. Después, al tiempo que su amigo paraba un taxi, se acercó al travesti que de vez en cuando le lanzaba una mirada.

—Venga —le dijo—, ¿qué quieres tomar?

Pidió dos cubatas.

En casa, Perla se mantenía en tensión y seguía elucubrando.

Suponiendo lo mejor, que Guido volvía sano y salvo, ¿qué hacer cuando él llegase?

¿Cómo descubrir si la había estado engañando? ¿Preguntándoselo?

¿Y si decía que sí? ¿Pegarle? ¿Llorar y hacer la maleta? ¿Decirle por qué, por qué, Dios mío?

¿Y si decía que no, cómo saber que no mentía? ¿Mirarle el cuello para ver si llevaba un chupetón? ¿Escudriñar su camisa a la caza de marcas de carmín? ¿Buscar pelos largos en su jersey de lana? ¿Hacerle una mamadita y husmearle la polla a ver si olía a coño...?

De pronto sonó el teléfono con un ruido ensordecedor.

—¡Blibliblibling!

Perla dio un brinco en el sofá y lo cogió enseguida.

—Diga —exigió.

—Hola, Perla —dijo una voz de mujer, ¿qué mujer, la amante que llamaba para advertirle que lo compartían?—. Perdona, ¿te he despertado? —demasiado considerada para ser una enemiga.

—¿Quién llama? —preguntó Perla todavía sospechando.

—Soy Gilda, est...

—¿Qué ha pasado? ¿Qué ha pasado? —la cortó Perla convencida ya de que algo malo había pasado.

—Nada, nada. Perdona si te he despertado. ¿Se puede poner Guido?

Perla respiró profundamente con el alivio de saber que no llamaban para decir que su novio estaba en el hospital ni se había muerto ningún niño.

—Guido no está —dijo con cierto deje de reprimenda por llamar a esas horas.

—...ig

—Gilda, ¿me oyes? Que tu hermano...

—Shsss... ig, ig, iiig...

—¿Lloras?

—Sííg...

—¿Qué te pasa? ¿Qué ha pasado? —Perla otra vez alarmada.

—Na...da, que ig se me... ig... cae la casa encima...

—... vaya.

—Y necesitaba saber que no estoy sola en el mundooog... y pedirle a mi hermano que me hiciera un favor...

A Perla le sentó bien aquella interrupción que la alejó por un momento de su espiral de angustia. Le habría gustado seguir hablando con Gilda y pasar así el rato hasta que llegase Guido. ¿Qué favor querría pedirle?

—Hombre, mujer, sola no estás. Tienes a tu hermano...

Sin embargo, de pronto, la idea de que Guido podía llamar y encontrarse la línea ocupada la puso muy nerviosa y quiso colgar inmediatamente.

—Ya, bueno, más o menos —dijo Gilda más calmada—. ¿Dónde está?

A veces decir no sé es como decir me engañan.

—Es que acabo de llegar —contestó Perla salvando la humillación—, y no me ha dado ni tiempo de ver si había una nota... por eso he cogido el teléfono tan deprisa, porque acabo de llegar... me habrá llamado y yo no estaba, pobre, estará preocupado.

—Ah, menos mal que no te he despertado.

Quizás estaban llamando del hospital, y Perla charlando...

—No, no. Llama cuando quieras, ¿eh? Y a ver si te vienes un día a cenar y ves la casa que está muy cambiada. Ya quedaremos...

—Oye, pero ¿que estás viviendo con mi hermano?

A veces decir la verdad parece que vaya a dar gafe.

—Sí, ya hace más de un mes, desde Navidades.

—Bueno, pues me alegro, Perla.

Guido en una cabina intentando ponerse en contacto para decirle algo importante... Estoy con otra, ya no te quiero.

—Vale, gracias, pues ya dirás cuando quieres venir y ya le diré a Guido que te llame, ¿eh? Buenas noches, Gilda, tómate un valium, que yo me tomaré otro.

—¿Por qué?

—No sé.

—Clic.

Nada más colgar, Perla oyó que el ascensor se movía al otro lado de la pared. Apagó las luces y corrió a meterse en la cama. En cuanto él entró, ella cerró los ojos y se hizo la profundamente dormida.

Guido cruzó la casa sin encender la luz del pasillo y se metió en la cocina para comerse en dos bocados tres rebanadas de pan de molde. De camino a la habitación vio una pequeña luz naranja que brillaba sobre la mesita. Se acercó a curiosear. Era la brasa moribunda de un cigarrillo recién apagado en el cenicero.

Se metió en la cama con un fuego en el estómago y Perla no se movió.

Guido tampoco dijo nada.

Odiar a un muerto

Duele tanto.

Gilda se quedó unos segundos ensimismada con el auricular en la mano preguntándose si Perla le había colgado o ella se lo estaba imaginando.

—Piiit, piiit, piiit, piiit... —repetía el aparato.

No se oía nada más.

De pronto, le pareció que ese sonido intermitente podía despertar a sus niños con más fuerza que el disco que hacía unos minutos había dejado de sonar, su voz y su llanto.

Colgó rápidamente y se quedó con la mano pegada todavía al teléfono. Un rato. Acababa de llamar a su hermano para pedirle que le guardase su caja de los recuerdos porque, a pesar de que eran las cinco de la madrugada y era imposible que sus suegros irrumpiesen en casa a esas horas o que su marido se levantase de la tumba, le había entrado una urgencia espantosa y la necesidad arrebatadora de poner su caja a salvo. Pues allí donde vivía, en la casa del muerto y de los suegros, la casa que no era su casa, el hogar de sus niños, le parecía que cualquiera podría llegar y robarle su pasado.

No era un bonito baúl ni un caja forrada guardada con amor, escogida especialmente. Su caja de los recuerdos consistía en varios trozos de cartón marrón atados con un cordel, viejos, rotos y polvorientos, en cuyo interior dormían en un sobre las fotos de su infancia y de su época de cantante, diversas agendas, dos diarios, algunas alhajas sin valor, cartas, postales, una muñeca de trapo que hizo ella misma de niña y un pañuelo de seda que un amigo le trajo de la India.

Nada más y nada menos.

Había permanecido abajo, en un trastero, ignorada durante años. Sin embargo, de pronto, esa noche, volvió a pensar en ella y le pareció sumamente importante, esencial para vivir. Y había bajado en zapatillas para rescatarla, mirar lo que había dentro y que la hiciera llorar...

Llorar por lo que fue y por el tiempo que pasa.

¿Dónde estaba esa Gilda de las fotos? ¿Cuándo se esfumaron sus sueños si ni siquiera se había dado cuenta de que se marchaban? ¿Cómo?

Oh, allí estaba toda la familia. Guido, qué pinta. Sus padres... ¿dónde estarían? ¿Habrían encontrado por fin el Paraíso?

Ojalá, se dijo por primera vez en la vida. Ojalá que estéis donde queréis. Ojalá que viváis la vida que queríais. Os perdono.

Y lloró llena de amor por esa pequeña familia de locos que posaba en el jardín de la casa donde se crió. Y por la tenacidad cruel de sus padres, que de pronto se le presentaban como personas distintas...

Casi no le daba tiempo a reflexionar, pues cada imagen estaba llena de información, de secretos y verdades olvidadas. La ropa que vestían, ella y los demás, los lugares donde estaban, las personas que aparecían junto a ella, las facciones tan puras, tan jóvenes. Todo un mundo encerrado en un sobre.

Foto a foto, la cara de Gilda se hacía mayor. Comiendo un helado en la terraza de un bar de su pueblo, todavía con ropa de niña. Una polaroid en el local de ensayo, qué antiguo el órgano. En la Puerta del Sol, un mediodía irrecordable. Una general del grupo, vaya pelo. En una playa de aguas azules, buscando a sus padres con un biquini rojo. En su apartamento de Madrid, con varios amigos bebiendo whisky Dyck en vasos de Nocilla... Hasta que llegó a la última: ella y Guido apoyados en un león de los de Colón, recién llegada a Barcelona.

Las que vinieron después, cuando ya conocía a su marido, estaban en otro sitio. Eran de otro mundo, como si la vida o Dios, ella misma o quien fuera hubiese trazado una raya profunda en el tiempo y hubiese separado los días de forma irreconciliable.

Dos mundos, dos vidas.

Eso es lo que sintió, que su vida se acababa de repente con esa última foto; con un Guido diez años más joven que decía que volvería a matricularse en Historia y una Gilda que grabaría un disco.

Y después el demonio.

Porque Gilda abrió el cajón de las fotos de la mesa de caoba y sacó el álbum de su muerto intentando atar los cabos de dos vidas que no querían hacerse amigas.

Es verdad que en las de juventud se vio con peinados que le quedaban fatal, con ropa que le sentaba como un tiro, hortera incluso, infeliz haciéndose la interesante y creyendo que la vida era otra cosa, pero allí se quiso porque, según ella, ésa era su verdadera vida, sus propios errores...

Pero en las otras no supo más que encontrar un gran timo. Los botones de la camisa abrochados más de la cuenta, nada que ver con sus escotes de antes, el aspecto más formal, gente anodina, los sitios más elegantes...

No, no se trata de machismo masculino, éste no es el tema. Se trata de personalidad y cobardía, de borrar lo que eres y empezar a ser lo que otro quiere que seas. De cambiar para peor. Para tu desgracia. Para tu odio futuro y tu vergüenza que tarde o temprano tendrás que asumir.

Y si te pasa, es mejor que el otro pueda contestarte, porque odiar a un muerto es muchísimo peor que odiar a un vivo.

Porque con un vivo siempre puedes hacer las paces, con él primero y después contigo, o viceversa. Pero con un muerto no hay más que pelear, ni nada que perdonar si no es en tu desorden.

Nunca contesta, no hay réplica. No hay mejillas que abofetear ni puertas que cerrar ni abrazos de reconciliación.

Los muertos no maduran a la vez que tú maduras. No crecen nunca. Su derecho a ser mayor y a cambiar de opinión se lo robó la vida.

Odiar a un muerto es un ejercicio truculento y destructor.

Es cambiar el pasado y convertir a una persona en un ente maldito y dañino. En un satán poderoso. Transformar la compañía y el calor que tal vez tuviste en una mentira que ahora te tortura. Pelear con lo que no existe y hacerte daño. Mucho daño. Más que el que todos los muertos buenos, al marcharse, les hacen a los vivos.

Y a ese muerto, que es tu muerto, le quitas las cosas que hizo bien en vida, su cariño, su derecho a equivocarse creyendo que hacía bien, con su amor y su egoísmo.

No lo perdonas.

Y todo lo que hizo mal lo magnificas. Hasta su cara en el recuerdo la conviertes en un rostro de maldad. Tal vez en la cara sin vida que viste en una camilla, quieta, fría, con ojeras y los labios oscuros. Como un demonio.

Es el diablo que te cambió la vida, te hizo desgraciado y después te dio la espalda. El que se fue y no te dejó devolverle los golpes; quizá despedirte con ira.

Y los comentarios dichos al azar los recuerdas como sentencias.

Y las palabras generosas las olvidas.

Te vuelves loco y crees que te acompaña en tu camino. Le oyes que te dice sin palabras qué está bien y qué está mal. Te censura en esta vida nueva que vivirás sin él.

Lo odias y la culpa te persigue, porque te enseñaron a creerte mil mentiras y piensas que profanas la memoria sagrada de los muertos al no hacer su voluntad. Y que te seguirán para vengarse.

Sí, a pesar de todo, del silencio, de la ausencia y sus cajones vacíos, con tu odio tu muerto sigue contigo.

Y es fatal.

Eso es lo que hizo Gilda. En su balanza de horror sólo puso lo peor, lo detestable, su miseria y la de él. Y convirtió la imagen de su difunto, al que tenía que haber abandonado en vida, al que no debió seguir nunca la corriente, en el espectro de algo espantoso que la perseguía.

Se olvidó de que hubo un tiempo en que lo amó y que después, sencillamente, lo quiso, para pensar que siempre lo había detestado. Creyó que él la había manipulado como si ella no tuviera voluntad, que la trató muy mal, que no la quería. Y desatendió una vocecilla que decía que si su marido la conquistó fue porque llevaba pegada la idea del hogar que Gilda ya no tenía, y que buscó en sus brazos y en su forma de vida aquella confianza que se pierde de niño y que jamás se recupera.

Lo culpó de todas las debilidades que ella no había sido capaz de superar. La lista interminable de sus complejos y sus miedos, toda su inseguridad, la cobardía con que dejó su carrera de cantante para no enfrentarse a un posible fracaso, el miedo a la soledad, al anhelo de calor.

Y ésta es la idea: fracaso y soledad.

Soledad por el hogar perdido y el hermano autista, y fracaso por no brillar como el sol.

Porque por aquellos tiempos en que todavía cantaba y no le daba miedo el mundo, pues bien que lo recorrió buscando a sus padres, Gilda creía que si no lograba grabar un disco con su foto en la portada habría fracasado, que ser una cantante a la que sólo conocen en ciertos círculos es ser una fracasada, que pagar a duras penas el alquiler es fracaso, que no triunfar con fama y dinero a ojos del mundo es fracasar.

Y en lugar de apostar a ver qué ganaba, en lugar de vivir como quería, escogió directamente un fracaso disfrazado de triunfo, porque ganaba un hogar. La cárcel que la anularía.

Y como no podía perdonarse haber sido tan necia, culpaba a su muerto de su desdicha.

Y cada vez que entraba en casa se lo echaba encima.

Pero su marido no estaba allí para gritarle cabrón, cómo me convenciste, por qué no me dejaste seguir cantando, cómo me arrastré. ¿Por qué no me quisiste como era? ¿Por qué me transformaste? ¿Por qué me transformé?

Y los trozos del retrato se los llevó Carolina.

Aumenta la tensión

Es una mano que me estira las ideas.

Perla se acercó al cubo de basura para tirar las sobras del plato de lentejas que apenas había tocado. Pisó el pedal y la tapa no se abrió. Le dio rabia pero se contuvo. Giró sobre sí misma y vertió las lentejas de nuevo en la olla, junto a las de Guido, aquellas que él no se había dignado a probar porque no había ido a comer ni se había molestado en avisar de que no iría.

Evidentemente, cuando llamó a su trabajo al ver que tardaba tanto, alguien le contestó que había salido a comer y Perla ni siquiera pudo darse el gusto de echarle en cara que por qué no estaba en casa, que por qué coño no avisaba si no pensaba venir. Y que dónde cojones había estado ayer noche hasta las cinco de la mañana.

Sí, en las horas que habían transcurrido desde que Guido se metió en la cama y ella se hizo la dormida, Perla había creído que sería capaz de disimular y esperar a que él, cualquier día, inesperadamente, empezase a contar qué hizo esa noche que de seguro ella no habría olvidado.

Pero no pudo.

Hasta las voces de la tele la ponían nerviosa y tuvo que bajar el volumen para poder pensar e intentar calmarse. Tenía que saberlo, tenía que saberlo inmediatamente. Y eso era tan importante que ni se preocupó de quitar la mesa ni fregar los platos ni ir a trabajar. No podía hacer nada más que dejarse llevar por el ansia. Y se quedó dando vueltas por casa otra vez con las ideas desbocadas.

A las seis llamaron por teléfono.

—Soy, yo, niña, ¿qué haces ahí? —dijo la voz de Crystal.

Al fondo se oía el ruido monótono de un secador de pelo y las voces lejanas de dos travestis que charlaban de algo indefinido.

¿Por qué coño siempre tenían que llamar otros que no fueran Guido? ¿Por qué?

—Es que tengo fiebre, Crystal. Me parece que estoy criando un catarro.

—Vaya... pues cuídate ¿eh? ¿Oyes? Que un catarro mal llevado puede acabar en pulmonía.

La buena disposición de su amiga lo hizo sentir mal por haberla dejado sola sin avisar y se imaginó la peluquería llena de gente y a Crystal histérica.

—¿Te ha venido mucha gente? ¿Tienes mucho lío?

—No, por suerte no ha venido nadie esta tarde. La Tania a hacerse la uñas y una nueva para teñirse.

—Pues, haz, haz. Ya iré mañana, seguro que mañana ya estoy bien...

—No, si la tengo esperando a que le suba el tinte, no hay prisa.

Perla dedujo que Crystal quería comentarle algo y casi se desesperó por tener que seguir hablando y pensando en algo que no fuera Guido.

—Estoy enamorada —susurró Crystal para que no la oyeran—. Ya te contaré...

—Ah... ¿Y qué tal? —dijo Perla con un entusiasmo fingido.

—Fatal... fatal porque no nos dimos el teléfono y ya no lo veré nunca más y es tan guapo... Qué bueno está...

—Oye, que esto se ha parado —gritó una voz al fondo.

—Bueno, niña, ya te contaré —dijo Crystal recobrando el tono normal. Y añadió—: Hazte un zumo.

Esa tarde las agujas del reloj se movían de forma misteriosa, a veces muy deprisa y a veces muy despacio. ¿Y si llegaban hasta las diez o las once y él no había vuelto? ¿Y si él se iba a dar vueltas por ahí sin pasar por casa?

No puedo estar ni un minuto más aquí dentro, se dijo, y se puso el abrigo dispuesta a instalarse en la boca del metro, que coincidía con la boca de la calle, a la espera de que la figura familiar de su amado traidor apareciese por alguna parte.

Una hora y media después, la cabeza de Guido asomó por la salida del metro y fue ascendiendo lentamente escalón a escalón, ajena a la mirada de rapaz que Perla le clavaba.

Al tiempo que Perla le cortaba el paso a Guido, una mano la cogió del brazo y una voz a su espalda la saludó.

—¡Tensia! ¡Tensia! Qué casualidad. ¿Que no me conoces?

Una mujer temblorosa y con la vista un poco perdida se aferraba a la manga de su abrigo mientras un hombre, que la llevaba de la mano, la estiraba disimuladamente.

—Hortensia, soy yo, la Flor. ¿Que no te *recuerdas* de mí?— insistía la mujer—. Mira, éste es mi marido.

El hombre saludó con un ligero movimiento de cabeza como si se disculpara. Guido observaba la escena a medio metro de distancia. A Perla se le había comido la lengua el gato.

—Ay, qué gracia, mira tú —proseguía la mujer, inconsciente de la expectación que había creado—. ¿Te *recuerdas* de lo que nos reíamos en el hospital? *Quina buena cara que fas*, ¿eh?

—Sí, estoy muy bien —farfulló Perla al fin, después de decidir que de ese encuentro no era tan fácil escaparse. Y, con una sombra de tristeza en los ojos, añadió—: Y tú ¿cómo estás?

—*Ja pots contar* —contestó Flor con la cara compungida—. Va a rachas, a *veses* estoy mejor, otras, ya sabes. Las pastillas poco puedo dejarlas... *Deu meu...*

De pronto, cuando parecía que empezaría a dramatizar, una chispa de vida asomó a los ojos de la mujer y ésta se agarró aún con más fuerza al brazo de Perla.

—¿Sabes qué decían? *Que et vas escapar*, Hortensia, que te escapaste del psiquiátrico —se le llenaron los ojos de lágrimas y añadió—: *No em vas dir adeu ni res...* No te despediste...

Perla sintió la presencia de Guido a su espalda, un paso más cerca que hacía un momento.

—No, Flor, no —le dijo con suavidad—. Me fui de vacaciones...

El marido de Flor tiró de su mujer, que ahora tenía la mirada más perdida que nunca.

—*¿Qui es aquesta, Jordi?* —le preguntó Flor a su marido.

—*Buenu*, tenemos que marchar —dijo el hombre—. *Adeu, bona tarda.*

Y ambos se alejaron.

—¿Quién era ésa? —preguntó Guido.

—Una loca que conocí en un manicomio —contestó Perla sin dudar.

—¿Y que hacías tú en un manicomio? —preguntó Guido, verdaderamente intrigado y considerando la posibilidad de que Perla estuviese o hubiese estado loca.

—Las camas. Hacía las camas de los locos y cambiaba las toallas del baño.

Estaban ya dentro del ascensor y el espacio parecía que se iba cerrando sobre ellos. Cuando llegaron al rellano, Guido prosiguió:

—¿Por qué te escapaste?

Perla se dio la vuelta llave en mano y le miró a la cara en silencio. Por un momento pareció que de su boca brotaría un torrente de palabras, la historia de una vida que guardaba celosamente y que deseaba compartir. Una confesión.

Pero Guido apartó la mirada de esos ojos de fuego que querían llegarle al corazón, porque no sabía todavía hasta dónde quería que lo tocaran. Y los secretos siempre comprometen.

Guido se alejó un millón de mundos. Y Perla le dio la espalda, dolida por ese espacio tan grande, humillada por la cobardía del hombre que amaba, sola frente al pasado que el otro quería conocer pero no deseaba hacer suyo.

—No me escapé, ya lo has oído —dijo metiendo la llave en la cerradura—. Me fui de vacaciones.

Aún en el recibidor, mientras colgaban los abrigos, Perla se sobrepuso rápidamente a la decepción de la mirada esquivada, a la patada en el estómago, y después del portazo de costumbre, que le sirvió para desahogarse, se dijo ojo por ojo, diente por diente. Y se lanzó al ataque, todavía con el resquemor de tus cosas no son asunto mío, sólo quiero las anécdotas, por si acaso cualquier cosa, por simple curiosidad.

—Bueno, ¿y cuándo nos enteraremos de dónde estuviste ayer noche? —aventuró toda decidida.

Guido no respondió, se alejó por el pasillo hacia el salón y Perla no vio cómo se le endurecían las facciones de la cara.

—Te llamé para decirte que llegaría tarde y tú no me dijiste que salías —insistió de pie frente al sillón donde Guido se había sentado.

Estando así, ella más alta que él, a Perla le pareció que tal vez lograría intimidarlo y hacer que hablara.

Estando así, él más bajo que ella, a Guido le pareció que una policía lo estaba interrogando.

Siguió mudo.

—Por lo menos podías haberme dejado una nota —continuó Perla, que ya se daba cuenta de que la cosa no iba a ser tan fácil y rebuscaba en su cerebro algún camino con el que llegar al corazón de Guido sin mancharse—. Pensaba que te habían matado.

—Qué tontería —dijo él empezando a sentir crecer el enfado que nada más entrar ya había barruntado.

—Y me has dejado con el plato en la mesa, esperando —llegados a este punto, Perla ya no se pudo contener y subió el tono de voz de forma alarmante— ¿Te parece bien? —gritó— ¿Te parece bien que te haga la comida y tú no te dignes en llamar para decir que no vienes a comértela?

—Te he dicho veintinueve veces que hagas tu vida, Perla —contestó Guido molesto.

Perla se quedó sorprendida porque no se esperaba esa respuesta, no había querido contemplarla. Guido prosiguió:

—Ve a la tuya. No me esperes. No me hagas la comida.

Se levantó y se dirigió a la cocina. Perla lo siguió con la mirada. Era cierto que Guido le había dicho todo eso, era cierto, y ella no quería que las cosas fueran de ese modo.

—Pareces mi madre, joder —concluyó él con una lata de cerveza en la mano.

—¿Tu madre? —soltó Perla enfilando el sendero que había estado buscando y siguiéndolo por el pasillo—. ¿Parezco tu madre? Pues, ¿sabes qué? No me extraña que tu madre se largara, porque no hay quien te aguante. Eres un egoísta...

De nuevo en el salón, Guido se dio media vuelta y por primera vez le clavó una mirada furibunda.

—Nooo, nooo, nooo, no —dijo ella, contenta en el fondo por haber conseguido despertar algún sentimiento fuerte en él, aunque fuera odio—. No me mires así, que ayer por la noche fui yo, Perla, la que tuvo que consolar a tu hermana, Gilda, que llamó a las tantas llorando y quería hablar con su hermano, Guido, que no estaba y no la llama nunca, con el mal trago que la pobre estará pasando...

Guido se quedó sorprendido por aquella noticia y se le fue totalmente de la cabeza el asunto que estaban tratando. Se sentó en el sillón.

—¿Y qué le pasaba? ¿Qué quería? —preguntó después de engullir media cerveza de un trago.

—¿Qué quería? Pues, eso, pedirte un favor y hablar un poco con su hermano. Y como su hermano no estaba y no le hace ni caso a la pobre, que está sola sin marido, tuvo que desahogarse con la novia del hermano. O sea, conmigo, ¿entiendes? Que esto es el colmo, que eres tan egoísta que tu novia tiene que sacarte las castañas del fuego e invitar a tu hermana a cenar a casa, porque a ti no se te ocurre.

Perla dijo la palabra novia dos veces. Con la primera Guido se sobresaltó, a la segunda se le encendió una luz de alarma.

Ella hablaba y Guido ya no escuchaba, sus pensamientos andaban por otros derroteros igual de tortuosos. Perla lo había conseguido, por primera vez en años Guido sentía que le quemaba la rabia.

¿Qué quería decir con eso de novia? ¿Qué se creía invitando a Gilda a cenar a su casa sin su permiso? ¿Por qué cojones tenía que comer en casa si no le daba la gana? ¿Por qué tenía que explicar todo lo que hacía?

¿Por qué tenía que aguantar cada dos por tres esos chaparrones?

¿Qué hacía Perla tan metida en su vida? ¿Cómo había llegado tan lejos?

¿Quién se creía que era para ponerse allí, de pie, delante de él, insultarlo y obligarlo a contestar?

Quizá, si Perla hubiese tomado otra actitud más blanda, si le hubiese dicho Guido, ayer te esperé, me gustaría que me dejaras una nota porque estuve sufriendo, él le hubiese contado que había salido con Juan y que tenía acidez.

Quizá, si anoche lo hubiese esperado en el salón, le habría preparado una leche con galletas porque le dolía el estómago y se hubiese alegrado mucho de encontrarla despierta.

Quizá, si Guido no hubiese visto la brasa encendida de la colilla, esa tarde no hubiese tenido esa sensación de que Perla era una loca peligrosa que maquinaba a sus espaldas, y movía los hilos de su vida.

Y, quizá, sólo quizá, no le hubiese comido la rabia.

—Contesta —decía Perla.

—No me da la gana —gritó Guido.

—Si lo sé, no te cuento lo del manicomio.

—No me lo has contado porque quisieras, sino porque te has encontrado a la chalada ésa delante de mi cara.

Se levantó del sillón y se fue dando un portazo.

Después, de nuevo sola en casa y con Guido en paradero desconocido, a Perla le volvió la desesperación.

La estoy cagando, se dijo con suma lucidez.

Se sintió muy culpable y tuvo la sensación de que había cometido un error descomunal.

Por eso, cuando él volvió dos horas después con aliento a alcohol, le dijo que no le importaba donde hubiese estado —mentira, la duda se la comía—, que no tenía derecho a entrometerse en sus cosas —mentira, creía que él tenía que contárselo todo—, que no fuese a comer si no quería —más mentira—, que perdón por aquello de su madre —verdad.

También lo abrazó un montón de veces.

Pero Guido no le devolvió los besos y se apartó de ella cuando se encontraron en la cama.

—Está bien —concluyó Perla, a oscuras, con un metro de colchón entre los dos—. Pregúntame lo que quieras saber de mí, que te diré toda la verdad.

Pregúntame y yo también te preguntaré... Podemos pasarnos la noche hablando y...

—A mí me parece —la cortó Guido— que de mí ya sabes bastante.

—Bueno, pues yo te contaré lo que quieras saber y tú me explicas dónde estuviste ayer —insistió Perla con dulzura—. Hablar une a las parejas...

Guido permaneció en silencio. Parejas. La alarma en su interior volvió a sonar con fuerza.

—Tic, tac, tic, tac —decía el reloj.

A Perla le subió la crispación.

—Guido, contesta.

—Tic, tac, tic.

—Vale, ¿no te interesa nada de mí?

—Pues a lo mejor no.

—Tic, tac.

—Pues no te contaré nada, allá tú.

—Oquey, pues duerme y calla.

—Tic, tac, tic, tac...

Casualidades

A veces el destino
confabula sin pensar.

Dos días después, un viernes por la tarde, Gilda decidió que la mente de su hermano funcionaba con una lentitud exasperante. De modo que preparó las maletas de los niños, que se irían a la nieve, las dejó en el recibidor de su casa para que Carolina se tropezase con ellas nada más abrir la puerta, y salió decidida.

Mientras oprimía el botón del interfono de Guido se decía que le daba igual quién estuviese en casa, el caso era subir, porque había dejado al muerto pudriéndose en casa y sentía un hormigueo extraño en la sangre. Gata parda.

Después de siete timbrazos seguían sin contestar, pero no se amilanó ni se metió en la granja decadente de la esquina, a esa hora llena de madres con niños tomando suizos, sino que se mantuvo esperando frente a la portería con su caja de los recuerdos en brazos.

Al poco llegó Guido.

—Hola, hermano —le espetó Gilda con una mezcla de reproche y alegría, un poco fuera de sí, dispuesta a gastar cualquier broma o hacer alguna barrabasada—. Si cuento con que me llames, me puedo morir esperando, ¿verdad?

Guido asoció ideas con una rapidez impropia de su carácter y contestó:

—Precisamente esta noche pensaba llamarte.

Gilda soltó una carcajada, a Guido se le escapó una sonrisa delatora y ambos subieron arriba con la naturalidad de las cosas que se hacen por costumbre.

Ella le explicó la razón de su visita, traer la caja, e intentó que comprendiera cuán importante era que estuviera a salvo.

—Oquey —dijo Guido fingiendo que captaba esa idea que Gilda quería transmitirle—, pues métela en el trastero que allí no entra nadie.

Mientras Guido se asomaba a la nevera, orgulloso de tenerla llena y poder ofrecerle a su hermana varias cosas para beber —zumo, cerveza o coca-cola, ah, y agua embotellada, sin contar con el café de toda la vida o varios tipos de hierbas—, Gilda dejaba su caja debajo de otra caja en el trastero, se instalaba en el salón y cogía el teléfono al primer timbrazo como si estuviera en su casa.

—Diga.

—Con Guido, por favor —dijo una voz de hombre profunda, seductora y con un ligero aire de sorpresa.

—¿De parte de quién, por favor?

Se hizo un pequeño silencio.

—Soy Juan —dijo la voz al fin—. ¿Y tú quién eres?

—Hola, Juan, soy Gilda, pero ¿a ti qué te importa?

—Hola, Gilda, ¿qué hace una chica como tú en una casa como ésa?

—Soy su hermana y entro y salgo cuando quiero. Y tú ¿para qué le llamas?

En ese momento entraba Guido en el salón con una bandeja llena de bebidas y se quedó escuchando boquiabierto.

—Pues, mira Gilda, llamo a ver si tu hermano no tiene nada mejor que hacer que salir de copas con un viejo amigo.

—Lo siento —dijo Gilda lanzándole una mirada a Guido que decía esta vez no me dejas colgada—, pero mi hermano ha quedado conmigo.

Al oír esto, el primer impulso de Guido fue arrancarle el teléfono de las manos, pero se quedó quieto porque el azul de hermanos de los ojos de Gilda le recordó que se había portado un poco mal y ni la había invitado a salir ni la había llamado.

—Oye, ¿y qué tal si salimos los tres? —dijo Juan.

—Hecho —contestó Gilda casi gritando, pues por un momento había recobrado la cordura y ya se veía esperando a Perla, si es que Guido la dejaba, o buscando a sus amigos músicos por los bares. Contenta por la cita asegurada, se decidió a jugar un poco más—. Un momento, un momento, que he dicho que sí muy deprisa. Depende, depende. ¿Estás bueno, eres interesante? ¿Guapo?

—Tía —dijo Juan, convencido de que se había equivocado de número—, estoy que se te van a caer las bragas.

El silencio era absoluto y Guido pudo distinguir con gran facilidad las palabras de Juan. El color blanquecino que había adquirido su cara al entrar en el salón cambió a un rosa pálido.

Gilda también se quedó muda de la impresión porque no se esperaba que el otro contraatacara con tanta soltura.

—¿Y tú qué? —prosiguió Juan— ¿Me la vas a poner dura o tienes el culo más gordo que una casa?

—Dura como una piedra toda una semana —contestó Gilda rápidamente, y la cara de Guido se encendió como un tomate—. Más dura que cuando tenías quince años, porque tengo un culo y unas tetas que tiran de espaldas y te vas a matar a paj...

La mano de Guido le arrancó el auricular.

—Hola —dijo—. Es mi hermana, que es una bromista.

—Joder, Guido, pensaba que me había equivocado...

—No, no, ojalá...

Quedaron a las nueve en el bar de siempre conscientes de que Gilda se apuntaba. Después Guido le ofreció un café a su hermana esperando que durante el rato que estuvieran en casa ésta se rajara. Pero Gilda iba lanzada. Llevó la bandeja a la cocina sin dejar lugar a réplicas y dijo:

—¿Dónde habéis quedado? ¿En el centro?

Guido asintió con la cabeza.

—Perfecto, pues mientras tanto, vámonos al Borne a comer unos montaditos en los vascos. Tú pagas.

Y le estiró del brazo y lo sacó de su sillón.

Quince minutos después, en medio de la calle, Perla se debatía entre meterse en el horno y comprar una barra de cuarto o subir a casa a ver qué había en el congelador, cuando Pulga, la perra de Miqui, se encaramó a una de sus piernas y le hizo una carrera en la media.

—¡Pulga! —dijo Miqui con voz de mando como si la perra alguna vez le hiciera caso—. Uy, te ha roto las medias. Ya te compraré otras.

—Asquerosa —le dijo Perla a la perra, que ahora estaba en brazos de su dueña y le lamía la mano.

—Voy al parque, ¿me acompañas? —preguntó Miqui ignorando el grosero apelativo que Perla le había dedicado a su animal de compañía.

—No, que me espera mi novio —contestó tajante.

—Mentirosa que eres. Si le acabo de ver salir no hace ni cinco minutos.

—¿Ah, sí? ¿Y adónde iba? —preguntó Perla con inquietud; de pronto el encuentro con la abuela podía ser productivo.

—No sé, se me ha metido en el metro con una rubia que le cogía del brazo —respondió Miqui con cierta malicia.

Perla miró a la vieja con el peso de una amenaza.

—Oye, que lo ha visto todo el mundo, ¿eh? Pregúntale a la Amalia, que estaba aquí conmigo cuando han salido de casa. Era una mujer rubia, flaca, y era ella que lo cogía del brazo. Él no, él no hacía nada.

Perla se quedó muda asimilando la mala noticia.

—Se ve que ya estuvo una vez aquí en el barrio, tomándose un whisky en la granja a las doce de la mañana, un domingo, dice la Amalia.

Tanto detalle no podía encerrar una mentira y Perla subió a casa con los labios apretados.

Cabrón.

Noche de tres

Qué bien suenan las palabras
que rompen ese silencio que araña.

En el momento en que Gilda y Juan se encontraron, Guido pasó a un segundo plano y sus ojos repasaron mutuamente sus cuerpos y sus caras buscando algún rastro de la imagen que habían construido con palabras. Guido, consciente de que entre aquellos dos ya se había entablado una batalla antes de conocerse, se mantuvo al margen sin decir nada.

—A ver ese culo —dijo Juan al fin para romper el hielo.

—A ver esa polla —contestó Gilda.

—Yo me largo —dijo Guido.

—¿Dónde vas, Guidote? —exclamó Juan pasándole un brazo por los hombros a su amigo. Y, mirando a Gilda—. Hola, soy Juan, perdona por lo de antes, pensaba que me había equivocado.

—Perdona —mintió Gilda—, yo también me pensaba que era una broma.

Y los dos se pusieron muy formales.

Guido se preguntó si acaso esa formalidad no era peor que su guerra dialéctica de a ver quién la decía más gorda, y de pronto se encontró haciendo algo así como de anfitrión fuera de casa, un papel que le horripilaba.

—Bueno, ¿qué tomaremos? —preguntó malhumorado, ignorando las miradas esquivas de su amigo y de su hermana, y con ganas de marcharse.

Yo esto, yo lo otro, dijeron sus acompañantes.

Y poco a poco, después de los minutos exasperantes que tardó en atender el camarero, más los que tardó en traer las copas y lo que tardaron todos en meterse el alcohol en el cuerpo sin decir nada, empezó a entablarse una agradable conversación que, claro está, inició Juan.

—Pues, aquí nos tienes a los dos, compinches de aventuras juveniles —empezó Juan—. ¿Has oído hablar del Cerdo, Gilda?

Y a esa frase le siguieron un montón de batallitas de sus tiempos de repartidores de hielo y mil anécdotas que ponían en evidencia la ruindad del jefe, el Cerdo, y esos días mágicos que se recuerdan con un cariño especial. Que si una vez se pinchó una rueda y acabaron repartiendo el hielo con el coche de un barman amigo; y después se quedaron con la mitad del dinero, porque le dijeron al Cerdo que los cubitos se fundieron en la furgona y que tuvieron que tirar las bolsas porque iban dejando un reguero de agua y les paró la policía. Que si otra vez se durmieron en un semáforo después de fumarse un porro y les chocaron por detrás y, como compensación, el Cerdo se quedó con la paga de una semana. Que si no se qué, que si no se cuántos...

Mil aventuras que les calentaban el corazón y de las que Gilda llegó a desconectar para sumirse en sus propias reflexiones.

Joder, es que de pronto todo el mundo parecía que cambiaba de cara, su marido muerto, sus padres, hasta el hongo de su hermano. De repente, allí de pie, con una copa en la mano, con esa risa en la boca y tantas palabras, Guido volvía a ser el chaval pillastre de la infancia. Qué raro era todo. Qué raro que Guido fuera amigo de Juan. ¿Por qué? ¿Qué tenían en común? ¿Qué los diferenciaba?

Y escuchando aquella conversación interminable, empezó a atar cabos. Y se dijo que cuando Juan huyó de Barcelona, llegó a una ciudad desconocida con los bolsillos vacíos y el corazón dolorido. Como su hermano. Y buscó trabajo, los trabajos humillantes que nunca dan dinero. Igual que Guido, gastó sus suelas en absurdas entrevistas, sus horas probando a vender seguros, libros, flores para los muertos... de todo. Como Guido. Pero Juan no se encerró en sí mismo, y se tragó el trauma como una bola de papel, grande, dolorosa, lenta de bajar, pero papel al fin y al cabo, nada más. Porque su rabia era más grande que su miedo. Tal vez porque sus padres estaban allí, en Barcelona, y podía odiarlos francamente, con amor.

—No, cuando te fuiste ya no la vi más, pero qué buena estaba la Clarita —oyó Gilda que decía su hermano, que se había olvidado totalmente de que la tenía detrás, para acabar de sorprenderla.

E, intentando intervenir en la conversación hermética que mantienen siempre los que recuerdan viejos tiempos, Gilda soltó otra de la suyas.

—Por cierto, y Perla ¿dónde está?

Guido se puso amarillo y musitó:

—Hostia.

Juan y Gilda se miraron sorprendidos.

—Hostia, voy a llamarla —murmuró Guido, consciente de que podía pasar algo turbio y dramático.

Se alejó rebuscando calderilla en los bolsillos y con la sensación de que ya se había armado la gorda. Y él tenía la culpa. Cuando llegó al rincón donde estaba el teléfono y vio la hora en el aparato, se tranquilizó. Se tranquilizó y, con un poco de rabia, pensó que era un exagerado por haberse alarmado. ¿Alarmado por qué? ¿Por los gritos de Perla? ¿Por el mal rollo que hacía dos días que duraba? Sí, un poco. Pero no era eso. Era otra cosa. Una cosa distinta. Algo indefinido y mentiroso, como la nada, que al final siempre es algo. Su lógica le dijo que no tenía por qué llamar. Y la rata, que pasó fugazmente entre sus pies, le chilló que era un imbécil. Sin embargo, se le había pasado el cabreo de la otra noche, estaba contento, y ahora que no tenía a Perla delante poniéndolo nervioso, le dolía que sufriese por él, que se lo imaginase muerto y cosas raras. Perla vivía en su casa y de repente Guido se sentía responsable. Su angustia le angustiaba.

Pero... ¿acaso no era, eso de llamar, un poco como ceder a un chantaje?

Al fin, harto ya de estar de pie como un pasmarote, y de que el camarero le diera golpes con la bandeja al pasar, decidió que no quería discutir más con Perla, que no lo soportaba, que necesitaba un poco de armonía y que, hostia, es verdad, no avisar de noche no es lo mismo que no avisar de día.

Oquey, pues llamo.

Mientras Guido se peleaba con el teléfono público del bar que se tragaba las monedas y no daba línea —qué raro llamar a su propia casa—, Gilda aprovechó para explicarle a Juan, que la escuchaba con las cejas levantadas, que su hermano tenía algo así como una novia, Perla, que vivía en su casa.

—¿Perla? —preguntó Juan.

—Sí, Perla.

—Nombre de puta —dijo él sin pensar.

—¿Puta? —preguntó Gilda convencida de que Juan volvía con la broma—. Tú te crees que sabes mucho de mujeres.

—Más que tú, seguro.

—¿Ah, sí? ¿Y cómo es que sabes tanto?

—Porque me he follado a muchas.

—¿A muchas putas?

—A putas, a no putas, a casadas, a solteras... Todas tienen coño, y cuando eres joven y vas loco con eso te basta —respondió Juan con seriedad.

A Gilda le hubiese gustado reírse, hacer broma, pero la expresión de Juan le decía que estaba hablando en serio. Sorbió de su vaso haciendo tiempo mientras pensaba qué decir frente a tanta franqueza y de pronto recordó unas palabras de Pérez, un fragmento que había escondido en su memoria y que se escapó del pasado enterrado como una burbuja en el agua, deprisa, hacia arriba y espontánea: «Usted ha querido saber la verdad. Si no está preparada para ella, es mejor que no haga preguntas».

—Y a las que no tienen coño —añadió Juan— les das por el culo.

Gilda sintió el vértigo poderoso que produce el deseo de perder el control, librarse de la moral y descubrir quién eres. Ser libre.

Juan la miraba fijamente y a ella le pareció que se le aflojaba una cadena gruesa y pesada que hacía años le estrangulaba el vientre. Volvió a sentir que no tenía edad, ni pasado, ni un camino trazado y riguroso enfrente.

—¿Y tú qué eres, joven o viejo? —le preguntó a Juan.

—Bueno, no sé —respondió él mirando al aire—. A lo mejor es que me he hecho viejo —sonrió—, pero a estas alturas prefiero sentarme a leer o hacerme una paja que follarme a cualquiera.

Gilda se quedó unos momentos en silencio; desconcertada por emociones poderosas e intentando mantener una conversación que no sabía cómo llevar.

—Y cuando follas, ¿qué prefieres, culos o coños? —dijo al fin toda coqueta.

—Lo mejor siempre lo tiene la que a ti te gusta más... Hablo de amor, Gilda.

Y Gilda sintió que frente a eso, el amor, las armas de hombre y de mujer no eran más que un trapo mojado. Entonces se dio por vencida y abandonó la pose sexy que había adoptado, así, medio apoyada en la barra. Y dejó caer los hombros y sacó barriga, casi a propósito. Para rematar le enseñó la punta de la lengua y lo miró como una jorobada lasciva.

—El mejor coño es el mío —susurró porque no sabía qué decir—. Y el mejor culo también.

Y para su sorpresa, Juan le contestó:

—No me provoques, Gilda, que cualquier cosa que hagas tú, yo la puedo hacer mejor.

En ese momento llegó Guido.

—El teléfono no funciona —comentó algo preocupado—. Ya llamaré después desde una cabina.

Y sin que nadie le preguntara comenzó a dar una explicación larguísima, quizá para convencerse de que Perla no iba ganando terreno y él no iba perdiendo cosas. De que llamarla era lo normal, que no pasaba nada. Tal vez buscando que los otros reafirmaran su postura, o disiparan sus dudas, o de una forma u otra le dieran una pista sobre qué era ese algo que le rondaba el corazón, extraño y lleno como la nada. Les contó que la había conocido por la calle y que fue Perla la que lo acompañó al hospital cuando la paliza, porque resultó que eran vecinos.

—Ya —dijo Gilda, que ya sabía lo del hospital y había vuelto a tomar una postura de mujer normal.

Y que por eso se hicieron muy amigos y se veían bastante. Que estaba viviendo en su casa porque no quería estar con la vieja y que cualquier día se iría.

—¿Y adónde irá? —preguntó Gilda.

—No sé.

—Pero ¿folláis? —preguntó Juan.

Guido se puso rosa y miró a Gilda por el rabillo del ojo.

—¿Folláis o no folláis? —insistió ésta.

—Sí, pesados —articuló al fin.

Gilda y Juan intercambiaron una mirada.

—¿Folláis y ella te ha dicho que se va de tu casa? —preguntó Juan.

—Bueno, no, no me lo ha dicho —confesó Guido—, pero ya se sabe.

Juan y Gilda lo miraron con las cejas levantadas.

—Vale, chaval, ¿y cuándo es la boda? —dijo Juan.

Guido sintió que se le paraba el corazón.

—Nunca —murmuró, y los otros rompieron en risas.

—Guido —dijo Gilda—, yo creo que no se irá. La he visto por tu piso cuando estabas de baja y andaba por allí como Pedro por su casa. No digas mentiras, es tu novia.

—No —gimió Guido mirando alrededor, de pronto con el deseo de salir corriendo hacia algún lugar que no está en ningún sitio de la tierra.

Pero los otros lo agarraron cada uno por un brazo y entre risas se enzarzaron en un análisis de la situación que, sorprendentemente, a Guido le sentó de maravilla; no sólo por el desahogo que representa hablar de las cosas, sino porque sintió que tenía algo que contar y que su amigo y su hermana estaban realmente interesados en su vida. Y le querían un poco.

De trago en trago y a fuerza de tirar del anzuelo, Juan y Gilda fueron acumulando información que Guido repartía o bien con monosílabos o a base de largas parrafadas sobre la confusa identidad de Perla. ¿Una puta retirada? ¿Una loca peligrosa? ¿Una trotamundos?

—Bueno, Guido, es igual —decía Gilda—. ¿Qué más da quién sea? Mientras no te robe nada. Sobre todo ese sofá roñosoj, ja, je...

—Yo no lo tengo tan claro —encuñaba Juan—. Cualquier día te encontrarán con un cuchillo clavadoj, jo, jo...

—A lo mejor es una marciana —llegó a decir Guido, ya metido en la broma y encantado de ser protagonista.

—Mientras no sea una pesada... —soltó Juan.

Una pesada. Guido se fue a mear. Mientras jugaba a empapar, dentro de la taza, un pedazo de papel con el chorro de orín sintió otra vez las emociones confrontadas. Por un lado Perla, era verdad, estaba en su vida, se creía que era su novia y sí que era pesada. Poco a poco, día a día, había ido tejiendo una red de besos y reproches que cada vez era más tupida. Y Guido allí, enredado entre los hilos. Por otro, era su amiga. Y le dolía haberse reído de ella con Gilda y Juan. Pobre Perla.

Salió del lavabo con la sensación incómoda que producen las pequeñas traiciones.

Por suerte, cuando llegó a la barra, Juan ya estaba hablando de buscar algún sitio donde cenar y Gilda decía que si su marido no estuviese muerto, estaba segura de que hubiese acabado matándolo.

—Gilda —le dijo Juan—, es una mierda llevarse a los muertos de marcha. Pesan demasiado.

—Bueno —intervino Guido para zanjar el tema como un hombre de hoy—. Vamos a llenarnos la barriga.

Salieron del bar hablando de la cocina cubana.

Las calles del centro bullían de animación, racimos de personas, nacionales y extranjeras, deambulaban sin prisa; al pasar, los restaurantes ya se veían medio llenos. No hacía frío y en el aire se sentían vibraciones de fiesta.

—Vamos adonde queráis —dijo Guido, de pronto muy contento—. Pago yo —añadió mostrándoles una moneda.

Y se la metió en el bolsillo rodeado por el eco de las risas, olvidando que la llevaba en la mano para llamar por teléfono.

Mientras tanto, perdida en el infierno, Perla esperaba en casa.

La furia de Gilda

Hay un fuego.

Gilda entró en casa cargada con unas bolsas de supermercado a punto de reventar y cerró la puerta de una patada. Soltó su carga frente a la cocina y oyó como algún objeto de cristal gemía contra el suelo. No quiso saber qué era ni si se había quebrado derramando por todas partes su contenido. Avanzó por el pasillo doblada en ángulo recto para aliviar su espalda dolorida, mientras con una mano se quitaba un zapato y con la otra se arrancaba ese maldito lazo con el que se había hecho una cola de caballo que ejercía una presión insoportable en su cabeza.

Al llegar al salón se quitó la americana y la dejó caer al suelo con un gesto sencillo de cansancio y rebeldía.

Desde que había salido del súper sólo pensaba en tirarse en el sofá y descansar un poco antes de que llegase su cuñada con los niños. Sin embargo, cuando estuvo allí no quiso tumbarse y se sentó en el brazo de un sillón, de espaldas a la sala y de cara a las estanterías. Permaneció con la mente en blanco durante unos segundos hasta que descubrió que un jarrón de plata frente a ella le devolvía su imagen distorsionada, cabeza abajo y en otro entorno.

Esa estampa de sí, algo más joven y en otro lugar, la hizo feliz. Algo en su interior surgió de lo más profundo para venir a saludarla. Era ella, su otro yo, la Gilda aventurera, que ajena a sus problemas vivía otra vida paralela. Una vida en otro sitio. Se miró con ternura y sintió que se quería. ¿Y esa casa?, se dijo, ¿dónde estoy?

Observó con atención y se percató de que no era más que su propio salón bajo el prisma del gran angular que producía la curva del jarrón. Fascinada por ese momento de magia miró a su alrededor comparando la imagen de la sala en el espejo de plata con la realidad.

Fue fatal.

La ilusión se desvaneció y por más que intentó después volverse a encontrar en el jarrón, ya sólo era capaz de verse fea, deformada y rodeada de esos muebles tan repugnantemente familiares.

Un manto de cansancio la cubrió y encogió sus hombros bajo el peso de su verdad. Le pareció que las sombras azuladas en sus ojos se volvían negras y que sus arrugas se hacían más profundas. Recordó su noche de fiesta con su hermano y con Juan y se le antojó la fantasía de un esclavo, el sueño que se amasa para olvidar la opresión de una cadena en el vientre, las llagas de un grillete con bola en el tobillo.

Sonó el timbre.

Los niños entraron a empellones como pingüinos sobre el hielo. Carolina, tras ellos, empujaba el cochecito y llevaba al pequeño Ugo en brazos. Éste la miraba tras su chupete con una lágrima en la mejilla.

—¿Qué le pasa?— preguntó Gilda.

—Nada, debe de tener hambre.

Llegaron todos al salón y Gilda comprobó cómo uno tras otro pisaban su americana camino del sofá. Carolina, aún con el niño en brazos, se agachó a recogerla. Gilda se quedó apoyada en el quicio de la puerta observando la escena desolada. Sabía perfectamente lo que sucedería en esa casa en las próximas horas. Primero descontrol general, llantos, risas y jaleo. Después horas de cocina preparando las cenas. Antes de cenar, los baños y otra vez dolor de espalda. A continuación el suplicio del comer, meterlos en la cama y conseguir que se durmieran.

Al final, el silencio. Y otra noche negra que pasaría en blanco.

Sintió que aquellas horas serían más duras que subir al Himalaya, sintió que no podría hacerlo, que no quería hacerlo. Que quería salir de allí.

—Tienes mala cara —dijo Carolina con un tono neutro.

—Ayer noche no pegué ojo.

—Pues debes de estar molida.

Carolina quería parecer comprensiva, pero su frase sonó mal. Se quedó en el aire, entre las voces de los dibujos animados, como si hubiese dicho eres una desgraciada que está molida. Yo no estoy cansada, estoy perfectamente porque soy mejor que tú.

—No estoy molida, estoy muerta —contestó Gilda sentándose a la mesa y hundiendo la cabeza entre los brazos. No podía soportar cruzar la mirada con la otra.

Carolina se quedó unos segundos silenciosa. Los niños ya estaban absortos con los dibujos animados de la televisión y Gilda no se movía.

—Gilda —llamó Carolina.

No obtuvo respuesta. Ya está, pensó la tía, el cuento de la pena.

—Gilda —repitió.

Se acercó hasta ella y le acarició el cabello suavemente.

—Gilda, ¿te encuentras mal? ¿Qué te pasa?

A pesar del esfuerzo que hacía por disimular, en su voz se adivinaba la falta de naturalidad. Le fastidiaba que su cuñada la ignorase.

—Estoy muy cansada —contestó Gilda sin moverse.

—Gilda, mírame, mujer.

Gilda no quería mirarla ni quería que estuviera allí ni tener que hablar con ella ni darle ningún tipo de explicación. Su marido estaba muerto pero nada había cambiado, joder, esa familia seguía entrando en su vida para hacerle preguntas que no tenía ganas de contestar, para observarla de cerca y velar porque siguiera siendo la mujer del muerto, y la madre perfecta de sus sobrinos, de sus nietos. Para que se comportara como debía y no tuviera vida...

Estos pensamientos la llenaron de furia. A pesar de ello, levantó la cabeza y la miró con ojos vidriosos y enrojecidos al tiempo que hacía un gran esfuerzo por contener su violencia.

En ese momento Irene se cayó del sofá y fue a dar con su cabeza en la alfombra. Se oyó un golpe impresionante. Carolina corrió hacia la niña, que todavía no había emitido ningún sonido pero que prometía un berrido considerable, ya que se había incorporado con la boca totalmente abierta, como si ya estuviera gritando, y los ojos llenos de lágrimas. Acto seguido se oyó el aullido esperado mientras la tía inspeccionaba la testa de su sobrina en busca de algo grave.

—Calla, tonta —gritaron los mayores subiendo el volumen del televisor—. Mamá, Irene no nos deja escuchar los dibujos.

Ugo también se puso a llorar y Óscar se abrazó a las piernas de Carolina.

—Gilda, ayúdame —gritó Carolina—. Aparta, Óscar, que me vas a hacer caer. Alejandro, baja la tele.

Gilda ni respondió ni se movió. Un fuego como un disparo la encendió por dentro y sintió deseos de salir corriendo. Se imaginó cruzando el umbral de su casa y bajando los seis pisos a pie, deprisa, quemando su rabia, perdiéndose en la ciudad. Lejos de allí.

—¡Gilda! —llamó Carolina con tono autoritario—. ¡Alejandro, Elena, bajad la tele! ¡Gilda!

—¿Qué pasa? —respondió con voz ronca.

Se puso en pie y pensó en marcharse, andar hacia la puerta sin mirar atrás. No supo por qué tomó esa decisión, pero, en lugar de huir, rodeó la mesa y avanzó hacia su cuñada.

Hay un momento, o muchos, en las vidas de la gente, en que la fuerza llega con la violencia de un fenómeno. Un huracán imparable, una marea bestia. Un fuego. Sube de dentro, de algún lugar remoto, de todas las putadas que te han hecho. De la rabia acumulada, del dolor que te robó horas de risas. Del infierno.

La sangre te quema en la cara, la fuerza te atenaza el cuerpo. Eres capaz de todo: destruir, romper, ensuciarte como un cerdo.

—¡Ya basta! —gritó Gilda.

Cogió a Óscar y lo tiró al sofá. Apagó el televisor y al girarse le soltó un tortazo a Elena, que se levantaba a encenderla otra vez. Su furia iba creciendo y no podía dominarla. Arrancó a Irene de los brazos de su cuñada y le miró de malos modos la frente enrojecida.

—¿Y a ti qué te pasa? —le dijo a la pequeña.

La niña se calló en seco intuyendo algún tipo de nuevo peligro desconocido hasta entonces. La dejó en el suelo y cogió en brazos al bebé que seguía llorando.

—¡Cállate! —le ordenó.

—¡Gilda, tranquila! —exclamó Carolina entre asustada y contenta, pues era un buen momento para demostrar que su cuñada era una mala madre y cargarse de razón.

—¡Que te calles te he dicho! —continuó Gilda.

Ugo seguía llorando y lo zarandeó en sus brazos. Carolina intentó cogérselo. Gilda la apartó bruscamente.

—Déjame —le dijo a su cuñada depositando al niño en su sillita con rabia.

Cogió a Irene, que volvía a llorar, y le dio un cachete en el culo. Con fuerza.

—Gilda, por favor... —dijo la tía, asustada pero sin abandonar ese tono autoritario e indignado.

Gilda la ignoró. Óscar le tiró de la falda y también recibió. Alejandro se acercó sigiloso y cogió a Ugo en brazos murmurándole al oído:

—Sst, calla, calla.

—Gracias, hijo —le dijo Gilda calmándose.

Carolina se sentó en el sofá atónita, tenía la boca semiabierta y protegía con sus brazos a Irene y a Óscar. Elena se había acurrucado en un sillón inmóvil y asustada, y Alejandro le tapaba la boca al bebé, que se revolvía en sus brazos y lloraba sin cesar.

—Dámelo —le ordenó.

Lo cogió y lo arrulló unos minutos. El niño calló. Reinó el silencio y el salón tomó súbitamente un ambiente de calma aparente. Gilda permanecía en pie conteniendo su ira de espaldas a Carolina. Ésta, pasada la tormenta, no pudo evitar hacer el clásico comentario inocente, que en su boca se llenó de veneno.

—Te veo muy nerviosa. ¿No te convendría descansar unos días?

Un fuego.

—Claro que me convendría —estalló Gilda encarándose con su cuñada—, desde luego que me convendría. ¿Te vas a quedar tú con los niños?

Sintió que se mareaba de rabia y que perdía los nervios. Razonó que sería mejor callarse, pero siguió hablando, elevando en cada frase un poco más el volumen de la voz, deslizándose en el tobogán del desvarío.

—¿Los vas a bañar tú cada día, te vas a pasar las noches en vela aguantando sus lloriqueos, vas a ir tú a buscar trabajo por mí?

Carolina se quedó muda ante aquel rosario de preguntas.

—¡Contesta! —chilló Gilda ya fuera de sus casillas—. ¡Dime, ¿sí o noooo? ¡Joder!

—¡Sí, Gilda, sí! —se apresuró a decir Carolina—. Cálmate mujer.

La reacción de Gilda la impresionó, y por un momento había hablado con sinceridad y cariño.

El bebé arrancó a llorar de nuevo y Gilda, fuera de sí, comenzó a golpearle en el culo con fuerza.

—¡Gilda! —chilló Carolina asustada.

—¡Mamá! —gritaron los niños.

Gilda no los oía. Sólo escuchaba el llanto penetrando en sus oídos como un taladro de dolor, y seguía pegándole con un ritmo matemático. Lo sostenía con un brazo y le daba con el otro, de tal modo que podía sentir los golpes sobre su propio cuerpo. Pegarse a sí misma a través de él.

El llanto de Ugo era estremecedor.

—Mamá —Alejandro le tiraba de la falda asustado—. Mamá, déjalo. Ya lo aguanto yo. ¡Mamiii!

Carolina se levantó alargando los brazos para coger al bebé y Gilda se dio media vuelta para impedírselo. Con este gesto empujó a Alejandro, que cayó al suelo agarrado a su falda. Le dio una patada para apartarlo, y sintió el dolor en su pie descalzo.

Sabía que estaba haciendo algo horrible pero no podía evitarlo. Sentía cómo una fuerza superior la poseía y no la dejaba pensar y ser la Gilda de siempre. Estaba siendo cruel con sus hijos y no lo soportaba. La certeza de los errores que acababa de cometer y que no podía borrar la empujaba a portarse todavía peor. Intentando salir de aquella situación deplorable y aterradora, Gilda sólo era capaz de hundirse cada vez más en ese pozo de locura, y empeorar las cosas.

—Niños, iros al cuarto —ordenó Carolina, y agarró a su cuñada del brazo gritando—: ¡Basta, basta! ¿Te has vuelto loca? ¡Les vas a hacer daño!

—Tú no te metas, ¡zorra! —respondió Gilda, que se revolvió a su contacto, le dio una bofetada y dejó caer al niño en el sillón dispuesta a pelear—. ¿Qué? —le espetó con rabia a Carolina, los ojos muy abiertos, la cara desencajada—. ¿Me la vas a devolver? ¿Te suelto otra?

Carolina sintió el dolor y la indignación de la bofetada pero no se movió, intentando asimilar lo que estaba sucediendo.

—¿Eh? ¿Qué hago? ¿Qué hago, eh? ¿Qué coño hacen las buenas madres cuando les pasa esto, joder?

Las dos mujeres se miraron fijamente. A su alrededor, un concierto de llantos. La voz de Alejandro susurraba afónica:

—Sst, callaros, cállate.

—Gilda —introdujo Carolina asustada—. Gilda...

—¿Qué?

—Escucha, vamos a hablar tranquilamente. Vamos a calmarnos, ¿eh?

Era inevitable, el tono autoritario de Carolina se adivinaba detrás de cualquiera de sus palabras, y eso empeoraba las cosas.

—No, cálmate tú.

—Vale, bien. Yo me calmo, tú te calmas y los niños se calman. Después hablamos. ¿De acuerdo?

—¿Qué? —Gilda ni podía calmarse ni la iba a obedecer—. ¿Eh? ¿Qué me vas a decir? ¿Me vas a decir lo que tengo que hacer? ¿Me vas a decir que lo hago mal? ¿Que tú, la estéril, lo harías mejor?

A Carolina le ardía la mejilla y todavía no tenía claro si habría sido mejor devolverle la bofetada y quedarse a gusto, no había calibrado bien la furia de Gilda. Cometió el error de contestar:

—Pues sí, seguramente yo lo haría mejor que tú —se envalentonó—. Inútil, histérica. No sé cómo un hombre como mi hermano se pudo casar contigo.

Probablemente ésa era la respuesta que Gilda estaba buscando, lo que hacía tiempo que quería oír directamente de sus labios, sin rodeos.

—¡Tu hermano era mejor que yo! ¿verdad? —aulló—. Siempre lo mismo. El santo, el mártir. Él el bueno y yo la mala, ¿verdad? ¡Un hijo de puta era, un cabrón, un moroso...! Gracias a Dios que está muerto, que si no lo mataría yo con mis propias manos. Lo odio, maldigo su recuerdo, la vida de mierda que me dio. Y a ti, y a tus padres. Toda tu familia hipócrita, y las cenas de Navidad. Siempre estirados, siempre juzgándome. ¡Nunca me habéis querido de verdad! —gritó sollozando.

—Eso es mentira, Gilda, todos te queremos —le ordenó Carolina.

—¡Fuera! ¡Fuera de mi casa! ¡Mentirosa, hipócrita!

Gilda ya había cruzado la barrera de la violencia física y no encontraba ninguna razón para volver atrás. Se abalanzó sobre Carolina y la cogió del pelo para arrastrarla hasta la puerta. Al contacto con ella sentía deseos de matarla, de hacerle verdadero daño. Quizá, si hubiese tenido un martillo, le hubiese dado un martillazo. La cuñada, por su cuenta, la cogía de las manos intentando que los estirones de pelo no fueran tan dolorosos.

—¡Llamaré a la policía. Gilda, si me echas, llamaré a la policía. Suéltame!

—¡Fuera, perraaaa...! —su voz no era más que un estertor.

—Suéltame, no te dejaré sola con ellos. Llamaré a la policía para que te metan en el manicomio. ¡Locaaa...! —apuró.

Era evidente que no sentía ninguna empatía hacia la viuda de su hermano, que era incapaz de entender ese ataque de locura y parar las cosas. En su inmadurez discutía como antaño en el patio del colegio, sin querer ver que Gilda aullaba por el dolor de una herida mucho más profunda.

—¡Histérica. Loca. Estás desquiciada!

Avanzaban por el pasillo rebotando en las paredes cuando, al oír esto, Gilda la soltó y se dirigió al salón a zancadas. Puesto que había sido declarada loca, dedujo automáticamente que tenía derecho a comportarse como tal y que ya no tenía que frenar ni un momento más su delirio.

—Soy mala, ¿verdad? Estoy loca, ¿eh? Pues mira lo que hace la loca.

Se paró frente a Alejandro, que estaba a la entrada del pasillo observando la escena, y le dio una bofetada impresionante. Carolina se acercó por detrás y agarró a Gilda por los brazos. Estaba asustada y comprendió que había menospreciado la fuerza de Gilda y su desvarío.

—Alejandro, llama al abuelo, corre, dile que venga —le suplicó al niño.

—¡No! —gritó Gilda forcejeando con furia—. Joder, como le llames te mato. Me oyes. Te mato a hostias, cabrón.

Por primera vez Alejandro empezó a llorar y se quedó paralizado en un rincón con la mano en la mejilla.

Gilda se deshizo de Carolina y le pegó al bebé, después a Óscar, después a Irene. Todos lloraban y suplicaban no, mamá, no. Para Gilda, esa crueldad con sus niños era como un ácido que le mordía en alguna parte produciéndole un dolor insoportable. Pero no podía parar, sentarse a llorar o salir corriendo. Dejar de hacerse daño a sí misma haciéndoles daño a los demás, y viceversa. Carolina intentaba detenerla pero ella agredía a los niños uno por uno mientras gritaba:

—Soy mala, mira qué mala que soy. Y estoy loca. Ja, ja...

Superada la parálisis del shock, los niños empezaron a moverse alrededor del sofá esquivando a su madre pero sin atreverse a esconderse en una habitación. Descubrió a Elena sentada en el sillón más lejano, silenciosa, camuflada entre los almohadones.

—Tú no has recibido todavía, ¿verdad? Ven aquí, que a ti también te quiero.

La niña se puso a llorar aterrada. Las palabras de su madre eran lo más espantoso que había oído en su corta vida, pues relacionaban el amor directamente con la violencia.

—Ven, te digo.

Gilda no podía avanzar porque Carolina la retenía con fuerza. Se encaró con ella y forcejearon.

—¿Te pego a ti? —le propuso—. ¿Te cambias por ellos? ¿Eh? ¿Los quieres lo suficiente como para dejarte pegar?

—No, no —Carolina había abandonado su tono dominante y pronunciaba sus palabras como una súplica—. A nadie. Por favor, Gilda, basta. Por favor, por favor.

—Déjate, mujer. Cálmate, querida... Si me dejas pegarte, te juro que no los tocaré más, nunca más. Ja, ja, nunca más perra sarnosa, nuncaj...

Una idea diabólica le rondaba por la cabeza. Había vuelto a cogerla por el pelo y le daba fuertes tirones llevándose algún mechón entre los dedos. La otra, cuando podía, le soltaba patadas que Gilda no sentía.

—Te duele, ¿eh?

—Suéltame.

—Llama a la policía, llámala, que mientras telefoneas me dará tiempo a matarlos. A los cinco, y después yo detrás.

Carolina no acertaba a construir alguna frase que pudiese apaciguar a su cuñada. Todavía no acababa de creerse la espiral de desvaríos y violencia en la que había entrado Gilda, y todo lo que estaba sucediendo.

—¿Los quieres? ¿Cuánto los quieres? ¿Te dejarías pegar por ellos? Déjate pegar y me calmaré.

—Por favor, por favor, basta...

—Pídemelo de rodillas.

—Estás loca. Basta, por favor...

—¡De rodillas! —Gilda retorció un mechón con crueldad obligando a la mujer a ponerse de puntillas.

—¡Au! Está bien. Te lo pido de rodillas, suéltame ya para que pueda arrodillarme.

La soltó. Al verse libre, Carolina retrocedió unos pasos, pero no pensó en arrodillarse. No quería contemplar la posibilidad de aquella humillación.

—Arrodíllate —le ordenó Gilda con una mueca en los labios.

—Un momento —dijo Carolina.

Gilda se acercó a Elena y le pegó en la cabeza con toda su fuerza.

—¿Qué haces, bestia? —gritó la cuñada con desespero.

—O ella o tú. Elige. Que vean cuánto los quieres. Que vean que no te dejas pegar por ellos.

Mantenía a la niña cogida por la ropa y la zarandeaba con furia levantándola del suelo.

—Ésta es vuestra tía, niños. Esta puta es vuestra tía, que cuando todo va bien os quiere, cuando hay dinero y no os tiene que aguantar todo el día os adora.

Dice que sería mejor madre que yo, pero no se va a fregar escaleras por vosotros, no. Es una asquerosa. Y prefiere que os dé una paliza antes de recibir ella. Fuera de mi casa. Fuera, mala tía, monstruo, zorra.

—Por favor Gilda, te pido que te calmes. Por favor, por favor...

—¡De rodillas!

Carolina, contagiada de la fiebre de su cuñada no fue capaz de razonar, no quería que le pegaran pero un absurdo sentimiento de culpa la invadió al resistirse al castigo frente a los niños, y no vislumbraba ningún modo de acabar con aquello. Desesperada, se arrodilló frente a Gilda y sintió el peso de la humillación. Rompió a llorar y Gilda le dio una bofetada.

—Por favor —suplicó.

La pegó otra vez. Carolina alzó los brazos protegiéndose la cabeza.

—Está bien, pégame a mí. Pégame hasta que te calmes. Pero a ellos no les pegues más, por favor.

Ya había recibido su castigo y dijo esto esperando que Gilda reaccionase ante su sumisión y se calmara. No imaginaba la lluvia de golpes e insultos que le cayó encima.

De pronto reaccionó y se incorporó gritando:

—¡Basta!

Gilda despertó de su sueño de locura y se quedó inmóvil.

—Vete —le ordenó a Carolina.

Carolina cogió su bolso y salió de la casa. Gilda se encerró en el baño y rompió a llorar.

Al poco oyó unos golpecitos en la puerta y la voz de Alejandro al otro lado:

—Mamá, no llores.

Cajas de recuerdos

Ninguno más ha estado
donde yo he bebido
los pozos de mi agua.
Es sed.
No es hambre

Guido estiró de la solapa de una caja de cartón, la que menos le sonaba, y la pestaña se quedó en su mano y la caja donde estaba, debajo de otra caja.

—Mierda —murmuró con los dedos negros de polvo.

No sabía por qué le había interesado ésa concretamente, cuando haces limpieza, qué más da por dónde empieces, hay tanto trabajo... Pero aquélla era nueva, no le sonaba. Metió la mano con fuerza, tocó y sacó una libreta desconocida: Gilda. Comprendió que esa caja no era suya y que si se ponía a hurgar por allí no haría más que perder el tiempo, por lo que reprimió una punzada de curiosidad indiscreta y se concentró en sus cosas.

Sin embargo, sus cosas en ese trastero eran tantas que le pareció que intentar decidir qué guardaba y qué tiraba era un trabajo de titanes. Se incorporó y salió del agobio del cuartito polvoriento. Si había que hacer limpieza, si había que tirar trastos y ganar espacio, quizá lo mejor era empezar por otras zonas de la casa.

Ni siquiera se había planteado por qué, ni tampoco se había detenido a pensar que su última pelea, en lugar de tener consecuencias tremebundas, había producido el efecto del contrario: Perla se estaba quedando. Y con la excusa de hacerle sitio, Guido se había decidido por fin a registrar rincones, a revolver recuerdos a través de los objetos, a hurgar en ciertas partes con el jersey arremangado.

Entró en la sala y se sentó junto a un mueble de cajones dispuesto a inspeccionar su contenido cajón por cajón. Así, sentado en el suelo, se permitió apartar por un momento el estrés y observar a su alrededor. De pronto su salón no parecía el viejo salón de siempre, había cambiado. Intentó recordar el aspecto entrañable que tenía antes y la imagen del caos y la suciedad de hacía unos meses lo transportó a unos momentos de su vida que sintió no volverían jamás. Eran pasado.

Después la presencia de Perla limpiando y ordenando por allí lo llenó todo, y la rata y la sombra se le presentaron como flashes.

En un instante, el paso de unos meses le pareció más intenso que el de una decena de años. Algo se había perdido y él sin saber cómo. Tuvo miedo. El miedo que da cuando las cosas pasan y no nos da tiempo a asimilarlas. El miedo que se siente cuando las cosas suceden y nos sabemos inconscientes de que el tiempo y las experiencias no tienen vuelta atrás. El miedo que nos da saber que los días nos cambian para siempre.

¿Por qué hay que decidir qué es presente y qué es pasado? ¿Qué se puede tirar? ¿Qué recuerdo vale la pena guardar?

¿Quién sabe qué es qué?

Socorro.

Abrió el primer cajón intentando apartar esa especie de angustia extraña de sí y sólo encontró un montón de mierda.

—Ya basta —dijo todo decidido.

Se metió en la cocina en busca de una bolsa de basura donde poder tirar todo el contenido del cajón sin molestarse en mirarlo. A sabiendas de que estaba dejando algo atrás apenas sin pensarlo.

Los años en que Guido estuvo muerto, dormido como un hongo, pasaron por su alma como una luz oscura, fugaz y penetrante. Después, cuando buscase en ellos retazos de su vida, tendría la impresión de que esos veinte años podían resumirse en un segundo, nada.

La vida de los pobres puede estar llena de aventuras. Sin embargo, la de los miserables es un bulto sin forma y se cubre toda de un manto de miseria. Y huele a rancio, a viejo, a muerto.

Los verdaderos años de pobreza, aquellos en que Guido andaba por su casa nueva como un fantasma joven alumbrándose con velas, fueron horripilantes. Pero el frío que sintió bajo su única manta y la imagen patética de la nevera vacía, que a él le parecía la boca cariada de algún tipo de horror desconocido, porque era blanca, estaba sucia y lo único que contenía estaba seco, podrido o lleno de moho, tenían una emoción efervescente que más tarde, en algún momento, ya no estaba.

Los verdaderos años de pobreza tenían la fuerza eléctrica del que pelea. Después, ya escondido en los archivos, se olvidó de vivir. O tuvo miedo. Y ya no sintió nada.

Ahora, repasando cajones con el culo en el suelo, sentía que quería deshacerse de algo vicioso, inútil, inherente, suyo. Demasiado suyo y demasiado viejo. Pero no sabía bien qué era.

Vació un cajón directamente en la bolsa negra de basura y al levantar la vista se vio reflejado en los cristales del balcón.

Allí, de pronto, todo peinado y bien vestido, oliendo a loción y menos albóndiga, no se reconoció. Claro que no. Ya hacía días que se veía en los escaparates de las tiendas, en los ojos de sus compañeros, en la cara de Perla. Y tampoco se encontraba.

Se dijo que antes de Perla él era algo o alguien definido. Un gordo un poco calvo, grosero, sucio, introvertido, aficionado a rebuscar en la basura y que miraba a las mujeres sin ser visto. Antes tenía su mesa en el rincón más perdido, era el bicho de los archivos, y conducía un coche robado de la calle los fines de semana. Antes era alguien que él sabía quién era. Y no tenía vergüenza.

No le pesaba nada.

Pero desde que Perla entró en su vida sin pedir permiso arrastrándolo con su pasión de loca, sentía que había perdido su identidad, como si el hecho de pasar el tiempo con ella le hubiese robado algo, como si hubiese empezado a desplazarse hacia un lugar que él no conocía y al que no estaba seguro de querer pertenecer. Novios.

¿Y los gritos? ¿Y la rabia? ¿Y la vergüenza que te da tu violencia?

A veces la furia crea más intimidad que todos los besos. Es un secreto compartido, eso de pelearse. Saber que hay alguien que es capaz de hacerte perder los nervios, tanto y tanto, te hace sentir vulnerable. Débil.

Le dio un ataque pequeño de rebeldía, estiró el brazo y vació un cenicero con dos colillas sobre la mesa, luego tiró un papel al azar, como antes, que caiga donde sea. Al fin volvió a posar la mirada en la cortina destrozada de Perla e inmediatamente recordó sus revistas porno.

Abrió el tercer cajón y allí las encontró. Sus novias de papel. Cerditas sin nombre que le hicieron compañía. Acarició algunas portadas como quien toca algo entrañable e instintivamente las metió rápidamente en la bolsa de basura, presuponiendo inconscientemente que si Perla las encontraba se sentiría profundamente herida y seguramente lloraría por todos los rincones de casa. Eso si no le daba la furia, le soltaba una hostia y las tiraba por la ventana maldiciéndolas a ellas y envenenando cruelmente el recuerdo que Guido tenía de sí mismo, destrozando su pasado, llamándole cerdo.

Cerró la bolsa con decisión y la lanzó por el pasillo como si fuera una pelota. Entonces, sin querer, añoró sus tiempos de soltero. Ser sencillamente quien él se imaginaba que era, sin que hubiese nunca nadie delante para recordarle que su realidad era bien diferente, y para separarlo de sus vicios pequeños. La sensación de libertad que da el salir de casa sin saber a ciencia cierta a qué hora volverás, aunque lleves años cruzando el portal entre ocho y nueve. La ligereza de entretenerse en los escaparates de electrónica y merodear por el barrio sin ninguna prisa. El cambiar de canal sin preguntar nada o el tirar sus camisas por el suelo y recogerlas al cabo de una semana. Probablemente, lo que más añoró era seguir viviendo a su ritmo, con su desorden particular, con sus pequeños secretos que no supo que lo fuesen hasta que los tuvo. Su profunda soledad.

Volvió a sentirse rebelde y arrancó el último cajón con energía. Oquey, ya no tenía una bolsa a mano, pues todo al suelo. Y de un manotazo desperdigó el contenido a su alrededor.

Vio su cara, la de antes, una de tantas, junto a la de Gilda en una foto un poco descolorida. Y otra punzada de añoranza le laceró el corazón. De repente, los tiempos en que iría a la universidad, viajaría por Europa y sus padres todavía llamarían.

Levantó la vista y encontró al mismo desconocido mirándole desde el cristal.

De pronto, un montón de Guidos.

—¿Quién soy? —le preguntó un poco encogido, en voz baja.

Después del fuego

Después del fuego,
las brasas.

La sirena de los bomberos la arrancó de un profundo sueño. Abrió los ojos y se encontró rodeada de penumbra, la luz de las farolas entraba suavemente por la ventana a través de las cortinas. No sabía dónde estaba ni en qué año vivía. Miró a su alrededor intentando ubicarse y vio la hora en el reloj de péndulo: la una y diez. Entendió que estaba en su casa, que era viuda y que era muy tarde.

Se sobresaltó al pensar en los niños. De golpe recordó por qué se había quedado dormida en el salón y la terrible escena que había protagonizado horas antes. Un sentimiento de miseria la invadió y se le encogió el corazón. Toda la conciencia que había perdido en aquella tragedia le cayó encima como una mano de plomo. Se quedó inmóvil. Asustada y quieta.

Dios pesa.

Más sirenas estridentes atravesaron las calles. Gilda reaccionó asomándose al balcón como si nada, intentando conjurar sus sentimientos con ese gesto habitual. No lo consiguió. Fuera hacía frío y volvió a entrar.

Encendió la luz y recorrió la casa en busca de sus niños. La visión de sus pequeñas cosas y juguetes, todos quietos y callados, le produjo un sentimiento de ternura y culpa desgarradoras. De vergüenza insoportable.

Recordó que cuando salió del baño, encontró a los niños alineados en el sofá bajo la mirada vigilante de Elena. Todos estaban bien, otra vez seducidos por la televisión hipando de tanto en tanto. Ugo lloriqueaba implacable pero no gritaba. Lo cogió en brazos.

Alejandro estaba en la cocina y servía leche en varios biberones.

—Jandro, ¿qué haces? —le preguntó con dulzura.

—Preparo la cena.

Lo abrazó y lo cubrió de besos. El pequeño empezó a llorar en silencio, con la cara hundida en el regazo de su madre.

Sonó el teléfono.

Y al poco sus suegros los vinieron a buscar y se los cambiaron por una caja de Valium y un sobre con dinero.

Cerró la puerta, se preparó un whisky, se tomó una pastilla, contó los billetes y se quedó dormida.

Traspuesta. Sin estar alerta.

Le habían robado a los niños, otra vez. Y ella drogada. Durmiendo.

Llena de angustia, volvió al salón con pasos sigilosos. Le pareció que todavía sentía la calidez de la carita de Alejandro llorando en su regazo.

Mamá no llores.

Le pareció que la mano le quemaba de tanto pegarles.

No, mami, no.

Se sentó en el borde de un sillón y permaneció ensimismada recordando fragmentos de lo ocurrido. Cada imagen era como una puñalada en las entrañas. Cada palabra, una inyección de veneno.

Tanto dolor, para nada. Tanto tragar y sólo tenía vergüenza.

El salón en penumbra le sugirió que el fantasma de su muerto se deslizaba perseverante por la casa. Allí, acechando entre las sombras, diciéndole sin palabras que seguiría violando su intimidad, que no la dejaría vivir. Que no le gustaba como era.

El fuego.

Una patada de náusea al recordar la escena de la tarde. Sin embargo, no se arrepentía. Aunque sentía una profunda vergüenza por haberse comportado así, por el dolor de los niños, escandalizados, asustados. Por la inocencia rota. Porque intuía que después de estos fuegos ya nada vuelve a ser lo mismo. Que no se borran con nada. Que ni se olvidan ni se pierden. A pesar de todo, no podía compadecerse de su cuñada ni enternecerse por ella. Incluso pensaba que le tenía que haber pegado más fuerte. Más fuerte, sí, hacerle sangre, dejarle una huella en la piel, una cicatriz que le recordara que el daño se paga. Porque al fin y al cabo, como siempre, la Loba había ganado. Y los niños no estaban.

Miró a su alrededor buscando la figura de su marido. Debía de rondar por allí, juzgándola, mirándola serio.

—Cabrón —le gritó—, cerdo, impotente. Lárgate ya, joder. Déjame. Vete. ¿Qué haces aquí?

Nadie respondió.

—Pero mira que eres cobarde. Da la cara, desgraciado, calzonazos. Mierdooosooo...

Sí, lo entendió perfectamente. El finado se escapaba, no se enfrentaría a ella. Lo mismo que hizo en vida, lo seguía haciendo muerto. Cobarde.

—Corre, corre a casa de tu padre, imbécil. A ver si te matas otra vez, hijo de puta. Cabrón. Muérete mil veceees...

El muerto se fue. Por la ventana, pensó ella, medio encogido, con un palomino en los calzoncillos, cagado de miedo.

El fuego es más fuerte que los muertos.

El muerto se fue y ella se quedó en la casa del cadáver. Atrapada todavía en los hilos de su sueño.

¿Y sus sueños, los de Gilda, dónde estaban? ¿Por qué no los vivió? Exactamente, ¿cuáles eran?

¿Es que en esta vida todo el mundo ha de tener algún sueño definido? ¿No se puede ser sencillamente bohemio? ¿Bohemio y nada más? ¿Ligero?

Sus padres se marcharon buscando el Paraíso, detrás de un sueño. Pérez, el detective Pérez, escapó de las fauces del rencor. Huyó del sueño de dolor que otros fabricaron para él en un delirio de venganza. Pérez fue malo, después se arrepintió. Y nadie le perdonaba.

¿Y ella?

Ella se levantó para servirse un whisky y notó en sus huesos todo el cansancio de tantos años de vida marital. Tantos meses de odiar a un muerto. Todo el peso de una mujer vaciada. Imaginó que a pesar de eso, o quizás a causa de eso, no se dormiría fácilmente y se tomó otro valium. Se tumbó en el sofá, se tapó con una manta de cuadros escoceses, encendió el televisor.

Quizá todos somos un poco Pérez.

Cerró los ojos mientras escuchaba las voces que provenían del aparato. El valium empezaba a producirle una extraña modorra, y en la oscuridad volvieron a atacarla sus recuerdos más terribles. Despegó los párpados. La pesadilla seguía en su cabeza y no podía apartarla. Visualizó esos pensamientos como una bruma negra que flotaba obsesivamente en torno a ella. Y encima, su muerto por allí, tal vez había vuelto. Oscuro y transparente, siempre jodiendo. Pensó en situarse frente a un ventilador y liberarse de ellos. Muertos, ideas malas y recuerdos. Sumergirse en una piscina y dejarlos atrás. Fundirlos con las manos...

Inesperadamente, un punto de luz le dio un momento de felicidad: el recuerdo de su imagen en el jarrón de plata, la otra Gilda con otra vida diferente.

Venga, Gilda, grita fuerte.

¿Quién soy?, se dijo.

Y se incorporó para beber otro trago.

¿Qué?

Pienso, y no entiendo
cómo se usa la calma.

Perla miró el reloj de la peluquería y comprobó que el peine que hacía de manecilla ya peinaba el mechón rizado de color azul que indicaba las diez. El secador de pelo hacía rato que se había parado, y el silencio que había seguido al minihuracán mecánico no había evitado que su cabeza, encerrada todavía en ese casco descomunal, volviera una y otra vez a lo mismo, el único tema.

Llamaron al timbre y Perla permaneció ensimismada con una uña entre los dientes. Ni siquiera las voces graves de las recién llegadas y sus eróticas siluetas de heroínas de cómic la sacaron de sus meditaciones.

¿Qué estaría haciendo Guido?

Tan tarde y ella sin avisar. A lo mejor se enfadaba.

Eso, mejor, que rabie. Que se entere de lo que es estar esperando.

Una pelea. Una pelea fuerte.

Esa noche, la que Guido pasó divirtiéndose con Juan y su hermana, Perla no se hizo la dormida ni salió a buscarlo por ahí. Se limitó a pegarse a la ventana hasta verlo llegar y acumular angustia minuto tras minuto.

Cuando Guido llegó, todavía con una media sonrisa en la boca y una borrachera de pirata, Perla se le echó encima, le soltó varias bofetadas y lo cubrió de insultos y preguntas. Pero el pedo de Guido no era una broma y no se le pasó de golpe. Al contrario, se puso más ebrio, la apartó de un empujón y arrancó de un manotazo la cortina nueva.

Después los gritos de ambos, las patadas a las puertas y a la pobre mesa, las amenazas, la vomitona de Guido y el llanto incontenible de Perla.

Al final, unos besos y Guido se desmayó de sueño antes de tocar la almohada con la cabeza.

Al final las paces, sí. Pero ¿y lo cierto?

Lo cierto era que Guido no la esperó para que se fuera con ellos. No la llamó para decirle que estaba de fiesta. No la echó de menos.

Cabrón.

Lo cierto era que él no la quería tanto y ella le había montado un numerazo de salir corriendo espantado.

Quizá demasiado pronto para armarla tan grande.

Quizá le había asustado.

Malditos nervios. Tenía que haberse quedado tranquila, hablando con calma.

¿Con calma? ¿Qué calma, amigo, qué calma? Calma la de ese canalla que nunca la añoraba. ¿Qué significa eso de calma? ¿Por qué narices calma, eh? Que se calme él y se acuerde de llamarla, ¿no?

—¿Oyes? —le dijo Crystal.

Se sacó un pañuelo de papel de la manga y se secó los ojos con cuidado de no correrse el rímel.

Ay, dios, se le encogía el alma.

¿Cómo se roba un corazón?

¿Cómo se hace para que te quieran?

—¿Oyes?

—¿Qué?

—Que mira, te presento a unas amigas: ésta es Chanel, ésta Natacha, ésta Cris y ésta...

Perla levantó la mirada hacia las figuras gigantescas que le sonreían desde el techo.

—Yo soy Vany —le dijo la última—. ¿Y tú?

—...

¿Y yo quién debo ser?

Yo soy

Nuestro dolor es sólo nuestro.

Será que pronto, muy, muy pronto ya descubrió que la vida es una mierda. Y no le pedía nada. Y por eso no esperaba ser feliz. Quizá hasta rompió sus sueños. Y arrastraba su lado oscuro, el tormento, sin llantos ni tragedias.

Nuestro dolor nos pertenece.

Si lo sabes, si lo sientes, te vuelves diferente, y el dolor te duele un poco menos. Porque es tuyo. Porque es negro. Porque comprendes.

Soy así y lo acepto, hubiese dicho si le hubiesen preguntado.

Yo tengo esto, le dijo a ella.

Bueno.

Se despertó con dos horas de sueño en el cuerpo y un montón de trabajo que despachar antes de que amaneciese. Junto a la cama, una botella a medias y un cenicero repleto. En el lado vacío, varias revistas, dos libros y unas libretas.

Anduvo hasta el lavabo y se miró al espejo.

Soy Juan, se dijo mirándose a los ojos, sin vergüenza.

Hay algo oscuro detrás de cada cual.

Se mojó las manos y se lavó la cara. Ya con la toalla en las mejillas volvió a mirarse en serio.

¿Cómo entra una persona dentro de otra persona?

¿Por qué?

Soy Juan. Y está muerta.

Marcó el número y respondieron al instante.

—Diga.

—Soy yo.

—Hola.

—¿Unas copas?

—No sé, tío.

—Bueno, pues nada.

—No. Sí que me apetece.

—¿Entonces?

—Perla me matará si me voy sin decirle algo.

—Dile que sales conmigo.

—No está.

—Déjale una nota.

—Ah, claro.

—...

—...

—¿Qué?

—Un momento, estoy pensando... No me gusta esto de las notitas de novios.

—Si vives con una tía, tienes que decirle que sales. Es así, tío. No seas cafre.

—...

—Joder, Guido, decide, que tengo un curro de cojones y me está entrando un leopardo...

—Oquey. ¿Cómo quedamos?

Vete

Soy un vacío de violencia.
Soy un hueco lleno de rabia.

Hay un momento, o muchos, en las vidas de la gente, en que la fuerza llega con la violencia de un fenómeno. Un huracán imparable, una marea bestia. Sube de dentro, de algún lugar remoto, de todas las putadas que te han hecho. De la rabia acumulada, del dolor que te robó horas de risas. Del infierno.

La sangre te quema en la cara, la fuerza te atenaza el cuerpo. Eres capaz de todo: destruir, romper, ensuciarte como un cerdo.

Pero eres listo y frenas. Porque sabes que luego te seguirán el recuerdo y la vergüenza. Y que si rascas mucho, después de romper, sólo encontrarás mierda.

Andaba deprisa camino de su casa. Volvía del parque agarrando sus bolas que esa tarde no había llegado a usar. Por primera vez en muchos años miraba de frente y pisaba fuerte. La gente se apartaba un poco a su paso. Cualquiera que lo hubiese visto habría dicho que era un bestia.

La vista, clavada en las caras de los que se cruzaban con él. No abiertamente, de soslayo. Un movimiento rápido de las pupilas, demasiado veloz para pillarlo mirándote; lo suficientemente lento como para calibrar los rasgos, juzgar y emitir un veredicto. Bueno o malo. Como un animal al acecho.

Las figuras femeninas, más pequeñas, con faldas y un ritmo de tacones pegado a sus caderas no le importaban tanto. Eran las piernas recortadas por los pantalones de los hombres las que le hacían buscar los rostros, estudiarlos. Volverse a ver quién andaba a su espalda.

Los grupos le ponían más nervioso.

Violento.

Llegó a casa y el ruido de la puerta al cerrarse tras de sí no fue reconfortante como siempre.

—¿Qué te pasa? —inquirió Perla inmediatamente.

La mirada de Guido tenía un brillo de demonio. Su cuerpo estaba todo duro, tenso. Le pareció que la rata y la sombra habían desaparecido para siempre. Que las había matado con sus propias manos. Que era capaz de romper cosas sagradas y secretas.

—¿Qué te pasa? —volvió a preguntar Perla.

Y esta vez se acercó a hacerle una caricia en la cara y darle un beso en la mejilla. El fuego en su mirada se apagó un poco y Guido sintió que con cada pasada de la mano de Perla por su frente se le aflojaba un nudo de odio.

—Le han pegado a Salomón —dijo ya con una voz cargada de cansancio.

—¿Qué? ¿Quién? ¿Cómo ha sido? —preguntó Perla alarmada. Y siguió, sin darle tiempo a Guido a responder, siguió antes de dejar que su viejo dolor se incrustase como lava otra vez en su espalda—: A ver, ¿qué ha pasado? ¿Salomón, el viejo? ¿El de la petanca? ¿Y por qué?

—Ha sido antes de que llegara yo... Está en el hospital... Le han dado una paliza... Pobre viejo.

—¿Y por qué? ¿Por qué?

—No sé, Perla. Estaba por allí, ya casi no quedaba nadie... Les habrá dicho algo, no sé, no me he enterado bien.

—¿Quiénes eran?

Guido volvió a ponerse tenso.

No contestó.

—¿Cuántos eran?

—Tres.

—Ajá, ya me lo imaginaba yo. Los hijos de puta de siempre. Los que te pegaron, Guido. Los que te pegaron. Malnacidos, cabrones, hijos de Satanás... A ver, ¿eran jóvenes?

Silencio.

—Contesta, Guido, ¿eran jóvenes?

—Dicen que sí —respondió a regañadientes.

—¿Y tu qué dices, eh? Eran malos, ¿verdad? —encuñó Perla a sabiendas de que estaba forzando la cuerda.

—Si llego a ir antes, igual me dan a mí —respondió Guido esquivando la pregunta.

—No, porque vas bien vestido.

—Pues si voy bien vestido, que eso habrá que verlo, a lo mejor me atracan. Hagas lo que hagas y vayas como vayas, siempre hay algún desconocido que te puede dar por el culo.

Perla se apartó de Guido presa de la indignación y el efecto mágico de sus manos calmando a la fiera, el contacto físico que les unía desapareció.

—Es que son unos hijos de puta —soltó lanzada, dispuesta a destripar el asunto y sacar todo lo oculto a la luz—. Dilo, Guido, di que son unos hijos de puta. A esos animales hay que matarlos. ¿Por qué te callas? ¿Por qué no te cagas en sus muertos?

Guido no lo planeó. Ni siquiera lo había pensado en serio. Al contrario, alrededor de ambos se repartía el contenido de varios cajones y cajas vaciados. La ilusión de que Perla tendría más sitio en casa. De que ella se estaba quedando. Sin embargo, el fuego.

—No lo entiendo, Guido, no lo entiendo —siguió atacando Perla—. Esos cabrones te pegaron a ti también. ¿Por qué no les odias? ¿Por qué no tienes rabia?

—Porque si la tuviera ya te habría estrangulado —soltó de sopetón.

—¿Qué dices? —preguntó Perla asustada—. ¿A mí? ¿Por qué si yo te quiero?

Y ya el mundo exterior dejó de existir para ambos y Perla se agarró al recuerdo de los besos y las peleas, que unen tanto. Y a Guido, que pensó lo mismo, tanta vulnerabilidad, tanta confianza le dio miedo, ira y un poco asco.

—Porque estás siempre por aquí —le contestó gritando—, en mi casa, haciendo lo que te da la gana, hablando sola. Ya no sé ni quién soy, contigo todo el rato por aquí sin dejarme pensar... con tantas cortinas y todo ordenado. Hasta sabes cómo me huelen los pedos... Es insoportable.

—¿Qué? —masculló Perla con una boca de palmo y la certeza.

La certeza de que el momento había llegado, así, de repente, cuando menos lo esperaba. Cuando pensaba que superada una pelea de gran calibre ya nada podría separarlos, después de que él salió de copas con Juan y le dejó una nota y ella no se quejó, después de encontrarse a Guido la tarde anterior haciendo limpieza para que también fuera su casa, un vete por la espalda.

—Guido —aventuró—, dímelo claro. ¿Qué pasa?

—Es mejor que te vayas.

Lo normal hubiera sido que Perla hubiera contestado algo así como ¿que me vaya? ¿Adónde? No, amigo, noooo... Yo no me largo. Así por las buenas yo no me largo. ¿Qué pasa? Explícame qué te pasa. Contesta. Entonces hubieran seguido los gritos, un par de golpes a los muebles y al final besos, amor y abrazos. Un poco más juntos y ya veremos mañana.

Pero Perla se lo creyó todo y Guido también. El fantasma que la había perseguido desde el primer día proyectaba una sombra en el suelo y ella creyó que se le había colado en casa. La idea abstracta de echarla pasó como un suspiro y Guido la cogió al vuelo y jugó a verbalizarla.

El desastre.

Perla se metió en la habitación y empezó a hacer la maleta sin ruido. Deprisa. Con la alarma y la urgencia que producen pensar que en ese momento tendrías que estar en otra parte.

Guido se sintió sucio de repente y fue a lavarse las manos. Sobre la repisa de la bañera vio su gel caribeño y no fue capaz de resistirse. Se desnudó sin cerrar la puerta y empezó a ducharse. Agua caliente y limpia, burbujas y espuma. Nada en la cabeza mucho rato.

Después, envuelto en la toalla, un impulso de llanto.

Lo contuvo mientras se afeitaba para nadie y para nada.

Cuando salió, Perla ya no estaba.

La ciudad, los jaguares y los perros

No pasa nada,
le cambiaremos el nombre.
Llamaremos accidente
a los errores.

Un buen día, el Conductor Indignado se puso unas gafas de espejo y una barba postiza y se plantó frente al videomatón de Ramblas para confesar sus crímenes y pedir perdón a las víctimas. Si esperaba despertar compasión en los corazones benevolentes, lo consiguió durante el par de días que los medios tardaron en sacar en pantalla a un operario de la grúa, manco y con media cara quemada, que juró que nunca podría perdonarle. «Y te digo más —añadió el hombre mirando a la cámara—, que no me lo encuentre que lo mato.»

Seguramente angustiado por esta amenaza, el Conductor Indignado tuvo la desesperación de volverse a poner frente al ojo del mismo videomatón, esta vez a las tantas de la noche y cubierto con un pasamontañas, y suplicar clemencia con la voz rota y secándose las lágrimas. Después, para acabar de convencer a sus asesinos potenciales, añadió que toda la culpa la tenía el Estado y que a quien tenían que matar era al alcalde.

Al alcalde, que antes de esta sentencia vivía tan pancho, se le pusieron los cojones por corbata, canceló sus vueltecillas por la ciudad estrechando manos e inaugurando plazas y organizó un espectacular despliegue policial.

Contagiado de la psicosis alcaldil, el urbano Recasens, que no había pegado ojo en todo el fin de semana porque le tocó la custodia de su hijita de dos años, que cada noche se la pasaba lloriqueando por algo, salió el lunes a hacer la ronda después de beberse un cubata y detuvo a un hombre que se había agachado a recoger veinte duros del suelo junto a un coche mal aparcado. Convencido de que el sujeto era muy sospechoso, le preguntó dónde había estado el día tal a tal hora (día de bomba). El hombre estudió su agenda y contestó que arreglándole las tripas a un jaguar.

En un segundo, el inocente se vio rodeado de coches policiales. Y al cabo de unos minutos, sentado a una mesa con un porrazo en la nuca, las manos esposadas y un foco delante.

Juró que era veterinario y que había estado trabajando, pero como últimamente había perdido clientes, ya no tenía secretaria, por lo que aquella tarde se la pasó a solas con una fiera narcotizada. Para empeorar las cosas, el nombre de los dueños del felino no constaba en ninguna parte porque lo habían metido en el país de contrabando.

Al final, después de que el Telenotícies anunció a bombo y platillo la captura del Conductor Indignado y que éste había confesado haber puesto la bomba en el automóvil Jaguar matrícula de Barcelona, una familia con un perro se presentó en la comisaría para demostrar la inocencia del acusado.

El perro, uno de los que no querían salir a pasear cuando la ola de frío, resultó ser una perra. Se llamaba Susi y cojeaba con una pata vendada. En cuanto lo vio, le lanzó al veterinario una mirada cargada de malos presagios al tiempo que él, un poco ido, descamisado y con ojeras, se levantaba de la silla para abrazarla.

Susi resultó ser la coartada que tenía el hombre para otra tarde de bomba, pues ese día a esa hora la perra entró de urgencias en la miniclínica porque la habían atropellado. Quizá la embistió el propio Conductor Indignado, llegó a decir en voz demasiado alta el veterinario, que ya se veía con un pie en la calle. Además, para acabar de convencer a la autoridad y que el alcalde, que seguía el interrogatorio detrás de un espejo falso, volviera a sentir los nudos, redondos y peludos, de una incómoda corbata, la hija púber de la familia comentó que mientras estudiaba y se sacaba las espinillas frente al cristal de la ventana, había visto, al otro lado de la calle y tres pisos más abajo, al veterinario sentado cada tarde a su mesa haciendo crucigramas.

Al final, le pidieron disculpas, le amenazaron por hacer operaciones clandestinas y le soltaron sin que Susi ladrara nada de las siniestras mañas que había utilizado para operarla.

Y no es extraño que pasaran cosas de estas, porque un día cualquiera habían vuelto a cambiar la hora para dejar, otra vez, a todo el mundo trastornado. Y entró marzo por sorpresa oliendo a primavera.

Todo bullía y a la hora de la siesta ya crecía la pereza. Las tiendas se llenaban de prendas veraniegas, los árboles sacaban brotes nuevos y las plantas fabricaban capullos en los tiestos. La gente pedía hora para una sesión de rayos uva y el sol se entretenía pegado a las fachadas de poniente.

La ciudad añoraba con vehemencia la ternura de otros atardeceres, que quizá existieron tiempo atrás y tal vez, por eso, los llevaba impresos en sus genes.

Esa hora de paz después de un día de trabajo. Que se callen las máquinas y los coches se detengan; hablar sin forzar la garganta, escuchar sin cerrar los oídos porque el ruido te molesta. Y pasear.

Una hora soñada en que la gente anda despacio por la calle y mordisquea golosinas. Como en los tiempos en que se sacaban las sillas a la calle. Andar con pereza porque el momento es dulce. Detrás de ti, unas carcajadas nítidas y frescas; delante, un perro que juega y no muerde.

La paz del corazón al saber que uno ha hecho lo que debía hacer, y que mañana está lejos.

Tal vez la vida en un pueblo que no existe o una infancia idealizada.

—Vaya, ¿y esa maleta? —preguntó Miqui con la mano en la cadera y la cara de profeta.

—Si quiere que me vaya, dígalo antes de que la deshaga.

—Bueno, mujer, no te pongas así, que no te he dicho nada.

—Si quiere que me quede, saque a la perra de mi cuarto.

—Pulga, ven. No sé qué le ha dado por esta habitación. Antes nunca entraba y desde que te fuiste que me la encuentro aquí dentro de vez en cuando. Es raro, ¿no?

—Sí, qué raro.

Días locos

Días locos
y las noches
se amontonan.

Será mentira que somos algo. Porque a veces rascas y no te encuentras. Rebuscas. No hay nada. Nada que te suene, nada que conoces. Estás perdido, estás solo.

Eres nuevo.

Será mentira lo de la esencia, que dentro llevamos una luz imperturbable. Y para siempre.

Pero, cómo va ser así si en esta vida todo se mueve. Por qué se ha de quedar liso un corazón si el tiempo nos pisa en las caras y en los cuerpos. Cómo no nos va arrugar por dentro, esta perra.

Hacerse viejo es aprender que vivir duele.

Y después, ya sin remedio ni vuelta atrás, con todo el tiempo que se escapa a pesar de los recuerdos, así, deprisa, como un golpe de viento, con todas las personas que fuimos ya lejos de nosotros, ordenar las arrugas, para que por lo menos formen unas líneas que nos parezcan bellas.

Y tantas veces son tan feas.

Entonces, ¿qué?

Entonces, matar, morir o joderse.

Otra vez, qué mierda.

Baila, Guido.

Grita fuerte.

Después de lo de Perla, Montse se hizo la samaritana y gracias a un amigo psiquiatra le pidió la baja a un Guido campanero e idiotizado que llegaba tarde porque se dedicaba a llenarse el corazón de una melancolía nueva y el cuerpo de sustancias. Así, armado con unas vacaciones pagadas y con la compañía de un Juan descontrolado que no pegaba ojo porque salía mucho y tenía demasiado trabajo, Guido se pasó dos semanas borracho. Los dos perdieron algunos algunos kilos y debajo de los pómulos les salieron unas rayas. A Gilda se le caían las faldas.

Y es que en estos días locos es la noche lo que pasa, y los días, cuando ese tiempo ya se ha ido e intentas recordar, o no existen o son un punto luminoso en un baile de cubatas. Una mañana adorable que viviste porque sencillamente no te acostaste o un trozo de tarde recién despertado.

Gilda llamaba a todas horas buscando una salida, el orificio en el hielo por donde respirar y no ahogarse con la mordaza del muerto, la familia de mentira y la casa. Gilda llamaba y Guido no podía estar por ella, pero su hermana tenía la tenacidad del demente, la del loco que podría mover nadando a braza un transatlántico. Y consiguió salir con ellos cuando no le daban esquinazo. Tenía la fuerza que tienen las matrices para dar vida, para crear hijos y matar a la persona que fue una mujer antes de ser madre. El poder de la vida es tan egoísta que si no estás procreando, puede conducirte hacia cualquier parte.

Gilda llamaba cien veces a Guido y se presentaba en su casa. A las siete de la tarde le sacaba de la cama, le preparaba un café y telefoneaba a Juan para despertarle. Entonces, los hombres en la ducha y la chica pintándose los labios. Y venga, todos juntos a comer algo.

Después no le hacían mucho caso. Pero a Gilda le daba igual, charlaba con cualquiera y si algún pesado se pasaba, allí estaba Juan para hacerse el macarra. Y si no, con el pedo, a Guido en los ojos le salía el brillo de demonio y se envalentonaba. Las mujeres se acercaban al grupo sin saber muy bien qué pintaba la rubia entre los dos. Los hombres se mantenían a distancia.

Gilda los dejaba hacer a todos y seguía bailando.

Pero no siempre salían juntos. A veces, en sus noches sin niños, cuando sus amigos músicos no tocaban y Guido estaba desaparecido o la voz de Juan le dejaba un mensaje con una hora y un lugar al que ya llegaba tarde, Gilda se quedaba en casa, ponía sus discos, los viejos y los nuevos, y abría el mueble-bar. Al muerto, lo echaba por la ventana con el orgullo de un perro y los calzoncillos cagados. Y bailaba.

Grita y baila.

Y con las horas y la música se llenaba tanto de algo, algo raro, que se le rompían los contornos y eso, todo, la sobrepasaba. Entonces las melodías se escapaban de ella y llenaban el espacio. Eran sus emociones. No se sabe. Algo.

Algo tan grande que la hacía reír sola.

Reír, llorar. Y seguir bailando.

Algo muy, muy grande.

Bailaba y se movía, un balanceo de un a pie a otro pie. Unas vueltas descalza. Borracha. Risa y llanto.

Las emociones como una ola gigante que la ahogaba. Pensaba que dejaría de respirar, que se acabaría el vivir, así, de golpe, allí mismo. Cantando.

Y venga la música. Y nunca acababa de ahogarse.

Otra vez la misma canción. El vaivén secreto. La fuerza de la vida, las ganas de vivir todo lo soñado.

Qué grande era eso. Joder, qué grande.

A veces Guido se despertaba al mediodía, ponía un disco y volvía a mirar las cuatro fotos que guardaba en un sobre. O abría una caja.

Guido se buscaba.

Después hurgaba en el armario preguntándose qué podía ponerse y siempre lo pasaba mal, pues las viejas prendas de sus tiempos de falso indigente se le presentaban como lo que eran, verdaderos harapos. Entonces se apresuraba a tirarlas a la basura un poco avergonzado. Y la ropa nueva le parecía horripilante.

Cuando estaba así, por casa más rato de la cuenta y el disco se acababa, le entraba la añoranza del pisar de unos tacones por las habitaciones, un bolso tirado en su sillón o unos sujetadores formando un ocho a los pies de la cama.

Entonces la rata y la sombra, aunque enemigas feroces, hacían una fiesta a sus espaldas. Guido lo sabía bien, que habían vuelto. De hecho, de vez en cuando le llegaba alguna carcajada chillona de la rata y después el silencio de muerte de la sombra. Pero se decía que no se iba a dejar ganar, a pesar del cansancio que le producía tener que apartarlas a su paso y la insistencia insoportable de ambas por ser el centro de su atención. Rayos malignos.

Si no se hundía en la depresión y bajaba a ahogar en carajillos sus penas, razonaba que no podía ser estar lleno de nada, porque la nada es algo extraño que puede ser cualquier cosa mala. Entonces cogía su cartera y bajaba al centro en taxi, obsesionado por estar lleno de algo, porque las patillas le crecieran de una vez y por encontrar alguna prenda con aire setentero con la que pudiera identificarse.

Luego, se iba solo por ahí, a cocerse en una barra mirando al infinito. Sentado en un taburete y con una bolsa a su lado. Como tantos.

Mudos, sordos, quietos

Es la calma quien te grita
que tú tampoco has ganado.

Cuando Guido le dijo vete, Perla recogió algunas cosas y dejó las llaves sobre la silla de la entrada, como si no fuera verdad que aquello se acababa. Pero después, en cuanto se vio otra vez en su habitación en casa de Miqui, con la bolsa encima de la cama, se le cayó el mundo encima y le pareció que un cuchillo oxidado con el filo astillado le cortaba con torpeza el corazón. Porque lo que más había temido desde el momento en que se enamoró, el fantasma que la había hecho pasar noches en vela y días como loca, toda esa angustia anticipada a la tragedia imaginada, se hacía realidad, tomaba cuerpo, forma. Y pesaba.

Pesaba tanto.

Esta vez, la verdadera, no pudo llorar. Se quedó muda y llena de un dolor abstracto, sin entender por qué es tan fácil llorar por una fantasía, por la sospecha, y por qué la verdad, con lo fuerte y grande que es, nos deja mudos, sordos, quietos.

Como Juan, que cuando Gilda le dijo que no lloró en el funeral, le preguntó de qué había muerto su marido y luego le contó, sin querer, que su última mujer se había muerto de cáncer. Y se pusieron un poco serios y cambiaron de tema y Guido comentó no sé qué de una película. Pero cuando Juan volvió a casa y se quedó despierto porque no podía dormir pensó que él tampoco lloró en el entierro.

Y se recordó callado delante del ataúd, casi insensible, mudo y sordo, sin saber qué sentía, porque todo era tan extraño...

Y pensó en todas las veces que había llorado cuando de niño imaginaba que sus padres se morían y luego las veces mientras ella estaba enferma, y en la angustia que le daba que estuviera enferma, y en cómo se tragaba las lágrimas cuando estaba con ella. Gordas y amargas, adentro, adentro, que no lo note, que no las vea. Y en todas las mentiras que se le dicen a los moribundos.

Venga, venga, que aquí se come muy bien, cuando le traen la bandeja de comida en el hospital. Cuando salgas, iremos al cine, sabiendo que tal vez no saldrá nunca, o quizá, todavía más cruel, olvidando que está ciego. Te he traído un batín nuevo, ¿te gusta?, con un nudo en la garganta y esperando que le quede tiempo para usarlo, soñando que no se irá tan deprisa.

Y después, cuando ya todos los médicos dicen que se va de verdad, que le queda poco, cambias el repertorio y le dices que no se coma eso que no le gusta. Y evitas las promesas que no se cumplirán y hablas de otras cosas, esquivas los planes de futuro. Y cuando tu enfermo no se deja llevar, y te dice que hagas esto o lo otro para cuando salga del hospital o planea un veraneo tranquilo porque aún estará débil, se te ahoga un rugido feroz en las entrañas y quieres arrancártelas, para que no te oiga, para que no sospeche que se muere y que le engañas.

Porque cuando se tiene un muerto de accidente se puede pensar que no le dijiste esto o lo otro, o que aquella vez no te portaste bien, que la muerte te lo ha arrancado sin avisar, sin darte tiempo a despedirle. Pero cuando se tiene un muerto que se muere despacio, día a día, año tras año, como los de cáncer, los de sida o los de cien enfermedades destructoras y horrendas más que están, que existen y que te pueden tocar como una lotería macabra, cuando se tiene un muerto que se murió despacio es muy distinto. Y tampoco te despides.

Porque has aspirado el olor a medicina que desprende, le has sentido el aliento a metal y le has visto las venas llenas de pinchazos y vomitar mil veces por culpa de un tratamiento que no le salvó. Le has visto luchar y perder, y sientes que tú también peleaste y que, seguramente, has perdido más que él. Y, con tantas mentiras que le has dicho y que te has dicho, se te olvidó decirle lo más importante: adiós, te quiero.

Y piensas que podías haberlo salvado, aunque tú no seas médico y ni los médicos puedan hacerlo, que podían y podías haberle tratado mejor en su convalecencia, como si a ti no te doliera y fueras Teresa de Calcuta. Que debías de haber estado más con él, no haber salido tanto o no estar tan metido en tus asuntos. No haber intentado arrancarle a la vida algún minuto de paz, de alegría, de buen rollo lejos de tu enfermo querido. Y te sientes culpable. Y te dices que tú no lo mataste, que hiciste lo que podías, que le cuidaste bien, que a ti también te dolía, y que por eso le dejaste solo esas tardes, o esas noches o todas las mañanas que saliste a trabajar, escapando de lo que él no podía escapar. Pero no te sirve. Porque te duele su sufrimiento, te duele su muerte y te duele la culpa.

Y al final, dejas que el tiempo borre algún pedazo de tu vida y quisieras que esa etapa de dolor, cuando tu muerto estaba vivo y todavía soñabas con que no se moriría (a pesar de que deseabas su muerte para que no sufriera más, para no sufrir más tú), quieres que ese tiempo quede en tu memoria como si hubieses vivido por un año en otra ciudad y después todo volviese a la normalidad porque has vuelto o has cambiado de casa.

¿Qué casa?

Y quisieras que ese año en tu mente se quedara como un sueño, como una pesadilla que nunca fue verdad.

Por eso te jode que te llame la familia, por eso te jode que te digan que era tan buena persona, que te lo recuerden, eso, porque quieres olvidar que sufrió y que murió y quisieras pensar que está vivo pero que ya no tenéis contacto. Que si no lo ves y sus cosas no se mueven será por otras razones, inocentes, aceptables.

Quieres correr y escapar del pasado de mierda que te deparó la vida, pero vayas donde vayas, al mirarte en el espejo ves esa sombra en tu cara.

Y al final, con el tiempo, con los años, aceptas que es parte de ti.

Porque ésa es la verdad, que se ha muerto, que se ha ido, y nadie sabe a dónde.

Y que habrás de vivir con tu muerto lo que te quede de vida.

Cómo duele

Cómo duele el corazón
cuando no te quieren.
Cómo duele la carne
cuando ya no te desean.

Cuando Guido le dijo vete, Perla recogió algunas cosas y dejó las llaves sobre la silla de la entrada, como si no fuera verdad que aquello se acababa. Pero después, en cuanto se vio otra vez en su habitación en casa de Miqui, con la bolsa encima de la cama, se le cayó el mundo encima y le pareció que un cuchillo oxidado con el filo astillado le cortaba con torpeza el corazón. Porque lo que más había temido desde el momento en que se enamoró, el fantasma que la había hecho pasar noches en vela y días como loca, toda esa angustia anticipada a la tragedia imaginada, se hacía realidad, tomaba cuerpo, forma. Y pesaba.

Pesaba tanto.

Esta vez, la verdadera, no pudo llorar. Se quedó muda y llena de un dolor abstracto, sin entender por qué es tan fácil llorar por una fantasía, por la sospecha, y por qué la verdad, con lo fuerte y grande que es, nos deja mudos, sordos, quietos.

Cuando la vio tan detenida, suspendida en un segundo incomprensible, a Miqui se le quitó la cara de profeta, se llevó la perra al salón y le preparó a Perla la cena.

Pero Perla no quiso comer, ni quitarse los zapatos ni ver la tele. Sólo taladrar la colcha con los ojos, silenciosa, fumando cigarro tras cigarro. Reviviendo una y mil veces la última conversación, intentando comprender qué había pasado.

Los dos días siguientes, la anciana le dijo que le pagaría igual aunque no hiciese nada, porque era como si estuviese enferma, de baja. Pero al tercero se le volvió a poner el gesto de sentencia y la despertó dando palmadas y gritando venga, que ya es tarde, levanta, que no se te ha muerto nadie.

Pero así lo sentía Perla, como si Guido se le hubiese muerto. Por las mañanas abría los ojos y enseguida le caía encima la desdicha. Después, con los ladridos afónicos de Pulga y las tareas de la casa, reconstruía sus sentimientos y se asomaba a la ventana para ver la de Guido y repetirse que seguía vivito y coleando, que quizá algún día volverían a cruzar unas palabras. Tal vez a ser amigos. Y se decía que menos mal que estaba vivo, porque si se hubiese muerto de verdad, no podría soportarlo.

Y es que la muerte es un misterio más grande que el desamor y que el misterio de dios. Porque de dios puedes dudar si no lo has sentido y abandonarlo si llegaste a conocerlo. Y el amor puedes soñar con rescatarlo. Pero la muerte es. La muerte sucede. Y nadie se libra.

¿Por qué?

No se sabe.

En la peluquería, Crystal insistía en que ese asunto aún no se había terminado, que no podía ser. Y Perla, animada por esas palabras, cuando llegaba a casa, se sentaba junto al teléfono esperando una llamada. Y se volvía a decir que si Guido hubiese muerto de verdad, ni siquiera le quedaría la esperanza.

De este modo la idea de la muerte de Guido se fue colando en su mente de la mano del terror, pues ya no se trataba de un rato de locura o de extrañas elucubraciones de carácter truculento, sino que ahora tenía horas y horas por delante para imaginar con suma precisión lo espantoso que podía ser el mundo sin Guido y sin la remota posibilidad de una llamada.

A veces, Perla se duchaba y se vestía o salía de tiendas convencida de que el viernes él la llamaría. Y si Crystal le proponía quedar juntas para salir, con la idea de frecuentar el bar donde conoció al hombre de una noche del que se había enamorado, le decía que no y tenía que hacer un esfuerzo para ponerle una excusa y no confesarle que alimentaba la ilusión de que Guido, el muerto viviente, saliese de la tumba y le hiciera una llamada.

Por su lado, cuando veía que Perla vagaba por casa sin hacer ruido, muy despacio, y se encogía poco a poco, Miqui, a su manera, intentaba despabilarla.

—¿Oyes? Que se ha acabado el Vim. ¿Vas a bajar tú al colmado?

O bien, cuando ya Perla había entrado en las zonas profundas y dejaba de escuchar:

—Mira, nena, que me he comprado estas medias y me van grandes, ¿las quieres?

Miqui se ponía cariñosa a su manera insensible, por puro egoísmo, intentando evitar que la casa se llenase de tristeza cuando Perla permanecía sentada en su cama toda quieta, absolutamente inmóvil, atenazada por un miedo informe, incapaz tan siquiera de mover las pestañas.

Sin embargo, cuando Perla escapaba del terror agarrada a la esperanza y se ponía a espiar por la ventana o descolgaba el teléfono a ver si funcionaba, la abuela se volvía puñetera y empezaba a atacarla.

—No mires tanto, que si quisiera saber de ti, ya te habría llamado —le decía al pasar junto a su cuarto camino de ninguna parte.

—¿Qué dice, abuela? No, no se esconda en la cocina. Venga aquí. ¿Qué ha dicho?

—Nada, nada. Si te has de poner así, no he dicho nada.

—Nada, ¿eh? Pues yo sí le voy a decir algo. Entérese de que si yo lo quisiera ver, no tengo más que cruzar la calle. ¿Lo entiende?

—...

—Conteste, ¿lo entiende?

—Sí, hija, sí. Déjame pasar.

—Un momentito, que no tenemos prisa. A ver, ¿me ha visto usted cruzar la calle? ¿Me ha visto llamarlo por teléfono?

—Pulga, baja de ahí.

—Conteste, Micaela, que le he preguntado una cosa.

—Nooo. No te he visto. ¿Ya está? ¿Me vas a dejar pasar?

—Pase. Pase y déjeme tranquila.

Y Miqui pasaba. Pero una vez al otro lado:

—No te he visto, pero no será porque no te falten ganas.

—¿Qué? ¿Qué ha dicho?

—Que todavía serías capaz de volver con él. Mira que eres arrastrada, ¿eh? Pero si te ha echado, te ha echado de su casa. ¿Que no tienes dignidad ni orgu...

—¡Cállese! —aullaba entonces Perla—. ¿Qué sabe usted? ¿Usted qué sabeee? No me ha echado, me he ido yooo... porque he querido. ¿Lo entiende, vieja asquerosa? ¿Lo entiendeee? ¿Qué sabe del amor, usted?

A estas alturas, Miqui ya estaba en la otra punta de la casa, evitando la onda expansiva de la violenta explosión de Perla, con la perra en brazos.

—Vamos Pulga, que ésta está loca —le decía al animal. Y al pasar de nuevo frente a la habitación de Perla aún se atrevía a murmurar—: Te ha echado, mentirosa. Te ha echado.

Entonces Perla le cerraba la puerta en las narices, le daba vuelta a la llave y arrancaba con el llanto.

Y Miqui salía al rellano para tocar el timbre de la vecina, otra abuelita de la misma calaña.

—¿La oyes cómo llora? Pobrecilla. Ahora, viendo cómo está, no me digas tú que este hombre se lo merece esto, ¿eh?

—Pobre chica. Es que los hombres son unos interesados...

—Bueno, no te creas que ella es tan santa. Que también tiene sus cosas, ¿eh?

—Ya, ya. Ya se la ve que va muy a lo suyo.

—Cuidado, Carmeta, que es muy buena chica y vive en mi casa.

—¿Y? No te pongas así. Yo no he dicho que sea mala persona. Mala persona no es, ya se nota que es buena chica.

—Sí, es muy buena chica, yo no tengo nada de qué quejarme, pero...

—Pero es buena chica.

—Sí, no es mala persona, pero va muy a la suya, ¿sabes?

—Ya.

Los buenos malos

Quizá no entendí
que nadie dura siempre,
que a veces son más grandes
las cosas que no he dicho.

Cuando tienes un muerto reciente, las mejores horas del día son las que pasas dormido y sin pesadillas. Porque cuando abres los ojos, después de una siesta pequeña, cada mañana, tal como se despegan tus pestañas se te cae un peso encima, enorme, el más grande que habías conocido, y te asfixia la conciencia de la muerte.

Es la certeza de lo que tienes: un muerto.

La verdad de lo que has perdido: un vivo.

Es tan absurdo, tan loco, que prefieres soñar que por lo menos algo de él, su esencia, perdura. Que queda alguien con sus genes a quien puedes tocar y besar, que te acompaña para no estar tan y tan solo. Y con quien enmendar los errores cometidos.

Carolina estaba sentada a la mesa del salón de casa de sus padres con un bote de cola y los pedazos del retrato de su hermano que, al fin, se había decidido a pegar. Con suma paciencia unía uno con otro intentado evitar que se vieran demasiado las junturas. Mientras realizaba esta labor, se acordaba de su muerto y de vez en cuando se le mojaban los ojos y ahogaba un sollozo.

A dos metros, sus padres descansaban en el sofá viendo una película.

—Lo que yo digo —dijo de pronto Carolina volviendo al tema de lo mala que era Gilda— es que, si no quiere cuidar de sus hijos, nos dé la custodia legal.

—Ya lo sé, Nina, ya lo hemos hablado antes. Pero ella nunca ha dicho que no quiera cuidar de los niños. No será tan sencillo —le respondió el padre con voz de estar teniendo paciencia con la pesada de su hija.

—No lo ha dicho —intervino la madre—, pero ya se ve que le importan un comino.

—Papá, duermen cada día en mi casa. Y los fines de semana los pasan con vosotros. Así es muy fácil tener hijos. No trabaja, no se preocupa de los niños y encima la mantenemos nosotros. Qué chollo se ha montado la tía.

—Ya lo sé, ya sabemos que se está portando mal, pero con estas cosas hay que ir con cuidado.

—Y antes tampoco trabajaba —añadió la madre—. Ésta lo suyo es chupar del bote. Se le muere el marido y, hala, a chupar de la familia. Tiene una cara... Es que me da un coraje. ¿Les ha vuelto a pegar?

—Ah, mamá, esto es lo que yo digo. Lo que pasa cuando no estamos no podemos saberlo. Hombre, los niños dicen que no. Claro, si apenas la ven. Pero vete a saber si no les pega y después les dice que no nos lo cuenten.

—Bueno, Nina, antes no les pegaba —dijo la madre intentando calmar a la hija. El padre ya ponía mala cara—. Lo que yo me pregunto es qué hará por las noches. Adónde va.

—¿Cómo? ¿Qué dices? ¿No se queda en casa?

—Tu madre ha llamado un par de veces y si está, no contesta —dijo el padre haciendo una concesión.

—¿Qué dices? Hay que hacer algo.

—Nina, tranquila, no te pongas nerviosa. Yo estoy preocupada porque no sabemos si es que tiene un novio o qué. Y si tiene novio, a ver quién es este hombre y cómo se portará con los niños. Pero, bueno, puede que vaya a ver a alguna amiga.

—¿Una amiga? ¿Qué amiga? Si no tiene amigas. Saldrá con algún tío, seguro. Algún colgado como ella. Esto no puede ser. Papá, ya está bien, ¿no te parece? Hay que hacer algo.

—Calma, Nina, calma —insistió la madre—. A nosotros ya nos va bien que salga con un desgraciado.

—¿Nos va bien? No lo entiendo. ¿Y los niños?

—Tranquiiiila...

—No, no. Es que no me da la gana de estar criando a los niños para que después se los lleve a vivir con un padre que no les querrá y no les veamos el pelo.

—Nina, si sale con un desgraciado y hace tonterías, le pondremos una denuncia y nos quedaremos con los niños.

Carolina se quedó boquiabierta

—Claaaro —prosiguió su madre—, ¿por qué te crees que no le digo nada?

—¿Y por qué no me lo habéis dicho?

—Hija, es que te pones muy nerviosa. Todavía meterás la pata. No te tenía que haber dicho nada. Lo de la pelea no nos favorece. Ahora que lo sabes, a ver qué haces, ¿eh? Quédate tranquila.

—Papá, ¿ya has buscado a un abogado? Podría representarnos este amigo tuyo.

—¿Cuál?

—Este que viene cada viernes a cenar a casa, el de toda la vida, el famoso, ¿cómo se llama, que no me sale el nombre?

—Bueno, callad de una vez las dos, que estoy viendo la película. Nina, para que te enteres, ya tenemos al mejor abogado estudiando el caso y pronto sabremos qué hace Gilda por las noches porque le he puesto un detective. Tranquila, que todo se arreglará. Ahora, ya vale. Me estáis poniendo nervioso.

—Mamá, vamos a hablar a la cocina.

Me marcho

Lo guardaba
escondido de la vista
como la borra
que se ovilla en el ombligo
por el uso de la ropa.

—Váyase de vacaciones, que le sentará bien —le ordenó Perla mientras seleccionaba la ropa limpia para plegarla.

—¿De vacaciones? ¿Yo?... Pero si siempre estoy de vacaciones —contestó Miqui sorprendida.

—Pues entonces váyase de viaje —siguió Perla con acento de fastidio.

¿De viaje? Miqui se preguntó cómo sería eso de volar en avión.

—No, que me dan miedo los aviones.

—¿Pero usted qué se cree? ¿Que sólo se puede ir de viaje en avión? Venga, venga, no se haga la tonta que bien sabe que yo vine en tren y los jubilados van mucho en autobús.

—En tren, mírala. Sí, claro, para que me roben el bolso como a ti.

—Mira que llega a ser pesada esta mujer...

—¿Qué murmuras por ahí?

—Que usted, a su edad, no se va ir sola por el mundo, tonta. Que hay muchísimos viajes organizados de estos del Inserso que van un grupo de jubilados con un guía, y no le roban a nadie y no se pierde nadie.

—Ya lo sé.

—Y entonces, ¿por qué no se va ya de una vez?

—Pero ¿adónde voy a ir?

—Pues no sé... a Marbella.

—¿A Marbella? Je, je —Miqui se rió con risa afónica—. A bañarme en bikini.

—¡A Lourdes! —gritó Perla, que creyó que había tenido una idea genial—. Ya está, a Lourdes. Váyase a Lourdes a rezar sus rosarios. Allí está lleno de gente que va a misa como usted. Le encantará. Puede que haga amigos y después le escriban cartas...

—...

—A lo mejor hasta la Virgen le hace un milagro y no necesita nunca más las gafas.

—No me importa llevar gafas, total sólo me las pongo para ver la tele. Además, no me puedo llevar a Pulga.

—Claro que no. Sólo faltaría. Imagínese, qué va a hacer la perra por allí entre los tullidos y los enfermos, con tanta muleta y tanta silla de ruedas. No, no. No puede ser. Pulga se queda aquí, que ya la cuidaré yo.

—Sí, tú, como que te preocupas tanto. En dos días me la matas de hambre.

Podía haberse reído, y se hubiesen reído las dos. Podía haber ignorado el comentario y seguir charlando para matar el rato mientras plegaba la ropa. Podía haberse ido a la cocina y comerse un yogur o a su cuarto a mirarse las manos. Pero se dejó enganchar por el peor lado y le sentó mal el comentario.

—Esto es suyo —le dijo malamente a la vieja mientras le tiraba unas bragas gigantes a la cara.

—¡Oooy! ¡Qué bruta! —exclamó la anciana perpleja.

Perla volvió a darle la espalda como si nada hubiese sucedido, aunque entre pliegue y pliegue iba tramando cómo descargarse un poco más.

—¿Y a Roma? —exclamó de sopetón tras un largo silencio.

Miqui no respondió, había plegado sus bragas y se dedicaba a plancharlas restregando sobre ellas las palmas de sus manos arrugadas.

—A Roma a ver al papa. Al país del Vaticano. Allí sí que hay católicos por un tubo y un montón de curas y monjas. Estará en su salsa. ¿No le gustaría ver al papa?

—...

—¿Eh? ¿No le gustaría escuchar misa cantada por el papa y ver la tumba de San Pedro?

—... —Miqui permanecía silenciosa, no estaba segura de adónde podía llevar aquella conversación.

—¿Eh? Conteste —insistió Perla dándose la vuelta.

—Sí, sí —respondió al fin—. Sí que me gustaría verlo antes de morirme.

—Claro, mujer —exclamó Perla con ironía mientras daba unos pasos y le arrebataba las bragas a la anciana—. A lo mejor se puede acercar a besarle la mano y cuando la vea se cae de la silla perdidamente enamorado. Quién sabe, hasta puede ser que cuelgue los hábitos y se case con usted.

—Pero qué dices, loca.

—Sí, sí. No me mire con esa cara, que todos sabemos que los curas hacen lo que les viene en gana. Que tienen amantes, hijos y de todo...

—Mira, ya veo que estás un poco así y no quiero seguir hablando más de esto porque no dices más que tonterías. Hala, venga, pon la tele.

—Vaya, hombre, cuando se mete conmigo bien que no calla y ahora no quiere hablar... ¿Tonterías? Si decir la verdad resulta que es decir tonterías, entonces será mejor que todo el mudo se calle para siempre. *Totus tuus*, todos mudos.

—Eso, venga, vamos a callarnos y a ver un rato la tele.

—Sí, pues como pongan en la tele el reportaje que vi yo el otro día se va a cagar en la silla. El Vaticano, Micaela. Todo lleno de pinturas y esculturas, todo de mármol, y todos vestidos con ropas carísimas. Que con lo que vale una de esas sotanas que lleva el papa comen cien negros del África todo un año.

—Bpt...

—¿Y qué me dice de las tiendas de moda? Eso no lo explican por la tele pero me lo contaron en la peluquería. Se ve que está lleno de tiendas que venden hábitos y sotanas de muchas clases y colores, y que cada temporada cambian de diseño para estar a la moda. Porque, no se crea, allí van todos a la última...

—Burradas, eso son burradas que te inventas.

—No, si es que las monjas hoy en día están hechas todas unas putillas. Seguro que hasta llevan ligueros rojos para enseñárselos a los curas cuando las persiguen por los pasillos.

—Pero, pero...

—Créame, Miqui, que usted es muy ingenua. Allí se montan cada orgía que da miedo. Se ve que no hay un rincón donde no...

—¡Basta ya! —exclamó la anciana llena de coraje—. Loca, más que loca. Qué falta de respeto.

—¿Respeto? ¿Y usted habla de respeto? Ja, ja. ¿Cómo puede hablar de respeto una vieja que va cada domingo a misa a escuchar al pederasta ese que si no viola a los niños que hacen la catequesis, se hace pajas con la estampa de la Virgen? Por favor...

Miqui se tapó los oídos con las manos.

—¡Calla, loca!

—¿Loca? ¿Loca? Siempre el mismo cuento de la loca. Cuerda y bien cuerda que estoy. El día que la acompañé a misa me di cuenta de todo. Su cura, Miqui, su curita de mierda es un cínico, que mientras la confesaba a usted me miraba las piernas y no apartaba ojo. No, no. Yo no llevo gafas, y lo veo todo muy claramente...

—Pues, ¿sabes qué te digo? Que si te miraba las piernas será porque pareces una pelandusca con esos vestidos ajustados...

—¿Puta? ¿Me está llamando puta?

—Descarada, más que descarada. Vete de aquí. No quiero oírte más.

—¡Ajá! Lo sabía. Sabía que quería echarme y estaba esperando la oportunidad. Pues no tendrá que repetírmelo dos veces. Me voy ahora mismo.

Perla agarró su ropa limpia y cruzó el pasillo como una flecha. Es probable que si se hubiese callado, Miqui le hubiese pedido indirectamente que no se fuera: «No salgas tan nerviosa como estás», o algo por el estilo. Pero Perla retomó su discurso en cuanto abrió la maleta torturando a la anciana con su imaginación desbordada.

Desde relacionar a la Santísima Trinidad con el *menage a trois* hasta insultar a la abuela porque debía de ser la única en el mundo que no se había enterado de que muchísima gente se confiesa con un consolador en el culo para correrse de gusto justo cuando el cura da la absolución. Todo un rosario de frases enlazadas que no dejaban hueco ni para un monosílabo y que encendieron a la vieja hasta el punto de soltarle a Perla un frágil cachete justo cuando ésta abría la puerta.

—Vieja asquerosa. Retorcida. No le devuelvo la hostia por no romperle el cráneo.

—Fuera de mi vista. Loca, que nadie te quiere. Nadie te aguanta.

—Ya me voy, ya. Gracias a su puto dios que por fin me largo.

—Mala, que eres. Y mentirosa. No hay quien te aguante porque estás loca. Nadie te quiere, nadie.

—¿Y a usted quién la quiere, alimaña?

El alta

Me consume pensar cómo he sido
tan obtuso
y todo lo que he perdido
por no haberlo pensado.

El martes que le dieron el alta, Guido llegó a su trabajo disfrazado de Bob Dylan y con las patillas crecidas.

—Guido —le dijo Montse asombrada—, estás muy guapo. Y más delgado...

—Joder, macho, vaya pinta —comentó Vicente—. Pareces un cantante.

Guido guardó silencio y se acercó al perchero a dejar su chaqueta nueva. Quizá debería haberle hecho caso al médico y coger otro par de semanas de baja.

—Oye —le dijo Montse cuando se sentó a su mesa de fórmica—, ¿cómo estás?

—Eso —intervino Vicente con cara de cínico—, ¿qué tal las vacaciones pagadas?

—Nada —contestó.

Montse levantó las cejas para sí y Vicente volvió al ataque.

—¿Qué? Cuéntanos, ¿ya te han ajustado bien las tuercas? Estás más flaco, ¿no tendrás la enfermedad esa que está de moda, anorexia?

—Vicente, no seas bruto —saltó Montse.

—Bueno, ¿por qué letra vais? —preguntó Guido ignorando ambos comentarios.

—Ya estamos en la hache —respondió Montse.

—Perdona, Guido —dijo Vicente con la cara muy seria y mirada de circunstancias—. Era una broma, macho. Cualquier cosa que necesites...

Guido no se molestó en mirarlo y Vicente cogió el diario, se lo puso debajo del brazo y se encaminó hacia el lavabo.

—Oquey, ¿qué hago?

Montse le pasó unos documentos y Guido se sumió en la realización de ese estúpido trabajo como si estuviese solucionando un solitario. Pasaron las horas y no fue a desayunar, ni se rió de los chistes, ni respondió a los comentarios. Estuvo tan ensimismado que no se dio cuenta de lo que se estaba cociendo al otro lado de esa pared de plástico.

A la una, hacía mucho ya que Vicente no merodeaba por los archivos y, súbitamente, Montse le arrancó a Guido el papel que tenía en la mano y le dijo que se tomara una copa de champán.

Sí, otra fiestecilla de marras.

—No tengo ganas —dijo Guido recuperando su documento.

—Pero hombre, ¿cómo no te vas a tomar algo con nosotros? Es una despedida, no puedes hacer este feo. Va, que las patatas están buenísimas.

—No.

—Guido, ya sé que son todos unos cretinos, pero ven a tomarte algo conmigo.

La mano de Montse le cogió del brazo y Guido se encontró andando sin voluntad hacia la otra sala. Quizás, a pesar de todo, había mantenido escondida una brasa de esperanza. Quizás era el momento de enfrentase a ciertas cosas y comprobar si se equivocaba.

Los funcionarios se repartían apoyando el culo en sitios varios alrededor de la mesa donde habían colocado las botellas y las cosas de picar. El dónut que Guido había mordisqueado a primera hora ya se había desintegrado totalmente en su estómago y, al ver brillar las olivas en los platos de plástico, se le hizo la boca agua.

Durante unos minutos fingió que era uno más y comió y bebió como todos. Hombre, ¿qué tal? Tienes buen aspecto. A mi sobrino le pegaron el sábado pasado. Qué buena cara. ¿Viste el partido de anoche?

Pero Guido no se esforzó en ser sociable y se limitó a contestar en plan surrealista:

—Nada.

Al poco, sus compañeros se dieron cuenta de que seguía siendo el bicho raro de siempre y de que no tenía ningún interés en hablar con ellos. Volvieron a darle la espalda, como siempre, y Guido encontró un poco de paz en medio de aquella gente sin tener que escaparse. Se había bebido un par de copas de cava y empezaba a cavilar con agudeza.

Hay otra certeza, que es tan violenta como todas las certezas. Otro fuego que arde. Es la revelación de saber que nunca serás nadie. Entonces, de pronto, todo da igual. ¿Para qué el miedo? ¿Para qué ser moderado, intentar caer bien y ser simpático? ¿Para qué portarse según cómo si todo te saldrá mal y nadie quiere a nadie?

Contesta, ¿para qué?

Para nada y para nadie.

Es mejor gritar fuerte y bailar, joder, y al que no le guste que no escuche o que se aparte.

Allí estaba él, bien vestido, más delgado y con más rabia. Y realmente, la verdad era que aquellas personas no eran tan malas. Algunas le habían llamado a casa mientras estuvo de baja y le habían colgado un cartel el día que volvió después de la paliza. Bienvenido, ponía. Sí, podían haber sido compañeros suyos, personas con las que hablar de algo, del tiempo o de las noticias. Quizás amigos para ir al cine, chicas con quien tener un romance. Los había juzgado mal...

Se imaginó viendo un partido de fútbol con Vicente y se le escapó una carcajada que levantó miradas de soslayo. Después se visualizó tomando algo con Montse y tuvo la convicción de que después de verse cada día realizando esas tareas miserables no podrían ni follar ni enamorarse.

Oquey, no eran tan malos. Oquey, nada que ver con los monstruos crueles que imaginó en su juventud. Que imaginó y que debieron de ser, porque la gente de joven es más desagradable. De acuerdo, eran personas humanas, y si él se lo hubiese propuesto, le hubieran sugerido que se apuntara a uno de esos viajes en grupo que hacían o que fuera el quinto socio de un apartamento alquilado que los solteros y solteras habían cogido en la playa.

Oquey, pero no le interesaban. Daba lo mismo que fueran encantadores o unos animales; aunque hubiesen sido las personas más maravillosas de la tierra, le importaban un comino.

Conteniendo una arcada, descubrió que le daba igual la gente y se preguntó si no se habría equivocado durante tanto tiempo al pensar que no le querían. Que él no gustaba.

Llenó de nuevo su vaso y se dijo que tal vez no los odiaba porque no lo habían aceptado, sino que podía ser que los hubiese ignorado por ser inaceptables. Sencillamente porque no tenían nada que despertase su interés o porque la gente de ciudad es tan mediocre y repugnante como la del pueblo. Y eso le había decepcionado. Exacto, la ciudad, la vida entera había sido una gran decepción.

Pensando en esto se metió el champán de un trago, dejó el vaso sobre una silla y se encaminó en busca de su chaqueta de cantante.

Descubrir que apostaste a una carta perdedora, que los años de tu vida no han servido para nada. Y la rabia y la aversión se han pegado a tus zapatos. Tanto esfuerzo en encerrarse, tanta concentración por no sentir, y otra vez así, furioso y frágil.

Oquey, qué asco.

Junto al perchero se encontró a Montse que se colgaba el bolso en bandolera y parecía un poco desquiciada.

—Ay, qué bien. Ahora iba a buscarte. Me ha dado un ataque de leopardo insoportable. He de salir de aquí inmediatamente. Me voy. Me voy porque no puedo más. Toma, te dejo la tarjeta para que me fiches.

—No va a poder ser porque yo también me largo.

—Pero..., se van a dar cuenta. Tío, has estado dos semanas de baja.

—Me da igual.

—Pero ¿qué te pasa? ¿Estás bien?

—Tengo asco.

—¿Otra vez? Pues vaya, tú con asco y yo con leopardo. Estamos apañados. ¿Y ahora qué hacemos? Yo tengo que salir de aquí, he de salir porque me va a dar algo.

—Yo no me quedo.

Se miraron.

—Dame tu tarjeta, que nos fiche Vicente —dijo Guido resolviendo el problema de un plumazo como un hombre de hoy.

—¿Vicente? Si es un capullo.

—A ver si tiene cojones de decir algo.

Vicente estaba sentado hurgándose la nariz y criticando a alguien cuando se encontró con un brillo de demonio que lo miraba desde arriba.

Cogió las tarjetas y se las guardó rápidamente en el bolsillo sin quejarse.

Joder al abuelo

Juro que no tengo hijos para que no me atormenten.

Joder al abuelo.

¿Por qué? Tampoco se sabe, pero hay una tendencia que ya debía de existir. Viene de lejos.

Antes, sin embargo, tenía su coherencia, porque los abuelos vivían con sus hijos, comían en su mesa, a su calor cruel, y tenían que achantar y hacer lo que éstos les dijeran, acomodarse en un rincón y soportar los malos tratos de toda la familia, ágil y vivaracha, que les gritaba que se apartasen cuando pasaban por el pasillo y que les recordaba que ya no servían para casi nada.

Pero ahora los abuelos van a su rollo. En sus casas, con alguna desalmada que los cuida como puede o como quiere, o en una residencia. Y la familia, el fundamento, el pilar de esta sociedad, le da palizas a las mujeres, viola a los niños y manda sobre los viejos.

¿Que el abuelo quiere irse con el Inserso o a pasear más lejos de la cuenta...? ¿Quién paga? Paga el abuelo. ¿Cuánto se va a gastar? Poco, tranquilos, no dilapidará la herencia. Entonces, bueno.

Pero ojo, ¿cómo está el abuelo?

El abuelo se caga encima una vez al mes. El abuelo se ha dejado el gas abierto una tarde que pensó en calentarse una leche y luego se olvidó de tomársela. El abuelo se cayó por la escalera el otro día.

¿Ah, sí? Pues, entonces, que se joda el abuelo.

Y ya se ha armado. Juzguemos al abuelo: reunión familiar para decidir que el abuelo no puede valerse solo porque es un peligro para sí mismo y que hay que internarlo para que lo vigilen las veinticuatro horas del día, para que no huela a meados y se muera en una cama de hospital. Porque, claro, más nos vale que muera limpio, asistido y amargado en su cárcel, que salvaje, sucio y libre, dando su paseo y con el corazón detenido en una cuneta cualquiera de cualquier lugar insólito. Quizás a la puerta de casa, quizás en una carretera comarcal. Quién sabe.

Vale, venga, estamos todos de acuerdo, somos civilizados, creemos que le queremos más de lo que nos queremos a nosotros mismos, por eso lo encerramos y que se muera en una prisión que huele a medicina. Mejor eso a que la diñe cualquier día por ahí, solo y vete tú a saber dónde y cómo. Qué dirá el mundo si lo dejamos pulular a su antojo de viejo, a su gusto que bien se lo ha ganado trabajando cuarenta años, o más, para darnos de comer y pagarnos los estudios y putearnos a su modo, sin querer, con su amor progenitor.

Nos ha hecho hombres y mujeres. Pues, que pague, cojones, que lo pague con creces. Y si no, haber sido estéril.

Eso, ya está decidido, que haga lo que decimos nosotros, la familia. Y que se joda el abuelo.

Hasta que se muera.

Sí, es verdad, lo sabemos. A pesar de todo lo malos que somos, después le lloraremos. Pero bueno, familia, cuando la haya palmado, ya lo pensaremos.

Miqui se pasó dos días esperando oír la llave en la cerradura y los tacones de Perla cruzando el pasillo. Pero, a pesar de que durante las noches se despertó un montón de veces creyendo que había alguien en el rellano, la puerta de su casa no se abrió para dejar entrar a nadie.

Al tercer día, se dio por vencida y se decidió a pisar la acera de la granja para hacer partícipe de su angustia a la señora Amalia. Necesitaba hablar con alguien más que con esa vecina entrometida que comentaba cosas como:

—¿Y la Perla? Hoy no la he oído bajar. Como es tan buena chica me sabría mal que estuviera enferma.

—Acaba de salir —contestaba Miqui sin mirarla a la cara—. Estará en el supermercado.

Necesitaba desahogarse y no sentirse tan sola. Pero no quería criticar demasiado a Perla por si ésta volvía y ella la dejaba quedarse. No fuera a ser que después todo el barrio le echara en cara que cómo aguantaba otra vez a esa loca mal educada. Así que se inventó la mentirijilla de que Perla se había tomado unas pequeñas vacaciones y bajó a ver si Amalia la había visto pasar por delante de la granja.

—Buenas, Micaela —le dijo Amalia con cara de cansancio—. Hace días que no se te veía por aquí.

—Es que le he dado unos días de fiesta a Perla y he estado más ocupada.

—Ah, por eso tampoco le he visto el pelo a tu asistenta. Ya me pensaba que os habías cambiado de barrio.

Miqui se sobresaltó al oír esto y estuvo en un tris de preguntarle cuántos días hacía que no veía pasar a Perla por allí. Pero se contuvo un momento estudiando la pregunta, no fuera a ser que Amalia se le echara directamente al cuello.

Las dos ancianas se quedaron en silencio unos momentos y fue entonces cuando Miqui cayó en la cuenta de que su amiga tenía muy mal aspecto, y que era extraño que no cotillease. Le pareció muy sospechoso que no le preguntase por qué le había dado esos días libres a su «asistenta» ni adónde había ido ésta.

Amalia siguió en silencio y salió de la barra para sentarse en una silla y quedarse ensimismada.

—Qué rara estás, Amalia —le dijo Miqui—. ¿Te encuentras mal?

La mujer sacó un pañuelo de algodón del bolsillo de la bata y se secó los ojos como si tuvieran lágrimas.

—Estoy pensando en vender la granja.

—¿Vas a vender la granja?

—Lo más seguro.

—Ay, qué disgusto. ¿Y qué harás? ¿Dónde vas a vivir? ¿Te vas a vender también la casa?

—Claro, si vendo tiene que ser todo. ¿No ves que la granja es la única salida a la calle que tiene la casa?

Miqui asintió boquiabierta.

—Tengo un disgusto...

—Pues no la vendas.

—Estoy vieja, Micaela. Ya son muchos años y una ya no puede tirar del carro...

—Yo también estoy vieja. Y mira, he cogido una asistenta. Tú bien que podrías contratar a una camarera.

—No, Micaela, no. Lo mejor es venderla, que ahora es un buen momento porque han subido los precios y darán un buen dinero. Hay unos que dicen que quieren tirar la casa abajo y hacer unos pisos... Tengo un disgusto.

—Amalia, no hagas dramas —le ordenó Miqui—. Tus hijos viven aquí al lado, estarás en el barrio, verás a tus amigas cada día. —Y añadió sin convicción—: Diles que te den un piso a cambio.

Amalia se levantó de la silla y se metió de nuevo en la barra.

—Me voy a hacer una tila. ¿Quieres otra?

—Bueno.

—¿Y la Pulga? No la has bajado hoy.

—Sí, ya hace rato, pero no la he traído porque hoy está un poco pesada. ¿Con quién vivirás, con el Joan o con la Mali?

—¿Quieres otro azúcar?

—Sí. A la Mali ya le irá bien que vayas a vivir con ella y les hagas la comida.

—No, pero en casa de la Mali no hay sitio para uno más. Y el Joan también están apretados. Me voy a ir a una residencia.

—¿A una residencia? ¿Qué dices, Amalia? Estás loca.

Amalia apartó una miga de la barra y torció la boca.

—Con lo que te van a dar —insistió Miqui—, puedes comprarte un pisito nuevo con calefacción, y tener cuatro asistentas si quieres. ¿Para qué te vas a ir a una residencia?

—A mí no me dan nada, Micaela. El dinero es de mis hijos. Yo sólo soy usufructuaria.

—No me digas... Vaya, vaya.

Se quedaron en silencio unos momentos hasta que Amalia exhaló un profundo suspiro.

—En fin —dijo intentando reprimir su angustia—, la vida es así. Hay otras que están peor. Mira la Luisa, en una silla de ruedas... Lo mejor es lo de la residencia. Mis hijos ya han ido a ver una que dicen que está muy bien. El domingo iremos todos a verla... Y en fin...

Amalia volvió a sacar su pañuelo y a frotarse los ojos secos.

—Claro, es que tendré que deshacerme de todo, los muebles, las lámparas... —murmuró sin poder olvidarse del disgusto.

Miqui tuvo la tentación de escupirle a la cara que sus hijos, los fantásticos, le estaban robando la casa y la arrinconaban en una residencia, allí donde no estorbase. Pero de pronto se sintió como muy frágil y asustada. Y en lugar de eso comentó:

—Ya no te traen esa miel de romero que tenías antes, ¿verdad?

Porque Amalia le pareció una viejucha triste y cansada.

Nubes de lluvia

A veces
un eructo no basta.

Borracho, Guido volvía a casa a paso ligero. Un ritmo sostenido. Una velocidad de crucero a prueba de semáforos en rojo y peatones molestos. Dejando atrás, de vez en cuando, zancada tras zancada, pequeños eructos de asco y champán.

Delante, un mundo por pisar.

La revelación de que en realidad eres tú quien no quiere a los demás impresiona. Y la sensación de ser el obtuso mayor de la tierra, junto con la de la gloria de estar por encima del mundo, desconcierta.

Es como pasarse media vida vigilando tu chaqueta y al final, cuando ya está destripada en la basura, descubrir que nadie quería robártela. Es la conciencia de haber sido imbécil. Y la tranquilidad de ser grande. Todo confuso, todo mezclado.

Furibundez y victoria a cada paso. Mirando de frente. Pisando fuerte y avanzando hacia delante un día cualquiera.

Pero a veces un eructo no basta.

Cruzó en rojo y vino un coche a atropellarlo. Pero Guido no paró. Soltó un alarido bestial, un grito de esos que vacían los pulmones y casi hacen vomitar. El coche frenó en seco con un chirrido de neumáticos, impresionado por la potencia del bramido. Y la gente se volvió asustada y le hizo paso al peatón suicida.

Sí, soltó un alarido mirando al infinito y no se sintió mejor. Sólo un poco más rebelde.

Llegó a su barrio con la garganta un poco irritada y sin rastro de vergüenza por hacerse el loco. El reconocer las calles tantas veces pateadas le produjo una sensación de familiaridad, y también un poco más de asco.

¿Y si volvía a gritar? No, ya no sería un gesto espontáneo. Seguro que le salía un gallo.

Volvió a la realidad: su calle.

De repente le pareció que sin Perla el piso estaba más vacío. Añoró tener a alguien con quien conversar al llegar a casa. Unos ojos vivarachos escuchando esas cosas que pensaba...

Entonces se dijo que su ruptura había sido muy brusca, que ninguno de los dos había dejado un hueco a la amistad. Debía de haber un lugar intermedio en el que encontrarse, un espacio agradable donde situarse sin comprometerse tanto. Una amistad de llamarse cada día, pegar un polvo de vez en cuando y quedar para tomar algo. Una relación informal.

Cambió de acera y se dirigió directamente hacia la portería de Perla dispuesto a llamar a su piso y pedirle que bajara. Ya levantaba el brazo cuando vio que Miqui salía de la granja con la cara compungida y la espalda más encorvada.

Esperó a que cruzara y le dejó meter la llave en la cerradura de la puerta de la calle.

—Señora, hola. ¿Está Perla en casa?

—¡Oooy! —exclamó la anciana—. No te había visto. Qué susto me has dado.

—Perdone —le dijo Guido, ya un poco arrepentido de estar hablando con ella.

—¿A qué hueles? —le soltó Miqui de sopetón—. Te huele el aliento a vino. ¿A estas horas ya mamado? Vaya parejita que hacéis tú y la Perla. Vaya dos.

Guido se agarró a su técnica de ignorar lo que no le interesaba y volvió a preguntar:

—¿Sabe si Perla está en casa?

—¿En qué casa?

—En la suya, señora.

—Si ya no vive aquí. Se fue hace tres días. ¿No ha vuelto contigo?

Sorpresa, amigo, me he largado.

—No —respondió Guido después de un segundo de colapso.

—¿Cuánto hace que no la ves?

—Dos semanas, más o menos. ¿Y usted?

—Pues se fue hace tres días. Y estaba muy triste. Muy triste y muy disgustada por lo que le has hecho.

Mantente sueco:

—¿No sabe dónde puede estar?

—Pues si no está contigo, yo qué voy a saber. Qué raro, ¿dónde estará?

—Bueno, si la ve, dígale que me llame.

Guido iba a dar media vuelta cuando sintió el peso ligero de la mano de la vieja en su antebrazo.

—Qué raro, qué raro —insistió Miqui sin soltarlo—. Mira, ahora ya me he quedado preocupada.

—Bueno, no se preocupe.

—No, si seguro que no le ha pasado nada, pero... ¿y dónde andará?

—No sé, señora. ¿Tiene usted el teléfono de la peluquería donde trabaja por las tardes? —preguntó Guido, cada vez menos sueco y más intrigado.

—No, hijo, no lo tengo, y no sé por dónde puede andar Perla... A no ser que haya encontrado al novio ése que vino a buscar a Barcelona y esté con él.

Sorpresa, amigo, tengo un pasado.

—¿Qué dice?

—¿Ah, no lo sabías? —preguntó Miqui haciéndose la sorprendida—. Ya he metido la pata.

—¿Qué novio, señora?

—Bueno, yo no soy quién para contártelo... —Y bajó la voz—: Perla vino a Barcelona a ver a un novio que tenía antes de ti.

Guido sintió que una llamarada de celos le encendía la cabeza y las entrañas. Una emoción que había olvidado y que si alguna vez conoció debió de ser en su infancia. Las mejillas se le arrebolaron y a la boca le subió el sabor de la vergüenza.

Miqui percibió el silencio demasiado largo y tuvo la impresión de que acababa de lanzar al aire una granada. Se asustó y se apresuró a añadir:

—Y no le debía de querer mucho, porque en cuanto te conoció se olvidó de él. Está loquita por ti. A mí me lo contaba todo y me dijo que en cuanto te vio sentado en el cine ese donde os conocisteis supo que eras el hombre de su vida. Es muy apasionada Perla.

Guido seguía mudo intentando procesar toda la información que le estaba llegando. ¿Qué novio? ¿Qué cine, si él y Perla nunca habían pisado un cine juntos? ¿Qué se empatollaba?

—Me contó la película que visteis y todo. Todos los detalles, sí, que le compraste palomitas y le regalaste una flor al salir —iba diciendo Miqui intentando apartar el tema incendiario del novio misterioso—. ¿Y la película? Hijo, no sé cómo os gustan esas cosas de miedo y de asesinatos. Qué horror. ¿Cómo pueden gustaros esas historias? Todavía me da no sé qué cuando me acuerdo del sádico ese de la película que iba violando y matando a las jubiladas.

Guido contuvo una carcajada súbita y dejó escapar unas burbujas de champán entre los labios. Por un momento se imaginó soltando otro alarido en la cara de la anciana. Tuvo un acceso de risa incontenible y fingió que tosía para disimular.

—Qué tos más fea —dijo Miqui—. A que fumas tú también.

—Adiós, señora —respondió, convencido de que de la vieja no sacaría nada en claro, y preguntándose si acaso una sobredosis de olivas rellenas podía producir ciertos efectos alucinógenos.

—Bueno, adiós —le gritó Miqui a un Guido que ya le daba la espalda bastante cabreado—. Y si la ves, dile que se ha dejado el bote de champú y un abrigo en casa.

Guido enfiló acera arriba pensando dónde podría tomarse un carajillo sin que el camarero le hubiera visto ya demasiado. Sin que el careto del camarero le produjera ganas de gritar y mearse en la barra. Fue dejando atrás varios bares y, no sin cierto titubeo, se escurrió en el interior de uno que no era más que un túnel con un mostrador muy largo.

Se sentó en un taburete y pidió todavía con el abrazo de los celos en la cara. Ahora que ya sabía que no le gustaba la gente, ahora que había descubierto que despreciaba a las pandillas, que se hacen las felices y las simpáticas pero que están compuestas por un puñado de personas mediocres, inseguras y amargadas, ahora que tenía la certeza de que es mucho mejor estar solo que mal acompañado, que era mucho mejor salir de copas con un amigo como Juan, incluso si se apuntaba su hermana, que también era alguien importante, ahora, Perla, la loca de Perla, le parecía mucho más interesante.

Pero ¿quién era Perla? ¿Dónde estaba? ¿Quién era ese novio que vino a buscar? ¿Existía de verdad? ¿O no era más que otra de sus invenciones? Otra fantasía de la imaginación desbordada de una mujer capaz de meterle a Miqui la bola de que se habían conocido en un cine donde echaban una película en la que un loco torturaba y asesinaba a las ancianas.

Guido tuvo la visión fugaz de Perla relatando la película a medida que se la iba inventando, añadiendo detalles espeluznantes para aterrorizar a la vieja y dejarla descompuesta y temblorosa. Hasta era capaz de haberle dicho que todo pasaba en Sants, en su propia calle.

Soltó un bufido de risotada contenida y pidió un cubata. El camarero le sirvió atento a cualquier reacción extraña y luego se instaló en la otra punta de barra.

El ron le puso sucio el corazón.

Podía ser que Guido no hubiese sido más que el sucedáneo del gran amor de Perla. Del tío, del capullo que vino a buscar y nunca encontró. Podía ser que le hubiese estado tomando el pelo todo el tiempo. ¿Dónde estaba Perla? ¿De dónde había salido? ¿Dónde nació? ¿Cuál era su pasado? ¿Cuántos amores había tenido? ¿Hortensia de Invierno?

Iba a levantar un dedo para que le volviesen a llenar el vaso cuando oyó un silbido a sus pies.

La rata le miraba con cara de hacerse la simpática. Y le recordaba que el día anterior había estado estudiando el saldo y se había dado cuenta de que, a pesar de que tenía una buena cantidad ahorrada, ya había agotado todas las tarjetas de crédito y de su sueldo mensual no quedaba nada.

—Gracias, guapa —le dijo a la Peluda, y le soltó una patada.

—¡Fiyitz! —gritó la rata antes de escabullirse con una huella de suela en la panza.

Guido pagó con lo que llevaba encima y se fue andando despacio hacia casa.

Le quedaban doscientas pesetas en el bolsillo y hasta el día siguiente no podría sacar dinero del banco. Además, estaba muerto de hambre y su nevera volvía ser una boca careada.

Qué mierda todo, qué asco.

De repente quiso hablar con Juan y Gilda y contar lo que pensaba. Oquey, llamaría a Juan para pedirle unos billetes prestados.

De repente echó mucho de menos la compañía de Perla y sus manos acariciándole la espalda. ¿Quién era? ¿Dónde estaba?

Pasó por la boca del callejón y vio que unos operarios enganchaban su viejo coche a una grúa para llevárselo. Por la calzada de asfalto levantado deambulaba un robot antibombas que un hombre vestido con un mono negro manejaba a distancia. Unos niños le suplicaban que les dejara jugar con él un rato.

La grúa se puso en marcha al tiempo que reventaba en el cielo un relámpago cegador. Guido se apartó para dejarla salir del callejón y perderse calle abajo arrastrando su coche «robado de la calle». Vio cómo se alejaba y sintió que con el coche algo suyo se marchaba, un tiempo, quizá una forma de pensar. Y que eso, lo que fuera, ya no volvería jamás.

Miró al cielo y comprobó que unas nubes negras se arremolinaban con furia sobre Sants, seguramente sobre toda la ciudad.

Llegó el trueno esperado.

Tristeza

¿Sabe alguien de dónde vienen los sentimientos?
¿Adónde nos llevan?
Ya ni recuerdo cómo entré en este camino
ni a qué lugar llegaré.
A estas alturas ya nada puedo hacer
más que seguir andando.
Quiero pensar que tal vez sea un atajo.

Aquella noche de marzo las nubes se estrujaron con violencia escupiendo en la tierra toda el agua que traían quién sabe de dónde. Y Miqui, que llevaba todo el día esperando ese momento, inquieta y con migraña, oyó por fin, justo antes de acostarse, el ruido de neumáticos rodando sobre el asfalto mojado.

Ya llueve, se dijo en secreto. Y el agua empezó a golpear las calles con más fuerza.

Se metió en la cama y se tapó hasta la barbilla. Pulga se hizo un ovillo en la alfombra y decidió que mientras no la echaran se quedaría allí.

Durante unos minutos, la anciana permaneció con la luz encendida escuchando los sonidos de la lluvia en su ventana. De vez en cuando se decía que debería apagar la lámpara, pero no sacaba el brazo de las mantas para oprimir el interruptor.

El tiempo se deslizó en el reloj sin decir nada. Pulga se durmió. Y siguió lloviendo.

Al fin, Miqui alargó la mano para dar un sorbo al vaso de agua que tenía siempre en la mesilla de noche. Después, se volvió a tapar bien sin apagar la luz.

Hay veces en las que mejor sería darse de cabezazos contra la pared, o bailar, o beber hasta caer o gritarle a alguien. Cualquier cosa antes que dejar nacer ciertas ideas y permitir que se escurran por las grietas más siniestras de nuestro pensamiento.

Se oyó un trueno.

Durante toda la noche llovió sin compasión pero al clarear el día las nubes se secaron, y a eso de las nueve salió el sol.

A pesar de las horas en vela, Miqui se despertó pronto y sin ganas de remolonear. Saltó de la cama presa de una energía inusual y se vistió enseguida para sacar a Pulga a pasear.

Las dos estuvieron mucho rato en el parque retrasando su vuelta a casa. Al llegar, Pulga se dejó caer en su mantita exhausta de tanto ejercicio, y la mujer empezó a dar vueltas por las habitaciones buscando algo que hacer. Estaba inquieta y le hervía la sangre, como si su cuerpo senil se hubiera llenado de primavera. Así que se inventó una buena excusa para volver a salir y decidió que iría hasta el mercado a comprar algo de pescado.

—Vamos, Pulga, vamos... —dijo alegremente mientras se ponía otra vez su chaquetilla de lana.

—...

Pulga la miró con gesto interrogante.

—Pulga, venga...

—...

—¿Qué te pasa, Pulga?... Ven aquí, que te pongo el collar.

La perra miró atentamente las baldosas del suelo disimulando.

—¡Pulga! No seas perezosa.

Pulga bajó la cabeza con un gesto sumiso y le lanzó un par de miradas de reojo.

—¿No quieres salir?

—...iu —dijo el animal con un hilo de voz.

—Está bien, pues me voy sola... Pero puede que tarde, así que si me añoras, luego no llores, ¿eh?

—Iu, iu, iu.

—Bonita, lista.

—¿Iu guau?

—Hasta luego.

Y Miqui se fue de paseo.

Tenía ganas de sentir el calor sobre sus ropas y cruzó la calle para andar despacito por la acera soleada. En su interior flotaba algún tipo de extraña música insonora que la hacía estar feliz, tranquila y relajada. Anduvo al tuntún deteniéndose aquí y allá mirando escaparates. Sin darse cuenta se fue apartando cada vez más de su casa y su destino.

Por fin llegó hasta un cruce de calles que reconoció como bastante lejos de casa y pensó en volver. Estaba ya dispuesta a cruzar el semáforo cuando la luz de peatones se puso roja y una avalancha de coches la dejó rodeada de humos y de ruido. Retrocedió unos pasos y esperó a que el hombrecillo verde le indicara que ya podía avanzar. Pero al atravesar la calzada le pareció que la calle tenía un aspecto extraño, el espacio era más nítido y el silencio demasiado grande. Dio media vuelta antes de llegar a la otra acera. Ya inquieta, dio la vuelta a la esquina para dirigirse rápidamente hacia el mercado. Vio cómo colgaban el cartel de cerrado en una tienda y creyó que era muy tarde. No corras, Micaela, que no tienes prisa, se dijo cada vez más nerviosa. Andaba por la sombra, la música había desparecido y el camino de vuelta iba a ser demasiado largo.

Redujo la marcha bruscamente y los escaparates perdieron su color, el aire su olor contaminado y los sonidos no estuvieron más. Súbitamente se apagó como una luz pequeña y sintió que se le deshacía el corazón y se le mojaban los ojos. Anduvo unas calles conteniendo el llanto, la mano en el bolsillo estrujando el pañuelo. Algo se apoderaba de ella y sólo tenía ganas de llorar. Se olvidó de adónde iba, de qué hacía allí en la calle, de quién era, de que tenía seres queridos. Algo muy grande le crecía dentro, el mundo se hacía borroso y ella transparente. Y no encontraba una razón para estar así, sólo ese algo que no la dejaba sentir la alegría de la vida ni la angustia de los hombres. Y no era melancolía ni pena ni añoranza.

Tampoco dolor.

Llegó hasta el mercado y ni se dio cuenta de que pasaba de largo frente a los puestos de flores. Torció de nuevo sin pensar y no sintió el sol sobre sus ropas...

Entre los coches de colores, los árboles, las hojas amarillas y la gente apresurada, Miqui vagó durante horas por las calles barriendo las aceras con pasos inseguros. Sin rumbo. Pequeños pies en zapatillas negras, ropas oscuras, ojos de agua. Frágil, ajena, abandonada. Surcando esa ciudad de indiferencia, toda ella una burbuja de purísima tristeza.

Subir al escenario

Nadie diría nunca
ninguna de esas cosas
que son ciertas.

—Joder, Gilda, nadie diría que has parido cinco hijos —dijo Juan estirando un brazo para coger la mostaza.

—Ya, nadie se lo cree. Y eso que no me has visto las tetas.

—Bueno, no empecéis —cortó Guido antes de dar un mordisco a su brastburg. Gilda y Juan se miraron un momento.

—Y al final, ¿qué ha pasado con Perla? —preguntó Gilda—. ¿Se sabe algo más?

—No.

—Mira, Guido —sentenció Juan mascando un bocado de hamburguesa—, yo creo que esa historia del novio de Barna y todo el rollo es una bola. Esta tía es muy misteriosa. Si a ti no te contó de dónde venía ni quién era, con la imaginación que tiene, ¿cómo le va a contar la verdad a esa vieja?

—Guido, yo tampoco me lo creo —declaró Gilda.

Guido cogió su botella de cerveza y la colocó cerca de su boca antes de gruñir:

—Bueno, vale. No quiero hablar de esto. Me da mal rollo. Dejadme.

Y dio un trago lo suficientemente largo como para que los demás empezaran a charlar de otra cosa.

Sin embargo, si no lo hubieran hecho los otros, tarde o temprano hubiera sacado el tema. Porque había descubierto que no está mal eso de embadurnar un poco a los demás con los propios problemas.

—De acuerdo, Guido, no hablemos del tema —le concedió Juan, consciente de que su amigo escuchaba aunque no mirase a nadie—. Pero no te amargues con eso. Ten en cuenta que al principio de conocerse todo el mundo miente.

—¿Ah, sí? —intervino Gilda preguntándose automáticamente si Juan la habría engañado en algo.

Guido mordía su bocadillo con la vista fija en una servilleta de papel arrugada y llena de ketchup que tenía delante.

—Hombre, nosotros mismos, que somos amigos, el primer día que nos vimos, cuando yo volví, tampoco fuimos sinceros.

—Yo me lo pasé bomba —soltó Guido de mal humor.

—Y yo también, tío. Pero nos fuimos de putas...

—¿Os fuisteis de putas? —preguntó Gilda como si hubiesen atracado un banco.

—Sí. Nos fuimos de putas y ninguno de los dos tenía putas ganas, ja, ja...

—Es verdad, yo no tenía ganas. —Un esbozo de sonrisa asomó en las comisuras llenas de mostaza de la boca de Guido.

—Claro, yo tampoco. ¿Y por qué lo hicimos? —dijo Juan enarbolando su hamburguesa, ya entusiasmado por haber recuperado la atención de Guido.

—No sé.

—¿Por qué lo hicisteis? —preguntó Gilda intrigadísima.

Juan la miró directamente, consciente de que Guido había vuelto a la mesa del frankfurt donde estaban y no se escaparía por sus caminos mentales.

—Porque era una cosa que hacíamos hace veinte años y era una forma de volver a encontrarnos.

—Pues, vaya maneras —masculló Gilda después de tragarse la punta de la salchicha de frankfurt que sobresalía del pan.

—Se lo propuse yo, y el capullo me dijo que sí.

Guido soltó una carcajada.

—Qué feas eran —dijo.

—Ja, ja, ja. Qué tontos, tío. Yo me dormía en el camastro ése y la tía por allí que me pedía más pasta por nada...

Empezaron a contar la aventura. Juan escupía trocitos de comida al hablar aguantando la risa y Guido se tronchaba. Gilda escuchaba atentamente.

—Ya he perdido la práctica de hacer el putero —acabó comentando Juan entre las últimas carcajadas—. Bah, ya no tengo ganas.

Después se quedaron en silencio. Ellos recordando su aventura; y Gilda con un poco de envidia por no poder haber ido de putos cuando era una jovencita sinvergüenza. ¿Por qué narices no existirían los putos tanto como las putas? ¿Por qué las mujeres se divertían de otra forma? ¿Por qué no podían ser tan cafres? Menos buenas, joder, menos madres.

—Pues ahí hay dos que a lo mejor, como es prontito, os hacen un buen precio —comentó de pronto con cierta acidez, y señaló la barra con la barbilla antes de dar un trago de su cerveza.

Ambos miraron hacia las dos figuras que se apoyaban en un par de taburetes: unas curvas peligrosas charlaban con un culo pequeño y unos hombros anchos.

Guido se puso lívido y Juan se quedó muy serio con los ojos de fuego.

—Gilda, la de rojo es Perla —dijo Guido un poco ofendido.

—Joder, no la había reconocido. Qué casualidad. ¿Y la otra?

—A la otra yo la conozco —dijo Juan.

—Hostia, pero pensaba que tú no conocías a Perla —comentó Gilda.

—No, no la conocía, pero ahora la voy a conocer.

Se levantó antes de que Guido dijera o hiciera cualquier burrada y se acercó a la barra para invitar a «las chicas» a sentarse a su mesa. Perla dijo no gracias sin darse la vuelta y Crystal le clavó a su amiga una uña en el brazo disimuladamente.

—¿Y por qué nos hemos de sentar contigo? —le dijo Crystal a Juan retadora y vampiresa.

—Tú ya sabes por qué —le contestó Juan al oído—. No me diste tu número de teléfono. —Y luego—: Venid. Os presentaré a mis amigos.

Y dio media vuelta convencido de que irían tras él.

—Perla, es éste. Es él —susurró Crystal casi a gritos—. No me lo creo, niña. Es él. Ay, me muero. Vamos, vamos. Ya sabía yo que no se podía haber olvidado de mí. Vamos, vamos.

Perla bajó del taburete y al darse la vuelta se encontró con la cara de Guido que la miraba con ansiedad. Se le cayó el bolso al suelo y se puso tan nerviosa que estuvo a punto de darle un puntapié y salir corriendo. Pero Juan, que siempre parecía que tuviera ojos en la nuca, se agachó a recogerlo y le pasó la mano por la cintura para que no se escabullera.

—Hola, Perla —consiguió articular Guido, al tiempo que se levantaba y tiraba la silla al suelo.

—Hola, cuñada —saludó Gilda cantarina como si no hubiese pasado nada.

Hicieron las presentaciones mientras Guido recogía su silla, Crystal miraba a Gilda con desconfianza y Perla calibraba a Juan de una ojeada. ¿Bueno o malo?

Luego, después de unos minutos tensos y de que todos se enteraron de que Crystal vivía sólo a unas manzanas de allí, la conversación se empezó a dividir. Juan y Crystal por un lado. Guido y Perla por el otro.

Y Gilda en medio, mirando a la calle y pescando algunas frases.

—He estado de baja... —decía Guido.

—Me he acordado de ti —susurraba Crystal.

—¿Estás enfermo? ¿Qué te ha pasado? —preguntaba Perla.

—No me diste tu teléfono —repetía Juan.

—He dejado la casa de la vieja —comentaba Perla—. No podía aguantarla...

—Ya, me lo dijo el otro día —contestaba Guido. Y a bocajarro, con los celos y el tono de la rabia contenida—: ¿Ya has encontrado al novio ése al que viniste a buscar?

—¿Qué novio? ¿De qué hablas?

—No disimules.

Gilda daba un trago y miraba hacia otro lado.

—Chico, estás guapo hoy —decía Crystal—. Pensaba que no te vería más.

—Pues, ya ves, bsss bsss, bsss...

¿Qué dice?

—¿Y para qué quieres mi número?

—Para bsss y bsss...

¿Para qué?

—Ja, ja... —se reía Crystal.

Y Juan:

—Cómo me gusta tu...

¿Tu qué, joder?

Gilda aguantó así un par de bares. Disimulando y con la esperanza de que Crystal se esfumase de una vez y Juan le hiciera un poco de caso. Pasadas las doce reconoció, no sin dolor, que estaba de más. Captó por fin que «el travesti» no era sólo la dueña de la peluquería en la que trabajaba Perla, y decidió irse andando hasta un club donde tocaban sus amigos.

—He dicho adiós. Que me voy, sordos.

Adiós, hasta luego, que vaya bien, chao.

Cruzó la calle arrancando chispas del asfalto.

Esta vez, se dijo, no se limitaría a aplaudir desde una silla y a hacer unos coros de mierda en los bises.

Hoy me subo de verdad al escenario.

Es raro

Mejor una de amor que mil de nada.

Es raro que el hombre que fue tu hombre te bese en el rellano de tu antigua escalera. Y entrar borracha y a las tantas en una casa que fue tu casa. Y más raro es, estando así, como si de golpe te acabaras de conocer, más raro es saber dónde está el baño, que aquella puerta es la cocina, que él siempre se sienta en el sillón. Y qué hay en los armarios...

Es muy raro.

Perla confesó que lo del novio misterioso era mentira. Pero se negó a hablar de su pasado. Guido reconoció en su tono, en los gestos, en la luz que desprendían sus pupilas la ansiedad y la determinación demente de los amores valientes. Ahora y todo. Salta.

Porque estaba borracho y no quería pelear, porque quería tocarla, besarla, comérsela, atarla a sí con una cuerda para sentir continuamente su contacto, desistió de hacerse el enfadado y seguir interrogando. Apartó los celos a un lado con un golpe de cubata y se sumergió en el oleaje de las pasiones poderosas.

—Quédate un rato más. Ahora vamos a otro bar —le dijo mientras pagaba la cuenta, un ligero temblor en la voz y en las manos.

—Vale, vamos.

Así que, arrastrados por la sensación de tragedia y de vivir el momento más importante de sus vidas, deambularon por los bares conteniendo el deseo de tocarse y disimulando la certeza de que se pertenecían como los hijos pertenecen a sus padres o los hermanos son de los hermanos.

Él es mío y yo soy suya. Lo más grande.

A cierta hora y con el espíritu de pirata gracias al alcohol, Guido se dijo que estaba harto de ser un tímido y que los besos hay que robarlos. La siguió hasta el lavabo, se metió dentro, corrió el pestillo y le juró que no la dejaría salir hasta que le prometiese que esa noche dormirían en la misma cama. Y Perla reconoció en su tono, en los gestos, en la luz que desprendían sus pupilas la ansiedad y la determinación demente de los amores valientes. Ahora y todo. Salta.

A Perla se le pasaron de golpe las ganas de hacer pipí, sacó la papela de Crystal, hizo dos rayas y, entre besos, faldas levantadas y braguetas desabrochadas, le dijo:

—Vamos a tu casa.

Después, suerte que la vehemencia de Guido fue más fuerte que el silencio de los taxis y los ojos del taxista vigilando, y Perla no se bajó en cualquier semáforo.

Después, la casa, volver a casa...

Desde que no estás, no como nada. Se ha roto un grifo. Abro el cajón de tus sujetadores y está vacío. Quería contarte esto que me pasó pero no estabas...

Y la más fuerte: Quédate, Perla.

Pero claro, ésta la dijo follando.

En pleno polvo, pensó Perla, uno es capaz de mentirle al diablo. Y al despertar, echarte otra vez de casa.

Así que a la hora de las gaviotas, en un amanecer de primavera, sin frío, con el olor del verano enganchado en cualquier brisa, los ojos de su amante cerrados en un sueño apacible, la mano de Guido aferrada a su mano y la ciudad despertando a un nuevo día, Perla salió de la cama, se vistió sin hacer ruido. Y se escapó de casa.

Otra vez.

Pero ese amanecer de mayo la nieve no existía en todo el universo, la presión de una mano todavía le calentaba los dedos y los loros africanos lanzaban sus silbidos exóticos mientras ella andaba calle arriba en busca de un taxi.

Malditos pájaros.

La casa de la vieja le pareció que no estaba.

Es raro subir a un taxi para alejarse de casa al amanecer, para irte a intentar dormir en una cama pequeña y prestada.

Es muy raro.

La trampa

Estés donde estés
alguien te observa.
Pero no te cuida.

—Mamá, ¿hoy vendrá la tía Carolina? —preguntó el niño entrando en el cuarto de baño.

—Sí, Jandro, ya tendría que estar aquí —respondió Gilda arreglándose el pelo frente al espejo.

—¿Y nos iremos a su casa a dormir?

—Sí, hijo.

—No, mamá. Yo no quiero ir. Yo me quedo contigo.

—Yo también —saltó Irene, que había estado escuchando junto al marco de la puerta.

Gilda se dio la vuelta para mirarlos de frente.

—Hijos, no puede ser.

Los niños la observaron esperando alguna palabra más, un cambio de planes insólito y espontáneo. Gilda se sintió atrapada en ese espacio tan pequeño, claustrofóbico de pronto a causa de la presión psicológica que ejercían sus hijos. Se abrió paso entre los dos y se dirigió al salón. Los niños la siguieron dispuestos a insistir. Claro, los niños también piensan, los niños aprenden deprisa, los niños creen que un buen razonamiento podría convencer a una madre y cambiar el devenir de los sucesos.

—Nunca estamos en casa. Yo quiero dormir en mi cama —dijo Jandro cruzándose de brazos.

—En casa de la tía Carolina también tienes una cama y es sólo tuya.

—No es lo mismo, mamá, no es lo mismo —saltó Irene de nuevo.

Elena se acercó a escuchar y se formó un corro de pigmeos en torno a una Gilda que comprendió inmediatamente que tendría que darles alguna explicación. La de siempre, lo mismo con otras palabras. Contarles una vez más lo que no alcanzaban a entender.

—A ver, hijos, mamá últimamente está muy ocupada y tiene muchos problemas. Por eso estáis durmiendo en casa de la tía...

—Ya no nos quieres —dijo Elena.

—¿Cómo que ya no os quiero? ¿Quién ha dicho que no os quiero? Las mamás siempre quieren a sus hijitos.

—Tú no —insistió Elena.

Irene y Jandro se miraron un momento y volvieron a clavar sus ojos limpios y grandes en su madre.

—¡Elena! —exclamó Gilda—. ¿Quién te ha dicho que no os quiero?

—Lo dice todo el mundo.

—Sí, todo el mundo lo dice —corroboró Jandro.

—Sí —convino Irene.

—¿Quién lo dice?

—Los niños y las niñas del colegio dicen que ya no nos quieres —explicó Elena.

Gilda sintió el latigazo de culpabilidad que había estado esquivando y por un segundo vio la boca de otro abismo de dolor, uno nuevo. Pero ahogó rápidamente sus emociones y se puso el corazón de piedra. Sí, Gilda también iba aprendiendo.

—¿Ha sido la tía Carolina? ¿Os lo han dicho la tía Carolina y los abuelos? —preguntó crispada.

Los tres mayores guardaron silencio y Óscar se acercó a ver qué pasaba. Ugo permanecía en el suelo, jugando ensimismado con un cerdito de plástico.

—¿Me vais a contestar?

—No, mamá —dijo Jandro.

—¿No qué?

—Ellos no lo han dicho —aclaró Elena.

La madre se relajó, se frotó la cara con las manos y espió a los pequeños por un hueco entre los dedos. Seguían allí, expectantes, pidiendo. Pensó que se le estaba haciendo muy tarde. Pero inspiró profundamente, dibujó una gran sonrisa, abrió mucho los brazos y los achuchó a todos a la vez. Ugo se acercó gateando para pegarse a sus hermanos y ella puso la voz de mamá, el tono secreto de los cómplices:

—Nadie nunca jamás os querrá tanto como os quiero yo. Si sois lo que más quiero en el mundo. ¿Lo entendéis? Claro que os quiero, tontinos. Claro que os quiero. Mucho, mucho, muchísimo.

Empezó a repartir besos y se oyeron algunas risitas.

Menos mal, mamá nos quiere.

—Riiing —dijo el teléfono en aquel momento inoportuno de amor de madre y felicidad infantil.

—Gilda —dijo Carolina—, mira, lo siento pero hoy no puedo ir. Me ha surgido un imprevisto.

—Deje su mensaje —dijo el contestador de sus suegros cuando los llamó para que le cuidaran a los niños.

—Mierda —dijo Gilda apretando con fuerza la horquilla del teléfono, convencida de que lo habían hecho a propósito, de que se habían conchabado para que no saliera.

Respirando hondo y peinada y vestida para subir al escenario, Gilda llamó a todas las canguros que conocía. Nada. Al final habló con una agencia consciente de que no pagaría: lo más pronto que podía disponer de una niñera desconocida, y quizá sádica, era a la una de la noche, justo cuando el grupo tocase su último acorde y otra garganta ya hubiese puesto la voz.

Estaba atrapada, precisamente ese día, cuando estarían los de Madrid.

—Claro que me interesa, Kevin —le había dicho a su amigo—. Sí, desde luego, cuenta conmigo. Allí estaré. Es una buena oportunidad.

—Gilda, has de ver, no tiene tanto caché como tú imaginas. *But, you know,* es un banda de prestigio. Puede suceder que pronto empiezan a ganar más money, y estás siempre cantando por ahí.

Gilda siguió escuchándolo como si realmente estuviese dispuesta a formar parte de la banda, a ir de gira de aquí para allá y a volver a su antigua vida. Pero mentía, a sabiendas, porque seguía pensando que ser músico no es un trabajo, que tarde o temprano la llamarían de alguna oficina y se integraría en la sociedad de los que tienen un horario, sueldo fijo y pagas dobles en verano y Navidad. Seguía emperrada en encontrar un empleo que no la haría feliz.

Sin embargo, esa prueba, ese bolo con público de verdad, era muy importante. Porque quizá, después de tantos años, alguien le diría que lo hacía muy bien. Y que ella servía para algo.

En ciertas ocasiones, cuando los niños olfatean situaciones de tensión y posible peligro para ellos, se quedan quietecitos, silenciosos. Transparentes a su manera infantil. Y caminan sin hacer ruido, pisando suavemente con esos zapatos nuevos que siempre llevan los niños, porque el pie les crece más deprisa que sus pasos y nunca les da tiempo a gastarlos. Entonces se portan bien y son un rayo de gloria en un mundo de adultos dispuestos a destrozarte.

Pero a veces, cuando el peligro no es inminente ni evidente, cuando la sombra es algo abstracto que ellos no pueden entender, no lo intuyen siquiera, inocentes, sólo sienten que su madre ha dejado de pensar únicamente en ellos. Que en la mente de la madre hay un hueco dedicado a otras personas u otras cosas. Que están dejando de ser el centro del mundo y de una vida. Y se ponen imposibles.

Vio que Óscar se tapaba la nariz y empujaba a Ugo dentro del parque como si fuera un apestado de trapo con los pañales sucios. Tras ellos, Elena estaba demasiado quieta y silenciosa, demasiado concentrada haciendo algo de cara a la pared, seguramente trazando pequeños dibujos en el yeso con algún objeto punzante: un fragmento afilado del jarrón recién roto. Se oyó un grito agudo y algunos golpes. Irene y Alejandro cruzaron el salón rodando por la alfombra en una batalla salvaje. Gilda no se molestó en separarlos.

¿Por qué los niños montan un drama por un cachete de los padres y luego son capaces de despedazarse entre ellos sin soltar una lágrima? Porque los padres mandan. ¿Ah, sí? No está tan claro que los padres manden. ¿Quién lo dice, eso de que los padres mandan? Más bien parece que son los niños los que mandan, los que imponen horarios de comida y sueño, raciones de amor y atención que exigen sin clemencia. ¿No será que los niños lloran porque, aunque un cachete no duela, intuyen que un adulto tiene el poder de hacer un daño infinitamente superior al que se infligen entre ellos, y piden clemencia?

Gilda se iba deslizando por el mundo de las ideas delirantes cuando el llanto de Ugo llamó su atención.

—Ma-mi —lloriqueaba.

Se acercó hasta el parque pero no tendió los brazos que el niño pedía.

—Ma-a-mi —insistió Ugo, esta vez ensayando un gesto un poco más dramático.

—Eso es lo que tú te crees —le soltó a bocajarro—. Niño, no sabes quién soy. Te fías de mí y no sabes quién soy, ingenuo, desgraciado.

La idea de que le habían robado la vida llevaba tiempo empapándolo todo y empezaba a ver a sus niños como pequeños ladrones. Mamá por aquí, mamá por allá. Tan pequeños y tan grandes egoístas. Cada uno se creía el centro del universo. Cada uno imaginaba que su madre estaba allí sólo por él, sólo para él. Y pedía, pedía y pedía.

Pedían más de lo que Gilda podía dar.

No había un segundo de paz cuando estaban en casa, ni un minuto de descanso. Les daba igual que su madre apareciese con ojeras y los ojos escocidos, que no hubiese pegado ojo en una semana, que se sintiera débil porque comía poco, que empezara a adivinar que era una frustrada y le quemara aquel dolor tan corrosivo.

Sus niños, los cinco, no veían más allá de sus necesidades. Y cuanto menos podía dar ella, más reclamaban.

Gilda pensó que eran pequeños seres maquiavélicos, vampiritos conscientes, quizá dotados de una inteligencia superior y especialmente perversa, porque aprovechaban siempre los peores momentos. Cuando uno se caía otro se tiraba encima la comida y los demás peleaban como fieras. Todo a la vez para volverla loca, para que no diera abasto.

Ladrones de vida. El sueño de otro.

A veces los niños tienen razón.

¿Qué hacen los niños cuando no los vigilamos?

Gilda abrió la portezuela del taxi con la mano temblorosa y un principio de taquicardia. Un salto al vacío y titulares de tragedias familiares.

«Intoxicado de gravedad un bebé al que sus hermanos obligaron a beber agua del inodoro.»

—¿Adónde? —preguntó el taxista.

«La niña que perdió un dedo jugando a los recortables con las tijeras de cocina se recupera favorablemente.»

—¿Dónde la llevo, señora? —insistió.

Gilda recitó la dirección en voz demasiado alta, demasiado crispada, y el hombre prefirió no darle conversación.

«Muere electrocutado un niño al manipular el enchufe de una lámpara.»

No tienen por qué despertarse, se repetía. Pero sabía bien que de algún modo perciben la soledad, el abandono. Y que seguro que se iban a levantar y deambular por la casa. Lo sabía de tantas noches en que estaba pero no estaba. Noches en que no entraba a verlos dormir y oía risitas o veía una línea de luz bajo la puerta. Lunas de viudedad en que los niños comprendieron que se habían quitado de encima el ojo vigilante de la madre y usaban sus pequeñas libertades para hacer las pequeñas cosas que sólo unos meses atrás ni se hubiesen atrevido a soñar.

«Tres niños perecen asfixiados a causa de un incendio. La madre salió a comprar tabaco.»

Estuvo en un tris de pedirle al taxista que la llevara otra vez a casa saltándose todos los semáforos. Pero de pronto, cuando ya se aclaraba la garganta para hablar, el vehículo se detuvo frente al local y Gilda vio la cabeza de Kevin buscando con impaciencia entre la gente que esperaba para entrar.

El músico abrió la portezuela con ademán de urgencia y la aventurera salió presurosa, envuelta ya en una nube de nerviosismo y entusiasmo. Cerró dando un portazo. La madre permaneció en el vehículo mirando al infinito, y se perdió en el dibujo incierto que trazan los taxis cuando recorren las calles.

Sólo pasadas las cuatro, de nuevo camino de casa, ambas mujeres se reencontraron en otro asiento de coche. Y en los oídos de Gilda el ruido efervescente de los aplausos y las felicitaciones se transformó en los gritos de la alarma. Súbitamente el trayecto se le hacía insoportablemente largo, y su cuello demasiado corto para poder estirarlo y distinguir desde tan lejos las luces de un coche de bomberos o la silueta de una ambulancia debajo de casa. El corazón le latía tan deprisa que le pareció que hasta ella misma se movía muy despacio.

Bajó sin despedirse apenas y sin mirar atrás. Una vez en la portería, deseó tirar del cable del ascensor con sus propias manos, matar al último vecino que lo había usado. La puerta de su piso se abrió al primer giro de llave.

Un silencio en casa. Las luces apagadas. Pasos apresurados por un pasillo a oscuras. El cuarto de las niñas vacío de algo. Dio la luz: no estaban. Un vuelco de corazón y el estómago plegado. Sintió la habitación de los niños llena de presencias. Encendió la luciérnaga-lámpara.

Cinco pares de pestañas largas y primorosas, cinco caras de ángel, un grupo de números revueltos y desordenados en la misma cama. Alejandro un uno, Elena un cuatro, Irene un siete, Óscar un dos, Ugo un cero atrapado por una pierna y un brazo, quizá sólo un punto o un garabato.

Se le escapó un gemido. Se acercó a besarlos y escuchar la respiración, profunda y sosegada, de lo que se le antojó una camada...

Su camada estaba demasiado bien destapada. Los niños nunca apartan así el edredón: se suben encima, le dan unas patadas dormidos, lo echan a un lado... Pero nunca lo dejan en el suelo a los pies de la cama. Los niños no se juntan deambulando en tinieblas con las luces apagadas. Duermen juntos por jugar o porque están asustados. Nunca apagan las luciérnagas-lámpara.

Recorrió rápidamente el salón buscando los indicios, y el cenicero vacío le chivó que algún adulto, un Piñol, había estado allí, velando porque no pasara nada, tirando las colillas con cara de repugnancia para que Óscar no se las llevara a la boca y chupara las hebras de tabaco. Insinuando que Gilda no les quería y destapando a los pequeños para que se sintiera culpable.

Una trampa. La gran trampa. El plan.

Visualizó a Carolina agazapada en un coche con chófer, anhelando que Gilda saliera por la puerta. Después, acechando su llegada tras los cristales del balcón, hora tras hora. Un minuto antes, en el rellano, escuchando tras el ascensor cómo la madre abría la puerta. En aquel momento, cruzando la calzada camino de General Mitre, en busca de un taxi.

Corrió al balcón llena de furia

—¡Hijos de putaaa! —gritó.

No vio a nadie.

Otra que se muere

La vida se escapa andando de puntillas.

Bajó a la calle medio dormido aún y se metió en la panadería en busca de su dónut diario. Si hubiese tenido tiempo, se habría apoyado en la barra de la cafetería y habría pedido un cacaolat, pero ya llegaba tarde. Por eso le molestó que la dependienta le chistara y le dijera:

—Oiga, parece que lo llaman.

Al otro lado de la calle, la señora Amalia, la de la granja, gesticulaba con exageración y semblante de urgencia para que se reuniera con ella. Puesto que Guido, incómodo y molesto, se hacía el remolón, la mujer cruzó la calzada y lo interceptó en la puerta de la panadería.

—Oye, ¿no eres tú el novio de la Perla, la chica ésa que vivía con la Micaela?

—Sí.

—Pues mira, que... —los ojos de la mujer se llenaron de lágrimas inesperadamente y se sacó un pañuelo de la manga—. Que se ha muerto y he pensado que...

A Guido se le paró el corazón. Los sustos siempre son más bestias recién amanecido.

—¿Quién se ha muerto? —preguntó con el poco aire que le quedaba en los pulmones.

—Se murió ayer noche pero no la han encontrado hasta esta mañana...

—Señora, ¿quién se ha muerto? —insistió sin una mota de paciencia en la voz y el brillo del demonio en las pupilas.

La mujer dejó de hipar y lo miró sorprendida, confusa por la pregunta y el tono de reprimenda. Un poco asustada.

—La Micaela —respondió como si eso fuera lo más lógico y ella una anciana totalmente inocente.

—Ah, vaya —logró articular Guido.

Volvió a poner ojos de sueño y la mujer relajó la mano con la que agarraba su pañuelo. Se miraron un segundo en silencio, ajustándose ambos a la escena que interpretaban. Amalia, secándose las lágrimas con el gesto de los mayores y concentrándose en los hechos con la facilidad que da la experiencia, una vida llena de muertes que después hay que llorar y saber relatar. Relatar bien, porque los detalles son importantes para manejar la muerte, para apartar el absurdo agarrándose a la crónica miserable y ridícula de un suceso sin gloria y trascendente.

Después, en la granja, ya pensaría por qué el raro ése no sabía quién era la muerta.

Guido fingió que escuchaba con seriedad, aunque por segundos se iba llenando de una alegría que no le dio vergüenza. ¿La vieja, muerta? ¿Y qué? Lo importante era que ya tenía una excusa para pedirle a Juan el teléfono de Crystal y localizar a Perla.

—La han encontrado esta mañana, la vecina ha sido —explicaba Amalia—. Porque se ve que la perra se ha pasado la noche aullando y no ha dejado dormir a nadie en la escalera, y al final, a eso de las seis, la de enfrente, que tiene las llaves, ha entrado a ver qué pasaba y se la ha encontrado tiesa en la cama.

Guido decidió mantener las formas y ensayó un amago de pésame.

—Lo siento, señora. Ustedes eran amigas, ¿no?

—Sí, hijo, muy amigas éramos. La voy a echar tanto de menos...

—Bueno, adiós, voy a avisar a Perla.

—Eso, díselo, pobre chica. Ésa sí que la va a encontrar a faltar, que vivía con ella. Porque yo... como que me voy a ir a una residencia, ya me había hecho a la idea de que no nos veríamos tanto...

—Bueno, esto...

—Y todavía está allí una forense. Para levantar el cadáver, como en las películas. Porque no se sabe de qué ha muerto. Han dicho que se le paró el corazón pero tendrán que hacerle la autopsia para estar seguros.

Guido dio un paso a un lado.

—¿Que tienes prisa?

—Sí.

—Vete, vete —se apresuró a decir, no fuese que la impaciencia despertase otra vez a la bestia. Y cuando él ya se había apartado lo suficiente, añadió—: Y pregúntale si se quiere quedar con la perra, que yo conmigo ese animal no lo quiero.

Como siempre hacen en las funerarias, la habían peinado de un modo que ella nunca se peinaba, la habían maquillado y vestía ropa demasiado nueva. No parecía ella.

Las abuelas combinaban conversaciones fútiles con recuerdos sobre las virtudes de la muerta. Alguien comentó que a los finados les abrochan hasta el último botón para que no se vea el costurón de la autopsia. De vez en cuando se oía algún sollozo y suspiros.

Cuando el párroco dio su sermón entrañable, se levantó tímidamente un llanto de ancianas, solas y agrupadas en una sala demasiado grande para tan poca concurrencia.

—No estéis tristes —dijo el hombre.

Perla pensó que lloraban de miedo.

En cuanto abrió la puerta, oyó unos pasos apresurados por el pasillo y se encontró a un hombre alto y muy bien vestido cerrándole el paso.

—¿Quién es usted? —le preguntó con acento extraño.

Una mujer armada con un pequeño aparato apareció tras él.

—Y usted ¿quién es? —repuso Perla.

—Soy el hijo de la señora Micaela.

—Yo era su asistenta.

—Bien, claro, ya me lo han dicho las vecinas.

—Ejem —tosió la mujer.

—Esta señora es de una inmobiliaria. Voy a vender la casa de mi madre. Usted no puede quedarse aquí. Tiene que marcharse.

—Sólo venía a recoger mis cosas.

—Bien, discúlpenme, voy a medir la galería —dijo la mujer.

Perla pasó frente al hijo cincuentón de Micaela y se metió en su antigua habitación. Abrió el armario por hacer algo y descubrió que su abrigo colgaba allí abandonado. En ese momento llamaron a la puerta.

—Señorita, disculpe... Una pregunta solamente. ¿Sabe usted dónde guardaba mi madre sus documentos del banco?

Perla lo condujo hasta un cajón del comedor y le tendió un par de cartillas de la caja de ahorros.

—Aquí hay más papeles pero no sé qué son. Tendrá que leerlos.

El hombre ojeó las cantidades impresas en las cartillas y se ruborizó al comprobar que Perla no había sacado nada ni pretendía robarle. Después se concentró en las cantidades. No estaba mal como regalo, pero la suma de las cifras no justificaba el esfuerzo y las privaciones de la vieja para ahorrarlas.

—Siento haber sido tan directo —dijo de sopetón—. Si quiere dormir unas noches en la casa, puede hacerlo hasta que se venda.

—No, no quiero quedarme aquí. Esta casa huele a vieja. Tenga la llave.

El hijo se agitó incómodo y miró a su alrededor con aprensión. Bombillas de cuarenta watios, un sofá de skay, mantelitos de ganchillo sobre la mesa, un cuadro espantoso de ciervos, figuritas de porcelana barata, sillas viejas... El olor a rancio, a tacañería, a miedo a la pobreza de posguerra.

—Quédesela, por si acaso —tartamudeó avergonzado y violento.

—Yo ya me marcho. ¿Me pagará usted lo que me debía su madre?

El hombre carraspeó y miró a su alrededor buscando a la api sin responder.

—Su madre era una buena mujer —lo azuzó Perla—, pero le costaba gastarse el dinero.

—Sí, claro. Ya se sabe cómo son las personas mayores. No disfrutan de la vida. ¿Cuánto le debía?

La api permanecía en la cocina, procurando no rozar ni el marco de las puertas y escuchando la conversación. Ambos eran conscientes de que estaría con el oído atento agazapada en alguna habitación. Perla masticó las palabras con una lentitud exasperante.

—Su madre me debía tres meses. No me fui porque me daba pena, pero ya le había dicho que no vendría cada día. Si su madre no me pagaba, de alguna forma tenía que ganar yo dinero, ¿no? Por eso no estaba en casa cuando ella murió. Estaba cuidando a otro abuelo.

El hombre se sonrojó un poco más pero respondió sin titubear.

—Me extraña que mi madre no le pagase. Ella nunca contraía deudas.

—Es verdad. Su madre era muy cumplidora. Pienso que en estos últimos tiempos no estaba cuerda del todo. Si no se lo cree, no voy a discutir. Déjeme pasar, voy a coger mi cepillo de dientes.

Perla se metió en el baño y se oyó el ruido de una baldosa al caer al suelo. Salió con un neceser de plástico anacrónico y los sorprendió susurrando. El hombre miró el bolsito roñoso con repugnancia y le tendió un talón.

—Tenga, ya puede irse —le dijo con cierta reticencia, sin atreverse a pedirle las llaves que le acababa de ofrecer.

—Gracias. El alicatado del baño se cae solo. Se ha roto una baldosa. Una cosa más. ¿Le importa que me quede con la figurita de la virgen que tenía su madre en la mesilla de noche?

El hijo miró a la api y ésta asintió con la cabeza como diciendo son cosas de miserables, deje que se lleve todas las mierdas que quiera.

—Coja lo que quiera.

El falso español y la mujer permanecieron en la sala hablando de dinero. Perla se metió en la cocina y salió con un bote de cristal lleno de hierbas.

—Es tila, la tomábamos para dormir mejor. No le importa, ¿verdad? —dijo procurando no agitarlo demasiado.

Después entró en la alcoba, deslizó la mano bajo el colchón de la muerta y se apresuró a meterse en las bragas el otro sobre con dinero.

Cómo son los viejos.

Que no te roben

Descubro
que vivo alrededor de un hueco.
Canallas.
Han atracado mi epicentro de aire.

—Oye, es que hablas de una manera que parece que no lo tengas claro.

—A medias.

—Pero te vas a quedar en casa de Guido, ¿verdad?

—No sé. Ya veremos.

—No sé qué decirte, Perla. Eres tú la que tiene que tomar la decisión. Si necesitas algo, llámame. Ya sé que no somos amigas pero...

Perla callaba. Había dejado atrás las formas, la fuerza del conjunto, la necesidad de caerle bien a su cuñada y sólo quería colgar el teléfono y centrarse en su vida. Qué más daba si Gilda la apreciaba o no, qué importaba el resto del mundo. Llevaba una semana otra vez en casa y todavía no había sacado su ropa de la maleta. Algo no iba bien. Las cuñadas, los amigos del novio y todo lo demás aún estaban muy lejos. Presentía que a partir de entonces siempre serían asuntos secundarios, anécdotas.

Sin embargo, para Gilda, de pronto esas conversaciones eran demasiado importantes. Hablaba y hablaba sin parar, como si Perla fuera el aspecto de Guido con el que nunca había podido comunicar. Maldecía a sus suegros, lloraba por los niños y murmuraba que estaba hecha un lío. Se acercaba demasiado. En sus llamadas diarias, se convertía en la amiga de confidencias telefónicas que de otro modo, cara a cara, nunca hubiese sido.

Perla, que poco antes hubiese recibido esa conversación como un regalo, aguantaba el rollo como una obligación, el gesto de cortesía que quizá por pereza no se decidió a quebrantar. Pero Gilda se deslizaba por zonas prohibidas, y hablaba de Guido y de Perla con demasiada fluidez, sin discreción.

—Haz lo que creas —concluyó—. Pero te digo una cosa, si te quedas con un tío, asegúrate de que lo que quiere es a ti y no pierdas el tiempo, Perla. Pase lo que pase, que sepas que para mí tú vales lo que conozco de ti, no sólo que eres la novia de mi hermano. Los tíos tienen polla pero las tías tenemos coño, ¿entiendes? Nosotras tenemos coño.

Hablaba demasiado. Delataba que Guido había estado pendiente de Perla, que comentaba sobre ella, pero su discurso era delirante y permeable, y Perla captaba que Guido no se había decidido. Sí, mucha pasión, mucha añoranza cuando ella desapareció durante dos semanas. Demasiados peros.

Colgó prometiendo que Guido llamaría a su hermana y tampoco se decidió a deshacer la maleta. Se metió en la cocina a rebuscar en los armarios y pensar en la cena. Sabía que quizá llegaría taciturno y andaría por la casa masticando sus ideas abstractas en silencio, hasta que ella o cualquier ocurrencia verbalizable lo sacasen de su hueco. O que aparecería gritando hooola desde la puerta y la abrazaría por detrás cuando la descubriese frente a los fogones. Que si la encontraba calzada con sus tacones de aguja, preguntaría contento:

—¿Dónde me llevas a cenar?

Entonces Perla le explicaría cosas de Gilda y él diría:

—A mí todo eso no me lo cuenta.

—Sí que te lo cuenta.

—Oquey, es verdad, me lo cuenta. Pero de otra manera.

Y al final, cuando se abrazasen antes de dormir, sentirían que cada día estaban una brizna más cerca.

Sabía que a él le gustaba tenerla allí.

Pero había algo. Algo sucio en todo esto. Algo que no estaba claro y no sabía muy bien qué era. Quizá que él no le pidió oficial y abiertamente que vivieran juntos cuando se murió la vieja, quizá que ella se quedó como si nunca se hubiese ido. Y eso nunca había sido suficiente.

Otra vez el laberinto y la puerta del infierno. Otra vez lo cierto.

Gilda colgó con la sensación de que había hablado demasiado y se estaba delatando. Tanto preguntar por Crystal y Juan, tanto hablar de amor y desamor. Cualquiera que estuviera suspicaz hubiese entendido cuál era su deseo frustrado.

Lo magnético, las pasiones. Ella las vio, en las luces de sus ojos, la noche que se encontraron en el frankfurt.

Guido se debatía con Perla y Juan se paseaba del brazo con Crystal y le susurraba al oído cómo me gusta tu bsss... ¿Tu qué? Tu polla, joder, qué va a ser, tonta. Como me gusta tu polla, le decía el muy chalado, justo cuando Crystal había conseguido ahorrar el dinero para operarse.

¿Amor o vicio?

Y qué mas daba. Gilda quería vivir una pasión así. El fuego que construye. Perder los papeles por alguien y llevar ojeras permanentes, de las de follar. La cara relajada y una sombra de felicidad bajo los ojos. Bajarse las bragas hasta los tobillos y andar dando tumbos detrás de un hombre que le dijera cómo me gusta tu coño.

Hacer el loco y perderlo todo, entregarse a una pasión aunque le costase la muerte y sólo durase una noche.

Cómo me gusta tu polla. La fiebre de Juan, sus mejillas sin afeitar y ese olor a desesperación. Las ansias de Perla y los silencios de Guido. Tanta electricidad, tanto deseo. El aliento a alcohol, los ojos enrojecidos y los dientes sin lavar. Exprimir los minutos. Andar con la ropa del día anterior, las llamadas desde algún lugar insólito, las pajas recordando, la vehemencia en los ojos, las bragas mojadas por una palabra dicha demasiado cerca de la cara, por sentir el aliento en la mejilla, en el cuello, el contacto de una mano que te pone blanda.

Qué calentura.

Ya estaba harta de beber hasta caer, quería follar y volver a ser nueva. Un apartamento, la incógnita. Sólo Gilda, sin pasado. Que le doliera como antaño, ponerse falda porque los pantalones apretaban demasiado. Confesiones de almohada, que le hicieran esas cosas que aún no conocía.

Y no era justo. Era un castigo que su coño hubiese estado condenado a parir, alejado del placer, borrado de la lista de los objetos de deseo.

Era un asunto de mentes minuciosas, el sueño de un egoísta cabrón. Porque todas las mujeres viven y se sostienen sobre el vacío de sus coños, un orificio mágico que les da sentido, las crea, las hace, las construye.

Ser mujer es flotar alrededor de un agujero prodigioso.

Ser hombre es sostener un tótem fabuloso.

Cuidado, que no te roben el coño.

Grita, Gilda.

No se puede estar vacía, joder. Hay que meterse un hombre.

Nada y violencia

El mundo se ensucia cada día
nadie te limpia de ti
y el papa
se emborracha en las tabernas.

Se dijo que el metro era demasiado monótono, que las caras bajo aquella luz no eran más que máscaras de maquillaje barato o rostros de cansancio. Se gritó que estaba harto de esquivar las miradas o dejarse mirar, que ya no aguantaba más la conversación de aquellas pesadas sentadas a su lado. Que le sentaría bien andar. Que no quería salir del metro y meterse en casa.

Que a veces los días están demasiado vacíos como para acostarse sin haberlos apurado. Un poco. Unos pasos.

Hoy nada, habría escrito si hubiese escrito un diario.

Y se bajó en la estación de Sants porque se olvidó de que esa noche había quedado.

Salió directamente al interior y se sumergió en el flujo de los pasajeros de cercanías, ligeros y estresados, y los que arrastraban sus maletas hacia un destino más interesante.

A ver, ¿cuál es el primer tren a cualquier sitio lejano? Por lo menos, trescientos kilómetros. Ahora mismo, quiero salir ahora mismo. Me voy a donde sea. Dígame la vía, no me pregunte y cállese.

Los paneles, sin embargo, le escupieron que se llevaría consigo allá donde marchase. Y que hay cosas que no borra la distancia. Siempre Guido, en cualquier parte.

Por eso dio unas vueltas de curioso y anduvo hasta ese lugar donde el movimiento no se va de viaje. Se compró una cerveza de vaso de papel, se apoyó en un banco y se quedó observando a los jubilados que se reunían cerca de las máquinas tragaperras, vestidos de domingo, charlando y ligando. Curioso. Muy curioso.

¿Ludópatas? No todos. Sólo unos cuantos. ¿Quién iba a pensar que los abuelos se reúnen allí porque no tienen dónde encontrarse? ¿Quién se iba a imaginar que tuviesen discusiones tan pasionales?

Buscó una papelera donde tirar el vaso y sintió en las costillas los ojos de un hombre que barría las baldosas con un mocho gigante. Fue hacia la salida.

Ya en el exterior, algunos taxistas charlaban apoyados en sus autos.

Todo un mundo, la estación.

Cruzó la calle y a su derecha vio los autobuses esperando para partir a decenas de pueblos y ciudades extranjeros. Y también la camioneta blanca. Y los termos de sopa y los cazos. La fila de indigentes, sus mantas, sus casitas de cartón, sus manos sucias extendidas, el pelo enmarañado, las barbas y sus caras: a cenar mierda, que hay hambre.

Más tarde, horas después, cerrarían la estación y los pobres se acurrucarían junto a las puertas de cristal, que no se abrirían solas al acercarse ni dejarían escapar un poco de calefacción. En fila, uno tras de otro, envueltos en abrigos, mantas, papeles y cartones, algunos con el lujo de un saco. Como larvas.

Hasta las seis, cuando viniese el guarda y los echase porque abrían la estación y la gente productiva tenía que desplazarse. Venga, fuera. Locos. Vagos.

Y a la hora de la escarcha, despertarían de su sueño de crisálidas para rascarse la espalda y comprobar que nunca, joder, por qué, nunca les crecen las alas.

A la hora de la escarcha, el frío que más duele y un día más para seguir siendo nadie.

Pudo haber andado hasta la calle Vallespir, pudo haber cruzado la plazoleta y no mirarlos más. Pero subió por Condes de Bell.lloc y se acercó a los culos de botella recortados y las tazas abolladas. Quizá eran dos monjas de paisano y un capellán enrollado, todos camuflados. Tal vez sólo voluntarios repartiendo cazos de sopa de sobre y un poco de pan. Detrás de la baranda, las casas de cartón eran un espectáculo.

Detuvo sus pies y se mantuvo mirando. Los voluntarios le echaron un vistazo; demasiado limpio para tener hambre, demasiado despierto para estar abandonado. Le ignoraron.

Y el mundo se le echó encima. Y el asco.

Él los conocía bien. Guido los había visto masticar durante años a su lado. ¿Locos? La mayoría. ¿Vagos? Ninguno; el ser humano siempre quiere hacer algo.

Todos raros.

La pobreza es como un hongo tropical que se extiende vorazmente sobre alguien. Y no hay penicilina para pararlo. Es una peste, la pobreza, que cuanto más come, más profunda y más grande se hace.

Sin vacuna.

Un bicho que nunca tiene bastante.

Primero se pierde el trabajo, después a la gente y la casa. Ya en la calle, la dignidad se esfuma. Siéntate ahí, alarga el brazo y pide. Al final, hasta las ganas de escapar se apartan. El horizonte no está, deja de ser una raya. Y sólo se piensa en seguir viviendo, enfermo de pobreza, un rato más. Sentarse al sol. Quitarse el hambre.

El carnet de pobre. Por lo menos, esos tres no preguntaban nada. Algo siempre es un poco menos que algo.

Una mente retorcida se inventó el carnet de pobre. Para sumar, para ordenarlos, debió de decir, con la camisa planchada, la nevera llena y la calefacción en marcha. Y ésos, con la cara negra y el pelo pegado. Una vez en la calle, no tienen teléfono para que los llamen. Para ellos no hay trabajo. Nadie les pedirá que le limpie con las manos la mierda de su váter si llevan la ropa mugrienta y acartonada. Han pasado al otro lado y cada vez están más abajo. Resbalan.

Pero, bueno, eso da igual, hay que contarlos. Hay que darles un carnet para humillarlos. Que firmen aquí y que digan que son pobres y no sirven para nada.

Que reconozcan que molestan y han fracasado. Su nombre, en un ordenador, que todos lo sepamos. Los que no quieran firmar, ni jergón ni rancho.

Las monjas, sus monjas, se dijo Guido, daban de comer sin decir nada. Aun así, cuántas veces pensó en las madres arrebujadas en sus camas, limpias, calentorras y cálidas. Las pajas sin tocarse no hay que confesarlas. Se preguntaba si pensarían en el frío de la calle al rezar sus rosarios antes de acostarse. Si recordarían la mugre incrustada en la piel de los indigentes cuando se metían en sus duchas de mucha, muchísima, agua caliente desperdiciada. Si hablarían de todos esos sin hogar cuando se reunían alrededor de su televisor entre la misa de la tarde y las oraciones de la mañana.

Si creerían en el sentido de la vida si la miseria alargase la mano para tocarlas mucho y ensuciarles las bragas.

Su dios, seguramente, se equivocaba.

Pobres monjas cabronas, pobres desheredados. Pobre dios equivocado, soñador, mentiroso sin saber... Un donjuán traidor de la esperanza.

Me cago en el papa.

Qué más da heredar la tierra cuando ya estás hundido en ella, enterrado. La desdicha no se olvida. Y nadie borra la desgracia.

Otra vez, qué asco.

Dio media vuelta pensando que tenía un par de mantas que se estaban apolillando en su trastero y enfiló hacia casa. Allí, cena en la nevera, calor de radiadores. Los besos de Perla en casa. Un hombre con hogar, mujer y trabajo. Un ciudadano.

De pronto, con tanta reflexión y estirar los minutos, la noche se había desnudado de vecinos. La gente ya estaba cenando o viendo la tele en sus hogares. Los juerguistas charlaban todavía sentados a las mesas en algún restaurante. Pocas almas deambulaban por la calle.

El barrio de Sants, tan familiar, tan barrio, se replegaba hacia dentro y lo dejaba solo. Lo abandonaba.

Siguió andando. Súbitamente con prisa e inquietud. Nadie en ninguna parte.

Un paso, dos, veinticinco.

Corre, Guido, vete a casa.

Entonces oyó unas pisadas presurosas, sin ritmo, con urgencia. Unos pies que lo buscaban. Varios hombres, varios pasos.

Quizá le llegó el olor inconsciente y conocido de sus botas en la cara, o la oscuridad de sus ideas. Tal vez fueron las viejas, ancestrales, vibraciones del odio y de la rabia.

En todo el cuerpo de Guido, la adrenalina veloz; en sus ojos, sin pensar, la furia de un yo te mato.

—¿Me da fuego? —le dijo uno, nervioso, sin un cigarro en las manos, súbitamente, violentamente a su lado.

Y el aire se llenó de tensión y de desgracia.

Sus pupilas se encontraron un instante.

—No —contestó sin detenerse.

Apretó el paso.

El instinto le hizo mirar hacia un lado un segundo. Y vio a dos en la otra acera, unos pasos por delante, acechando. Tras de sí un silbido y unas suelas que callaban.

Palmo a palmo, Guido el violento se escapaba.

Los contó a su espalda. Eran tres.

Los vio en esos minutos presentes de pasado. Eran jóvenes.

Llegó a casa temblando.

—Vale —siguió Perla, con una tila y un transilium en las manos—. ¿Y qué más?

—...

—Dilo, Guido.

—Eran malos.

Baila

Las esquinas de mi barrio
ni están
ni sé si existieron.
Sólo tengo
el dobladillo de mis faldas.

Colgó el teléfono y se volvió para dar una explicación.

—Dice Perla que está enfermo. No va a venir.

Ambos se miraron como si les faltara algo. La figura de Guido, el catalizador inconsciente, no estaba. Entonces, ya no era lo mismo. Parecían dos extraños.

—Pero si he hablado con él esta tarde y estaba perfectamente.

Ahora me dirá que ha quedado y que se marcha, pensó Gilda.

—Se ve que se ha encontrado mal de repente —dijo—. ¿Has quedado con Crystal?

—No. Y tú, ¿has encontrado canguro?

—Seguramente.

—¿Seguramente?

Siguieron mirándose.

—¿Qué vas a hacer?

—¿Qué vas a hacer tú?

Gilda bajó la vista y sacó un paquete de cigarrillos del bolso.

—¿Quieres uno? ¿Tienes fuego?

—Sí.

Expulsaron el humo cada uno hacia su lado.

—¿Vamos a otro sitio? —aventuró ella.

Ahora me dirá que tiene trabajo.

—Vamos a pillar algo.

—Vamos.

Ya era tarde. Muchas copas en el cuerpo. Andando por la calle en busca de otro bar. Ni futuro ni pasado.

—Mira, yo vivo aquí. En esta escalera.

—Ah, ¿sí? Perfecto, invítame a ver tu casa.

—No empieces, Gilda. ¿Para qué quieres subir?

—No empiezo, estoy continuando. Tú me has dicho que me dejarías un libro.

Se miraron un momento.

Ahora me mete en un taxi y me manda a casa.

—Venga, sí —dijo él—. Pero sólo tengo cuatro discos. Todavía no he ido a buscar mis cosas. ¿Pillamos algo de beber?

—Vale.

Subían en el ascensor, de pronto no tenían nada que decirse y Gilda le miraba demasiado. Mantenía las manos a la espalda y se pegaba a la pared de metal como si se hubiera vuelto tímida. Se aguantaba las ganas de tocarle. Juan miraba al techo disimulando.

—Mira, tía, estoy con Crystal —soltó de sopetón en el momento en que llegaron al rellano—. Puede que no lo entiendas. A lo mejor yo tampoco. No sé. Pienso en ella cada día. Puede que me guste más de lo que me pensaba.

Abrió la puerta y le cedió el paso.

—Los travestis no tienen cáncer de mama —respondió Gilda al darle la espalda.

—Eso es mala leche.

—No. Es envidia. Y es verdad.

Los hombres también tienen un agujero en el que las mujeres se quieren colar. Gilda se deslizó por las tres habitaciones, salón, dormitorio y estudio, absorbiendo los detalles. Un gran sofá, una mesita, un equipo de música y cuatro estanterías demasiado solas en la pared azul, una cama deshecha y prendas por el suelo, mesas con ordenadores, papeles, impresoras, discos duros, módems y disquetes. Deseó quedarse allí para siempre, en un lugar recién inaugurado donde todavía no habían colgado cuadros. Sintió la excitación de los objetos y tuvo la tentación de revolcarse en el suelo y hacerse una paja con un ratón o...

—¿Envidia de qué? —le preguntó Juan cuando ella por fin volvió al salón—. ¿Quieres una cerveza?

—Sí.

—¿Envidia de qué?

—Me da envidia... la pasión.

Juan no reaccionó. Expresión inescrutable.

—Y este amor vuestro que no se sabe si es amor todavía... También tengo envidia de Guido y de Perla.

—...

—Pero lo de Crystal me da muchos celos... Las cosas que le dices al oído... Yo quiero eso. Quiero vivir. Quiero vivirlo todo...

—Pues vive, Gilda. No esperes. Seguro que hay un montón de tíos por ahí que se volverían locos por ti. Aunque te digo una cosa, no se trata de pegar un polvo con cualquiera.

Llegó el momento de hacerse muy amigos y de contarle sus secretos de debilidad, de abrir el corazón y echarse a llorar dentro de su vestido sexy. O de decirle gracias por aguantarme, ya me marcho. Perdona.

Pero no, Gilda sostuvo su tótem fabuloso y no se marchó, ni le contó nada más ni estuvo frágil.

Grita, Gilda.

—No busco un hombro donde llorar —le dijo—. Ni cualquier polla... Me gustas. Me das morbo. Me pongo caliente sólo con estar a tu lado. Quiero follar contigo.

Se quedó mirándolo a la cara mientras el otro se levantaba como si tuviera prisa y se ponía a dar vueltas por su salón. No se oía nada más que el ritmo torpe de sus pisadas.

Lo miraba. Lo miraba. No paraba de mirarlo. Apostaba fuerte, no le importaba perder. Lo que vale es jugar. Y lo sabía, que la polla de su marido en vida ya no era una polla, porque aunque se ponía dura estaba blanda, porque no hacía emociones sino hijos, porque siempre follaba en casa y en la cama, porque hacía años que no se escapaba con rabia por la abertura de sus calzoncillos y porque le parecía que con el tiempo se había hecho pequeña.

Y que la polla de Kevin, que debía de ser negra y desproporcionada, le daba igual, no porque Kevin fuera negro, sino porque su amigo no le gustaba.

Y es que una polla no es cualquier pene de cualquiera, una polla es una dura y grande para ti. Una polla es como un brazo hinchado suave y caliente que te toca, que te abraza, que te mira, que se mueve porque tú estás ahí. Una polla es un dardo sin punta que te apunta al corazón y a las entrañas.

Una polla, una polla de verdad, va siempre pegada a un hombre. Y a sus brazos que te cogen y a sus manos que se meten en tu coño sin pedir permiso. Y a tus manos que la tocan y a tu boca que la besa, y a un cuerpo que se pega al tuyo. A unos huevos que se encojen y que están llenos nunca se sabe de qué, del amor y de la rabia. A un culo estrecho y peludo, a unas piernas duras, a unos pies grandes que te rozan en la cama. A una mejilla que rasca y a una voz grave que dice cosas de hombre. A una lengua mojada y a una boca que te come las tetas, la barriga, todo.

Porque un hombre es un hombre y una polla es una polla, y lo demás son mesuras intermedias que no quieres conocer.

Ya basta.

Juan había sacado una papela y estaba haciendo unas rayas acuclillado frente a la mesita del sofá. Delante de Gilda. No había ruidos, y hasta el roce de la tarjeta sobre el cristal de la mesa se oía con suma nitidez.

Gilda cogió el billete enrollado y aspiró la cordillera de polvo blanco. Se llevó un dedo a la nariz para seguir sorbiendo.

—Gilda, no quiero hacerte un favor.

—No me lo hagas.

Ahora me dice que puedo dormir en el sofá o que me largue.

Juan se incorporó, fue hacia la pared, se volvió, carraspeó un poco y dio unos pasos hacia ella. Uno, dos, tres. Se agachó hasta su cara, la cogió por la nuca, abrió la boca y le metió la lengua, grande, caliente, agria, viva y mojada, hasta la garganta.

El silencio era tan grande por culpa de la noche que se oía el ruido de las bocas succionando, el crujido blando del sofá y el andar de las manos encima de la ropa.

Gilda pensó que ojalá hubiera música pero no dijo nada, por si el otro se volvía atrás y, así, porque sí, dejaba de desearla.

Al poco, ya con las tetas al aire, los cojines por el suelo, la polla dura y la bragueta abierta, Juan dijo:

—Espera, que pongo música.

Se apartó del sofá, las primeras notas borraron el silencio comprometedor, duro, crudo y sin amor. Y al volver, el hombre de una noche se quedó un momento de pie mirándola empalmado. Sonrió con su boca de donjuán y sus dientes blancos teñidos de tabaco. El salón desangelado se llenó de calor.

—Venga, Gilda, vamos a currárnoslo un poco. Puede que sea el último coño que me folle.

Y Gilda:

—Venga, sí, que no será mi última polla.

—Eso ya se verá.

Baila.

Mucho daño

Creo que han metido
una mano en mi guarida.
Quiero morder
y escupo
que nadie ha ganado.

—Rrmmrrrrr —gruñó, y volvió la cara.

Las arrugas de las sábanas habían tallado unos dibujos de líneas en sus mejillas y las legañas se detenían invasoras en sus lagrimales. Tenía el pelo sucio y revuelto en mechones imposibles y desquiciados. Movió los labios delatando un aliento espeso y agrio, quizá despegando la lengua del paladar, pero no dijo nada.

De pie junto a la cama, Perla le masajeó una pantorrilla.

—Son las dos. ¿No te vas a levantar?

—Estoy helado. Pon la calefacción.

—Ya se ha acabado el invierno, cariño. Nos asaremos.

—Tengo frío... Hasta el final de nosecuántos no te quites la manta —articuló con pesadez.

Perla soltó una carcajada.

—Hasta el cuarenta de mayo no te quites el sayo —dijo todavía riéndose.

Pero Guido no había hecho un chiste. Sólo vegetaba con un poco de chispa, y ella lo miró preocupada. No era capaz de salir de la cama para nada. Escondido bajo el peso de las mantas, ni quería comer ni se levantaba para ir al baño.

—Oye, Guido, tengo hambre, yo voy a comer. ¿Quieres que te traiga algo? —dijo dulce y solícita.

Esperó una respuesta mientras se quitaba los zapatos despacio.

Nada.

Se sentó a su lado y deslizó su mano mágica por su frente. Guido permanecía con los ojos cerrados dejándose acariciar como un niño, un perro o un gato.

—Han llamado del trabajo.

Silencio y ojos cerrados.

No estoy. No existo. No quiero ser nada.

—Han llamado del trabajo —repitió.

Oyó la respiración profunda del que viaja por los sueños sin comer ni hacer pipí y no espera nada más que seguir soñando.

—Yo te quiero —le dijo.

Y lo abrazó por encima de las ropas de la cama para fundirse con él. Pero el durmiente se movió buscando el aire que le faltaba, se destapó y siguió respirando.

Llena de amor, Perla puso las mantas en orden para que no cogiera frío...

Y se sintió sola.

Su Guido se escapaba por el mundo de la inconsciencia y no le decía espérame, te quiero, volveré, menos mal que estás a mi lado. Su Guido, hundido como nunca le había visto, no se apoyaba en ella, sino que se escapaba como si no la necesitara. Pensó que él no hubiese notado la diferencia si cualquier otra mano lo hubiese acariciado.

Salió de la habitación y se quedó detenida en medio del pasillo, descalza, una mano en la barbilla y el otro brazo colgando.

¿Cuánto tardaría Guido en volver a ignorarla cuando le diera la gana, en no avisar de que no iría a comer, en llamarla pesada...? ¿Cuánto le quedaba hasta el próximo vete por la espalda?

Dio unos pasos adelante y ni se dio cuenta de que dejaba el pasillo atrás y se sentaba en el sillón. Desde allí, el salón le pareció diferente, otra casa.

Guido deprimido en la cama, abandonado de sí mismo y sucio. Dos días sin apenas comer, ni hablar ni hacer nada más que permanecer tumbado boca abajo con los ojos cerrados, durmiendo un sueño extraño, quizá esperando a despertar cuando el mundo hubiese cambiado.

Duele que el otro se te aparte en su dolor, se marche solo a sus rincones, sea una ausencia atormentada. Duele que, para lo más importante, de pronto tú ni seas nadie ni sirvas para nada.

¿Para qué intentar ayudarlo? ¿Para qué cariños, mimos, quedarse sentada a su lado callada y evitar salir mucho de casa con la intención de que no se sintiese solo y supiese que alguien vigilaba? ¿Para qué soportar sus silencios que hacían daño...?

Para que después venga otra... y él le diga quédate sereno, vestido y peinado. No, amigo... No. Eso no vale.

Atrapada entre la certeza y la congoja, perdió el apetito y se sentó en el sofá a fumar cigarro tras cigarro.

No me quiere de verdad.

Tres. Jóvenes. Malos.

El señor Piñol entró sin dudar ni pedir permiso. Avanzó hasta el despacho y se sentó a la mesa del muerto al tiempo que le sugería a Gilda, con un gesto del brazo, que tomara asiento al otro lado. Como si ella estuviese de visita en un despacho de su propia casa.

Sin mediar palabra, el abuelo de Heidi extendió las fotos sobre la mesa y un informe detallado.

—Vaya. Esto es mejor que escribir un diario —dijo Gilda con sarcasmo echando un vistazo a las imágenes. Encontró una en la que estaba con Juan—. ¿Puedo quedármela?

Piñol ignoró la actitud de su nuera y prosiguió con la reunión a su manera.

—No tienes medios económicos para mantenerlos, sales por la noche y los dejas solos, frecuentas compañías dudosas, bebes y tomas drogas. No es difícil que un psiquiatra dictamine que estás desequilibrada y el juez nos dé la custodia.

Gilda le clavó sus pupilas azules y desesperadas.

—Sobre todo si son amigos tuyos, ¿no? —respondió.

Piñol percibió la fuerza de la violencia atravesando el aire, recordó la furia de Gilda relatada por su hija y se sintió inseguro. Por una fracción de segundo, la fantasía de Gilda golpeándole le inyectó una carga extraña de erotismo que lo puso incómodo. Bajó instintivamente la mirada y la clavó en el cuello de su nuera.

—Tú no los quieres —le dijo con el tono que utilizan los expertos en reuniones, los que van a lo que van pase lo que pase—. No te ocupas de ellos. Estarán en buenas manos.

Gilda sintió el calor de una mirada en el pecho y captó las energías contrastadas que podían acabar fatal, sexo, violencia o todo mezclado. Se cerró bien el cuello del albornoz como si alguien hubiese intentado desnudarla a la fuerza y lo mantuvo sujeto con una mano. Antes muerta que violada.

—No me mires las tetas, viejo verde —soltó con rencor.

Piñol prosiguió como si no hubiese sufrido un latigazo de lascivia y no hubiese oído nada.

—Tienes que firmar en cada página. Con este documento nos cedes la custodia.

—¿La custodia? —preguntó sorprendida—. Ah, joder, sí que vais fuertes.

Abrió los brazos y dejó caer las manos sobre la mesa reprimiendo el impulso de empujar y empujar hasta asfixiar al gran negociador entre la mesa y la pared. Los ojos de Piñol se escaparon rebeldes hacia su escote abierto de mujer que iba a ducharse y Gilda moldeó su furia para convertirla en ácido.

—¿Que prefieres, la custodia o que te haga una paja?

Piñol se miró rápidamente las manos y luego se encaró con las pupilas poderosas que querían fulminarlo. Gilda esperaba una respuesta con ansiedad, la excusa para pegarle, meterle un zapato en la boca si hubiese llevado zapatos, quizá clavarle el abrecartas.

—Gilda, por favor —dijo el viejo al fin.

—Menos mal, si me llegas a contestar que una paja, te digo que te la haga la momia de tu mujer o el cadáver de tu madre.

La imagen del esqueleto polvoriento de su madre en un ataúd lo puso enfermo.

—Por favor, deja a los muertos en paz y compórtate como gente civilizada.

Gilda se puso en pie con violencia, tiró la silla al suelo de un manotazo y dio la vuelta a la mesa hasta quedar junto a Piñol. Ella de pie, con fijeza y las manos crispadas mientras gritaba; él sentado mirando al frente un poco asustado.

—¡Esto es la rehostiaaa! —le chilló al oído deseando que su voz fuera capaz de destrozarle el tímpano.

Piñol se llevó la mano a la oreja instintivamente y encogió un poco los hombros. Gilda se apartó unos palmos para no ceder a la tentación de pegarle, para no ensuciarse las manos con el contacto de su carne.

—¡La reputahostia es esto...! Un pervertido que dice que me comporte como una persona y deje a los muertos en paz. ¿Qué pasa? ¿Que tu madre ya no tiene tetas para tocárselas ni coño para follártela? Ya no te gusta, ¿verdad, guarro?... ¿Y por qué no los dejas tú en paz, a los muertos? ¿Por qué no te olvidas de que me casé que el hijo de puta de tu hijo? ¡Déjame en paz tú, cerdo, que la polla de mi muerto también se la han comido los gusanos!

Indignado, Piñol dio un manotazo sobre la mesa y cogió una foto de Juan.

—¿Y éste es mejor que mi hijo? —susurró con rabia—. Éste sí que te lo hace bien, ¿eh? Esto es un hombre, ¿no? Te portas como una... ¡puta!

Por un momento Gilda estuvo a punto de insultarse a sí misma, declararse puta, afirmar que Juan era su macarra y pegarle a su suegro, como había hecho con Carolina. Pero algo la contuvo, una chispa de inteligencia y el deseo poderoso de no volver a lo mismo. De ir hacia adelante.

Se abalanzó sobre la fotografía, recogió las que había sobre la mesa y siguió con un discurso ligeramente distinto, al tiempo que daba vueltas feroces por el despacho.

—¡No te atrevas a meterte con él! —chillaba—. ¡Ni lo mires, cabrón! ¿Una puta? ¡Qué más quisieras tú que fuera una puta para acostarte conmigo pagandooo...!

Le venía grande, a Piñol esa mujer le venía grande. Porque no podía mirarla con frialdad como quien habla con una loca, porque lo que decía, quisiera él o no, se filtraba en su cerebro y le pinchaba con lascivia, dolor o vergüenza. Comprendió que había cometido una estupidez con el último comentario y se sintió sucio y mal. Pero bueno, el buen negociador primero es buen actor, y el suegro se mantuvo en su papel de empresario catalán, egoísta, putero y avaro.

—A cambio de la cesión recibirás una cantidad... —dijo como si ella estuviera sentada al otro lado de la mesa, negociando.

Pero no acabó la frase. Su nuera seguía dando vueltas por el despacho, tirando libros al suelo, machacando trofeos contra la pared sin gritar nada. Gilda sacaba su furia y ganaba tiempo. Golpe a golpe cavilaba. Deprisa Gilda, piensa rápido. De vez en cuando, cuando le parecía que su suegro podría adivinar lo que tramaba, se llenaba los pulmones y gritaba alguna grosería o alguna de sus verdades.

Aturdido por aquella escena irreal y consciente de que él, el sabelotodo, no había logrado llevar el asunto para que el conflicto quedara sólo en palabras, el viejo observó cómo agredían a su hijo a través de sus objetos. Era incapaz de evitar que Gilda destrozara los recúerdos que él iba a poner en una vitrina en su salón. Dejó de mirar y de escuchar y se quedó unos segundos ensimismado. Quizá con la esperanza de que al cabo de unos minutos todo eso no hubiese pasado. Seguramente creyendo que saldría de allí limpio de su propio barro.

Sin embargo, después, con la suma de los días, el abuelo de Heidi tendría pesadillas de las que despertaría asustado, avergonzado y empalmado. Y le seguiría el recuerdo de esos sueños espantosos como si hubiese visto a su nuera follando con hombres, como si ella le hubiese hecho una paja humillándolo, como si él hubiese cometido incesto con su madre y se hubiese meado encima del cuerpo de su mujer embalsamada, como si de verdad su hijo muerto hubiese perdido su polla y se hubiese convertido en una mujer que le pegaba con sus trofeos por dinero mientras él se masturbaba. Y al final, su amigo el psiquiatra le diría, en medio de una cena íntima y deslizando una tarjeta negra bajo la servilleta usada, así como si nada, le diría vete aquí a que te den unos cuantos latigazos. No me mires así, yo también voy. Te irá bien. No pasa nada.

Claro que no, mejor eso que violar a los nietos o torturar a cualquier mucha-cha. Aprende. Pon la otra mejilla. No hagas daño. Recuerda que la Biblia sirve para algo.

—¿Cuánto me vais a pagar? —gritaba Gilda, ya lejos de él, abollando la puer-ta de falso cerezo a patadas.

La pela es la pela, la pela manda. Piñol volvió en sí y entró de nuevo en el negocio.

—Cobrarás una mensualidad y podrás hacer tu vida —contestó.

—Ya.

—Podrás alquilar un piso pequeño y no vivirás mal. Tendrás para tus vicios.

Dijo vicios, al Barbablanca vicioso se le trabó la lengua y no fue capaz de decir gastos. Se maldijo interiormente pero a Gilda ya no le importaba, es más, por un instante de delirio había temido que él se vengara con los niños y los maltratara. Se quedó de pie, protegiendo su escote cruzada de brazos, y la con-versación volvió a los cauces de las negociaciones.

—Los tacaños ricachones como tú se creen que el resto del mundo come mierda —dijo alterada pero sin gritar.

—Es una cantidad que te permitirá hacer tu vida.

—He dicho mierda, Yayo. ¿Te crees que no sé que en cuanto firme dejarás de pagarme?

—¿Cuánto quieres?

—No voy a regalártelos. Lo quiero al contado.

Piñol la miró con gesto ponderante.

—Ahora y todo —le exigió Gilda.

—No lo llevo encima. Tendré que ir al banco.

—Dile a la momia que abra la caja fuerte que está detrás del garabato de Miró y lo mande con un mensajero.

—Espera, tenía que hacer unos pagos más tarde. Llevo un millón trescientas...

—¡Ja! Cuando tus nietos se enteren que valen un millón trescientas te llama-rán cabrón y no te dirigirán la palabra. Piñol, los niños crecen, ¡joder! Tarde o temprano sabrán que los has comprado y querrán saber cuánto has pagado.

—Gilda, por favor —dijo él haciéndose el ofendido y decidiendo rápidamente que sus nietos no descubrirían nunca cuánto había pagado—. Esto es sólo una parte. Ya te he dicho que me comprometo a mantenerte...

—¡Cállate, cállate, cállate! —gritó tapándose los oídos.

El abuelo calló y al cabo de unos segundos su nuera estiró el brazo.

—Dame esa pasta. El resto, mañana.

—De acuerdo, pero ten en cuenta que esta noche los niños ya no dormirán en esta casa.

Gilda se quedó unos minutos petrificada.

—¿Y eso qué quiere decir? —preguntó al fin desafiante.

Contuvo el aliento esperando la respuesta y Piñol levantó la mano en gesto apaciguador.

—Nada, podrás estar con ellos cuando te calmes. No quiero que te vean en este estado.

Gilda expulsó el aire que había retenido en los pulmones y para sorpresa del abuelo dijo:

—Tienes razón, yo tampoco quiero que me vean tan nerviosa. Ya iré a verlos mañana por la tarde, cuando me hayas pagado lo que falta y haya firmado.

—Sí, es lo mejor —respondió desconcertado y, con cierta indignación, pensó que el dinero hace milagros—. Me llevo el contrato para que lo firmes mañana en mi despacho. Si no tienes nada más que decir, me voy.

Piñol se puso en pie y avanzó hasta la puerta de la habitación. Gilda le cerró el paso.

—¿Sabes que soy capaz de salir por la tele y decir muchas cosas?

Al hombre se le paró el corazón.

—Soy una viuda a la que le quieren robar a los niños, mi cuñada es estéril, mis suegros...

—¿Qué quieres? —la cortó él con violencia.

Gilda le acercó el índice a la cara con determinación.

—No me jodas, cabrón. Ten cuidado.

—...

—Vete, tengo que ducharme.

Le acompañó hasta la puerta para comprobar que salía de la casa y poner la cadena y una silla apuntalada. En el trayecto el hombre andaba frente a ella por el pasillo. Gilda estudió su espalda un poco chepuda y sus formas redondeadas, su cogote blanco... Pensó que ella era más pequeña, que pesaba mucho menos y que no lograría derribarlo. Además, ¿cómo esconder el cadáver?

Ya con la puerta abierta, Piñol le tendió la mano para despedirse. Una socia. Un negocio más y aquí no ha pasado nada.

Gilda le soltó una bofetada que le hizo volver la cara.

—¿Qué haces? —exclamó él apartándose—. Estás loca.

—Un regalito. En lo que tarde el ascensor en bajar a la planta te da tiempo a cascártela.

Cerró de golpe y puso la cadena despacio porque le temblaban mucho las manos.

Grita y corre

Quiero dejarte
mi relámpago de fuego.
Por lo menos
una brasa de calor
que despierte tus recuerdos.

¿Te ha pasado abrir los ojos y encontrarte atrapada en el fondo de un bidón?
¿Te ha pasado no poder cerrarlos porque tienes mil caballos galopando en el cerebro?

Todavía pegada a la puerta, Gilda abrió los ojos con la decisión tomada después de una larga reflexión de la inconsciencia, con un impulso viejo y masticado.

Hoy o nunca.

—El señor Piñol ha llamado expresamente para ordenar que no dejásemos salir a los niños del colegio bajo ningún concepto.

—Ya lo sé —respondió Gilda conteniendo su ira y con el disfraz de actriz—. Pero yo soy su madre. Mire, mi madre, es decir, su abuela materna, está agonizando en el hospital y quiere despedirse antes de pasar a mejor vida.

La directora la miró como diciendo eso suena a mentira y usted no es nadie.

—Comprendo —dijo—. Siento mucho lo de su madre, pero, de todos modos, permítame que haga una llamada. Estoy segura de que el señor Piñol querrá acompañarlas al hospital.

Gilda perdió los nervios y la cogió con fuerza del brazo.

—Escúcheme bien, yo soy su madre y usted lo sabe. Y aunque se hunda el mundo eso nadie va a cambiarlo. ¿Lo entiende? Pues ahora a ver si entiende un poco más. ¿Quiere que llame a la policía y les ponga una denuncia por retener ilegalmente a mis hijas? ¿Le apetece que mañana salga un artículo sobre esto en *La Vanguardia*?

Cerró la ventanilla que comunicaba con el conductor del taxi y se volvió hacia Elena con cara de amenaza.

—Te he dicho que te lo tragues.

—No puedo.

—Pues yo me lo he tragado y no me ha costado nada —dijo Alejandro.

—Y yo —intervino Irene.

—¿Lo ves? Eres la única que falta.

Elena la miró de reojo con la boca abierta y las cuatro pastillas sobre la lengua. Gilda le cerró la boca con decisión, le tapó la nariz y le ordenó:

—Traga.

—Será rápido, ¿no? —dijo Gilda, todavía respirando agitada por las prisas y los nervios. Todavía con miedo de que le dijeran no, yo esas cosas no las hago.

—Sí, es muy sencillo —convino el maestro con coleta y cuarenta pendientes por todas partes—. Comparado con otras cosas, no tardaré nada. ¿Dónde quieres que se lo haga?

—En el empeine, cerca de los dedos.

—¿En el empeine?

—Es el sitio más discreto que se me ocurre.

—Sí, pero es una zona muy sensible. ¿No se pondrán a llorar? Piensa que duele un poco y tienen que estarse quietos mientras trabajo. —El bohemio dudó y negó con la mano—. Oye, no me fío de ti, perdona. A ver si me voy a comer un marrón por esto.

El hombre se volvió y vio a los niños amontonados e inmóviles en el sofá. Con los ojos cerrados.

—¿Qué les pasa a los niños? Esto es muy raro. ¿Por qué no dicen nada?

—Hoy están agotados porque no han parado en todo el día. Y les he dado medio valium para que no se enteren. Tranquilo, es mejor que estén dormidos. En cuanto acabes, nos largamos.

—Tía, no me cuentes cuentos. Ya estuve en la Modelo por fumar costo hace veinte años y no tengo ganas de volver. No sé que les has dado ni me importa. Sólo sé que la gente habla demasiado.

—Mírame la boca —le dijo Gilda.

Y articuló en silencio: yo no hablo. Le clavó sus pupilas mágicas y abrió el monedero.

El maestro pensó al principio que salía de Wad-Ras y que tenía padrinos poderosos, porque esos niños eran demasiado guapos. Después reconoció un brillo de desesperación en los ojos zarcos de la madre y creyó que se tirarían todos al Llobregat.

—Tía —introdujo intentando ayudar—, yo las he pasado putas pero...

—Cállate y hazlo ya —le ordenó Gilda sacando más dinero con determinación—. Tengo prisa.

Él observó el fajo de billetes que le tendía.

—Tía, si me metes en un marrón, te mato —sentenció absurdamente.

¿Cómo se te ocurre amenazar con la muerte a una suicida?, pensó con resignación. Y esterilizó los aparatos una vez más, quizá porque eran niños y no se fiaba demasiado de sus propios métodos. Quizá para tranquilizar a la madre.

Tumbó a Ugo en la camilla.

—Tendrás que quitarle el buzo.

—No, date prisa, córtalo con las tijeras.

Ugo se quedó boca abajo como el muñeco que sus hermanos pretendían y se dejó hacer. Un bebé que permite que escriban su destino porque está drogado y no tiene edad. Un individuo diminuto, quizá con un futuro de rico, quizá

con el de un desheredado sin casa, que deja por ignorancia que decidan la fija-
ción de su vida una tarde de mayo. Su consuelo y su desgracia.

Luego, todos sus hermanos pasaron por la camilla para correr la misma
suerte. La obsesión de una madre.

—Bueno, esto ya está —dijo el hombre.

Gilda se llevó la mano a la frente en un gesto de alarma.

—¡Joder, se me ha pasado la hora! Tengo que hacer una llamada importan-
tísima. Es muy, muy importante.

—En la otra sala hay un teléfono —dijo el maestro—. Llama desde allí.

—Sí, esto... Dejo el bolso aquí, que no lo toque nadie.

—Tía, si aquí no hay nadie.

—Es verdad. Por favor, ve poniéndoles los calcetines.

Sus pasos repiquetearon en el suelo y se alejaron demasiado.

—Me cago en la puta —gritó el hombre.

Pero Gilda ya estaba en la puerta de la calle.

Lo despertó el timbre del teléfono. Y enseguida oyó la llave en la cerradura, el
portazo de Perla, una carrera de sus tacones por el pasillo y el ruido de botellas
de cristal en una bolsa de plástico.

—Clingcling.

—¡Bliblibliblibl...

—¿Diga?... Sí, pero... está enfermo... Oye, pero... Vale... ya... sí... hasta luego.

—Clic.

Un momento de silencio y Perla irrumpió en la habitación como una trom-
ba de algo.

—Guido, levántate.

No se movió.

—Levántate —insistió con nerviosismo y ansiedad—. Abre los ojos.

Guido percibió la urgencia y despegó las pestañas. La luz de la lámpara del
techo lo cegó y se tapó la cara con el brazo.

—Ha llamado Gilda. No sé qué pasa pero estaba muy nerviosa, y muy rara. Le he dicho que estás enfermo y ha dicho que tiene que verte urgentemente, que es muy importante. Está al caer y llamará al interfono para que bajes.

Guido computó la información durante unos segundos.

—No voy a bajar... —silabeó—. Me encuentro mal, estoy enfermo... Y si sube, que no entre en el cuarto... Dile que estoy durmiendo.

Aunque a Gilda no le había dado tiempo a explicarse, Perla tenía la certeza de que realmente había pasado algo gordo y que esa cita era muy importante. Y además, pensó, era una buena excusa para sacar a Guido de una vez de la cama.

Se acercó a él, tiró las mantas al suelo y el durmiente se quejó con un bramido:

—¡Hostiaaa!

—Ha dicho que es muy importante —sentenció, y lo dejó solo.

Guido recogió las mantas y se volvió a tapar. Pero la habitación, la casa y el mundo se habían llenado de inquietud y no pudo deslizarse de nuevo en el ámbar de los sueños y el no ser.

De pronto sintió una gran rabia, pura mala leche, contra Perla y su hermana que lo habían despertado y lo obligaban a estar vivo. Mientras se vestía, el veneno dejó paso a la adrenalina, la urgencia de algo. Ya en el salón, al ver a Perla sentada a la mesa tamborileando con los dedos, sólo sintió inquietud y mucho cansancio.

—Hostia, ¿pero no ha dicho por qué es tan importante?

—No, estaba muy nerviosa.

Se quedaron en silencio.

—Ah —comentó Perla tendiéndole un sobre—, mira. Ha llegado esta carta.

Observó el sobre manoseado, casi viejo, y comprobó que no había remitente. Los destinatarios eran él y su hermana.

—¡Meeeeeeeeeeeeeeeeeeeeeeeeec! —gritó el interfono.

—¿Sí?

—Soy Gilda. Baja.

Pensar hace daño

Los sueños no se cumplen.

La encontró con dos maletas en el suelo y cara de asustada. Y no se sorprendió, porque le pareció que aquello estaba escrito y él lo había leído en alguna parte. Dónde, no importaba.

—Me voy a Madrid —dijo Gilda a modo de saludo.

Y a Guido se le borró de un plumazo la depresión y el cansancio. Como tantos años atrás, cogió una de las maletas sin decir palabra. Pero esta vez no entró en la portería y llamó al ascensor. Sino que le dio un beso en la mejilla y enfiló calle abajo.

Adónde iba y por qué, lo que había hecho, bueno o malo, a él no le importaba. Esta vez ni se iba a asustar ni iba a juzgarla.

Era su hermana.

Sentado a la mesa de un bar de la estación, la vio venir de cara. En el tiempo que había pasado indagando en la taquilla, a Gilda se le había quitado la sombra de desgracia que la había acompañado durante todo el camino, mientras le contaba con la voz ronca, conteniendo el llanto convulsivo y desgarrado, qué había hecho y todo lo que había pasado. La energía del dolor, cuando cambiaba su maleta de mano y daba un traspiés y respiraba hondo para seguir hablando, deprisa, entrecortada, caótica, mezclando agudos y graves. Y Guido la miraba a la cara y la escuchaba con las puertas cerradas para no soltar su maleta y abrazarla.

Todavía estaba así, él aguantando, bebiendo un trago tras otro a ver si se le quitaba de una vez ese nudo de odio y de congoja que tenía en la garganta. Respirando hondo para apartarse las ganas de gritar, echar a correr y matar a alguien.

Matar con las manos.

—Bueno, el retraso es de media hora —disimuló Gilda—. Nos da tiempo a tomar algo más. Voy a pedir.

Pensó que era un alivio quedarse solo unos minutos más. Quizá, si hacía un esfuerzo, conseguiría cerrarse el corazón con ocho candados. Pero Gilda le tocó el hombro antes de volverse y andar hacia la barra.

—Gracias por acompañarme —le dijo con los ojos mojados.

La vio alejarse y pensó que reconocería esa forma de andar entre mil mujeres andando. La vio apoyada en la barra, su figura, la forma de su cabeza, sus pies en los zapatos.

Ésta es mi hermana.

Y de pronto le subió un gruñido sordo y poderoso. Los hermanos son de los hermanos.

Era un daño, suyo por extensión, aprehendido, asimilado, quizá más doloroso que sus propios daños.

Maldijo la suerte de sus genes, el fario con que su hermana nació, su ceguera inefable para meterse sola en las trampas. Maldijo el amor que le tenía, el que ella recuperó a fuerza de insistencia y palabras espontáneas.

Maldijo quererla tanto.

Gilda volvió a la mesa con dos cervezas en una bandejita y el resplandor del destino retenido en un puño cerrado. Encendió un cigarrillo y Guido vio que todavía temblaba.

—¿Cómo sabes que no te buscarán? —le preguntó.

—Sí que me buscarán... un poco. Después, cuando lo piensen bien, preferirán dejar las cosas como están. Por lo de ir a la tele a contarlo todo, ¿sabes? Esto les da mucha vergüenza, son muy rancios... —Un suspiro de rencor—. Si hasta el hijoputa de mi marido se ponía rojo sólo de pensar que papá y mamá pudieran salir en el *Quién sabe dónde* buscándonosj, ja, ja...

A Gilda le dio una risa histérica. Guido se contagió y soltó un par de carcajadas de las suyas, graves y grandes.

Rieron un poco más y enseguida el aire se llenó otra vez de cosas raras.

—Así que te vas a comer el mundo, ¿eh? —tanteó él con voz ronca, pensando en hablar de lo que estaba delante, animarla y quitarse de encima las ganas de muerte y llanto.

—Bueno... más bien me voy para que el mundo no me coma —intentó reír ella.

Supo que si se quedaban en silencio, su partida y todo sería más asfixiante. Y él seguramente no podría soportarlo. Hizo un esfuerzo sobrehumano.

—Como antes, ¿eh? —dijo sin gracia—. Sin pensar, aquí te pillo aquí te mato. La vida se acaba mañana.

—La vida ya se ha acabado —respondió Gilda automáticamente, y se olvidó de su pasado inmediato.

Tuvo una visión fugaz de otra estación de tren a finales de los setenta. Su hermano, con cara de niño y anillos en los dedos, repitiéndole la estrategia para comunicarse en cuanto se hubieran instalado cada uno en su ciudad. «Si por lo que fuera no nos encontrásemos, llama a la conserjería de la facultad...»

Lo escrutó buscando los cambios en su rostro, y le pareció que veía la resaca de una borrachera tan larga como media vida. Decidió que a estas alturas para qué disimular.

—Tú no acabaste ni el primer curso de carrera y yo nunca grabé un disco —le dijo reflexiva—. A veces, Guido, piensas tanto que te olvidas de pensar en lo que estabas pensando, y se te comen los años, y te encuentras que has cumplido los cuarenta, y que no ha pasado nada de lo que habías soñado, y nadie te ha querido... Y las ganas de todo se han esfumado pensando.

Frente al dolor, las mujeres lloran y los hombres se cabrean. Nadie te ha querido. Una frase corta, tan humilde en medio de otras frases largas. Guido pensó que Gilda lo había dicho así, como si nada, porque ya lo había llorado.

¿Y él?

Él, si hubiese sido capaz de expresar sus sentimientos, si hubiese sido otro, siempre, en cualquier parte, habría empezado a hablar con violencia para cagarse en todos los hijos de puta que no la habían querido, maldecir a las personas que no la comprendieron y la habían despreciado, jurar venganza por todo el daño que le hacían a él cuando herían su hermana. Pequeña Gilda loca y buena, ingenua, flaca, frágil.

Pero Guido era Guido cabreado y sentenció:

—Los sueños no se cumplen.

Decidido a no meterse en los escollos.

Su hermana, sin embargo, seguía apretando fuerte el puño cerrado.

—Pero la vida sí —dijo esperanzada. La Gilda ingenua, pensó Guido, la que se volverá a pegar la bofetada—. Y si te concentras un poco... —seguía ella, intentando convencerle—. Bueno, más bien, si no dejas que te desconcentren, a lo mejor pasan cosas que se parecen un poco a lo que has soñado.

—Los sueños no se cumplen —insistió él tenaz.

Y estuvo en un tris de gritarle deja de soñar, no te hagas ilusiones, vive y no esperes nada, sé Juan.

Pero dejó que Gilda dijera:

—Un minuto que pasa, no vuelve a pasar jamás.

—¿Y qué? —respondió sosteniéndole la mirada—. Hagas lo que hagas siempre te vas a la mierda. Seguirás siendo tú... No hay manera de escaparse... —añadió subiendo la voz. Después, con un ligero temblor en los labios, susurró—: Todo es una mierda.

—Por eso, por eso —dijo ella con vehemencia—. Como todo es una mierda, hay que intentar que sea una mierda lo más agradable posible... Y si no es agradable, por lo menos que de vez en cuando sea divertida. Quiero decir, no pensar tanto, ¿sabes?

—No pensar también es una mierda —afirmó inflexible.

Gilda se sintió desarmada, impotente, sin energía para maquillar la mierda que es vivir y darle un aspecto apetecible.

—Entonces, ¿qué hay que hacer? —le espetó desesperada—. Pensar duele, no pensar también. ¿Qué hago entonces, eh? ¿Qué tengo que hacer? —le gritó.

—Y yo qué sé —contestó él golpeando la mesa.

Los pasajeros de la mesa de al lado se volvieron a mirarlos. Guido los observó con odio y Gilda siguió hablando, súbitamente presa de una gran inspiración.

—Mírame bien, Guido. ¿Me ves?

—Sí.

—¿Sabes de qué tengo cara?

—No.

—Tengo cara de lo mismo que tú. Cara de resaca. Todo el mundo pone esta cara de vez en cuando. Cara de resaca aunque no beba alcohol. La vida es una borrachera. ¿No te das cuenta? En algún momento, no sé cuándo, la gente se empieza a emborrachar de vivir... Es un asco. Si paras de beber, se te pone la cara de resaca. Si sigues, tienes cara de borracho y haces las cosas así, medio trompa, sin controlar, sin saber bien.

—¿Y los que están serenos?

—¡No hay nadie que esté sereno! —gritó—. Todos están locos, todo el mundo está borracho.

Guido comprendió el concepto con suma claridad. Un fuego de lucidez en el cerebro atascado. Se sintió orgulloso de su hermana.

—Y encima —prosiguió Gilda, otra vez vehemente—, encima tienen los cojones de decirte que ellos NO están borrachos. Que controlan, que saben lo que hacen, y que tú estás soñando.

—Hijos de puta —ronqueó Guido con los ojos achinados.

—Desgraciados... —arrastró Gilda—. Pero cómo he podido dejar que me machacaran un puñado de borrachos.

Silencio de ojos zarcos chispeando.

—¿Qué hay que hacer, decías? —soltó ella de sopetón.

—No, lo decías tú.

—Es igual. ¿Qué hay que hacer? Vivir como quieres vivir, hacer lo que quieres hacer y no esperar nada. Un poco como Juan, ¿sabes?

—Vaya.

Bajaron al andén antes de tiempo, quizá para no estar más allí, sentados cara a cara a una mesa sin tiempo para hablar bien de las cosas importantes. Y de pronto, buscando qué decir, Guido recordó que llevaba un sobre en el bolsillo.

—Mira, ha llegado esta carta.

—¿Y esta letra? Me suena un poco.

—No es de papá y mamá.

Gilda lo miró sorprendida y entendió que su hermano todavía, en algún rincón remoto, conservaba la esperanza.

—Será de algún borrachoj, ja, ja... —bromeó con una risa nerviosa—. Venga, ábrela. No sé cómo has podido aguantarte.

Guido rasgó el sobre y extrajo una fotografía. Un señor con un bigote canoso los miraba sonriendo apoyado en una estructura de cañas con un fondo turquesa a la espalda.

—No hay nada más —dijo confundido.

—¡Es Pérez! —chilló Gilda—. El detective Pérez.

Guido sintió que una mano sucia le revolvía el corazón y tiró la fotografía lejos de sí como si fuese un pecado.

—¿Qué haces? No la tires —dijo ella sorprendida, frustrado por un segundo su entusiasmo—. ¡Es él! —gritó agarrándole del brazo—. ¡Ha llegado al Paraíso! ¡Los ha encontrado! ¿No lo entiendes? Los ha encontrado y no le han matado.

Guido tuvo la sensación de que le habían puesto un casco, pequeño y apretado. Toda su familia, las únicas personas en el mundo que, pasara lo que pasara, siempre serían lo mismo, padres y hermana, eran amigas de un ex sádico. Un hombre malo se volvió bueno y dejó de hacer daño. Un hombre muy malo era bueno. Tan bueno que todavía se acordaba de su hermana. Y les mandaba un regalo. ¿De verdad se puede cambiar tanto?

—Es un asesino —consiguió articular.

Algunos pasajeros se volvieron a mirarlos intrigados y Gilda le dio la espalda a Guido buscando en el suelo la foto con la mirada.

—Ya no, cambió hace años —dijo con firmeza mientras le mostraba su nuca agachada, la nuca inconfundible que tienen las hermanas—. Te aseguro que mi suegro —la frente de hermana—, que yo sepa —azul con azul—, no ha matado a nadie, pero hoy en día es mucho más malo... —Azul de hermanos—. Oh, mira, mira. Un mensaje...

Sobre el reverso de la fotografía, un dedo de hermana.

Pasada la primera impresión, Guido leyó la frase y antes de computar el contenido de las palabras ya distinguió, con un rugido sordo, con la fuerza de un calor remoto, entrañable, suyo, de todos juntos o nadie, la letra de su padre.

—¡«Buena suerte»! —chilló Gilda, y soltó un sollozo—. Lo que faltaba.

Rompió a llorar, ya sin intención de contener el llanto ni la obsesión de concentrarse en él. Rompió a llorar y siguió llorando como quien tiene una alergia o un tic, llorar y seguir hablando, acariciar con las yemas las palabras, «Buena suerte», coger la maleta sollozando y apartarse del flujo de pasajeros que intentaban subir al vagón, «Buena suerte», llorar y repetir lo que faltaba, lo ves, Guido, nos mandan buena suerte, siempre han estado con nosotros, cuidándonos desde lejos. Qué casualidad, justo hoy, qué bien. «Buena suerte.» Abrázame.

Y Guido sintió el cuerpo flaco de su hermana, sus brazos de pollo alrededor del cuello apretando, una cosquilla del cabello despeinado y una energía confusa e imparable que le atravesaba el pecho.

—Lo que faltaba —sollozó Gilda otra vez en su oreja, mojándola de babas y de lágrimas—. Nos quieren, todavía nos quieren...

Guido no se atrevió a repetirle los sueños no se cumplen, vayas donde vayas siempre serás tú; papá y mamá también están borrachos. Y por contra, roto súbitamente su realismo negro, asustado de cómo cambia la gente y tantas cosas que pasan, blando y vulnerable por el mensaje de sus padres, se encontró sin puerta ni candados.

Ahora que se habían cambiado los papeles y Gilda parecía la hermana menor, tan desamparada y sola y frágil, quiso acunarla y tener el poder de borrar todos sus problemas para que pudiera irse a Madrid con el corazón joven, como hacía tantos años, y que no le doliera nada.

Se tragó sus propios sollozos y la abrazó con toda la fuerza que pudo por las mil veces que no la había abrazado y las otras mil que no la abrazaría. La abrazó tan fuerte que le hizo un morado en el omoplato.

—Yo sí que te quiero —se atrevió a decir arrebatado de emociones, y con un gesto osado le hizo una caricia apartándole el pelo de la cara—. No te he hecho mucho caso pero te quiero mucho... Te voy a echar de menos...

Sonó un pitido en el andén vacío. Dentro del tren, los pasajeros observaban a través de las ventanillas herméticamente cerradas aquella despedida tan extraña. Una mujer mayor, una espontánea, se asomó a la escalerilla.

—Despídanse, despídanse —dijo—. Ya le subo yo el equipaje.

Guido vio que la mujer daba órdenes a un adolescente, que bajó al andén y subió las maletas de Gilda.

Su hermana sollozaba en su oído sin hablar.

Volvió a sonar otro pitido y se separaron con prisas.

—Adiós. Te mandaré dinero. Cuídate. Cuídate mucho... Llámame en cuanto estés instalada. Puedo ir a verte el fin de semana, pasado mañana... Adiós.

Gilda negó con un gesto de la mano y subió al tren. Su presencia despedía un halo de tristeza que llenó todo el vagón.

Se pegó al cristal y las puertas se cerraron con un soplido de dinosaurio.

—¿Has visto, Guido? —le dijo gesticulando para que pudiera entender sus palabras, mostrando el mensaje con la letra de su padre, obsesionada con la idea de que el amor recorre cualquier plazo de tiempo y todas las distancias—. No se han olvidado. Yo lo sabía. Nos quieren.

La espontánea se secó una lágrima con un pañuelo. Los restantes pasajeros se quedaron de pronto melancólicos y cabizbajos.

A Guido le pareció más desamparada que nunca. Le dijo sí con la mirada y se llevó una mano cerrada a la oreja.

—No te olvides de llamarme.

Gilda asintió con la cabeza, pegó una mano al cristal y sonrió con la cara llena de lágrimas.

—Los sueños no se cumplen.

El monstruo articulado empezó a avanzar despacio y el tren se la llevó pegada a la ventana.

Una hilera de luces cuadradas cruzando la ciudad, los túneles, los barrios. Después, un recorte de película flotando en la negrura de los campos, unos cuantos fotogramas que se escapan.

Mamá te quiere

Tranquilo, seguro de mí
contaba mis pasos.
Y no vi que iban delante
borrachos que corren más.

—¿Donde están?

—Un momento. Que quede claro que yo no he tenido nada que ver con esto... —empezó a decir el maestro.

El hombre del maletín reconoció el olor a marihuana en el ambiente y le hizo a un lado con urgencia.

—Yo soy el médico. No perdamos tiempo. ¿Dónde están?

—Al fondo, en la última sala.

El doctor se apresuró por el pasillo y el maestro le cerró el paso a Piñol.

—Un momento —volvió a decir—. Yo hago un trabajo honrado y no tengo la culpa de nada. Cuando han entrado aquí ya estaban dormidos. ¿Está claro?

Piñol le tendió una mano temblorosa.

—Soy el abuelo de los niños —dijo con humildad al tiempo que le estrechaba la mano—. Le agradezco que me haya llamado a mí antes de avisar a la policía.

—Vale —respondió desconcertado—. Venga.

Llegaron a la sala y observaron cómo el médico levantaba párpados, tomaba pulsos en muñecas diminutas y auscultaba pequeños corazones.

—¿Cómo ha sabido que eran mis nietos? —preguntó Piñol conteniendo el aliento en espera de un diagnóstico, preguntándose todavía si debió ignorar la sugerencia de su amigo, el doctor, y llamar a una ambulancia directamente.

—La mujer se dejó el bolso, lo dejó a propósito, vacío. Sólo había este papel con su teléfono.

Piñol reconoció el número de su móvil y un mensaje como un puñetazo: «Déjame en paz».

—¿Dice que la madre les ha dado valium? —preguntó el médico mientras su amigo observaba el papel en silencio.

—Eso es lo que me ha dicho ella. Medio valium para que se estuvieran quietos.

—Bueno —dijo el médico levantando ligeramente la voz para llamar la atención del abuelo—, creo que les ha dado algo más de medio valium. Pero no les pasa nada grave —informó con su sonrisa rota de facultativo experto—. Parecen estar bajo los efectos de algún sedante y su pulso es normal. Podemos llevarlos a la clínica si quieres y hacer un análisis. Aunque en mi opinión es cuestión de meterlos en la cama y que duerman hasta que se despierten.

Piñol se llevó la mano al pecho, expulsó con alivio el aire que llevaba horas reteniendo y sintió un escozor en los ojos que no pudo contener. Su amigo fingió que no veía su cara descompuesta y la lágrima que resbalaba por su mejilla.

—Entonces, les pongo los zapatos y las chaquetas y se los llevan, ¿eh? —dijo rápidamente el dueño de la tienda—. Y aquí no ha pasado nada —añadió—. ¿De acuerdo?

Piñol no contestó, permanecía silencioso observando a los niños sin verlos, pensando que el documento de cesión de la custodia descansaba sobre su despacho sin la firma de la madre.

El maestro se puso nervioso.

—Miren, si están pensando en llamar a la policía, no se molesten. Porque voy a llamar yo, y ahora mismo. Ya tenía que haberlo hecho en cuanto la madre entró por la puerta.

—No, no... por favor —articuló el abuelo con torpeza.

Y volvió a quedarse en silencio.

Su amigo decidió tomar la riendas y manejar la situación.

—Mire, ya sé que todo esto le ha creado problemas y lo sentimos mucho. Pero no se preocupe, nos llevaremos a los niños y nos olvidaremos del asunto. Por favor, le ruego que usted olvide también este incidente y no lo comente con nadie —dijo con firmeza. Después dudó un poco y añadió—: Fúmese un porro si quiere, a nosotros no nos molesta.

El maestro lo miró sopesando.

—Oiga —respondió indignado—, sepa que estamos en mi casa. No se atreva a decirme lo que puedo o no puedo hacer.

—¿Por qué están todos descalzos? —preguntó de pronto Piñol con cierta alarma en la voz.

—¿No han visto el cartel en la fachada de la tienda? —respondió irritado el maestro, sintiendo súbitamente una gran simpatía hacia Gilda.

—No, no me he fijado —dijo el médico.

—¿Pero qué tienda es ésta? —masculló Piñol asustado—. ¿Qué les ha hecho?

Como respuesta, el maestro les lanzó una mirada de desprecio. Alargó el brazo con lentitud y estiró del calcetín de Elena. Después retiró la venda, sostuvo suavemente el pie de la niña y, con una gran sonrisa de satisfacción, con el orgullo de un trabajo bien hecho, les mostró la frase bellamente tatuada:

«Mamá te quiere».

No quiero y no me acuerdo

Huelo el aire
estoy despierto.
A veces lo malo
pasa de largo.

Si ves a alguien llorar por la calle, no creas que es frágil y que podrías robarle.
Si ves a alguien llorar por la calle, déjalo en paz y apártate a su paso.

Nada más tocar la cerradura sintió que algo empujaba por salir. Y enseguida oyó el rascar de unas garras diminutas y frenéticas que escarbaban la madera como si fuera tierra. Dio vuelta a la llave y la puerta se abrió con violencia. La rata soltó un chillido espeluznante y pasó entre sus pies despavorida. La sombra resbaló escalera abajo como una sábana negra.

Aspiró el olor inconfundible de su casa y cerró despacio. De pronto se sentía bien, ligero y relajado. Como si ya hubiese pasado algo que tenía que pasar. Algo malo que era bueno.

Como una noche limpia después de una tormenta rara.

Como después de un entierro.

Enseguida supo que Perla no estaba en casa, por el silencio, por las luces apagadas.

Anduvo a tientas hasta su habitación y permaneció a oscuras, a gusto con el resplandor que llegaba de la calle y convertía su cama revuelta en un cuadro moderno. Pegado a la ventana vio los tallos tiernos en los árboles y a la gente pasar, y pensó que en su forma de moverse se notaba que ya era primavera.

Subió la vista instintivamente hasta el balcón de la vieja, a oscuras siempre desde su muerte. Un piso vacío.

Y vio el ligero resplandor, un amarillo tenue en alguna habitación interior que se apagó enseguida.

La luz de la escalera no se encendió.

Al poco Perla asomó por la puerta del edificio cargada con dos bolsas de plástico.

Guido abrió la ventana para dar un silbido y llamar su atención. Abrió pensando que Perla no tenía que estar allí, que los tiempos en que vivía con la abuela ya habían pasado. Se detuvo cuando el aire le tocó la cara. Un gesto de furtivo en su forma de mirar a ambos lados antes de pisar la acera. La observó mientras se alejaba calle arriba. Andares de furtivo.

Corrió a la cocina a servirse un vaso de vino dispuesto a esperarla apoyado en la ventana. La nevera vacía y nada en los armarios. Tenía la idea, la certeza, de que Perla había subido unas botellas de vino esa misma tarde. Hubiese jurado que había oído el ruido de botellas de cristal en una bolsa de plástico.

Clingcling.

Se quedó desconcertado, frustrado porque le habían quitado el pequeño placer de beber tranquilamente oliendo el aire nuevo, observando el mundo a sus pies. Espiando.

Deseó sentarse en una terraza a tomar una cerveza con el cielo como techo y charlar despacio.

No lo pensó, dejó que el teléfono gritara para nadie y bajó a la calle a buscarla.

La encontró a dos manzanas de casa, caminando deprisa pegada a las paredes. Pequeña, asustada.

Cuando Perla lo vio, se le iluminó la cara y se echó en sus brazos como si volviera de la guerra.

—¿De dónde sales? —le preguntó Guido con cierta seriedad.

Es raro que te hable de pronto como si fueras suya. Y tus asuntos fueran también asunto suyo. Es raro que te mire preocupado y quiera protegerte sin saber qué te ha pasado.

—Nada, es que estaba en casa tan sola y... —respondió sorprendida, todavía sin atreverse a creer que esa actitud de novio no era casualidad—. Me ha dado un leopardo y he salido a dar una vuelta.

—Vamos a tomar algo.

Guido le pasó el brazo por los hombros y tiró suavemente de ella.

—¿Qué hacías en casa de la vieja?

Perla se paró en seco y sintió que Guido la sujetaba con fuerza esperando una respuesta.

Unos minutos antes le hubiese contestado a ti qué te importa, no es asunto tuyo, qué haces tú cuando sales por ahí. Un día antes, Guido no la hubiese cogido tan fuerte y no se lo hubiese preguntado.

—He subido a robarle a la muerta —contestó con determinación.

Guido la miró boquiabierto.

—¿El dinero que escondía por la casa? —preguntó con una chispa de entusiasmo que Perla captó inmediatamente.

—No —respondió en un tono de complicidad—. Ése lo cogí después del entierro. He ido a buscar las joyas.

—¿Y estaban?

—Sí. La vieja las había escondido en el armario de la ropa, dentro de un calcetín, como en los tebeos.

Guido soltó una carcajada y Perla sintió el deseo de explicarle el robo con todo tipo de detalle.

—¿Y en las bolsas qué llevabas? —preguntó él sonriendo.

A ella le cambió la cara y se quedó muda.

—Perla, ¿qué llevabas en las bolsas? —insistió un poco más serio.

Lo miró sopesando, adentro en las pupilas, calibrando qué podía decir.

—Es mejor que no te lo cuente —respondió al fin.

—¿No quieres decírmelo?

—No, no quiero.

Un terremoto, una fuerza de volcán que destroza sin pensar aguardaba detrás de la expresión de Perla.

Se miraron. Ella esperó. Él también.

Un fuego.

Pensó que no había bajado a la calle precisamente para jugar a ese juego. Que estaba cansado y quería relajarse, que hacía un momento estaba contento.

—Vamos a una terraza —dijo rascándose la cabeza.

—¿Qué te ha pasado en la mano?

Se la miró con sorpresa y descubrió los nudillos pelados y la sangre seca.

—No sé... —contestó pensativo.

Se volvieron a mirar.

—Gilda se ha ido a Madrid.

—Venga, vamos a tomar algo.

Por fin, el monólogo de Perla

De pronto es tu momento y todo lo que dices es sabio.
Después, ni sabrás de qué hablabas
ni sabrás bien qué piensas.
Y los demás recuerdan.

Charlaron, follaron y volvieron a charlar.

Guido le acariciaba el hombro mientras hablaba y ella, de vez en cuando, le daba besos en los nudillos despellejados.

Se tocaron con los pies, se pasaron el mechero, se sirvieron vino mutuamente. Charlaron de esa forma que se habla entre las sábanas, medio desnudo o desnudo del todo, descalzo. Como hacen los enamorados cuando empiezan a dejar de ser amantes para volverse pareja.

Charlaron demasiado.

La hora de las gaviotas. Maldito amanecer que todo lo estropea.

—No me has pedido que me quede.

—Ue, ue, ue —gritó una gaviota que pasaba cerca.

—Oec, oec, oec —contestó otra más lejos.

—¿Cómo te llamas de verdad?

Perla se separó de su contacto. Un metro de colchón entre los dos. Miradas serias.

—Tic, tac —dijo el reloj.

Con la luz nueva y las frases afiladas, la habitación se llenó de mal ambiente. De pronto el cenicero desbordaba de colillas y sólo quedaba un culo de botella. Se acaba la fiesta y empieza la mierda.

—No estamos hablando de eso —repuso Perla con acritud.

—Sí estamos hablando de eso —afirmó él—. Estamos hablando de quién eres.

—Nooo, Guido, no. No te equivoques. Estamos hablando de si me quieres o no me quieres.

—¿Dónde has nacido? ¿A qué te dedicabas antes de estar con la vieja? ¿Qué hacías en la Zona Franca la noche que te conocí?

Perla se levantó bruscamente de la cama, se tapó con una sábana y fue hasta la ventana conteniendo su rabia. Se quedó de cara al cristal, dándole la espalda y mirando al cielo.

—Contéstame, Perla —le exigió.

Silencio.

Un minuto muy largo.

Luego se dio la vuelta y empezó a hablar sin rabia.

—Guido, el amor es un juego, y las cosas que apuestas no se pagan con dinero.

A Guido le pareció que ponía la misma cara que puso durante un instante la primera noche que se conocieron, dentro del coche. Si me has de matar, mátame ya, recordó con gran nitidez. Tuvo el deseo de saltar de la cama, abrazarla y decirle quédate. Quédate siempre.

Pero esa misma emoción, tan poderosa, le hizo sentir vulnerable. Se quedó apoyado en la cabecera de la cama mirando y escuchando muy serio. Plegando meticulosamente sus sentimientos.

—Cuando te acuestas con alguien, el primer día —prosiguió Perla como si hablase sola, como si no fuera ella misma, con las palabras de otro, súbitamente—, echas al aire una moneda... Unas veces cae de cara, otras de cruz, pero muy pocas cae de canto y se mantiene derecha.

»El amor es un juego fácil de jugar y fácil de perder. Cuando dos se acuestan siempre hay uno que pierde. Y si ganas, ¿de qué te sirve llevarte un corazón lleno de penas?

»¿Sabes?, pase lo que pase, el amor siempre duele.

Hizo una pausa y lo miró a los ojos. Guido permanecía muy callado, inmóvil, peleando con el miedo a sentir fuerte, a vivir, que lo tenía atenazado, y su miedo a ser un muerto que no se atreve a resucitar. Que diga lo que tiene que decir, pensó sosteniéndole la mirada. Después ya veremos.

Perla continuó con su discurso, despacio, modulando las palabras envuelta en la sábana como una sabia griega.

—El amor siempre duele porque no sabes si has ganado o has perdido hasta que lo dejas o te dejan. Y mientras tanto te torturas, consumes los minutos preciosos, los días, las semanas sufriendo, porque has puesto encima de la mesa todo el corazón y siempre te da miedo estar perdiendo y no saberlo.

»Las cartas del otro no se ven hasta que te las enseña.

»Yo siento que tú eres mío y yo soy tuya. Amor es pertenecer. Amor es tan fuerte como la familia, muchas veces más. Qué más da lo que hemos sido, qué importan los tiempos que nunca volverán. ¿Es que los que fueron buenos no se vuelven después malos? ¿Es que no hay malos que se vuelvan buenos?

Guido tuvo una visión fugaz de Piñol, de sí mismo, de Pérez. Y sintió una oleada de vergüenza que no pudo identificar.

—Yo también quiero saber de tu pasado —decía Perla—, porque te quiero todo. Y tengo celos de los besos que te dio tu madre. Tengo celos de que quieras a tu hermana y gastes un poco de cariño con tu amigo, ese Juan. Me da celos el agua que bebes porque te toca la boca, ¿sabes? Todo, todo me duele. —Hizo una pausa, inspiró profundamente y añadió con la voz rota—: Porque sé que no te tengo...

Después dio unos pasos y se sentó en la silla del rincón, encima de la ropa amontonada.

—Este tiempo que he pasado contigo no he sido tan feliz como fingía que era —confesó mirándose los pies—. Quería una promesa, un juramento de dios, tuyo no porque no hubiese podido creerte.

»Una noche me fuiste a buscar en zapatillas, y me engañé. Pero ahora no sé si serías capaz de cruzar la ciudad descalzo para ir a buscarme —añadió mirándolo con timidez.

Bajó la vista y se estudió las manos un momento. Después levantó la mirada para buscar sus ojos silenciosos.

—¿Serías capaz de cruzar la ciudad descalzo para ir a buscarme? —le preguntó con un deje de esperanza.

—¿Cómo te llamas de verdad?

—¿Serías capaz? —insistió Perla. Y respondió por él—: Seguramente no. Eres cobarde.

»No hace mucho te hubiese contado mi vida, sin mentiras. Para que me quisieras como soy, entera, como yo te quiero. Y tú no lo quisiste, Guido. No lo quisiste todo. Solamente un poco de mí. Un trozo.

Por un momento pareció que iba a ponerse a llorar, allí en la silla, sola. Pero se recuperó enseguida y se le llenó la boca de un rencor contenido:

—Y ahora me haces preguntas desde un sitio más alto, como si fueras mejor que yo. Parece que me dices que a ver qué te doy, a ver qué he sido. Y, a lo mejor, si te gusta, te quedarás conmigo.

»Y si no, me habrás robado el corazón y todos mis secretos.

»No.

»Conozco el juego de los cobardes. Podríamos pasarnos años así, sin compromiso, con un amor que no te atreves a vivir. Otra vez, no.

»Yo soy lo que has conocido. Hoy no soy más que lo que sabes. O lo tomas o lo dejas.

—Yo te podría decir lo mismo —encuñó Guido rápidamente, intentando salir de ese pasillo estrecho donde Perla quería arrinconarlo—. Te podría decir que o me cuentas quién eres y de dónde has salido o lo dejamos.

—¿Ah, sí? Pues dímelo, dímelo. ¿Por qué no me lo dices?

Perla esperó una respuesta que no llegó.

—Los dos sabemos por qué no me lo dices. Tú quieres jugar sin apostar. Te lo vuelvo a repetir: yo soy lo que conoces. O lo tomas o lo dejas.

»Y si lo tomas, después, con el tiempo, poco a poco, nos contaremos los secretos, cuando estemos tan cerca que el pasado no pueda separarnos.

»Pero ahora, Guido, yo sé lo que es el amor, y no voy a conformarme aunque me cueste perderte.

»Yo tampoco sé qué hacías esa noche en la Zona Franca, ni siquiera sé que te ha pasado en la mano. ¿Eres malo? No lo sé. Sólo sé que lo poco que conozco de ti me dice que eres bueno.

»Si fueras jugador, sabrías que la gente, antes de empezar, pone dinero encima de la mesa. Y luego o se retira o aumenta la apuesta, pero no se vuelve atrás, porque no se puede. Tú tampoco puedes, Guido. Sea lo que sea lo que has apostado, ya está hecho. Si sigues jugando, puede que ganes más; si te retiras, seguro que lo poco que pusiste me lo llevo.

—Perla, no estamos en un casino —dijo Guido enfadado.

Enfadado porque estaba contra las cuerdas, porque tenía que decidir algo que no quería decidir, porque sentía que Perla se escapaba y no era capaz de retenerla, porque no quería ser el cobarde que ella describía, porque tenía miedo.

—O todo o nada —le retó ella—. Y si me dices todo, piénsalo bien, que sea todo de verdad. Porque cuando sea todo y tú no estés en casa por las noches, si de verdad es todo, yo me dormiré sabiendo que llegarás deseando darme un beso y te haré el desayuno con todo mi amor. Pero si sólo es un poco, no nos veremos al día siguiente —concluyó poniéndose en pie—. O me mato yo o te encuentran muerto.

Guido se asustó y reprimió el gesto instintivo de taparse con la sábana.

—O todo o nada —repitió Perla decidida—. Contesta.

Pasaron unos segundos.

—Tic, tac.

—Pues nada —respondió él finalmente, despacio y en voz baja.

Un bloque de silencio llenó la habitación y ambos se escrutaron conteniendo el aliento.

—Ya lo sabía —murmuró ella con sencillez—. Pues adiós.

Comenzó a vestirse deprisa mientras Guido se decía levántate y abrázala, dile que se quede, convéncela, haz algo. Pero no pudo moverse hasta que la vio con los tacones puestos.

Saltó de la cama, le arrancó el bolso, lo tiró al suelo y la empujó contra la pared.

—No quiero que te vayas —le dijo con la respiración entrecortada, forcejeando con ella.

Perla dejó de pelear y lo miró con ansiedad.

—Dime que todo —le pidió en voz baja—. Ya sé que te cuesta hablar de estas cosas. No hace falta que me expliques nada. Dime que todo y me quedaré para siempre.

Se miraron en silencio una vez más, sus caras muy, muy cerca.

—Todo —susurró ella anhelante.

Y Guido se apartó un paso.

Perla recogió su bolso. Al volverse lo encontró bloqueando la puerta.

—Aparta.

No se movió.

—Me miras como diciendo que hay sitios intermedios.

—Perla, no sé...

—Cállate y sigue muriéndote, cobarde de mierda.

—A lo mejor ya estoy muerto.

—No te consueles con esas tonterías. Eres un imbécil...

—Perla, no exageres...

—¡Aparta! —le gritó fuera de sí.

Se le echó encima soltando bofetadas. Guido la abrazó para reducirla y de pronto Perla volvió a ser quien era: Perla.

—No sé qué hago aquí de pie —dijo confundida.

—Me estabas pegando.... hemos hablado de cosas... —le explicó Guido con ternura.

—¿Cosas? ¿Qué cosas? No me acuerdo de nada.

—¿Qué?

Ella lo miró a los ojos como quien cuenta un secreto.

—¿Sabes?, a veces no me acuerdo de quién soy.

—...

—Hacía mucho tiempo que no me pasaba... Hacía tanto tiempo...

—Y cuando te pasa, ¿por qué te pasa?

—¿Que qué me pasa? Me pasa que...

Se quedó pensativa, recordando la escena que había olvidado y todo lo que se habían dicho.

—Me pasa que he perdido. Y me voy con los bolsillos llenos de dedos. Suéltame, déjame pasar.

Guido la dejó pasar y la siguió hasta el recibidor.

—Perla...

Abrió la puerta sin mirarle.

—Espera, Perla...

Ella se detuvo un momento bajo el marco, con el corazón en vilo.

—¿Qué?

Todo, por favor.

—No sé... Nada.

¡Blam!

Leopardos

Corren deprisa
y están en todas partes.

Salió de casa con la voluntad de hacer una vida normal y soportar las ocho horas de trabajo aunque no hubiese dormido. Decidido a no perderse entre las mantas y el colchón, a no beber hasta caer, ni darse de cabezazos contra la pared ni gritarle a nadie. Decidido a esperar que Perla volviera y borrara el ruido del portazo que seguía resonando en sus oídos y por toda la ciudad.

Compró el diario y no quiso detenerse a desayunar en su calle, porque le pareció que si se paraba allí, podría aparecer alguna anciana para contarle algo malo.

Antes de llegar a la plazoleta ya distinguió los coches de la policía y las ambulancias. Habían tendido un cordón de plástico para mantener a los curiosos a distancia y unas personas con guantes se agachaban para hacer algo en el suelo. Se acercó a mirar por encima del hombro de un agente.

Vio los cuerpos rígidos, las caras azules y los ojos abiertos mirando nada.

No se asustó. Escrutó sus facciones con frialdad, comprobando despacio que sabía quiénes eran. Buscando la certeza.

La ceja partida y el labio hinchado en una cara de cera le trajeron a la boca el sabor de la vergüenza. En los nudillos, un lametazo de fuego. Un recuerdo fugaz, una emoción negra, una sensación involuntaria de culpa, la intuición de un deseo oscuro de matar le mordió por dentro. Dientes de fiera. Contuvo una arcada. Escondió la mano en el bolsillo. Y dio media vuelta.

Al mirar hacia el otro lado de la calle vio un perro jugando con una pelota amarilla, a la gente que pasaba de largo lanzando miradas curiosas o se detenía a observar con insistencia y cara de sueño. Vio los árboles con las hojas tiernas y felices, el sol acariciando las fachadas, un hombre asomado a un balcón, el azul limpio del cielo.

Y de pronto sintió un alivio inmenso, una gran ligereza.

Un día por delante, pensó. Una vida nueva.

Iba a cruzar cuando oyó un frufrú de plástico y un clingcling de botellas de cristal que le hizo volver la cabeza. Una mujer con guantes de látex recogía del suelo, a los pies del que estaba en el banco, sentado, con la cabeza forzada a un lado y la boca abierta, dos litronas de cerveza vacías y una bolsa de plástico.

—¿Qué ha pasado? —le preguntó un hombre al policía.

—Por favor, circulen —respondió el agente.

—Dicen que los han envenenado —susurró una abuela siniestra.

—¡No me diga! —exclamó el hombre impresionado—. ¿A los tres?

—Chicos jóvenes —dijo la vieja asintiendo con la cabeza.

—Circulen, por favor —les ordenó el agente.

—Dios mío. ¿Y por qué?

—Eran malos.

Guido cruzó la calle lleno de una alegría extraña.

Entró en la boca de metro silbando con el diario bajo el brazo.

—Tracatrac, tracatrac, tracatrac.

«El entrenador del Barça mantiene a tal jugador en el banquillo porque éste sufre un fuerte ataque de leopardo.»

Ésta fue la primera vez que se tuvo constancia escrita de los ataques de leopardo en la prensa y fue muy importante, porque años después EEUU reivindicaría la acuñación del término, su *leopard attack* o el *leo A*, como lo llamaban normalmente, creyendo como siempre que eran el ombligo del mundo. Y Europa se rebelaría, empezando por los italianos, que como son tan dados a usar términos extranjeros pronto adoptaron el *leo A*, pero que, frente a la ofensa americana, empezaron a decir que en Italia sus abuelos ya conocían el término y que allí toda la vida se había hablado del *attacco di leopardo*, y que prueba de ello eran las famosas *penne leopardo*, cuya receta voluble era utilizada en todos los restaurantes, aunque no encontraron ninguna relación con el poeta Leopardi.

Ni que decir tiene que Francia y Alemania se sumarían a la guerra por la propiedad intelectual alegando cada uno lo suyo y presentando numerosas pruebas, desde las salchichas *leoparden* hasta le expresión *petit leopard* de los franceses, que venía a ser un ataque de leopardo pero pequeño. Por su lado, los holandeses presentarían como prueba su marihuana transgénica, la *leop*, que tuvo gran aceptación entre los consumidores. Y los portugueses jurarían que en los fados más antiguos ya se cantaba el *leopardhu*.

Pero la campanada más sonada la daría la reina de Inglaterra al afirmar que allí el trastorno ya se conocía desde los tiempos de Enrique VIII, y que la casa real tenía en su poder una carta del monarca en la que comentaba que había sufrido uno de sus temidos ataques de leopardo.

Al final, doctores y lingüistas le seguirían la pista, llegarían hasta el titular y le contarían al mundo que el ataque de leopardo era un trastorno difícil de definir, probablemente milenario, y al que una sociedad urbana desarrollada le había dado nombre de forma espontánea. Que podían demostrar que el nombre nació a finales de siglo XX en una ciudad que se llama Barcelona, años antes de que un temblor de tierra rasgase los muros del zoo y liberase a las fieras, que corrieron despavoridas por las calles buscando alguna selva donde refugiarse. Y añadieron que puesto que era indefinible, que llegaba de repente y pillaba por sorpresa, lo mejor era dejar el asunto como estaba y dedicarse a otras cosas, ya que no se puede explicar lo que no tiene sentido, y que si seguían así, a ese paso les iba a dar a todos un ataque de leopardo.

Pero, mientras tanto, el titular en un diario deportivo armó un gran revuelo, pues el Barça perdió por dos a cero y la afición se le echó encima al entrenador, alegando que precisamente dicho jugador podría haber metido más goles que nunca porque estaba bajo los efectos del leopardo.

—Será cretino el entrenador éste —dijo Vicente hurgándose una muela con un clip despanzurrado—. Pero, hombre, si todo el mundo sabe que para meter goles lo mejor del mundo es que te dé un ataque de leopardo. Por favor...

—Pues por lo que le pagan —intervino Montse sin dejar de mirar sus papeles—, ése ya podría meter goles cada día, con leopardo o sin leopardo.

—Del que no se ha vuelto a saber nada es del Conductor Indignado —dijo Guido repasando los sucesos por si encontraba una reseña sobre el tema por pequeña que fuese, intentando rebajar la ansiedad pensando en otras cosas.

—La pitonisa esa, la que parece una puta —comentó Vicente tragándose lo que fuera que había encontrado atrapado en una caries—, dice que está fuera del país.

—No —le corrigió Montse—. Eso lo dijeron los de la Interpol, que le perdieron la pista en Brasil. La pitonisa dice que está arrepentido y no sale de su casa.

Guido plegó el diario y se dirigió hacia la mesa del rincón, la más alejada.

—¿Otra vez vas a llamar? —le dijo Vicente—. Joder, macho, nunca coges el teléfono, pero el día que te da, por lo visto, no lo sueltas.

—Calla, Vicente, que tú llamas todas las veces que te da la gana —le cortó Montse.

—Y tú también.

—Vale, ¿y qué?

—Nada, nada.

Guido escuchó los diez pitidos hasta que se cortó la comunicación. Colgó con la ansiedad que había reprimido en las otras llamadas. Una cada hora, había decidido, convencido, quién sabe por qué, de que su tenacidad daría resultado.

Pero ya casi era mediodía y Perla no había vuelto a casa.

Regresó a la mesa y cogió la radio de Vicente sin pedirle permiso.

—De nada, macho —dijo Vicente con retintín.

—¿Dónde está esa emisora de noticias? —le preguntó Guido.

—Está puesta.

—... nuevos ataques de la guerrilla... —empezó a explicar la radio.

—Oye —dijo Montse, como siempre, a lo suyo—, han abierto un bar nuevo aquí al lado. Dicen que el menú está muy bien. ¿Te vienes a comer, Guido?

—... manifestación, que ha transcurrido sin incidentes,...

—No, me voy a casa.

Quiero que vuelva

Me miro en el reloj
busco tus horas.
Un aparato absurdo y yo
no sabía que podía
estar tan solo.

No le dijo que en cuanto entraba en casa estudiaba el posible movimiento de las cosas buscando los indicios, ni le explicó cómo le pesaba la decepción cuando recordaba de pronto que había sido él mismo quien se había dejado la pasta de dientes sin tapar o el armario abierto. No le contó por qué se había puesto contestador y que cargaba con un móvil que aún no sabía utilizar. Que bajaba el volumen de la música temeroso de no oír el timbre del interfono y que se llevaba el teléfono al lavabo.

Esperando.

No mencionó que se había pasado media tarde frente a la puerta de Crystal espiando, ni le habló de todos esos miedos que se pegan al amor como un chicle masticado. O la angustia que produce el no saber si tu novia esta viva o está muerta, o si la han detenido y la tienen encerrada.

Y tampoco le contó de su dolor, el de la pérdida y el abandono. La soledad más grande que hay después del amor. Lo frías que se ponen las sábanas, el ruido que hace un tenedor cuando comes solo, y que el mundo se vacía más de lo que pensabas.

Sólo se dijo Perla me ha dejado y no voy a salir.

Una y diez veces más.

—¿Me invitas a pasar? —preguntó Juan, con las manos en los bolsillos y un pie junto al marco de la puerta.

Fue decidido hasta el salón y sacó dos cervezas de algún agujero de su chaqueta.

—Estoy pensando en agarrarte por el cuello y llevarte de fiesta —dijo sentándose en el sofá.

—No tengo ganas —contestó Guido desde arriba.

Se metió en la cocina, volvió con un abridor y cogió la cerveza que su amigo le tendía.

—Siéntate, joder —le dijo Juan alegremente—. Estás en tu casa.

Guido esbozó un proyecto de sonrisa y se sentó en su sillón sin nada que decir. Se bebió media birra de un trago.

—Guido, tienes que salir de casa. Pareces un enfermo.

—¿Y si me llama cuando no estoy?

—Te dejará un mensaje... o llamará más tarde.

—A lo mejor no.

Juan lo escrutó con semblante reflexivo y Guido no quiso sostenerle la mirada.

—Entonces, ¿es verdad? —le preguntó Juan.

—¿El qué?

—Tu hermana dice que estás haciendo lo mismo que cuando esperabas que tus padres te llamaran.

—¿Has hablado con Gilda? —preguntó sorprendido.

—Ayer estuve en Madrid. Dice que le prometiste que irías a verla este fin de semana... y que le has dado plantón. Como antes.

—No le he dado plantón —contestó rápidamente, irritado, intentando no sentirse culpable—. Es que no he podido. Yo también tengo problemas.

—Calma —le cortó Juan levantando las manos—. Calma, miura. Ja, ja. También dice que te perdona pero que vayas cuando puedas.

Guido soltó un eructosuspiro y sintió que la rigidez de tantos días de tensión aflojaba un poco.

—¿Cómo está? —preguntó más animado.

—Bueno, no quiere hablar de los niños pero parece que está bastante bien. Le he encontrado habitación en casa de un amigo, un tío que se pasa la vida viajando. Y ha contactado con una banda, unos que ya la conocían de esos bolillos que hacía por aquí antes de marcharse. Están ensayando. La semana que viene tocan en un club. No pienso perderme el debut... Podrías venir.

Guido no respondió. Estaba asimilando. Intentaba encajar la idea reconfortante de que Juan se preocupaba de Gilda y le quitaba un peso de encima, le hacía un gran favor de amigo, y la convicción de que esos dos se entendían mejor de lo que creía.

—¿Eh? ¿Qué te parece el plan? Cogemos el puente aéreo a eso de las siete y nos plantamos en Madrid a tiempo de picar algo y ver cantar a tu hermana.

—No sé, ya veremos.

Juan apuró su cerveza fingiendo que no lo oía y la dejó sobre la mesa.

—Oye, tengo más sed. ¿Tienes algo de beber?

—No.

—¿Bajamos a un bar?

—No.

—Joder, tío, qué tozudo eres.

Estiró el brazo y rebuscó en los bolsillos de su chaqueta.

—Menos mal que me he olido que no te sacaría de aquí tan fácilmente y he traído provisiones —comentó mostrándole dos cervezas más.

Guido sonrió ligeramente y le tendió el abridor.

—¿Y por qué no la llamas tú? —preguntó Juan de sopetón.

Un ratito de silencio. Uno mirando al techo y el otro bebiendo.

—Ya la he llamado... Crystal no sabe dónde está.

Juan soltó una carcajada.

—Pero qué dices, tío. Si trabajan juntas.

—Cada vez que llamo dice que no sabe nada de ella. Y siempre me pregunta por ti.

—Ya. Y tú te lo crees. Ja, ja, ja, ja. Tío, Crystal te dice que no sabe nada porque Perla le ha pedido que te diga eso. Joder, Guido, de verdad, es que parece que no hayas visto a una mujer en tu vida.

–Hostia, no se me había ocurrido.

–Claro, seguro que está durmiendo en su casa o en el sofá de la peluquería.

–Podría ser... Sí, podría ser... Pero ¿y si no está con ella? ¿Y si le ha pasado algo?

–Pero qué le va a pasar.

–Algo.

–¿Algo como qué?

–Podría estar muerta –confesó lívido.

–¿Por qué dices eso? –preguntó Juan asustado.

Iba a insistir pero vio que su amigo ponía cara de tomarse tiempo antes de hablar. Esperó.

–Me dijo que... que... que si no me ponía a vivir con ella en serio, o se suicidaba... o me encontraban muerto. Y a mí no ha venido a matarme.

A Juan se le atragantó la cerveza y Guido no entendió qué le pasaba hasta le vio la chispa de risa en los ojos húmedos.

–¡Ja, ja, jaaa!

Se partía en el sofá.

–No te lo crees, ¿verdad? –le espetó ofendido.

–Sííí, sí que me lo crej, ja, jaaa... Sí que me lo creoj. Perdona, Guido, perdonaj.

Cuando pudo mirarle sin reírse descubrió un brillo de demonio en sus pupilas.

–No te enfades, tío –dijo apaciguador–. Me da risa porque te lo crees todo.

–Y tú no te crees nada –le reprochó Guido subiendo la voz.

–Guido, perdona que me haya reído, pero es que eso de si no me quieres me mato, o te voy a matar, lo dice todo el mundo.

–Ella lo dice en serio.

Se quedaron callados unos segundos, sacando cada uno sus conclusiones.

–Vale, supongamos que ella lo dice en serio, que yo no me lo creo. Entonces, si te llama, ¿qué piensas hacer?

—Convencerla de que vuelva a casa y no se cargue a nadie más —se le escapó.

—¿A nadie más? —exclamó Juan sorprendido—. ¿A quién se ha cargado? ¿Por qué dices que eso de matarte lo dice en serio?

—No sé —contestó rápidamente, rojo hasta las orejas—. No... No se ha cargado a nadie..., que yo sepa. Pero no sé nada de ella. Nada. Podría ser una asesina, o una loca.

—Coño, pues pregúntale quién es y de dónde ha salido.

—No quiere decírmelo.

—Joder, entonces, olvídate de ella.

—No.

Juan inspiró profundamente y se puso en pie preocupado.

—A ver, Guido, piensa un momento. Exactamente, ¿tú que quieres?

—Quiero que vuelva —respondió con decisión.

—Ya, pero ¿por qué? ¿Porque te da miedo que te mate, que se mate o que mate a quien sea, o porque la quieres?

—Nada.

—Nada no puede ser, Guido. Esto es delirante. Estamos hablando de tu novia como si fuera una psicópata. O se te ha ido la olla y estás patinando o toca llamar a la policía.

—A la policía nunca.

—Pues a un detective privado.

—El detective Pérez está en el Paraíso y no va a volver. Además, ése encuentra a las personas cuando le da la gana, cuando a él le va bien.

—¿Qué?

—Nada.

Juan dio unas vueltas exasperado.

—Escucha, tío. Dejemos de lado la chaladura ésa de que es una loca. Has de tener claro qué quieres.

—Quiero que vuelva.

—Vale, tozudo, que vuelva, coño, que vuelva. Ya lo he entendido. Pero esta vez parece que va en serio. Si le pides que vuelva, tendrás que vivir con ella como novios de verdad, como casados, tío. No está bien que te pases la vida diciendo ahora sí, ahora no. Eso hace daño. ¿Lo has pensado?

—Sí.

—Bien. ¿Y has pensado que a lo mejor ahora quieres que vuelva porque te ha dejado pero que luego, cuando la tengas aquí otra vez, querrás saber quién es y quizá no te lo quiere contar?

—No, no lo he pensado. Y no lo voy a pensar.

Se quedaron en silencio unos segundos.

—Rrruuunn, rrruuunnn —dijo el motor de algún camión que pasó en aquel momento por la calle.

—Quiero que vuelva.

—Vale, vale.

Pretendo comprender

Tanto hablar, tanto decir
sin saber
que algunas palabras
matan.

Para disgusto de Crystal, estaban sentadas en un rincón, agazapadas en la mesa más escondida del bar. Perla intentaba seguir la conversación de su amiga y andar por los caminos que la otra le decía. Pero a cada momento se le mojaban los ojos y masticaba la certeza de que un me voy, cuando le quieres, es muchísimo peor que un vete.

—Por lo menos salvas el orgullo, niña —le decía Crystal, al ver que volvía a las andadas a pesar de sus esfuerzos.

Y Perla contestaba mentalmente que el orgullo le importaba una mierda, que al fin y al cabo antes le tenía, no del todo, desde luego, pero un poco. Bastante para vivir.

Después se repetía que más le valía haberse arrastrado hasta el final, aunque sólo fuera para robarle un beso de vez en cuando y poder llamarle.

La voluntad que tuvo las primeras horas, la decisión que mostró cuando le ordenó a Crystal dile que no me has visto, se esfumó en un momento, en el segundo que su amiga tardó en colgar con las cejas levantadas y comentar parece preocupado. Todo se volvió confuso de repente.

Y ahora que lo había abandonado de verdad, sumaba y restaba, y las cuentas le salían al revés. Pensaba en el cactus que le había regalado y le pesaba más que un anillo de diamantes. Evocaba las noches juntos y a su lado la promesa de un todo le parecía una frivolidad. Se decía que la había dejado vivir en su casa, con él, sin saber nada de ella. Que no le había hecho preguntas hasta el final, y que quizá por eso la quería de una forma más sincera.

Se llenaba de amor y de dolor. Y lloraba.

Lloraba con el llanto que se oye a través de las paredes y da ganas de llorar. Lloraba horas y horas, haciendo lo que fuera, sentada a la mesa o en la ducha, andando por la calle, a oscuras en el salón.

Lloraba y contagiaba su tristeza a los demás.

—No podré vivir sin él —murmuraba.

—Pues ponte al teléfono, coño —le decía Crystal exasperada, asfixiada por ese llanto que la hacía sufrir y ridiculizaba su propia desventura—. Te llama cada día, niña. Es un pesao de cojones —casi le gritaba. Y después, deseando que la dejaran vivir su mala suerte en paz, añadía con envidia—: Yo, loca, loquita por un hombre, me quedo con él por un cuarto de lo que tenías. Pero tú no eres así, niña. A ti no te basta. Tú tienes que armar la gorda y mandarlo todo a cagar.

Entonces Perla escondía la cara entre las manos y se encogía un poco más.

—A ver —le ordenaba Crystal—. Es que no te entiendo. No te entiendo. ¿Por qué no puedo decirle que estás? ¿Por qué no te pones al teléfono? ¿Por qué?

—No puedo —gemía Perla—. No puedo.

Y otra vez la desbordaba el llanto contagioso.

—He matado mi historia de amor —musitaba entre sollozos.

Y el aire se llenaba de luto y de tristeza.

Precisamente, intentando que la vida continuara, esa noche Crystal la había sacado de casa por la fuerza de sus manos de Cristóbal. Y ahora la tenía allí, en una mesa en la penumbra para que no se le viera tanto la cara descompuesta. Volviendo a Guido una y mil veces.

—¿Cómo he podido? —murmuró Perla.

—Creo que me voy a teñir otra vez. Ese color nuevo me ha gustado —contestó Crystal.

—Él es mío y yo soy suya. ¿Cómo he podido?

—Ya vale del tema, que cuanto más hables de él, más te costará olvidarlo. No le ha quedado mal el color nuevo a la Vany, ¿eh?

—Nunca podré olvidarlo. Somos almas gemelas.

—No lo dudo, niña, no lo dudo. Desde luego, entre los dos, a cuál más pesao, cojones. Sí, sí que sois iguales.

Juan salió del bar con cara de agobiado y preguntándose si no habría sido mejor dejar que Guido hiciera las cosas a su manera.

—Aquí tampoco están —dijo avanzando hacia el centro de la calle peatonal como si necesitara espacio para respirar.

—A lo mejor no han salido —comentó Guido tímidamente, un poco avergonzado del esfuerzo que estaba haciendo su amigo por él—. Vámonos ya.

—Oye, mira, ya vale de esperar junto al teléfono como un quinceañero y dar vueltas como tontos. A este paso acabaremos pateándonos todos los bares del Casco Antiguo, el Borne y el Raval. Toma, el número del móvil de Crystal. Cuando sale por la noche siempre lo lleva encima. Llámala.

Guido cogió el papel que le tendía y miró dubitativo a su amigo.

—Llámala tú —le pidió.

Juan le miró unos segundos a los ojos.

—No puedo —dijo inquieto—. Ahora no importa por qué, pero yo no la voy a llamar. Sé valiente. Llama tú y dile que sabes que está con Perla, que te la pase, que es muy importante.

—¿Y si no está con ella?

—Si no está con ella, nos jodemos. Pero tú llama y se lo dices con la voz fuerte. Valiente, Guido. Convencido.

—Oquey.

Guido respiró profundamente y sacó su móvil del bolsillo. Pero tuvo que recurrir a Juan porque no sabía cómo usarlo. Después de probar varios botones y decir tres veces espera que me concentre, se acercó el aparato al oído dispuesto a hablar como un hombre de hoy.

—Crystal, hola, soy Guido. Dile a Perla que se ponga.

Para Juan sólo pasaron unos segundos; para Guido, una eternidad.

—Perla, soy yo. ¿Dónde estás? —preguntó con una normalidad fingida—... Oquey, pues no te muevas de ahí. Ahora voy a buscarte.

Y colgó todo nervioso al tiempo que le decía a Juan están en tal bar.

—Pero si es éste —exclamó el otro desconcertado, señalando el local del que hacía sólo unos minutos acababan de salir.

Guido se quedó mudo. Con el brillo del demonio en las pupilas, las mandíbulas apretadas y los nudillos blancos.

Juan percibió la frustración y la violencia que emanaba y le vino a la memoria un Guido jovencito rompiendo los cristales del Cerdo a puñetazos.

—Oye —le dijo—, tranquilo, tío. Igual no las he visto. El bar está a tope. Espera, voy a echar otro vistazo.

Guido respiró hondo y volvió a la normalidad súbitamente.

—Oquey —respondió esperanzado, otra vez nervioso y un poco asustado.

En ese momento se abrió la puerta y apareció Crystal.

—Huy, qué leopaaardo —susurró mirando fijamente a Juan. Y a Guido—: Se está retocando en el baño. Ahora sale.

—¿Cómo estás? —le preguntó Juan.

Crystal echó a andar sin responder ni despedirse.

Juan se metió las manos en los bolsillos y dio unas zancadas en la dirección opuesta.

—Adiós, valiente —le gritó a Guido apretando el paso—. Buena suerte.

Y ni siquiera se preguntó qué hacía su amigo con una bota en la mano. Valiente, pensó. Giró la esquina deprisa y se perdió por las calles buscando un whisky doble y recordándose cobarde.

Cobarde cuando el mundo se vuelve del revés y lo que dicen los otros te pesa demasiado. Cuando tú sabes bien qué hay que hacer y la fuerza y las palabras de los otros te roban tu verdad.

Cobarde cuando sabes que se muere y algo en ti, una voz pequeña y débil, te dice que le digas que se muere, y todo tú quieres decirle adiós. Y no lo haces.

Después siempre será no lo hice. Y ya no lo puedo arreglar.

Después te costará entender cómo dejaste que la familia, los íntimos, personas importantes, te quitaran el sitio y los principios, a ti que lo tenías tan claro, y te cerraran la boca y el corazón.

Después querrás creer en dios y la otra vida, desearás que esté en alguna parte sabiendo todo lo que la quisiste, escuchando tus perdona, tú también tenías derecho a despedirte, recogiendo tu adiós, vete en paz.

Después los muertos siempre siguen a los vivos.

Salta

Caigo y el suelo
no me toca.

La mano de Crystal tendiéndole el móvil abrió bruscamente una puerta herméticamente cerrada.

Oquey, pues no te muevas de ahí. Ahora voy a buscarte.

Y la voz de Guido dando órdenes, hablando otra vez así, como si Perla fuera
suya, la arrancó del suicidio emocional que se había impuesto. La sacó de esa
cápsula en la que se había encerrado y que no le había permitido prestar atención a sus otras llamadas telefónicas. Ese frasco cerrado que la había vuelto
sorda, ciega e insensible a cualquier cosa que no fuera el luto profundo por un
hecho que creía irremediable.

Podía ser.

Podía ser que su historia de amor no hubiese muerto.

Era un poco posible.

¿Volver con él? ¿Volver con un hombre taciturno que nunca le diría a qué hora
regresaría a casa y que la haría esperarle inútilmente para comer juntos? ¿Volver
con un tío que jamás le compraría un regalo y que no sabía decir te quiero?

¿Volver a sus ojos, su olor, sus manos, su polla, su voz y sus ideas? ¿Volver a
reposar la cabeza en su pecho y escuchar su corazón que latía tan fuerte? ¿Volver
a dormir agazapada, atrapada, entre sus brazos y sus piernas protectores?

Sí, por favor.

Volver a casa.

El deseo de que sus palabras al final no resultaran asesinas la había hecho saltar como un resorte. Y ahora se aferraba a una esperanza diminuta que la ponía enferma de ansiedad.

Un ligero olor a aguas de todo tipo y el espacio reducido del lavabo aumentaban su nerviosismo mal contenido. Se veía los ojos enrojecidos, las ojeras, la piel triste y los labios mal pintados y no acertaba a construir lo que siempre hacía bien. Al contrario, con cada intervención le parecía que afeaba un poco más a la Perla perfecta que intentaba pintar en su cara.

Angustiada por la idea de que Guido podía entrar en el bar en cualquier momento y no encontrarla al primer vistazo, se quitó rápidamente el exceso de maquillaje y carmín con un pañuelo, se peinó con los dedos, metió de dos guantazos sus enseres en el bolso y salió de allí hecha una flecha.

Súbitamente el local estaba claustrofóbicamente lleno. Lleno de humo, de música, de ruido, de gente sorna.

Se asustó.

No la dejaban pasar y la duda espantosa de qué querría Guido le agarrotaba el brazo con el que sostenía la chaqueta. Quizá sólo esperaba devolverle las cuatro cosas que se dejó en su casa para olvidarse de ella definitivamente. Para que no les quedara nada pendiente. Empezó a sudar al tiempo que una espalda muy grande se interponía en su camino y le tapaba la vista.

Empujó impotente frente a la masa humana que nada sabía de sus ansias y nada quería saber, y sintió las uñas del llanto buscándole el pecho.

La espalda se apartó bruscamente y le cedió el sitio a una cara de cretino. Avanzó un metro a duras penas haciendo un esfuerzo por no llorar.

Se le ocurrió que quizá Guido había estado allí hacía un minuto y, ofendido por no encontrarla, convencido de que le había mentido, ya se había ido. Un zarpazo al corazón y los ojos inundados. Se llevó la mano al escote para protegerse inútilmente de esos miedos de los que ni Dios ni nadie te puede proteger, y estiró el otro brazo para apartar un hombro anónimo.

Ganó un par de metros más con el aliento de un náufrago.

Vio la puerta.

Se le ocurrió que quizá Guido estaba en la barra maldiciéndola. Una chispa de ilusión y las uñas aflojando. Giró en redondo para escrutar los cogotes, el color de las ropas y los perfiles.

No estaba.

Se le ocurrió que quizá había asomado la cabeza mientras ella no vigilaba y que acababa de irse. Sintió que unas uñas de fiera, sucias, gruesas y largas como cuernos hurgaban inconscientes en su materia más tierna, terriblemente sensible y delicada.

Sintió que la garra entera le estrujaba sin clemencia el corazón.

Contuvo un sollozo de impotencia y un gemido de dolor.

Notó el temblor en las rodillas y lo vio sacudir su mano, la que había levantado buscando espacio. Tal vez un hueco donde dejarse caer, rendirse para siempre y dejar de sufrir tanto.

Y, de pronto, la masa se abrió espontáneamente, quizá movida por la fuerza de su anhelo, y ganó la salida de un impulso.

Antes de tocar la puerta, entró una pareja riendo.

—Vaya colgado —dijo la chica.

La esquivó y salió a un lugar donde el mundo no existía y la gente que pasaba se volvía transparente.

Estaba al otro lado de la calle sin aceras.

Vestido de negro y con su chaqueta favorita. Las patillas, más largas y rubias que nunca; el pelo, todavía mojado. De pie, determinantemente quieto, con la mirada ansiosa y la boca apretada. Más delgado. Serio.

En las manos, las botas y los calcetines. Los pies, desnudos, pegados con firmeza al suelo polvoriento.

Uno, dos, tres pasos.

Pudo oír su corazón como un tambor.

Sintió el fuego de sus ojos resbalando adentro de sus propios ojos, entrándole con fuerza. Lamiéndola.

Sintió su aliento en la cara cuando él abrió la boca.

Y el tiempo se detuvo en cuatro letras:

—Todo.

Mordiscos moribundos

Es un fuego,
un mordisco pequeño.
Una idea pesada.
Nada es verdad y me escucho:
Grita fuerte.
Baila.

Se confirma la hipótesis del envenenamiento en el caso de los jóvenes de Barcelona.

Fuentes policiales confirmaron ayer que la muerte de los tres jóvenes hallados en un parque del barrio de Sants (Barcelona) fue causada por la ingestión de un veneno fulminante. La sustancia, altamente tóxica, es prácticamente insípida y se puede adquirir en droguerías especializadas. El análisis de los restos de cerveza contenida en las botellas encontradas junto a los cadáveres demuestra que el veneno fue introducido en las litronas cuando éstas estaban llenas. Este hecho descarta la teoría de que las lesiones que presentaba uno de los cuerpos tengan relación con la ingestión del tóxico por la fuerza.

Frente a la posibilidad de que se trate de un sabotaje hacia la casa que elabora la cerveza, la policía ha precintado la fábrica y está retirando la marca de todos los comercios. La empresa niega que exista la posibilidad de que haya sido manipulado el contenido de las botellas en algún punto de la cadena de producción, y afirma que se trata de un caso aislado que no tiene relación con la marca.

Fuentes no oficiales apuntan a un posible atentado del Conductor Indignado, basándose en una carta de éste, que la policía dio por falsa, y en el robo perpetrado por tres hombres, en el mismo Sants, en el interior de un vehículo celular la noche de autos mientras los agentes tomaban «un café en la esquina». En la misiva, el autor acusa a «la mitad de los urbanos de Barcelona de estar borrachos cuando, sádicamente, someten a los ciudadanos inocentes a la tortura de la prueba de la alcoholemia o detienen a veterinarios inocentes», además de dirigir insultos varios a miembros del Ayuntamiento, la Generalitat y el Estado.

Sants se encuentra conmocionado por los hechos y rechaza las hipótesis oficiales. «Que sus madres me perdonen —comenta una vecina—, pero esos chicos no eran trigo limpio.» Los rumores se reparten entre un ajuste de cuentas por asuntos de drogas y una acusación anónima que señala directamente a los indigentes que duermen alrededor de la estación, agredidos repetida y cruelmente por las víctimas. La detención ayer noche, antes del cierre de esta edición, del capellán y las dos monjas que distribuyen alimentos diariamente junto a la estación de Sants plantea nuevas preguntas sobre la resolución de un caso complicado.

Guido dejó el diario a un lado y se quedó unos momentos reflexionando sobre lo que acababa de leer.

A dos metros de él, sentada en el borde del sofá, Perla repasaba los folletos de viajes comparando precios. Sus manos, las mismas que le acariciaban los hombros con amor y le tocaban por todas partes sin pedir permiso, pasaban despacio de un papel a su barbilla cuando sumaba mentalmente. Se había recogido el pelo en un moño y unos pequeños caracoles rebeldes se apoyaban en su cuello dulcemente. La imagen misma de la inocencia.

Y vivía con él. Estaba en casa para siempre. Era suya.

Sólo habían pasado unos días desde que Guido fue a buscarla descalzo y su existencia ya había tomado un ritmo de pareja. Hablaban de hacer un viaje juntos, el que no se permitió en sus años de hombrehongo miserable. Hablaban de que Guido estudiaría por fin la carrera de Historia y Perla se sacaría el título de esteticista. De que comprarían un tresillo nuevo y pintarían la casa.

Tenían planes. Una vida nueva.

A pesar de que Perla no había contado más de lo que ponía en su carnet de identidad, todo estaba en orden. Y, a ratos pequeños como aquél, cuando estaban en casa escuchando música y leyendo, separadas sus mentes en asuntos distintos pero juntos, Guido era casi feliz.

Sin embargo, una oruga le mordía las hojas cuando menos lo esperaba. ¿Podría él quererla igual si tuviera la certeza de que Perla había sido puta? Seguramente. ¿Y si fuera una jugadora empedernida? Desde luego. Pero ¿y si estuviera loca de verdad? ¿Y si fuese capaz de hacer cualquier cosa por amor? ¿Y si realmente...?

¿Por qué subió a casa de Miqui aquella noche? ¿Por qué no cogió las joyas cuando se llevó el dinero? ¿Adónde fue después, tan furtiva? ¿Qué llevaba en esas bolsas?

La sombra de la sospecha le frunció el ceño.

—Perla —dijo dispuesto a matar la oruga de una vez—. ¿Qué llevabas en las bolsas?

Perla levantó la cabeza de sus folletos y lo miró fingiendo sorpresa.

—¿Qué?

—Que qué llevabas en las bolsas la noche que subiste a casa de la vieja.

Un fuego. Una fuerza de volcán que destroza sin pensar emanó de su figura, repentinamente crispada.

—Déjame —respondió con voz tensa. Y luego, un poco más relajada—: ¿Qué prefieres, París, Roma o Ámsterdam? Londres no, que llueve mucho, y Berlín sale muy caro.

—Perla, ¿qué llevabas en las bolsas? —insistió muy serio, autoritario y amenazador.

Perla no respondió y cerró la mano con fuerza en torno a un folleto.

—Prec —dijo el papel.

—¡Contesta! —le ordenó Guido.

Se miraron calibrando sendos brillos de demonio.

—¡Contesta! —repitió—. ¿Qué llevabas en las bolsas?

—¡El perro! —le chilló—. ¡Llevaba el perro! ¡Me lo encontré muerto en la cocina! ¡Estaba tieso, mirándome!

Guido cambió su expresión grave por unas cejas levantadas de estupor.

—Hostia —articuló impresionado.

—Fue horrible. Parecía que lo hubieran disecado. Daba un miedo. Daba más miedo que un muerto humano. ¿Qué querías que hiciera? ¿Que lo dejara allí? No podía, ¿entiendes? Mientras revolvía en el armario me parecía que la perra me veía y me pedía que la sacara de allí. Que no la dejara sola y muerta en la casa.

—¿Y qué hiciste?

—La metí en una bolsa y la tiré al contenedor.

—¿Y por qué no me lo contaste cuando te encontré? ¿Por qué no me lo quisiste decir?

—Yo qué sé, Guido, yo qué sé. Porque soy así. Porque no me gusta contar cosas horribles, para no darte mal rollo... Es que no te imaginas lo que es que te persiga el fantasma de una perra por la casa de una vieja muerta...

Guido se levantó del sillón para abrazarla.

—Pobrecita —la consoló achuchándola.

—No —dijo ella apartándolo—. Ni pobrecita ni nada. Me prometiste que no me acosarías con preguntas. Dijiste todo.

Guido la abrazó de nuevo a pesar de su resistencia y le dio unos besos pequeños en la cara.

—Hostia, es que no sé por qué no me cuentas cosas. A mí esto de la perra no me afecta. Le tenía manía.

—Pero a mí sí. Ahora me pasaré toda la noche acordándome de unos ojos de perra que me miran, me va a parecer que está escondida detrás de las puertas, debajo de la cama, en todas partes...

Guido soltó una carcajada y la achuchó más fuerte.

—Bueno, pero aquí estoy yo para echarla a patadas —dijo al tiempo que ella cedía y le devolvía el abrazo y algunos besos—. Vale, hablemos de otra cosa, con lo contenta que estabas... —añadió un poco arrepentido.

—Se ha acabado la música, pon más, por favor. Con este asunto y tanto silencio me da no sé qué.

Guido se levantó para cambiar el disco y un mordisco de gusano tenaz le llevó la incógnita de que, si Perla llevaba el cadáver de perro en una bolsa, ¿qué llevaba en la otra?

Clingcling.

Se volvió un momento y la vio un poco encogida en el sofá, releyendo los folletos y quitándose de encima un escalofrío de repugnancia canina. La vio planeando una vida diferente para él, esforzándose en construir un hogar acogedor y hacerle feliz. Le vio el amor en la cara...

Y supo que no estaba solo.

De pronto, sintió una gran pereza de hacer más preguntas. Desidia de indagar y discutir, indolencia de forzar las cosas y romper la armonía.

Aliviado por su conciencia bonachona, y a esas alturas sinvergüenza, que le dijo cállate y disfruta, es un regalo que estén muertos, mejor, decidió poner su disco favorito, hacer vibrar los bafles e incitarla a bailar. Claro que sí, buena idea, un baileteo por el salón y otra vez contentos.

Empezó a silbar alegremente.

—Bueno, cariño, al final ¿qué? ¿Roma, París o Ámsterdam? —preguntó Perla, de nuevo metida en el tema de los viajes—. Tú querías ir a Berlín, pero es mucho más caro.

Sin embargo, ya con el disco en la mano, la oruga moribunda dio el último bocado. Guido dejó de silbar bruscamente y se preguntó si acaso no sería mejor hacer lo lógico, salir de ese caparazón nuevo y enfrentarse a la verdad.

Oquey, de acuerdo.

Pero ¿cuál es la verdad?

La verdad es que la justicia se equivoca, un loco te puede dejar tullido cualquier día, los policías beben y se drogan, la ciudad está llena de animales exóticos que campan a sus anchas y el ataque de leopardo es una realidad.

Apretó el botón de play con lentitud.

La verdad es que dejar de ser niño es empezar a estar solo, que crecer es entender que vivir duele, que tus padres se esconden en el Paraíso, tus hermanos sobreviven como pueden, el mundo está borracho, tu suerte no cambia y la amistad va y viene.

Sonaron las primeras notas.

La verdad es que los Reyes Magos no existen, los muertos ni te quieren ni hablan ni mueven las cosas, Dios se fue sin despedirse y los sueños no se cumplen.

¿Quién es Perla?

La verdad y una pregunta: ¿quién es todo el mundo?

No se sabe.

Entonces, ¿qué?

—Decide, cariño.

Entonces, grita fuerte.

—Oquey, pues a Berlín.

Baila.